我不是名人，但我在乎人生留下的重要印记

我不是收藏家，但在我书房的抽屉里，分门别类地保存着我认为不能随便丢弃的物品

春　晓◎著

让美梦飞翔

RANG MEI MENG FEI XIANG

中国文联出版社
http://www.clapnet.cn

图书在版编目（CIP）数据

让美梦飞翔 ／ 春晓著 . -- 北京：中国文联出版社，
2015. 8

ISBN 978－7－5190－0244－2

Ⅰ. ①让… Ⅱ. ①春… Ⅲ. ①中国文学—当代文学—
作品综合集 Ⅳ. ①I217. 2

中国版本图书馆 CIP 数据核字（2015）第 214874 号

让美梦飞翔

作　　者：春　晓

出 版 人：朱　庆

终 审 人：奚耀华　　　　　　复 审 人：蒋爱民

责任编辑：胡　笋　　　　　　责任校对：傅泉泽

封面设计：中联华文　　　　　责任印制：陈　晨

出版发行：中国文联出版社

地　　址：北京市朝阳区农展馆南里 10 号，100125

电　　话：010－65389148（咨询）65067803（发行）65389150（邮购）

传　　真：010－65933115（总编室），010－65033859（发行部）

网　　址：http：//www. clapnet. cn

E - mail：clap@ clapnet. cn　　　hus@ clapnet. cn

印　　刷：北京天正元印务有限公司

装　　订：北京天正元印务有限公司

法律顾问：北京市天驰洪范律师事务所徐波律师

本书如有破损、缺页、装订错误，请与本社联系调换

开　　本：710×1000　　　　　1/16

字　　数：366 千字　　　　　印　张：21

版　　次：2015 年 10 月第 1 版　　印　次：2015 年 10 月第 1 次印刷

书　　号：ISBN 978－7－5190－0244－2

定　　价：48. 00 元

目 录
CONTENTS

01

纪实文学

走向朝阳

——中铁四局房地产开发创业纪实

十年磨一剑。中铁四局房地产开发业从无到有。至今,在科技之城合肥,已建成的"吟春园"小区高耸于新站经济开发区,完全交由正规的物业公司进行市场化的规范管理;在素有"煤都"之称的淮南,占地229亩、分三期建设的"淮南阳光国际城",一、二期998套可销售商品房被订购996套,其中签订合同的988套,签约率99.2%;在包公故里肥东,房地产公司出资1.4亿元购置的423亩FDX03地块,一个大规模、高品质、现代化人文社区的蓝图令过往行人驻足侧目,"中铁置业·彩虹新城"于一个月前举行了隆重的开工典礼……这些房地产业像一座座丰碑,记录着房地产公司曲折而又辉煌的创业史。

"第一桶金"

中铁四局房地产开发工作启动,说起来有点偶然性甚至戏剧性。

1998年5月中铁四局成立房地产管理处,对外还有一块牌子,叫"铁四局房地产开发公司"。当时,在全国、特别是改革程度较高的南方,房地产开发作为一种新兴产业已经势如破竹,搞得红红火火,但在局机关所处的安徽合肥却还处于酝酿和起步阶段。因此,张朝鲁——这位从上海铁道大学毕业后担任过电气化处施工队长、段长、副处长,上任局房地产开发公司总经理时,公司只是一个空壳,既没有在当地工商机构注册,更没有注入启动资金。

细心而又执着的张朝鲁经过13个月的市场调查,向局领导建言:房地产作为一个新兴产业,被经济学家和业内人士誉为"朝阳产业",具有非常广阔的开发前景和相当大的利润空间。四局从"大京九"下来后任务无着落,各子(分)公司到处找米下锅。房地产公司应该借助四局这块响当当的招牌,立足安徽,面向全国,尽快打入这个市场,开辟一条新的经营渠道,为局分忧。

张朝鲁的观点得到局领导的认同。1999 年 6 月 18 日,经过在合肥工商机构注册登记的"安徽铁四局房地产开发有限责任公司"在鞭炮声中宣告成立,具有房地产开发二级资质,注册资金 1000 万元。

阿基米德有句名言:"给我一根杠杆,我可以撬动地球"。但对张朝鲁来说,机构成立容易,但要用 1000 万元的资金启动四局的房地产业,其艰难程度可想而知。就在张朝鲁左冲右突、上下求索的时候,局领导透露的一条信息给他带来了希望的曙光:我局垫资承建合肥五里墩立交桥,尚有 3050 万元的垫资款没有收回。最近合肥市政府决定,按等值原则,把这些垫资款折合成土地,在新火车站开发区给我局划拨 68 亩土地,以加快新站开发区的建设。局已决定,此地块交由房地产公司进行商品房开发。

这真是"雪中送炭"!张朝鲁兴奋得几天几夜睡不着觉,马上着手各种手续的申请、报批和规划设计及施工准备工作。从此,学铁路电气化专业的张朝鲁把房地产开发当成了自己终生为之不懈努力和奋斗的崇高事业。

2000 年 11 月,也就是铁四局与铁道部脱钩、改制为中铁四局集团有限公司 5 个月后,由第一任总经理李中庸亲自命名的我局第一个商品房项目——占地 4.53 万平方米、设计建筑面积近 10 万平方米的"吟春园"小区开工建设,并首创合肥市小高层住宅群房型的先例。

房地产开发作为中铁四局的一个新兴产业由此正式起步。按照当时局领导的思路和设想:眼光要放远。现在我们开发建设"春园",以后我们还要开发建设"夏园"、"秋园"、"冬园"……

为了实现局领导提出的设想和目标,房地产公司的员工们鼓足勇气,树立信心,谨慎运作。没有开发建设方面的经历,他们就把"吟春园"作为创业的起点;没有规划设计专门人才,他们委托安徽省城乡规划设计院和南京一家设计公司共同设计,聘请安徽省建设厅专家审议、评标;没有公共关系和操作经验,他们依照国家和当地政府的有关文件要求,规规矩矩地办理各种审批手续,对规划、建筑、监理等公开招标;聘请专业营销策划机构费用太高而公司的家底薄,张朝鲁等公司领导和有关部门负责人亲自上阵开展项目营销,并动员局机关和本公司的下岗、待岗职工去推销;项目管理制度不尽完善,他们随时对运作过程遇到的各类不足和问题进行补充和整改。

2003 年初,随着"吟春园"小区一期工程交付业主入住及二期工程开工,中铁四局的房地产开发及物业管理进入一个全新的、关键的时期,局党委从胶济铁路建设工地调严伟潮(时任局胶济工指党工委书记、副指挥长)到房地产公司任党委书记、副总经理。从此,房地产公司如虎添翼,各项工作步入快车道。作为党委书记,严伟潮着手组建公司党组织班子,建立党内"三会一课"、重大问题集体决策等制度,要求充分发挥党组织的战斗堡垒作用和党员的先锋模范作用;作为副总经理,严伟潮竭力当好总经理的参谋和后盾,重点借助"吟春园"小区住宅楼项目和道路、绿化及小区文化等配套设施建设的平台,轰轰烈烈地开展劳动竞赛和创优争先活动。

2004 年可谓中国的"房地产政策年",国家从资金、土地供应两方面严格控制,央行也严格限制开发企业贷款,加之已经实施的《物业管理条例》和最高人民法院颁布实施的《关于审理商品房买卖合同纠纷案件适用法律若干问题的解释》等,使得房地产开发企业面临诸多新的困难和压力。面对这些,房地产公司领导以高度的政治责任感和使命感达成共识:企业的生产发展必须要有一套完整、科学的管理制度做支撑。房地产公司按照《公司法》要求,进一步建立完善了法人治理结构,搭建起以张河川为董事长,陈月东、严伟潮、张朝鲁等为董事的决策机构;按照公司章程,初步建立了公司股东会、董事会、总经理办公会、党政联席会制度等决策和执行秩序,使得公司法人治理结构逐步规范化,协商决策过程逐步程序化,职责权利义务逐步明确化。

此外,陆续出台了《业务招待费管理办法》《招标管理办法》《工作督办管理办法》《突发事件处理管理办法》等一系列管理文件,以此作为企业员工的行为准则,规定了员工在共同工作中应当执行的工作内容、程序和方法。

2005 年 10 月,江淮大地稻穗金黄、瓜果飘香,对中铁四局房地产公司来说也是一个丰收季节:随着高 05# 住宅楼竣工交验,历时 5 年、共 20 栋房屋(其中小高层 12 栋、多层 8 栋)、总建设面积为 9.79 万平方米的"吟春园"小区全部建成,质量验收合格率、市场销售率、交付使用率均为 100%,住宅入住总户达 685 户,销售收入 1.98 亿元,上缴税收 1567 万元,实现净利润 1200 万元。

也就在这一年,中铁四局房地产公司成为安徽省房地产业协会常务理事省直单位,并荣获"安徽省房地产开发诚信企业"称号。

"北上"与"东进"

如果说"吟春园"小区建设对房地产公司是一场前所未有的实战,那么,在这场实战中,不仅锻炼了四局首批房地产业的从业人员,更重要的是干部员工转变了传统的思想观念,从业观、道德观、价值观都发生了质的变化,走出了一条成功的创业之路、奋斗之路、实现梦想与价值之路,为中铁四局房地产业的发展壮大奠定了良好的思想基础、创造了一定的物质条件。

成功是企业的目的,但重要的是持续,不断发展壮大才是硬道理。房地产公司紧紧围绕以市场为导向、效益为中心、开发为重点、质量为根本、管理为动力的经营理念,立足长远发展需要,制定出四局房地产业中长期发展战略规划,明确提出房地产业与铁路一样,应当成为中铁四局经济的"大盘子",成为建筑业中几大板块的重要组成部分,并决心在较短时期内把它培育成四局新的经济增长点。

张朝鲁、严伟潮和全公司的员工们义无反顾,勇往直前。

既眼睛向内——投入人力物力,对全局,尤其是对局机关大院的房地产现状进行调研分析,按照功能分区、整体规划、分期改造的思路,提出了短期改造建设及中长期规划目标;参与对全局所属成员单位的闲置土地进行摸底,提出了对有开发价值的土地资源进行开发的时间表;积极参与一公司"栖霞山庄"集资房项目的合作和建设,出面协调与地方政府各部门的关系,同时为指导全局闲置土地的盘活利用发挥积极作用。

又眼睛向外——着重于对社会房地产市场进行调研,赴京、沪、津和沿海经济发达地区参观取经;先后到中铁二局、中铁五局观摩学习,对芜湖、上海、北京、合肥等地的房地产开发项目进行实地考察;到北京、广州、杭州等地寻求合作开发项目,并一一进行了筛选和科学论证。

找寻目标,主动出击,使房地产公司很快捕捉到了市场先机。2004年,通过国有企业控股民营企业的新型开发模式,房地产公司投资700万元回购原"淮南阳光城"项目70%的股权,从而获取了229亩土地资源。为了防范合同协议中的法律风险,他们聘请全程法律顾问,要求由转让方提供所有债务包干(含拆迁)担保,董事长、总经理、财务负责人等管理人员由我方派任,转让方的收益视开发情况逐步支付。之后,在完成市场调研、土地确权、资产负债审计后,双方签订了股权转让协议。

"吟春园"开发的实践,使房地产公司的领导层和操作层共同认识到,房地产开发是一个复杂的系统工程,环节多且复杂,涉及的主体多、时间长、内容广、投资大、法律关系复杂,牵涉到许多行业和部门。开发商在人力资源方面尚未拥有经验丰富、层次较高专业人才团队的情况下,仅仅依靠自身的条件和能力,根本不可能高效率、高质量、高品位地完成一个项目的开发,因此需要与社会相关专业机构建立紧密的合作伙伴关系,借他们的专业优势资源为我所用,从而提高开发的效率,保证产品的质量。于是公司决定,聘请专业策划公司对项目进行指导,以实现项目的最优定位。

与此同时,他们与淮南市政府有关部门积极沟通协调,使得"淮南阳光城"项目的修建性详细规划与淮南泉(山)大(通)地区的控制性规划修编调整同时进行,把项目的"小规划"最大程度地融入了"大规划",大大缩短了规划报批时间,方案总体规划设计很快通过了初、复审并经过了专家评审,共有39栋房屋,总户数2200户,总建筑面积30万平方米,是"吟春园"的3倍还多,分三期开发。

2006年8月,"淮南阳光城"正式开工建设。为确保"国庆"黄金周期间成功开盘,公司制定下达了进度安排和考核指标,开展了"大干50天"活动。张朝鲁、严伟潮等公司领导深入一线、靠前指挥,每天总有一名公司主要领导在施工现场;各职能部门全力支持、通力协作;阳光城公司员工更是放弃所有的双休日、节假日,晴天一身汗,雨天一身泥,在工地穿梭督促协调,及时解决出现的困难和问题,确保工期、质量、安全以及配套工程规划设计、预售许可证申办和物业公司招标工作按计划推进。

在"淮南阳光城"开发建设和房屋销售中,与"吟春园"运作迥异的是,房地产公司采取了六项全新的、与市场经济规律接轨的"品牌营销"、"规模营销"方略:

——借用外脑为"我"服务,聘请专业的策划和营销公司对项目进行前期策划、定位及包装,以保证项目的总体规划符合预期销售目标,最大限度地创造经济利益;

——以四局在建筑市场的威望和声誉,大打"中铁四局"品牌,特别是借助我局投资开发淮南"山南新城"项目的契机,提升"阳光城"品牌形象;

——成立淮南"阳光置业会",全面集聚当地人气,当年自5月1日开始到9月30日开盘前,共吸收贵宾会员600余人;

——以9月15日集传统文化与招商引资洽谈于一体的淮南市"豆腐节"为平台,举办房展会,进行销售预热;

——在"中秋节"前夕召开"阳光城"产品解析会,将销售预热推向高潮,淮南各家媒体称之为"淮南市房屋销售空前盛况";

——综合多种因素进行合适的价格定位,保证了产品营销的综合收益。

2006年"十一"黄金周尚未来临。从9月27日开始,一些抢购者便在"淮南阳光城"一期"雅典城"售楼部前冒雨排队,有的是全家老小轮流,有的是购房者花钱雇人,而且是昼夜不间断地守候。时值深秋,昼夜温差大。张朝鲁、严伟潮等公司领导巡视时看到此情景,当即让售楼部工作人员租来大客车,供排队的人日间遮风避雨、夜晚靠座休息。10 月 1 日当天,"雅典城"9#—16#楼 342 套住宅就被认购 210 个房号。黄金周七天里被买受人定购 261 套,占总套数的 76.3%,到年底全部销售一空。

此后,逐渐走向成熟的房地产公司,以兑现对业主的承诺为己任,全力做好一期建筑施工、下一阶段拆迁和二期开发前期工作。他们举办以"阳光、生态、国际、文明"为主题的高品质产品解析会,组织参加淮南市房产局主办的年度房展会,广泛开展"大干 100 天"和"党旗高扬阳光城"党建主题活动,确保各节点任务按期完成,于春节前圆满实现了一期 8 栋楼全面封顶、二期工程开工。

2007 年 4 月 8 日,建筑面积为 5.1 万平方米、共 418 套住宅的"阳光城"二期开盘,当天就被订购 300 套,占总套数的 72%;10 月 1 日,二期 B 组团开盘仅半天,推出的 4 栋共 238 套住宅全被抢购一空,创造了淮南市房地产市场销售的奇迹。到年底,"阳光城"小区可销售商品房共计 998 套被定购 996 套,占总数的 99.8%,签订合同数量 988 套,签约率 99.2%,合同累计金额 2.88 亿元。

如果说,四局以合肥为中心的房地产业"北上"战略业绩可圈可点的话,那么,2007 年底"东进"战略也迈出了实质性的一步:肥东新城 FDX03 地块可行性研究报告付诸实施,"中铁置业·彩虹新城"作为中国中铁置业集团的首批品牌试点项目,于 12 月 30 日隆重奠基,2008 年 2 月 26 日正式开工。

肥东新城 FDX03 地块位于肥东新城开发区,地处合肥 141 城市发展战略东部组团区域,距离合肥市中心约 12 公里,占地面积 393 亩,规划总建筑面积 44.6 万平方米。为了确保该项目适应市场最新的形势和需求,房地产公司推翻了最初的"中低档产品"的定位,聘请了三家专业营销策划公司对该项目进行重新定位研究。经过周密的市场调研和董事会的集思广益,最终确定了"中高档产品价值感,主流产品价格"这一独具特色的项目定位。紧接着,在设计总体规划方案时提前组织对单体户型方案进行研究,设计出本企业的标准通用单体户型产品方案。这样,一方面便于"彩虹新城"项目的标准化施工和规范化管理,另一方面有利于保证产品质量,降低产品成本,打造企业品牌,促进整个项目的销售。此外,还在合肥地区住宅开发中首次采用地源热泵技术,提升了小区的品质。

正是凭着以上这些骄人的销售业绩,房地产公司荣获了"安徽省质量服务信誉 AAA 级优秀房地产公司"称号,公司领导班子被局党委授予全局"好班子",淮南阳光国际城被淮南市房地产管理局评为"2006—2007 年度淮南市商品房销售 10 强楼盘"并名列第一,项目部被评为局"红旗项目部"和"创建思想政治工作示范点达标单位"、"三工建设标兵单位"。

"做大做强做持久"才是硬道理

如果说"吟春园"、"阳光城"和"彩虹新城"等"一园二城"的成功开发,向人们证明着中铁四局房地产业步入了健康稳步发展的轨道,那么,按照"品牌拉动、快进快出和永续发展"的目标,把房地产业做大做强做持久,则是许宝成、张河川等局领导独到的智慧和谋略。刚刚闭幕的 2008 年局"三会"明确这一工作要求,进一步厘清了张朝鲁总经理、严伟潮书记等房地产公司领导层的思路,更加坚定了全公司员工的信念,以更加旺盛的精力和斗志投入到战略性的经营开发和集约化的精耕细作。

一时的兴盛说明不了什么,只有从战略的层面才能解决可持续发展的问题。为适应做大做强做持久房地产业的需要,推进企业制度化管理,早在 2005 年 3月,中铁四局房地产公司就按照局精细化管理的要求,成立了由党委书记严伟潮任组长的"加快推进企业制度化建设工作小组",经过读书学习、思路交流、拟订提纲、考察调研、调整提纲、分工撰写、统稿整理等环节,形成了《中铁四局集团房地产开发有限公司发展战略规划》和《房地产开发规范化运作文件汇编(讨论稿)》。其中,前者已经公司董事会审议并成为局发展战略的重要组成部分,后者通过公司网发送,以下载阅读和文件传阅会签的方式,面向公司全体管理人员征求意见,并组织专人对讨论稿逐条进行集中研讨和修改。

从优化企业职能分工布局入手,借鉴一些大型房地产公司比较成熟的管理模式,按照房地产开发流程,以顾客为导向,房地产公司重新理顺各部门关系,编制出公司的主导业务流程图,形成公司本部与项目公司(项目部)职能分工新格局:公司本部负责项目调研、定位策划、规划设计、招标、营销决策、技术支持、融资等策划、管理、协调工作,项目公司(项目部)负责执行、落实公司本部方案,加强与当地政府部门、相关机构的联系,办理与项目开发建设相关的事项,做好项目管理与协调工作等具体业务。

根据四局"到 2010 年房地产开发规模要达到 10 个亿元"的战略目标要求,房地产公司成立了"品牌建设工作小组",加入了中铁置业协会,依托中铁置业集团和中铁四局的雄厚实力,共同打造"中铁置业"品牌。新建项目"肥东彩虹新城"作为中铁置业集团的五个试点项目之一,直接参与"中铁置业"企业品牌标识的研究与应用。

为了打造有企业特色的产品,四局房地产公司颠覆了规划设计先做整体再做单体的传统顺序,以标准化户型单体设计为先,或与整体设计同时进行,避免了单体设计在实施过程中易变而造成整体设计变动的弊端。与此同时,针对国家近年来强制执行的 70/90 政策,重点攻关 70/90 标准户型。通过大范围的征求意见和反复修改,确定了多个功能明确、细节关怀、适宜居住的主打户型方案,将产品打上了企业的烙印,为即将到来的企业规模扩张提供可以复制推广的范本。为了推进现场管理规范化,他们采用了"样板先行"的新的管理模式,经过充分研究、论证,并在反复征求多方意见,不断整改完善的实体样板房,作为施工现场管理中的图纸理解、材料选配、施工工艺、质量要求等方面的实体标准,使之成为协调建设方、设计方、监理方、施工方关系的基本依据,使各方在施工现场管理中有据可依,各司其职,共同做出令客户满意的产品。

教育和引导公司员工克服房屋卖出去了、工作就算完成了的错误观念,高度重视业主的房屋质量维修,不断完善售后维修服务体系,建立一套人性化的质量维修体系,避免由此产生的房屋质量纠纷,让业主真正感觉到买得放心,增强业主对四局品牌的忠诚度。

创业有起点,事业无止境。"要把四局房地产业做大做强做持久,我们还有许多工作要做,还有许多新的路子需要探寻,还有许多管理模式需要摸索。"张朝鲁、严伟潮在接受采访时不止一次地说,那目光充满希冀,那神情充满信心,那志气像当年依然飞扬。

铸就西南桥头堡

成(都)绵(阳)乐(山)铁路客运专线起于成都,向北经德阳、绵阳至江油,向南经眉山、峨眉山市至乐山,是四川修建的第一条铁路客运专线,也是整个西南地区第一条铁路客运专线。我局施工的 CMLZQ—3 标段穿越成都、广汉两市,全长24.9 公里,有特大桥、小桥和框架桥 16 座,占全管段总长度的 75%,另有站场 2处,制架箱梁 498 片,预制 CRTSI 型轨道板 2.2 万块,铺设无砟轨道 49.1 公里。开工日期 2009 年 7 月 1 日,竣工日期 2011 年 11 月 30 日,合同造价 15.78 亿元,合同工期 28 个月。去年 6 月进点至今年 6 月 30 日,由五公司代局指已累计完成产值 7.45 亿元,实现安全生产 366 天。承建的路基试验段、新都立交特大桥、鸭子河特大桥水中墩等工程被业主评为"样板工程";四项目队被评为"优秀项目部",广汉轨板厂被评为全线"优秀轨板厂";先后有 45 人次获得业主表彰,指挥部获评业主甲类施工单位、2009 年度和今年上半年信用评价综合评比第二名;指挥部还被铁道部确定为成绵乐客运专线标准化管理八大试点单位之一。

标准成习惯

沿着由脚手架搭起的爬梯登上成绵乐客运专线跨成绵高速公路立交桥的 0 号台,七八名作业工人有的绑扎钢筋,有的在焊接,还有两个头戴白色安全帽的人把图纸展开给一个应该是领工头的人讲述着什么。随行的五公司成绵乐项目四队书记谭志明告诉我:"那个个子高一点的叫阚剑峰,是我们队的工程部长。"原来,下一步就要立内模了,阚剑峰与另一名技术员一大早就到工地进行工序和技术交底。

在局成绵乐工程指挥部的任何一个工点,每当一道工序结束或进入下一道工序,项目队的技术人员都要到现场进行这样的交底,这已成为必做的"规定动作"。

局成绵乐工指于2009年6月一进场,就提出了"高标准、讲科学、不懈怠"的总体要求,严格按照成绵乐公司提出的"四个一"(即开工一个,规范一个,达标一个,验收一个),教育和引导参战人员做到"标准成为习惯,习惯符合标准"。

二项目队施工的青白江特大桥门式墩在五公司尚属首例,难就难在37#至39#门式墩以17.45度斜交宝成线,上部结构采用24 + 24米预制简支箱梁,下部结构采用钻孔桩承台基础;门式墩净跨分别为19.5米、18.5米和18.5米,其帽梁为C50预应力钢筋砼矩形梁,梁底距既有线接触网之间施工空间小;最近的基础距铁轨只有2.7米,开挖深度为6米;宝成线(电气化铁路)行车速度与密度极大,集中时段约3～5分钟一趟车,施工中还要保证列车以正常的120公里时速通过。

"你们一定要把门式墩干好,而且要保证安全。"这是五公司总经理汪海旺多次到二队视检查工作强调最多的一句话。

在现场,二项目队书记王勇告诉我们:"从门式桥墩开始施工的那天起,经理卢志刚每天都来工地,找他人只要到这里,一准就能找到他;遇到现场有吊装任务,就与现场员工一样吃盒饭,工序结束得再晚,他绝对是最后一个离开施工现场的人。"

施工中所有的工序、措施、要求都按事先制定的方案进行:在曲线半径上设8个点,每天对轨面标高进行检测,逢雨天测3次/日;凡进入现场人员必须一一签到;临时基础按竖井标准施工,每50厘米下挖一榀;及时抽水,并在附近打了两眼降水井;脚手架采用安全网、全封闭;上部施工采用全包围整体防水,灌注混凝土时再设一人手持拖把防漏浆;为接触网电线套上绝缘管,上面再挂绝缘板,做到双保险;要求上面施工人员连烟头都不能往下丢、一滴水都不能往下滴;现场两侧均设有防护员,其中两人为项目队员工,另两人为成都局工务段员工。

5月20日、21日,业主组织门式墩施工专项大检查,二队门式墩是全线12个工点检查中唯一没有整改意见并受到业主表扬的单位。

7月16日凌晨3时18分,随着第18片帽梁支架稳稳落下,撤除了脚手架、褪去了防护网的青白江双线特大桥跨宝成线门式墩,宛如一支支出水芙蓉清新玉立,又像一座座凯旋门伟岸屹立,高耸挺拔,迎送着一列列隆隆而过的钢铁巨龙。

谁叫"村村通"?

"村村通"原是指让公路或电话、电视、广播网络等通到所有的村子。在成绵乐客运专线工地,"村村通"却是干部员工送给姜好的一个美称。

姜好,局成绵乐工指四项目队经理,原籍重庆,当过兵。去年6月23日带领队伍进场,第二天他就到施工管段所在的新都区拜访。有关部门告诉他,区里已向上面打了请求线路改移的报告,你们先靠着吧。

原来,成绵乐城际铁路成绵乐城际铁路以成都为核心,向北是成德绵产业带,向南是成眉乐旅游带,人口占四川省的30.5%,GDP占四川省的51.4%,是四川经济最发达和最具活力的产业带,这就大大增加了征地拆迁工作的数量和难度,而在新都区经过时打乱了区里的规划,请求上面"调整方案"。

这一等就是一个多月。报告没有获准,还是要按照原设计的走向建设。在这段时间里,姜好并没有被动地等待,而是主动走乡串户,宣传建设成绵乐客运专线的意义和将要给"老乡"们带来出行上的便利和经济上的实惠,400多套需拆迁房子的户主大多很快在协议上签了字。红星村剩下3户以补偿少为由坚持不拆,其中张成根还特别提到搬迁给自己酿造桂花酒所带来的巨大损失,想按传说中的"新规定"增加补偿数额。姜好知道内情后"三顾茅庐",后来干脆住到了他家,每天帮他买菜、做饭、干家务,讲情、说理、谈政策,最终解开了他思想上的疙瘩。搬家那两天,姜好从项目队召集了20多人抬运,并用准备好的50多个大塑料桶,把他还在酿造中的桂花酒从老宅倒到新租房的地缸里。这一下不仅感动了张成根,还使他当老师的儿子把四局人忠于职守建高铁、以诚待人的精神广为传播。从此,姜好即使走在乡村小道上都会有人认出他,"村村通"的雅号也就越叫越响了。

姜好还与同样有当兵经历的区长、区办主任、副镇长等"认"了战友,经常汇报工作,常发问候短信,结下了深厚的感情和友谊,从而取得工程建设方面的理解和大力支持,管段内大电迁改的16条线已迁了11条,需要拆迁的4家国有企业厂房已拆迁了3家。6月份,四项目队已完成施工产值1271.78万元,占公司下达当月计划的273.14%,累计完成建安产值1.2亿元。

就在记者结束采访的当天——7月3日晚,成绵指挥部召开6月份月度会议,局成绵乐工指四项目队喜获6月份月度劳动竞赛第一名。

专利上了网

梅魁从武广二标一项目队调到成绵乐客运专线广汉轨板厂担任厂长,他心中的目标就是,把一切工作做得更好,让产品成为四局的一个品牌。

广汉轨板厂承担着CMLZQ—3、CMLZQ—4两个标段约2.2万块CRTS I型无砟轨道板的预制任务,而CRTS I型无砟轨道板是国内引进技术再创新的成果,分别为 P4962、P4856、P4856A、P3685 型四种预应力平板,均为标准板型,在技术上比较成熟,但其混凝土从生产到入模通常为:从一台搅拌站拌制混凝土下放至料斗,通过平板车运输混凝土料斗至生产车间,再经桁吊运至模板处浇筑混凝土,方法陈旧、费时费力,且使产品存在不稳定性,而仅有的一台搅拌站一旦出问题就会造成全厂皆停。

针对这些缺陷和隐患,梅魁从厂建开始就组织全厂技术人员攻关,研究设计了一套新方案:将厂内制板任务分为两条独立的生产线,配置两台 HSZ75 搅拌站供应混凝土,经两条运输轨道,同时供应两条轨道板预制生产线的任意一条,不会出现因故障导致停工现象,且免去了现场汽车的使用,提高了生产效率,加快了生产进度。同时,设计出了具有混凝土运输和布料两个功能的 CRTS I 型轨道板专用布料机。目前这两项设计方案已通过公司内部专利申请核查,由国家专利局备案并已上网公示。

2009 年 9 月 19 日,成绵乐客运专线第一块 CRTS I 型轨道板在广汉厂诞生,技术人员又把精力集中在"如何保证 CRTS I 型轨道板预制质量"、"如何提高CRTS I 型轨道板产量"两个课题上,成立了工法研究小组,开展一系列科研工作,积累制板经验,提高生产水平。截止到 7 月 2 日,共生产了 6850 块轨板,在全线三个轨板厂中名列第一。

广汉轨板厂于 2009 年 7 月 25 日破土动工以来,先后成为全线第一个完成厂建,第一个完成设备安装调试,第一个通过业主监理联合验收,生产了全线第一块轨道板,今年 4 月 30 日又是全线第一家正式通过铁道部产品中心认证审查,日产轨道板 54 块而创全线最高纪录……这一连串的"第一"和"最高",使其成为中铁四局在成绵乐客运专线乃至成都铁路局的一个靓丽"窗口"和响亮品牌,前来考察、观摩、指导、学习的络绎不绝,并给予了充分的肯定和很高的评价。全国政协常委、中国工程院院士、原铁道部副部长孙永福在调研后说:"广汉轨板厂是我看到的全国最好的 CRTS I 型轨道板生产厂。"呼和浩特铁路局主管基建的副局长曹云明看到轨道板明亮光滑,惊叹之余用怀疑的口吻问:"你们是否造假了?"在场的轨板厂书记邓光磊、总工房有亮不得不把带有商业机密的工艺和方法透露给他一些,并把他领到 1#、2#和 3#存板场。看到工字钢支架上一排排轨道板对缝整齐、边角线条分别在各自的水平面上,无一块、一处存在修补的痕迹,用手抚摸平滑如镜,连蒸养篷布用后都叠得整整齐齐放在固定的地方,他才由衷地发出了赞叹声。

局董事长、党委书记张河川在详细察看了生产线的第一个制作环节,检查了已经制作成型的各种型号的轨道板产品,听取了局副总经理兼成绵乐工指指挥长邓民的介绍和厂领导班子的汇报后,做了这样的评价:"五公司广汉厂生产出的轨道板,代表了四局在高铁轨道板生产的水平。"

今年 7 月 5 日,由成绵乐公司总经理助理鲜国率队,对中铁四局承建的成绵乐客专 CMLZQ—3 标进行了 2010 年第三次信用评价。此次信用评价分为现场检查组和内业检查组,对人员履历、合同管理、原材料管理、安全管理、标准化建设、现场文明施工等内外业进行了严格的检查并现场打分。中铁四局成绵乐客专工指最终以标准化管理严格、现场文明施工程度高、内业资料齐全完备,荣获成绵乐公司上半年信用评价综合评比第二名。

7 月 6 日,在成绵乐公司组织的上半年优质"样板工程"评比中,我局成绵乐客专工程建设脱颖而出,获得 3 项优质"样板工程",这是继 2009 年获得 5 项优质"样板工程"后再一次取得良好成绩,在成绵乐客专全线树立了标杆。局董事长、党委书记张河川代表局指上台领奖。张河川在颁奖仪式上的表态发言中表示,中铁四局有信心更有决心组织好项目施工生产,采取一切措施,坚决兑现各节点工期目标,为成绵乐客运专线如期开通运营做出应有的贡献!

重归陇塬著华章

　　2002 年 4 月,我局参建的宝兰二线提前 10 天交付运营,并在建设中创造了月开挖 224 米、成洞 219.3 米的国内黄土双线隧道施工新纪录,业主兰州局通报嘉奖,当年获得中企联、中企协颁发的"全国企业新纪录"奖牌。11 年后,我局中标宝兰客专 11 标(甘肃段)和 2 标(陕西段),全长 56.388 公里,合同价 40.58 亿元,两千余名员工和作业队伍再次奔赴大西北,"快"字领先,"严"字当头,"勇"字担当,"细"字入微,用自己的锐智和汗水,打出四局的威风,创出四局的品牌,在陇塬大地书写出辉煌的篇章。

"快"字领先

　　宝兰客运专线是国家铁路"四纵四横"快速客运网的重要组成部分,属于规划中徐州至兰州客运专线的西段,东起西(安)宝(鸡)客运专线的宝鸡南站,沿渭河南岸向西进入甘肃省的天水市、定西市,最终接入兰州枢纽(西站),全长 403 公里,总投资 535.4 亿元。这条客专线 2017 年底建成通车后,将大大缩短西北与东、中部地区的时空距离,从而进一步优化快速铁路网络,实现区域内客货分线运输,彻底解决西北地区陆桥通道运输能力问题。

　　今年 1 月 20 日中标宝兰客专线 11 标工程后,局针对甘肃段的实际情况,委托七分公司组建代局指,首批人员当月 27 日到达定西,并参加了由甘青公司组织召开的"宝兰客专线施工动员会"。承担施工及物资采购任务的四公司、七分公司和物资工贸公司按照经理部以快争取主动、以快赢得声誉的要求,迅速组织员工及机械设备进场。3 月 15 日物资招标会召开,25 家供应商参加了对管段内的地材招标,四天后安定隧道出口动工。也就在这个月,局经理部被甘青公司定西指挥部评定为 A 级信用单位。4 月初中心试验室通过验收后,7 日就开始灌注定西西河特大桥 13 号墩 6 号桩基,安家庄隧道进口也随即进入洞内施工。"五一"劳动节假期,二工区员工放弃休息,加班加点灌注定西西河特大桥 14#承台,15 日浇筑出墩身,从而创造出全线第一个承台、第一个墩身。6 月 6 日,甘肃省副省长郝远到石羊岭隧道出口检查,对洞口门禁设置、洞内施工工序及现场文明提出表扬;8 月 18 日,陪同国务院总理李克强到岷县漳县地震灾区视察的中国铁路总公司副总经理卢春房,在甘青公司总经理史克臣、局总经理许宝成等陪同下,专程来到我局承建的宝兰客专 11 标石羊岭隧道出口掌子面察看施工情况,听取局经理部经理张超对隧道门禁系统监控、超前地质预报、不同围岩等级下隧道仰拱开挖的介绍,当场对隧道架子队管理、安全质量监控、施工稳中求快的做法大加赞赏。他特别叮嘱工程技术人员"要在施工过程中认真做好超前地质预报和监控量测工作,用数据说话,用数据指导施工,以精细化管理把握好每个施工细节,确保隧道内施工人员安全"。之后,卢春房兴致勃勃地来到局经理部查看员工伙食和食堂卫生,并与管理人员共进午餐。

在经理部全体员工及作业队伍的共同努力下,管段内已全面完成大小临建设,各隧道、桥梁和路基工程均已全面展开,开工率 100%。截至 9 月 17 日,共完成产值 3.96 亿元,提前 105 天完成甘青公司下达的 3.91 亿元年度投资计划,并成为宝兰客专甘肃段首家完成年度投资计划的单位。

"严"字当头

在宝兰客专 11 标,局经理部经理张超的一个"严"字道出了施工管理的真谛。早在进点之初,局经理部就针对黄土地质铁路建设的特点,按照安全、质量、工期、投资、环境保护和科技创新"六位一体"的建设管理要求,围绕管理全覆盖、责任全落实、现场全受控的"三全"目标和管理规范化、作业标准化、施工专业化、班组自控化、行为市场化的"五化"标准,在隧道、桥梁、路基工程中大力推行架子队管理,并由工区对架子队实行垂直领导、职能指导,有效实现了施工现场管理层与作业层的有机衔接和有效运作。即便如此,面对"四最一强"(即湿陷性最大、黄土陷穴最发育、滑坡灾害最严重、节理发育最密集、地震活动十分强烈)的土质,经理部经理张超与书记李春祥共同感到,有必要强化经理部对作业层的管理控制和对施工现场的监管,商议决定从五个工区抽调六人组成"内部稽查队",交叉住到对方的工地,天天不间断地进行检查、督促和监管,对发现的问题、拟处理意见直接向局经理部经理和书记报告。局经理部还从中标总金额中提取 0.4% 作为奖励基金,专门用于月度综合考核,进入前两名的给予奖励,处在末位的给予处罚。

局经理部把落实各项措施和决策及时不及时、到位不到位作为考核执行力的标准,锐眼紧盯,密切跟进。安定隧道出口在前期下雨期间多次出现险情,局经理部于7月8日专门下发整改通知,并由经理部总工黄传圣于14日组织召开了围岩变形分析及控制措施研讨会,在《会议纪要》中明确了加固措施。一周后黄传圣再次到现场检查核实,发现仰拱距掌子面的距离达到19米,沉降量严重超标,而且《纪要》中的一部分措施没有落实,给施工生产带来极大的安全风险。他当即批评三工区"执行相关措施不力",经理张超也签发通报,要求三工区"将仰拱距掌子面距离控制在15米范围内,并按单工序作业及临时仰拱法施工",消除生产安全隐患。

施工过程中,局经理部还建立领导包保制度和内部观摩机制,统一标准,取长补短,样板引路,凡不符合要求的坚决推倒重来,从而为全面创优奠定坚实的基础。甘青公司定西指挥部从今年3月份开始每月开展综合考评,局宝兰客专11标经理部在到8月份的6个月里有5个月取得了A级。

"勇"字担当

定西历来以十年九旱、苦甲天下著称,但今年进入六七月份后却天气异常、雨水不断,甚至出现大到暴雨,给宝兰客专线特别是隧道施工带来诸多隐患。局宝兰客专11标经理部严密部署,加强防范,稳步推进施工生产。6月底,连日的降雨导致山体含水量增大,隧道边墙收敛加快,四工区现场技术员王少东发现北二十里铺隧道出口IDK953+72~IDK953+750段拱架两端初衬出现纵向开裂,立即报告给工区总工。正前往兰州出差的工区长阮茂青听到报告,叫司机调转车头返回工地,一马当先进入隧洞,组织掌子面作业人员向外撤离,并督促设计院工作人员到现场联合"把脉"。防护和加固方案一出来,他们一面对掌子面进行喷浆稳定处理,一面用型钢和钢筋分别对边墙和二衬进行加固和加强,有效制止了古陷穴部位可能出现的大面积坍塌。

还是在四工区。7月6日下午5时许,天空突然乌云密布,狂风大作,紧接着暴雨从天而降,从搅拌站汇聚而下的洪水因管道排泄不及,一部分水流直接冲向刚开挖出来的丰河沟大桥9#墩基坑。大桥负责人丁梦龙见状,立即叫来工程部、物资部、试验室的年轻人,冲进风雨中抗洪抢险。他们有的到泵房里扛来装有填料的编织袋筑起堤坝、阻挡水流,有的用铁锹疏通水道、加速排水,还有的在陷穴部位铺设防水板(布)。经过几十分钟的奋战,既保住了开挖好勺桥墩基坑,也使得施工便道免于冲毁。

"细"字入微

从局经理部到工区,从项目经理到普通员工,大家都有很强烈的责任心和荣誉感,而这种责任心和荣誉感又是建立在理性的基础上,树立精细理念,对所有的工作丝丝入扣、做细做透。为了掌握各项工程的进展,局经理部和各工区都建立了短信群发平台,工区每天的形象进度和任务完成情况都会在当天下午出现在工区长、项目书记等人以及局经理部领导班子成员的手机上,而局经理部则建立用户终端,将各种数据及时上传,并进行对比分析,拿出具体的实施措施和方案。

在每个隧道口设立门禁系统,对每个施工人员的行动轨迹、每个作业面的进度实施视频监控,发现异常情况立即报警,使洞内施工人员的人身安全得到保障。

工地上有 75000 吨钢筋、25000 吨型钢、435000 吨水泥、84 万立方米砂子、120 万立方米碎石及 90000 吨粉煤灰的需求。负责供应的物资公司宝兰客专 11 标工地材料厂 12 名员工以"确保每个料仓都是满的"为己任,把供应品种及数量由工区细化到工点,每天到现场察看用料、库存等情况,当即列出近日需求的清单提报给供应商。他们把供应商作为自己业务的延伸,视供应商的作风为自己的作风,加强沟通交流,做到积极主动,杜绝了因材料供应不及时而造成待料、停工的现象。

"细"字入微在做好协作队伍思想工作方面也有体现。黄欠水,安定隧道出口施工作业队的头儿,看到连日降雨引起山体地表开裂、洞内沉降加剧,加上成本压力,有点"信命"的他感到自己天生不能见"水",产生了打退堂鼓的念头。张超、李春祥闻讯,先后来到他的驻地,面对面地与他聊家常、讲科学,谈到了彼此的合作和友情,也谈到了双方的责任和担当,还谈到了干工程对家庭及子女的影响。一席话说到了他的心窝里,增添了他对四局的敬佩与信任,从而鼓起了勇气,增强了信心,也增添了斗志,率领大家坚守岗位,加大投入,勇闯难关。直到今天,安定隧道出口稳步向前推进,并保持着安全无事故的纪录。

在考验中彰显形象和价值

——来自国家重点工程宜万铁路的报告

今年的初冬有点暖,再过三天就是"大雪"了,黄河以南气温还大都在摄氏十二三度上下。就在记者前往宜万铁路采访的当天,出宜昌市不到一个小时,蒙蒙细雨转眼间变成了飞舞的雪花,给建设中的宜万铁路增添了些许神秘的色彩。在行进中的汽车里,局宜万工指副指挥长、党工委副书记边亚洲说,他由二公司副总经理调任现职,到工地的第一感觉是惊奇。

产生"惊奇"的,还有不久前到宜万线采访的《国际商报》许霞等三名记者。她们沿全线采访,没想到四局一家就承建了 W1 标、W13 标、N13 标和 A1 标四个标段,合同总价达 16.57 亿元。其中,W1 标为全线最大标段,合同价约 7.1 亿元,土建施工里程共 5.6 公里,主要工程项目有新建宜昌东站(包括站台无柱雨棚)、客车整备所、机务折返段、花艳站货场改扩建等,是宜万铁路的东起点,有"宜万铁路东大门"之称。

随着采访的陆续展开和深入,笔者本人也感到了惊奇:全长 377 公里的宜万铁路,地质、技术相当复杂,我局承建了"7 大重点控制工程"之一的 W1 标、8 座 I 级风险隧道之一的八字岭隧道和 25 个重点控制工程之一的鲁竹坝隧道,除此之外还承担了 1466 片混凝土 T 梁的预制及横向张拉等施工任务。工指总工黄惠芳告诉我:八字岭隧道 I 线已于 2007 年 5 月 24 日在全线率先贯通,全线唯一的一座跨汉宜高速公路双线曲线大桥连续梁也于 2007 年 11 月 11 日顺利合龙。

"除此之外,我局还创造了全线的多项第一。"局宜万工指指挥长李仲峰向记者介绍情况时如数家珍:

"2006 年 11 月 28 日,火光村特大桥主体建成,是宜万线第一座实现主体完工的特大桥。"

"2007 年 6 月 21 日,在既有鸦宜铁路 K27+730 和 K26+237 两处同时成功插铺道岔,率先实现了在全线站场先期铺轨目标。"

"同年9月4日,鸦宜改线大桥实施架梁,是全线架设的第一片梁。"

在这一系列惊人奇迹的背后,有一种什么力量,使我局参战将士在宜万线这个有着"桥隧博物馆"之称的工程中经受住各种严峻考验、彰显出自身的形象和价值呢?

一

"不平凡业绩的创造,源自局、局党委的正确领导,局宜万工指对局各项指示、措施的坚决执行和对各项目工程的精心谋划和精细管理。"局宜万工指党工委副书记、副指挥长边亚洲如是说。

作为我国铁路路网"八纵八横"主骨架之一,宜万铁路东起宜昌市,向西经宜都、巴东、建始、恩施、利川,终点到达重庆市所辖万州区,是沪渝沿江通道的重要组成部分。因其地质条件差、工程风险大、控制项目多、科技含量高、建设标准新等特点,备受国人瞩目。

正因为地质太复杂,铁道部、武汉铁路局、宜万铁路建设总指挥部对这一工程施工的组织设计、过程控制、技术要求及应急预案进行细致规划,在全线42个标段中确定了"七大重点控制工程"、159座隧道中确定了8座Ⅰ级风险隧道、250座特大中桥中确定了25个重点控制工程,并对施工的全过程进行严密监控。

面对W1标、N13标、W13标和A1标这么多、这么大的标段,抓好项目管理、确保安全优质、树立四局品牌,成为局宜万工指的中心工作。

W1标(即外资1标)位于宜昌市伍家岗区,是宜万铁路的起始点,也是鄂西铁路交通中心,其中宜昌东站是未来的"宜昌站",它西接重庆,东连武汉,北去襄樊,建成后将是湖北西部的客货中转枢纽。

"这里征地拆迁面积大、难度也大,还要把一座山头搬走。"站在蒙蒙冬雨中的站场工地上,李仲峰指挥长介绍说。

有关资料显示,宜昌东站处于城乡接合部,一、二期合计占地2300余亩,涉及伍家岗区的七个村,红线内村民房屋需拆迁424栋、厂矿企业32家;涉及武汉铁路局职工房屋拆迁120户、生产房屋11家,拆迁总面积达12余万平方米,是宜昌市继三峡工程后最大的一次拆迁。

这也是宜昌东站被列为全线"七大重点控制工程"之一的原因。

科技含量高是W1标的又一个特点。其一,大面积软基处理及土石方碾压为全线质量控制难点,同时也被列为局科研课题;其二,丘陵地势起伏大,土质为红土、砂岩,且临近既有线边坡较陡,给石方控制爆破带来一系列的难题;其三,配置了自动化的综合站场调配系统。

除了 W1 标之外,N13 标(即内资 13 标)的八字岭隧道、W13 标的鲁竹坝隧道、A1 标的 1466 片混凝土 T 梁预制及张拉等所面临的不良地质、科技攻关、工期紧张等问题,也在考验着工指和各项目经理部的每一位成员。

施工队伍和机械设备进场后,工指按照局、局党委的要求,针对各项目的施工技术管理特点,制定了一系列的规章制度。正是这些规章制度的建立和不断完善,保证了所有参战单位和队伍树立起强烈的使命感和责任心,并将焕发出的激情与活力注入各自的岗位和工作中。

由二公司组建的 W1 标经理部不愧为局党委组织部和局工指树立的一面旗帜。为了舞起全线"龙头"、建好"东大门",自进场以来,针对新机构、新模式和现场特点,经理部班子成员潜心于制度建设,先后制定了《生产交班例会制度》、《责任追究制度》、《现场文明建设标准》、《资金管理制度》等。各部室制定出了员工岗位职责,并成立质量监督、技术指导等 9 个专业小组,通过交班会、现场会、经理办公会等形式指挥施工、管理生产。他们根据 W1 标安全质量目标,编制了施工组织计划,明确节点工期,关死竣工后门。各项目队也结合单项工程任务量对施组进行了细化,排出详细的节点工期,确保实现总体目标。另外,他们还结合安全、质量、文明施工等指标,对各项目队推行不同模式的承包制,每月考核,兑现奖惩,充分调动施工作业层的积极性。

在八字岭隧道施工中,为避免突水、突泥、瓦斯等不良地质灾害发生,确保施工人员安全,由二公司和四公司分别组建的一、二经理部,以提高安质意识、建立防范机制为重心,制定了《防范隧道施工高风险八项机制》、《"一探、二研、三通过"施工作业程序》、《重难工程安全质量研究评审制度》、《安全质量管理办法》、《施工操作指南》、《创优规则》、《地质预测预报规划》等,从思想上、制度上为安全生产和工程质量提供保障。

根据 W13 标工程的实际,由六公司组建的经理部对班子成员进行明确分工,对作业队安全生产和施工进度加强指导和督促;领导班子成员和部门负责人不分平时和节假日,坚持轮流夜间值班制度;建立健全工作运行机制,确保各项工作的有序开展。

由二公司组建的 A1 标制梁场,一期工程主要承担 1466 片混凝土 T 梁的预制及横向张拉等任务,工程总造价 1.33 亿元,计划工期 13 个月。经理部为适应工程建设的需要,在全国劳动模范、项目经理刘志祥的带领下,先后制定了《责任成本管理办法》《业务招待费管理办法》《办公用品、低值易耗品管理办法》《厂务公开实施办法》《员工宿舍卫生管理办法》等10多个办法和制度,其中《在外协队伍中实行"党代表制度"》《工作质量考评管理办法》等具有自身特点。一系列规章制度的实施和管理模式的推进,使每一道工序的施工人员既是被管理者,同时又是管理者,极大地增强了全体管理和施工人员的荣辱感和责任心、上进心,前期场建和正式制梁进度不断加快。"2006年11月18日,我们率先在全线三个梁场中生产出第一片梁;2007年6月份,我们第一家顺利通过了铁道部质检中心专家小组对桥梁的认证。截止到11月底,经理部共预制T型梁310孔。"刘志祥指着一排排放置整齐、光滑美观的桥梁,不无自豪地说。

二

宜万铁路沿线处于云贵高原与长江中下游平原区接合部,其中宜昌至土城段为江汉平原与鄂西山区接合部的丘陵山区,这种地形直接影响了沿线工程地质的发育,也预示着施工中将面临严峻的安全问题,因而要求所有参战人员的综合素质必须达到一个新的高度。为此,局宜万工指"以人为本",按照细分原则,从群体和个体两个方面着眼,向职工和协作队伍灌输安全知识,提高防范技能,确保人身及财产安全。

在群体方面,他们加大投入,强化培训。自开工以来,W1标经理部已举办各类专业学习班20期,参加者2000余人次,达到全员人数的133%;组织各专业施工人员学习宜万总指有关质量监控体系及施工规范,学习安全、质量、环水保等制度,并对特殊工种进行岗前培训。除此之外,他们还对高空作业、施工用电、既有线施工、起重作业和施工机械等特种作业人员开展专题安全教育30余场次,向测试合格的发放了合格证,特种作业持证上岗率达100%。

制梁场从建立健全安全质量管理措施入手,把《安全生产规章制度》《质量旁站制》《内部质量三检制》《质量经济岗位责任制》等贯穿于施工生产的整个过程,在提高各项管理制度执行力的同时,始终坚持"三检制"和工程质量内部"旁站制",不断加强对现场的监督检查,严把施工工序和制作工艺的每一个环节,工程开工一年多没有发生一起安全质量事故,受到了宜万总指和当地政府的一致好评。

八字岭隧道全长5.87公里,是我局有史以来承建的首座超过5000米的长大复杂地质隧道。为确保首战必胜，宜万工指在局的支持和协调下，多方筹措资金，先后投入装载机、扒碴机、电瓶车、梭矿、空压机等专业施工机械设备188台套，资产达3000余万元；购置测试、试验仪器45台套，用于地质超前预测预报的费用已达400余万元，并投入52万元在八字岭隧道内外安装了有摄像头的视频远程网络系统，驻扎在湖北长阳县榔坪镇的局工指和远在安徽合肥市的局本部，都能24小时不间断地观察和监控施工现场。

宜万工指还遵照局"追求卓越管理、筑造精品工程、改进环境行为、保证健康安全"的管理方针，从抓学习教育入手，强化安全质量意识，提高自身管理水平，严格施工过程监控，确保安全生产无事故、单位工程创优质。尤其是在八字岭隧道的建设过程中，一、二经理部从2004年进点至2007年底，共举办了"安质检人员培训班"、"防范施工高风险八项专项机制"、"瓦斯检测"、"应急救援预案"等14期930人次的学习和考试，多次组织经理部领导、工程技术人员、施工队长、领工员，到兄弟单位施工现场借鉴并汲取光面爆破质量控制、超前地质预测预报、施工监控量测、现场组织管理等经验。

W13标位于恩施州境内，距离局工指较远。为科学了解和掌握全长5.14公里的鲁竹坝2#隧道地质变化情况，切实做到防患于未然，确保施工人员人身安全，六公司项目经理部不等不靠，专门成立了超前地质预测预报小组，经理部调度室与现场昼夜保持不间断联系，随时掌握工地的情况，同时将手机信号引入隧道，以确保紧急信息在第一时间快速传递到领导管理层。经理部还在隧道内安装了安全报警设备，定期组织施工人员进行安全逃生演练，提高了施工人员的安全警觉和快速反应能力。

正是以上针对项目特点所推行的一系列行之有效的方式方法，我局在宜万线建设中才保证了职工、农民工及企业财产的安全。工指党工委副书记边亚洲用以下事实进行了印证：

"A1标宜昌制梁场从建场到预制出首片混凝土梁，一年多来没有出现一起安全质量事故；八字岭隧道从2004年7月开工以来，从未发生安全质量事故、汽车行车事故、锅炉压力容器和特种设备事故。"

在个体方面，宜万工指从"以人为本"原则出发，采用了一切可能的手段来保障职工的利益。从工指到各项目经理部，记者均看到树立有厂务公开栏。"全工指推行了'厂务公开'，及时将公司、经理部重大决策、动态和职工关心的热点问题向我们公开，让广大职工了解企业的形势、管理现状及中长期发展规划，激发了我们参与项目管理的积极性。"工指的一名同志在接受采访时深有感触地说。

在宜万线,"三工建设"成为四局形象的一个窗口,更是四局保障职工、农民工利益的一大亮点。以职工或农民工每天进进出出好几趟的食堂为例:从工指到各项目经理部,都将食堂的管理情况公开化、透明化,由职工或农民工选出的代表与炊事员一同采办食品,一方面对食堂起到了监督作用,另一方面让职工了解、体会炊事员工作的辛劳,增进了理解,改善了关系。在这里,理解、宽容和支持潜移默化成和谐的音符,缭绕于工地生活工作的每一个空间。

工作、施工之余,职工们除了在宿舍里看看电视下下棋,工地图书室、乒乓球活动室和羽毛球场、篮球场也是他们的好去处,从中开阔了眼界、愉悦了心志、减少了疲惫、焕发了斗志。各标段经理部还为农民工办起了"工地夜校",由经理部领导和各业务部门负责人为他们上安全、质量、施工技术等课程,不定期地举办安全质量知识竞赛,为考试合格者颁发资格证书,培养了一批专业技术人才。除此之外,各级工会还以第一责任人的身份,积极协助经理部党、政领导,做好困难职工的帮扶工作。职工有病住院、家中有困难,工会干部都及时前往慰问,给予精神上的慰藉和经济上的帮助。

职工、农民工利益的保障到位,直接鼓舞了参建人员的士气,生活热情和工作激情空前高涨,积极投身到集团公司党委、工指党政工团开展的"高扬党旗、建功宜万"、"五比"劳动竞赛、"隧道单工作面月百米成洞竞赛"、"八字岭隧道Ⅰ线贯通夺旗竞赛"、"青春穿越宜万线"、"大干120天"等活动中,从而加快了施工进度,确保了工程安全优质高效。在武汉局和宜万总指为八字岭隧道Ⅰ线贯通举行的贯通典礼上,中铁四局宜万工指被授予"宜万铁路建设先锋"称号。

三

在八字岭隧道采访中记者发现,负责施工的一、二经理部采用了TSP203、多频电磁、陆地声纳、超前炮孔、超前水平钻、地质雷达、地质素描等复合手段,进行隧道施工的超前地质预报。

"八字岭隧道开工以来,我们长距离TSP203预报61次,准确率为38%;中长距离多频电磁预报2次,陆地声纳预报29次,准确率75%;短距离地质雷达预报241次,准确率85.7%;红外探水预报56次,打水平钻孔11014米(不含搭接长度),准确率达到96%。"工指总工黄惠芳如是说。

除了硬件设备投入和组织业务培训处,他们还开展了"一加一"导师带徒活动,做好对年轻技术人员的传帮带工作。年轻技术人员以宜万铁路建设为平台,刻苦学习施工技术,增长管理知识,积累操作经验,彰显自身的价值。由 QC 技术攻关小组完成的"帷幕注浆技术在岩溶隧道施工中的应用",已被安徽省评为省级工法。

宜万铁路沿线绝大部分地段经过国家天然林保护区。我局所承建的工程除了途经保护区,W1 标和 A1 标的工程主要分布在宜昌市,生态环境和水土资源能否保持良好,直接决定着中铁四局在宜万线的品牌形象。为此,工指和经理部成立了环水保领导小组,由指挥长或项目经理担任组长,副指挥长或副经理主抓环水保工作。经理部还专门设立了环境保护部,作业队也建立起相应的组织机构,制定管理制度,编写宣传提纲,定期组织环水保专项检查,做到治理与防护相结合。为减少作业灰尘,现场配备了 3 台洒水汽车,对已开挖的便道、边坡及其他地质不稳定的地段及时进行挡护,对施工噪声严格控制,凡位于村镇居民点的施工段,晚 10 点后、早 6 点前不作业。每当宜昌地区雨季来临前,经理部及时组织人员、机械疏浚排水系统,确保施工区段水系畅通,并在大暴雨期间多次帮助周围军民救助灾民,抽水排洪。自开工以来,没有发生一起破坏生态环境和水土资源的事件,受到前来视察的世行官员和地方主管部门的高度评价。

四

火光村是宜昌市伍家岗区的一个小山村。驻足村边蜿蜒崎岖的山道上,不远处桥墩林立,高低参差,穿行其中的宜鸦铁路经过改移后已经投入运营,跨宜鸦铁路立交桥的连续梁正在灌注。置身在这层层叠叠、路桥交错的铁路枢纽中,被挖去大半的山头、蓄满雨水的洼田、已经废弃的道床、即将架梁的桥群,还有那伸向远方的钢轨纷纷映入眼帘,仿佛争先恐后向记者述说这里曾发生的彻夜鏖战和动人故事。

根据宜昌东站增建二期图纸规划,在火光村不足 2 平方公里的区域内,要修建上行疏解线特大桥、下行疏解线特大桥、上下行疏解线跨汉宜高速公路大桥及客整所联络线 1#、2#大桥等 8 座桥梁,其中有 3 座相互交叉,桥上跨桥,十分壮观,为全国铁路枢纽中罕见的大型桥群。

工程一开工,这里就摆开了决战的架势,各个桥、涵、线工点,到处飘扬着"高扬党旗、建功宜万"、"青春穿越宜万线"、"党员先锋岗"、"青年突击队"的旗帜,白天车来人往、人头攒动,夜晚灯火辉煌、机声隆隆,多数项目经理部职工、农民工食堂每天把饭菜送到工地。

去年春节,二公司 W1 标经理部大干抢工不间断,部分职工家属从安徽老家来到工地过年。看到现场忙碌的景象,其中有 10 多名家属大年初二就把自己的丈夫"赶"到了工地。在七天假期里,经理部职工凭着满腔的豪情和冲天的干劲,一举完成产值 400 多万元。

11 月 16 日零时,随着花艳车站驻站员下达线路封锁的命令,在雨中集结等待的五公司经理部职工和农民工约 200 多人奔赴各自的岗位,打响了鸦宜改线大拨接的"歼灭战"。

鸦宜铁路改线工程长 1.46 公里,基本与新建线路平行,但却有 2 ~ 5 米的高差,新线中间还有一座特大桥,地势、工序、环境都很复杂,又是夜间、雨中大范围、大兵团施工,要在封锁的 7 小时内完成拨接,难度相当大。局工指从指挥长李仲峰、党工委副书记边亚洲到安全质量管理人员几乎全体出动,五公司派人从九江赶赴现场。大家拧成一股绳,劲往一处使,扒去道砟,拆移轨枕,然后连接、起道、整道。时间一分一分走过,拨接按既定方案推进,衣裤粘在身上,分不清是被雨水淋湿的还是被汗水浸透的。远处传来鸡鸣声,夜色在雨幕中渐渐褪去。8 时 11 分,一列客车鸣着响笛正点通过拨接龙口,激战近 8 个小时的职工、农民工们头上冒着热气,有的相互拥抱、击掌,有的挥舞着安全帽、工具,欢呼大拨接的成功和胜利。

11 月 15 日,武汉局和宜万总指组织设计、施工、驻站监理及工务、水电、安检等单位和部门领导和专家 30 余人,对鸦宜改线工程进行评审,一次性通过了验收,不仅为施工客车联络线 1#、2# 大桥提供了场地,同时也打通了铺架基地的线路,为今年 3 月开始正线铺架扫除了一大障碍。

就在此文杀青之际,局宜万工指向记者发来传真报喜:全工指各标段大都超额完成了 2007 年度的产值计划,其中 W13 标完成了 138%,W1 标完成了 125%。自开工以来,四个标段开累完成产值 12.2 亿元,主要完成的实物工程量为:土石方完成 1229 万立方米,占设计总量的 98%;隧道完成 16870 成峒米,占总量的 75%;大中小桥完成 22760 折合米,占总量的 83%;涵洞完成 2009 横延米,占总量的 98%;制梁完成 347 孔,占总量的 45%。另外还完成地道 1500 顶面平方米,圬工防护 9 万立方米,绿色防护 14.6 万平方米,轨道上砟 4.5 万立方米。

宜万工指全体参战将士用自己亲手获得的实绩,彰显了四局的形象和自身的价值!

豫淮双雄

10 月 5 日上午 9 时,一阵清脆激越的鞭炮声,吸引了淮(滨)息(县)高速公路五标附近的村民,不少人停下前行的脚步、放下手中的农活跑向建设工地。原来,是中铁四局淮息五标项目部在庆祝 K36 + 307.5 分离式立交桥第一片梁板架设成功。他们成为全线第一家开始桥梁架设的单位。

就在两个月前,同样位于豫东南的淮(滨)固(始)高速公路施工现场也出现了类似的场面,那是中铁四局淮固五标项目部庆祝预制出第 820 片、也是最后一片 16 米空心板梁。他们成为全线首个完成全部桥梁预制的单位。

以快取胜,同台领奖

淮固、淮息这两条高速公路均由河南省淮滨县为起点,是河南省"县县通高速"的蓝图目标项目,也是河南省及信阳市高速公路网的重要组成部分,由河南高速公路发展有限公司投资、河南豫淮高速公路有限公司主持建设,其中淮固高速由淮滨县向东南方向延伸至固始县,淮息高速则向西至息县。巧合的是,一公司投中的都是五标:淮固五标全长 10.1 公里,中标价 1.806 亿元;淮息五标全长 7.4 公里,中标价 1.69 亿元。更有意味的是,由郑久富为经理、寇晓钊为书记的淮固项目班子和由唐立峰为经理、朱文湖为书记的淮息项目班子不约而同地确立了"争当全线领头羊"的目标。

两个项目部主要管理人员于 2010 年的金秋时节跑步进点,分别在固始和息县摆开了战场。

豫淮公司有个特殊规定:各标段项目部设立的地点与工地最近点不得超过 500 米。淮固五标项目部一时找不到合适的办公场所,郑久富和寇晓钊就在工地旁边搭起窝棚,一边抓临建,一边指挥施工生产,在全线率先打响了大干 60 天、确保实现"186"（即便道施工完成 100%、路基清表完成 80%，结构物开工点达到 60%）目标的战役，在全线创造了第一家完成首根灌注桩、第一个抢出首根立柱、第一个预制出首片空心板梁等 6 项第一，提前 10 天实现了业主制定的节点目标。

淮息五标项目部虽比中铁十五局抢先一步租到一家水泥管预制厂作为驻地，但他们更注重在形象进度上力拔头筹，迅速组织上人、上机械，锚开临场、便道建设和桥涵、路基施工，高峰时施工人员突破 500 人，汽车、挖掘机、推土机、压路机等各类机械设备达到 232 台套，并在 11 份创造了连续十多天日抢运土方 1.5 万立方米的最高纪录。

12 月 3 日，河南豫淮公司隆重召开"186"工程目标总结表彰暨掀起冬季施工高潮动员大会。会上，一公司淮固五标项目部和淮息五标项目部以分别夺得各自线路第一名而受到表彰，并分获奖金 55 万元和 100 万元，从此"豫淮双雄"在全线闻名。

细微入手，挖潜创效

七八年前，参与青藏铁路建设的郑久富潜心钻研工程的变更，不仅使一些施工方案和技术得到优化，也为企业创造了经济效益，被公司领导称为"变更专家"。担任淮固项目经理后，他仍然在变更和挖潜上倾注了大量的精力和心血。且不说他将上千片的 16 米、18 米、24 米、32 米的板梁、箱梁全部变为 16 米一种梁型、把 4 座跨乡村公路立交桥的桥梁由现浇变更为预制板梁、把 3 万方的挖方挡墙由片石砌筑变更为混凝土挡墙、用废弃公路上的混凝土梁作便道盖梁，工程开工后，他抓住业主去年注重形象进度、及时拨付预付款的有利时机，重点拼抢结构物施工和桥梁预制。其他标段铺开桥涵施工、需要大量投入模板，五标的结构物和桥梁已大部分完成，拆除下来的模板用于打"增援"。当然，这种增援是有偿的。

与郑久富相比，唐立峰已经在河南的公路市场打拼了十多年，为驻（马店）信（阳）、连（云港）霍（尔果斯）、（北）京珠（海）等高速公路洒下了辛勤的汗水，并因为企业赢得数千万元经济效益而被公司给予一辆"伊兰特"的特别奖励。转战淮息项目，他不敢有丝毫懈怠，一心想的是利用所积累的公路施工管理经验来扩大战果。当地取土场下挖 50 厘米就见水，把含水量这么大的土运到路基上，即使是晴天也要翻晒好几遍，成本比较高。一次回合肥路过潢川，发现公路两边都是丘陵，他突发奇想：能不能把这里的毛碴石拉运过去作为路基填料？他当即打电话派人到潢川联系土源地、挖掘取样，并在车上对运距、数量、成本及对业主报价进行测算,回到工地后立即向业主汇报、商谈,最终业主同意采用以潢川远运土作主要路基填料、石灰改善土作辅助填料的方案。当月,项目部组织上百辆汽车突击运输,两个月拉运毛碴石40多万立方米,大大减少了项目的成本压力。他还在设计建设前期土建拌合站时加入后期水稳拌合站的使用理念,相当于两种用途的拌合站合二为一,为项目节约逾百万元。

党建亮点,全线闪耀

今年的8月31日下午,河南豫淮高速公路有限公司党委书记马飞刚专程来到一公司淮固五标项目部检查党建工作。他把车直接开到了施工现场,对正在申报的K33＋752分离式立交桥、K34＋945严营子大桥、路基试验段3个党员示范工程实地查看,接着又来到项目部,为"党员教育室"揭牌,并仔细观看党建活动的书面和图片资料。马飞刚说,淮固五标的党员教育室是全线第一个建设规范、制度齐全、内容全面、党课知识丰富的学习场所,各项党建内业资料齐全,党建主题活动也比较丰富,为职工提供了有利的学习条件,真正体现出了国有大企业的风范。

早在开工之初,豫淮公司为把党建工作和党组织活动融入工程建设中,专门成立了临时党委,淮固五标党委书记寇晓钊、淮息五标党委书记朱文湖作为各自所在线路唯一的施工单位党组织代表,成为临时党委委员。他们各自在所在的项目上发挥中铁四局党建工作先进而有特色的优势,把施工生产和党建工作有机结合起来,把"建淮固精品、创优质工程"和"中原大地当先锋、淮固高速争一流"为目标的活动作为党建思想政治工作的主抓手,以创建"红旗项目部"、"党风建设示范点"和"党员示范工程"为载体,开展"创党员先锋岗"、"党员身边无事故、无次品"、"党员质量监督岗"、"党员突击队"、"青年安全监督岗"等主题活动。他们尤其注重活动的效果,切实做到了与劳动竞赛紧密结合、与完成节点目标相结合、与创建文明工地活动相结合,并将"比进度、比安全、比质量、比贡献,争当淮固之星"活动由党员延伸到全体干部员工,进而延伸到外协队伍中,从而形成你追我赶、你好我优、比学赶超的大干态势争先场面。在业主每月的履约检查中,淮固五标、淮息五标的党建工作每次都是被打满分,博得业主的好评,同时在全线起到了带头和示范的作用,业主多次组织兄弟单位到淮固五标进行党建工作交流。

截止到目前,淮固五标项目部在获得2010年度豫淮公司授予的"先进施工单位"荣誉称号外,又在一公司2011年上半年的"三工"建设评比中获得"先进单位"、在一公司 2011 年上半年劳动竞赛中获得"组织奖",获得业主共计 240 万元的嘉奖;淮息五标项目部则接连实现了 8 项节点第一,在豫淮公司开展的履约考核评比中同样次次夺得第一名,获得业主的奖金累计达到 337 万元。

淮固五标项目部和淮息五标项目部一同携手,打响品牌,为中铁四局在河南高速公路市场赢得了高度赞誉。

由"精细化"带来的……

金水,中原名城郑州市的一个区,郑(州)徐(州)客运专线 1 标段制梁场就设立在这里。场长查鹏在人生的"中盘"发力,把精细化管理的制度和细则实实在在地敲定在各部门的职责里、贯穿于每一道工序中、落实到每个人的行动上,项目开建以来连续取得一系列惊人的效果:从土地批复下来到制作出首榀箱梁仅用了两个月,创造了一公司双线箱梁生产的最快纪录;以 91.6 分通过全国工业产品生产许可证办公室的审查认证,分值之高为全局制梁史上所罕见;从 5 月起每天制作900 吨高速铁路专用箱梁达到 2 片,频率之快创出了中铁四局乃至中国中铁系统之最。

众心归一

2012 年 11 月,局中标郑徐客专 1 标段,其中金水制梁场合同价 5.03 亿元,曾在合蚌客专北城制梁场担任场长、被业主评为"优秀项目经理",被安徽省总工会、京福安徽公司授予"争当合蚌合福合肥南环铁路建设先锋"劳动竞赛先进个人的查鹏被一公司任命为场长;在项目上担任书记整整 15 年,年年被评为公司"优秀党工委书记"、"优秀党员示范岗"或"先进生产(工作)者"的寇晓钊为党工委书记。

查鹏 1995 年担任一公司宜昌机场公路项目经理,此后近 20 年一直在项目上摸爬滚打,不仅了解项目管理的套路,也发现了其中的缺陷和漏洞,决心在金水制梁场扎扎实实地实行精细化管理,为企业创造实实在在的经济效益和社会效益。当他把自己的设想告诉寇晓钊时,这位患有"三高"、曾因脑出血生命垂危而被医生从死神手里硬拉回来的共产党员,义无反顾地积极响应和坚决支持,并先后组织召开党工委中心组学习会、党员民主生活会、职工大会等,宣讲推行精细化管理的目的和意义,统一员工的思想。

2012 年 12 月,参战员工陆续进驻临时租借的村民家里,但土地审批却迟迟下不来。梁场领导班子不等不靠,一面指定专人催办临时用地手续、优化场建设计图纸,一面要求各部门按照职能职责快速拿出各自的管理办法和工作安排,并对这些办法、安排和指标的合理性、实用性、可操作性进行无沙盘"推演",先后提出了 94 条建议、115 条措施。如果说 2013 年 7 月打响的场建战役是对这些制度、办法和措施的一场"实战演练",那么,第一片梁从树立模板、绑扎钢筋、灌注混凝土到拆模只用了 73 天,梁场以 91.6 分一次性通过全国工业产品生产许可证办公室的审查认证,当年预制箱梁 30 孔、完成建安产值突破 5000 万元,既是之前 7 次"推演"结出的丰硕成果,也让全场干部员工和协作队伍初步尝到了精细化管理的甜头。

潜能迸发

2014 年 3 月,随着《精细化管理方案(草案)》在职代会上通过,干部员工工作的积极性、主动性和创造性进一步被激发起来,优化各道工序、提高工作效率、堵塞管理漏洞、避免窝工浪费等"金点子"一个个地迸发出来——

招标的施工图上标明制梁所用钢筋有 8 种,其中直径为 12 厘米、16 厘米、20 厘米的用量最大。工程部长崔海珠提出了"先断长料、后断短料"的原则,并亲手编制出"最优配料单",让施工班组据此下料。下料前,他手把手地教会作业人员在钢筋切断机操作平台上使用长尺做出尺寸标记、制作下料挡板,以此保证下料尺寸的准确性;钢筋余料长度超出规定的,就采用"以大代小"方法,使废料发挥出原材料的价值。

钢绞线一般由生产厂家加工成盘、采用者整盘购进。每盘使用后,相当一部分废料的长度为十余米甚至二十多米,既可惜又浪费。物机部的同志想出两招:一是通过精确计算确定进场每捆钢绞线的重量,让厂家为自己"量身定做",从而把每捆余料控制在 3 米以内;二是与有连续梁施工的一、二分部联系,为他们"量身定做"并送到现场,既充分利用了废料,也减少了线下单位的采购、运输和加工环节,取得了双赢的效果。

制梁中用量最大的应属混凝土,而每片梁的用量在设计图纸上有明确规定,节约空间很小,但崔海珠还是想出了用"水打橡胶球"的方法,把布料机管道里的混凝土全部使用干净。还有用于地泵润管的砂浆,因为量小不起眼,过去全被倒掉了。如今,司机们都把它回收入罐、拉回搅拌站二次利用。

油料供应是各生产单位都关注的环节,能想到的办法大家都在采用,而场长查鹏则另辟蹊径,与供应商签订了以重量为计算单位的供应合同。就是这个以"进场时重量减去出场时重量等于实际加油量"的方法,把油料采购、供应、结算的复杂过程简单化,既有效规避了时常发生的流量偏差和加油管内的回流消耗,又确保了供应链的安全。

在金水制梁场,提出并实施"金点子"最多的要数查鹏,人称"点子王"。搅拌站和砂石料仓因为噪声大、易污染,通常都设立在梁场的边角上,但查鹏却把它设在梁场中央,8 个制梁台座则分布在它的周围,无论哪个台座灌注混凝土,罐车的运距都是最短的。以三年的工期计算,仅节省油料的费用就是一笔不小的数字。还有变压器配置由 830 + 630 千瓦改为 630 + 630 千瓦、所有存梁支座基础采用了载体桩,部分存梁支座采用活动的、双层的,每一项估算下来都要节省几十万甚至上百万元。

不用扬鞭

"精细化管理的方案一推出,整个制梁场全都动了起来,每个部门、每个人既动脑又动手,并且走出办公室到钢筋棚巡查、到制梁台位督战,为作业人员当好参谋、当好后勤。"曾在北京卫戍区警卫一师服过役的寇晓钊,说话做事依然展露出军人的气质和风格。

今年初,《金水制梁场精细化管理方案(草案)》还在酝酿之中,还是工程部部长的崔海珠(现为总工程师)接连熬了十多夜,把自己起草、积累的资料加以整理、分类、编排,形成《2013 年技术管理文件汇编》,然后自费到一家广告公司装订成册,内容包括工程技术管理文件、技术研讨会议纪要、技术报告及汇报材料、科研工法和专利等九个方面。"这是一本指导性、可操作性较强的客运专线制梁场技术管理资料大全。"前来检查指导工作的原一公司主管施工生产的副总经理阳自强特意讨要了一本,边翻阅边赞赏。

崔海珠心细,眼光也远。他针对设计图纸标注的"从合格仓到入料位距离为 18 米",到现场实地勘察,测算出这个距离可以缩短为 12 米,从而使装载机为每片梁上料过程中少走 1.4 公里。用这 1.4 公里乘以设计预制的 656 片梁,总计共少走 918.4 公里,既节省了油料也延长了装载机的使用寿命。

在金水制梁场,除了搅拌站,所有制运梁的机械和设备都是从已完工梁场撤下来的。特别是模板,有相当一部分必须进行改装、修补,切割下来的边角料很多,按往常的惯例都会被廉价处理掉。曾经在京九铁路建设中担任过段长的寇晓钊看在眼里,开动脑筋,指导工人师傅制作出 6 辆装运氧气瓶和乙炔瓶的安全车,既避免了氧气瓶、乙炔瓶使用中人力抬运和使用后集中存放的不便,又消除了随地放置、安全距离不足所带来的隐患,还为企业节约了一笔不小的开支。

……

截至 6 月 8 日,金水制梁场预制箱梁已突破 200 孔,期间节约钢筋 76 吨,钢绞线节约 2 吨、再利用 2.21 吨,节省混凝土 122.6 立方米、防水材料 342.6 平方米,加上混凝土原材料、油料等费用,增创经济效益达 85 万元。

5 月 22 日,金水制梁场对第一阶段精细化管理实施情况进行总结,同时对存在的缺陷和问题加以补充、改进和优化,合理量化指标,细化相关要求,于 5 月 25 日确定并发布了一整套全新的《金水制梁场精细化管理实施细则》,召开了第二阶段精细化管理推进会,要求各业务部门和现场管理人员加强沟通协调,严肃过程检查和目标考核,使细则切实得到落实。"我们拟通过精细化管理的实施、总结、分析、改进和提高,将梁场精细化管理向纵深推进,在提高工效、降低成本、增加效益的同时,全面提升管理干部、技术人员的个人素质、业务能力和管理水平,培养出一批具有精细化管理理念和实战能力的优秀管理人才。"金水制梁场场长查鹏如是说。

礼赞邕城"造梦人"

南宁,一座历史悠久、风光旖旎、充满诗情画意的南国名城,近年来以规划面积 175 平方千米、人口 150 万的五象新区建设为契机,着力实现邕城人的新梦想。自 2012 年 9 月中标英华大桥工程项目以来,中铁四局集团五公司、钢构公司、机电公司等一批批员工开赴南宁,投身这片经济建设的热土,攻克了一道道施工难题,创造出一项项新工艺、新工法,甘当这座美丽城市的造梦人。

"羊角钮编钟"乐舞邕江

2015 年元旦前夕,南宁市决定举行年度第八次重大项目开(竣)工活动,选定的开工项目为青山大桥,竣工项目为英华大桥,市委、市政府、市人大、市政协四大班子领导全部出席。鉴于这两个项目均由中铁四局承建,市政府特邀该局主要领导参加,这样的情况无论是在南宁或者是中铁四局的历史上都属罕见。

2014 年的最后一天,站在已经开通运营的英华大桥上,中铁四局南宁英华大桥经理部党工委书记邓光磊心潮起伏,无限感慨。往事并不如烟,抢占南宁建筑市场"桥头堡"的峥嵘岁月历历在目。

两年前 9 月的一天,正在四川成绵乐客专线板场工作的邓光磊接到五公司人力资源部的新任命,让他即时赴任南宁英华大桥项目书记,与他搭档的项目经理是黄文国。到了南宁他才知道,这项工程是公司以第三名中标的,前两名皆因该大桥造型特殊、技术复杂、施工难度大而放弃。时任中铁四局总工程师的伍军给项目班子鼓劲:"这座大桥的技术由我亲自指导。"五公司总经理汪海旺也提出要求:"你们要把英华大桥建成公司进军南宁建筑市场的'桥头堡'!"

工程尚未开工,邓光磊首先想到一个最土的问题——土。英华大桥的造型像是广西浦北出土的汉代文物"羊角钮编钟",而支撑整个单主缆悬索桥的基础是位于邕江东西两岸的巨大锚碇,开挖锚碇的土方量有 10 多万立方米。依照原设计方案,把这些土方运出 20 千米外不是问题,问题在于还要拉过来回填。能不能就近找个地方?主抓征地拆迁工作的邓光磊沿着邕江两岸察看,也曾坐车到周边寻找,最终选取东岸 300 米开外的一段洼地。随后他与业主沟通,以"为我临时利用,为你无偿整理土地、提升未来出售价格"的互利双赢诉求,争取到当地政府、市重点办、国土局、规划局、土地储备中心等单位和部门的理解和同意。"那段时间,我急得头上的聚散性毛囊炎发作,医生开了中药让我每天坚持煎熬后清洗、服用,可我哪能把时间用在这上面?干脆剃个了光头!"邓光磊还指着头上仍然开裂并流着黄水的疮口说:"虽然炎症至今未消,但能为项目省下 500 余万元,值了!"

作为全国第二个同类型桥梁,英华大桥涉及悬空式 P 锚定位施工、浮吊吊装施工、大吨位钢塔空中三维自定位施工等技术难题,是全局少有的高新尖项目,对每道工序的技术要求和操作规程都必须慎之又慎、精益求精。在 2013 年局第一次司务大交班会上,已是中铁四局副总经理、总工程师的伍军郑重宣布:"针对南宁英华大桥,局即日起成立特级施工组织设计管理小组,由我和局党委副书记、纪委书记袁敏任组长",并要求"局技术中心、工管中心密切关注,第一时间介入"。

去年 4 月底,钢构公司把钢箱梁一节节加工成型,大桥主桥也就进入了整体步履式顶推阶段。这种 410 米长的竖曲线双坡结构的钢箱梁由 51 节组成,每节七至十米不等,每焊接加长一节,顶推的难度系数也随之增大。5 月下旬的一天,缓缓顶推中的钢箱梁突然出现震动,支撑钢箱梁的钢管墩也有晃动,受到惊吓的工人纷纷从钢梁上跑下来。正在桥下巡视和观察的项目总工丁得志和工程部长李定有立即"叫停"顶推,召集现场技术人员测试数据,并把测试出来的数据与设计标准进行对照,分析其原因。丁得志和李定有还不顾个人安危登上钢梁,亲身感受顶推中引起震动的各种因素。也就从那天起,顶推中登上钢梁、让作业人员有个"主心骨"和安全感由当初的"危险动作"变成了他俩的"规定动作",而且一直坚持到去年 9 底顶推到位。

如今,主线全长 1017.763 米的英华大桥既有古典韵味,又有现代美感,不仅是一座展现文化造型优美的大桥,更主要的是解决了邕江两岸交通不便的状况,成为通向正在建设中的五象新区的一条城市 I 级主干道。2014 年 12 月 28 日,中铁四局总经理王传霖,党委副书记、纪委书记袁敏受南宁市委市政府特邀,联袂参加了热烈而简朴的通车典礼。

八尺江大桥激战正酣

元旦,法定上讲"全国人民都放假",但实际上总有一部分人在坚守工作岗位,就像中铁四局集团五公司南宁八尺江大桥项目部,除了五六名年轻人到英华大桥经理部参加篮球比赛外,副经理李启明、总工程师程海洲、经理助理梁喜军及所有的管理、技术人员全部都在大桥工地。大桥下,一块"大干100天"活动牌昭示着这里从去年10月就掀起了大干高潮,李启明守在东岸,梁喜军蹲点西岸,高峰期现场施工人员超过400人;大桥上,近百名作业人员基本集中在主跨桥梁上,一拨人在灌注混凝土,一部分人在立木模、绑扎钢筋,特别引人注意的是六七个人在穿插斜拉桥的钢绞线,齐心合力,动作划一,口里还喊着响亮的劳动号子。

这座合同价2.34亿元的矮塔斜拉桥位于五象新区中部,为玉洞大道(联结银海大道与八鲤工业园)的重要组成部分,全长1090米,其中主桥长210米,桥面宽54.5米,是目前我局在建桥面最宽的大桥。2014年3月开始桩基施工,为了抢工期,全桥196根桩总共上了20多台钻机,连续作业,不舍昼夜。他们采取回填片石、配以黏土、混凝土及钢护筒跟进等多项措施,最终攻克了喀斯特地貌下常遇到的熔岩、溶洞、夹钻、串孔和塌孔等技术难题。

80后程海洲,读大学时就加入了中国共产党。自2008年入职五公司以来,先后参加了福州绕城高速公路、沪昆客专工程建设,其间获评"福州市重点项目劳动竞赛先进个人"、五公司"青年岗位能手"、"优秀共产党员"等荣誉称号。作为一名工程技术负责人,他的最大特点是吃苦钻研、勇于担当。2013年底到八尺江大桥担任项目总工的初期,程海洲大部分时间都用在研究施工图纸上,发现设计缺陷就想方设法加以解决。引桥梁体施工,原设计采用逐跨支架现浇法,由两侧桥台向主桥方向逐跨施工。程海洲细心琢磨后发现,该方法作业面少,只能从两侧桥台往主桥推进,不利于施工组织,而且到了交接墩处时梁端预应力无法张拉。他提出采用多跨现浇施工,一联连续长度小于100米的按整联一次浇筑施工,一联连续长度大于100米的按两联浇筑施工,预应力采用两端同时对称张拉,这样虽增加了支架、模板数量和设备、劳力的投入,但单联具备条件后即可优先浇筑,每联的施工顺序不受干扰,同时也解决了与主桥交界墩缝因宽度不足无法满足张拉要求的问题,最终缩短工期120天。还有主桥梁体,原设计采用挂篮悬臂浇筑法,每一梁段长度规定为4米,而梁体中间桥面板最大悬臂长度为5.5米,受力较为薄弱,浇筑过程中容易出现开裂。他提出支架现浇施工方法,用4600吨贝雷片和钢管架搭起支撑,把每一梁段长度延长到 8 米,也就是将原来的 11 个悬灌梁段减少为 6 个,取消了大吨位挂篮安装、拆除等高风险工序,有效解决了中间桥面板受力薄弱的问题,施工质量得到保证,缩短工期 150 天。仅这两项变更,为业主将桥梁通车时间由今年 9 月 15 日提前到 5 月底创造了有利条件。1 月 26 日,工程部的小伙子点燃了长长的鞭炮,庆祝八尺江大桥主桥胜利合龙。

盾构机双线穿越南湖

五公司承建的南宁地铁 1 号线 13 标单线全长 2.3 千米,包含麻村站和民族广场站—麻村站、麻村站—南湖站共一站两区间,合同价 2.95 亿元。土建项目部于 2013 年 8 月 5 日完成车站主体,机械分公司盾构队 10 月 6 日进驻工地,双方实现工序的顺利交接。虽然由业主负责的高压线路引入耽误了时间,但盾构队变被动为主动,一边加快"井冈山 2 号"和"井冈山 3 号"两台盾构机的组装,把其各项性能调试到最佳工作状态,一边对穿越南湖的防范和施工方案再三修改、优化。

蓝蓝的天空,静静的湖水。站在南湖岸边,五公司南宁地铁项目部负责人魏军望着湖水中自己的倒影回忆说,我们先组织人力用装满河砂的黑色膜袋筑起长 160 米、宽 40 米的围堰,然后放入 10 多台大功率水泵,把围堰里约 1 万立方米的水抽干,一方面减小水压,同时还对湖底软弱地层立面进行注浆加固,最后进行渣土回填,从而在隧洞上方形成一道"铜墙铁壁"。这种为"井冈山 2 号"和"井冈山 3 号"两台盾构机穿越南湖"量身定做"的技术方案,加上掘进过程中采取参数跟踪修正及地表监测,确保了地铁下穿的万无一失。

"超浅埋隧道本来就是施工面临的一大难题。盾构机始发 15 米后即下穿 260 米长的湖面,隧道埋深最浅处仅有 4.2 米,属超浅埋。加之湖底地质主要以软塑状淤泥质黏土、粉细砂为主,地层土体稳定性差、含水率大,盾构掘进过程中极易造成湖水贯穿、开挖面失稳、螺旋机喷涌、坍塌冒顶等危险,施工风险极大。"王阳阳——这位从中铁一局引进的"盾构行家"深有感触地说。2014 年 5 月初,"井冈山 2 号"和"井冈山 3 号"两台加泥式土压平衡盾构机一前一后自南湖站西端头井相继始发,28 天后即正式进入南湖湖底段。南湖公园湖面明净如镜,碧波激滟,游人们乘船划桨,享受良辰美景;湖底深处,操作人员小心谨慎,盾构机平稳"行走",把每天掘进控制在 5 环(即 7.5 米)以内;市质监、环保部门密切关注,几乎每天派人进入隧道实时监测,严格管控每道工序。6 月 22 日,第一台盾构机率先通过了南湖;7 月 24 日,第二台盾构机也顺利从自治区区委大院下悄然穿越。自始至终,南湖景观水系及通航未受任何影响。

东站北广场同步开通

2014年12月27日,一封《喜报》通过电脑网络发送到中铁四局集团机电设备安装公司,上面写道:"12月26日,随着一声响亮的鸣笛,由南宁开往广州南的首趟D3601次动车缓缓驶出南宁东站,不仅象征着作为广西壮族自治区首府高铁车站的南宁东站正式投入运营,也标志着由中铁四局承建的南宁东站北广场(地下空间)机电安装及装修工程顺利实现了业主'具有里程碑意义的节点工期'!"

合同价1.55亿元的南宁东站北广场(地下空间)机电安装及装修工程,既是机电公司开发南宁核心市场的开篇之作,也是中铁四局打入广西高铁施工领域的首项工程,总建筑面积超过15万平方米,为全局近年来承建的单体最大机电安装项目。整个工程包括通风空调、给排水及消防喷淋、动力及照明、精密空调、气体消防五大系统,以及人防工程、砌筑及装修、环氧地坪、无机纤维喷涂、玻璃幕墙等,呈现出体积大、专业多、时间紧、任务重、工艺精的特点。为保证南广高铁"12.26"开通目标,考虑到工期压缩1/3的不利情况,7月份先期进场的机电公司南宁东站项目部经理孙建华、党工委书记李宗新在督促加快驻地建设的同时,多次召集项目部管理人员和工程技术人员分析工程的重点难点,确定了优先施工综合换乘大厅、公交出租换乘区、配电室及设备用房的抢工方案。随着从湖南、广东、四川、江西、安徽、广西等地快速调集的14家施工队伍陆续进入工地,项目部在土建施工单位的施工场地里"找缝插针",分区域、分专业铺开施工,迅速掀起大干高潮。期间,孙建华除了每天下午4点带领项目总工、副经理到现场办公外,每周晚上还与项目部相关专业人员一道到工地进行验收节点,完成者奖、落后者罚。在抢工期最激烈的50天里,孙建华与李宗新每晚穿上胶鞋、带着手电到现场清点作业人员,与作业队长和领工员共同确认后,按实有人数当场给予每人30元的"人头奖",以此鼓励各作业队多投入,很快使工地各种专业的施工人员超过730人。

南宁东站位于青秀区的凤岭北片区。由于周边道路与在建车站尚未对接,临时开辟的土质道路宽窄不一、弯多坡陡,晴天尘土飞扬,雨天翻浆冒泥,严重影响材料及设备的进场。即便是13.5米长的半挂车开到了施工地面上,由于是在地下负一二层使用,且人防门只有2.9米高度,几乎所有材料和设备都必须用小型货车倒运进去,见习生王大鹏不得不改行当起了"交警",时而指挥叉车卸货,时而督促小车倒运。外聘女工没有了固定的作息时间,一接到"车到了"的电话,立即就赶往现场登记、点收,常常干到后半夜。12月6日,项目定做的长10.3米、直径3.5米的玻璃钢化粪池到货。由于超宽超高,只能在晚上运进工地,技术人员白天扛着塔尺把沿途测量了一遍,等晚上货车进来时,中途遇到一辆故障车,导致车辆开不上一段陡坡。物资部长曾国玺跑前跑后,最终联系到1台装载机,这才把货运到了安装现场。

11月底,南宁轨道公司明确了北广场随同高铁站同步开通使用的目标。项目部借助局"中南区域党建工作年会"在南宁召开的东风,仅用15天就完成了4000套灯具、400米灯带及室外地面给排水系统的施工,实现了综合换乘大厅照明亮化、地面给排水系统正常工作,确保了南宁东站按计划开通,南(宁)广(州)高铁正式投入运营。

英雄花开别样红

——武广客运专线新广州站及相关工程施工纪实

　　"粤江二月三月天,千树万树朱花开。有如尧射十日出沧海,更似魏官万炬环高台。覆之如铃仰如爵,赤瓣熊熊星有角。浓须大面好英雄,壮气高冠何落落! ……"清代陈恭尹的这首《木棉花歌》,生动描绘了红棉闹春的绚丽景色。他把满树枝干缀满艳而硕大的红棉花比作无数朱丹跳跃出海的彩霞,如火如荼,壮丽耀眼,讴歌了南国所独有的"英雄花"的品格和特质。

　　2009 年春天,建设了四个年头的武广客运专线新广州站及相关工程,如同南国大地盛开的英雄花一样,没有辜负中铁四局近千名壮士的铮铮铁骨和一腔热血,在明媚的阳光下傲露雄姿——一个个桥墩拔地而起,一联联跨越公路和江河的连续梁飞架南北,新花都站扩建启用,金沙洲隧道顺利贯通。为此,铁道部武广公司及广州建设指挥部接连向中铁四局武广新广州站经理部发来贺电。与此同时,经理部一分部第二项目队、经理部副经理穆庆勇分别荣获铁道部总工会"火车头"奖状和奖章,经理部常务副经理薛模美被评为武广客专线建设"优秀项目经理"。

在开局维艰中打牢基础

　　武广铁路客运专线是我国《中长期铁路网规划》中"四纵四横"铁路快速客运通道的"四纵"之一,为京广客运专线的南段,位于湖北、湖南和广东三省境内,正线全长 968.52 公里,设计时速 350 公里,最高时速可达到 380 公里,投资总额 1166亿元,是我国自主系统集成、联手国外开发、自主创新建设的第一条客运专线。因为它在探索中破解由此带来的征地拆迁、岩溶地质、浅埋涌水长大隧道、无砟轨道制作及铺设、900 吨箱梁制运架、大跨度连续梁、长条无缝钢轨铺设等一系列施工难题,因其是世界上一次性开通里程最长的高速铁路,被专家誉为"中国客运专线的示范性工程和铁路现代化的标志性工程"。

2005年5月,中铁四局中标武广客专线新广州站试验段、京广铁路既有线改造工程,8个月后又承揽了客专线ZQ-1标工程,总称为"武广客专线新广州站及相关工程",合同总价值约23.85亿元。与其他标段不同,整个施工管段纵贯广东省的二市(广州市、佛山市)三区(广州市的花都区、白云区和佛山市的南海区),客专线正线全长30.34公里。沿线建筑物星罗棋布,道路交通网错综复杂,江河纵横,沟塘密布,电力、光缆、通信等管线密集。

难度更大也更复杂的,还在于施工组织方案的制定、审核及其所采取的工序和应用的技术、工法、工艺等。由于这是我国最早开工建设的客运专线项目,在国内没有现成的做法和成功的经验,主要是引进和消化日、德两国客运专线的建设技术和经验,并在此基础上进行改造和创新。于是,我局建设者还担负着将日本和德国的技术、设备国产化,为中国高速铁路积累无砟轨道等具有自主知识产权技术的历史重任,从而杀出一条具有中国特色的客运专线建设之路。

按照铁道部中标通知书要求,客专线工程施工以"2+1"方案组成项目管理组织结构,即由联合体中的二方[中铁四局(主体)、日方成员(JORC)]+铁四院,共同组成项目经理部。中铁四局武广客专线新广州站经理部于当年6月进驻广州市花都区,由局副总经理甘百先兼任项目经理和党工委书记,薛模美、童国强分别出任常务副经理、党工委副书记。他们都分别参加过京九、株六、青藏铁路及秦沈客运专线等国家重点工程建设,具有丰富的铁路施工技术和施工管理的经历和经验。这一坚强有力而又十分独特的项目经理部,从此开始"摸着石头过河",在南国大地谱写壮丽辉煌的历史篇章。

武广客专线新广州站试验段位于广州北站—新广州站之间,全长7.38公里,主要工程量有特大桥2座计6697.34延米,路基682.66米,采用日本框架型板式无砟轨道7.38公里;京广铁路既有线改线全长3.84公里,主要工程量有路基土石方30.6万立方米,新建特大桥1座,改建公跨铁公路桥1座,新建涵洞56.78延米,改建涵洞163.89延米,新铺线路11.2公里,改建线路3.66公里,新铺道岔8组,改建道岔2组。特别是与客专线试验段中新街河特大桥两处交叉作业,施工衔接配合复杂,同时线路改造期间信号专业、电气化专业的专用设备安装与各工序、工种及施工单位之间配合的项目多、要求高;客专线ZQ-1标正线全长22.96公里,包括新花都站、广州北站、上下行联络线及花都新货场工程,有路基土石方153.2万立方米,特大桥2座14714.97延米,大桥1座340.56米,花都上、下行联络线桥梁总长 2585.84 延米,新建隧道 1 座长 4434 米,正线无砟轨道 38.23 公里,有砟铺轨 7.696 公里,站线铺轨 13.24 公里,新铺道岔 23 组。三项工程包括路基、桥梁和隧道以及既有线施工等内容,基本涵盖了高速铁路所涉及的所有施工项目和技术。

针对如此崭新、繁重而又复杂的施工任务,我局抽调了五、六公司以及电气化、物资公司、南昌机电、八公司等精兵强将陆续开赴南国工地。

进点初期,开局维艰。针对征地拆迁解决不了、施工图纸不到位的实际,经理部首先从建立内部制度、打牢管理基础入手,按照局"精细化、程序化、制度化、格式化"的"四化"要求和"一流的施工管理"目标,建立横向到边、纵向到底的项目管理体系:在整章建制上,经理部高标准地完成整章建制工作,先后制定印发各项管理制度 58 项,内容涉及项目管理的各个方面。在技术管理上,确定了"技术先导、方案优先"的原则,突出技术的"龙头"作用,施工中严格坚持"方案优先、过程控制"的方针,对大跨度连续梁、深水基础、长大钻孔桩、大断面浅埋暗挖不良地质隧道、单元板式无砟轨道五大施工技术课题进行立项,实施科技攻关。在物资管理上,认真抓好主要材料的招(议)标采购工作,选择质优价廉的材料,保证施工现场材料供应,严把材料进场质量关,不合格的材料坚决不允许进场。在设备管理上,投入巨资购置"一流的工装设备",科学合理配备,切实提高功效。在安全质量控制上,把"以工序保质量、以质量保安全、以安全促生产、以工艺创精品"的理念贯穿于项目建设的始终,建立完善的质量保证和安全管理体系,坚持样板引路、以点带面,大力推广"工序工艺卡"制度,全面推行"三检制度"和"旁站制度"。在责任成本管理上,抓住源头,严格要求,把责任成本分劈到项目、单位、部门,落实到个人,界定责任、严格考核、重奖重罚。在外协队伍管理上,严把准入关,实行"五同"制,加强监督监控。在项目党建和政治思想工作上,以科学发展观为指导,按照创建"学习型"、"创新型"、"节约型"、"和谐型"项目的要求,以创"一流速度、一流安全、一流质量、一流效益、一流队伍"为目标,紧紧围绕施工生产的重点、难点开展工作,大力加强党的思想建设、组织建设和作风建设,发挥党组织的政治核心作用、党支部的战斗堡垒作用和党员的先锋模范作用,以局党委开展的"客运专线党旗红、中铁四局争先锋"党建主题活动和"创建项目思想政治工作示范线"活动为主线,既形式多样又扎实有效,而且做到长期坚持不断线,为推动施工生产注入强大的动力。

开工当年,虽只有花都区交了 750 米长的地段,但京广铁路既有线改线特大桥墩台基础于 12 月 18 日开钻,正式拉开了既有线改造施工的帷幕,而且经理部在全国四个客专线试验段中最先与外方达成并签订了中外联合体协议,还就框架式无砟轨道板在我国生产,与日本东方建设集团达成了初步意向。更为重要的是,经理部建立了完善的项目管理体系和应对施工事故风险的预警和防范机制,为一旦条件成熟就快速推进工程建设、确保安全优质高效建成奠定了坚实的基础。

在重点突破中强势推进

武广客专线新广州站及相关工程位于广州、佛山经济发达地区,国企、村办工厂、私企工业园和居民区多而密集,土地寸金寸银,当地人爱地如命;它又属市区和城乡的接合部,人们的思想活跃而复杂,土地征用、房屋和其他设施拆迁涉及当地经济发展及员工、村民的切身利益,甚至牵涉到村落、家族、宗室,专项的政策法规尚不健全抑或存在空白和盲点,征地拆迁工作在这里异常艰难。经理部以此为重点突破口,明确原则,分层负责,责任到人,强势推进。为了做到阳光征迁,经理部党工委副书记童国强亲自组织负责征拆工作人员深入各区、镇、乡、村,广泛宣讲国家的法律法规,将房屋评估、土地丈量、青苗补偿、坟墓迁移等补偿标准公开讲明。为了做到科学征迁,他们进村入户摸清情况,主动听取和征求意见,掌握第一手资料,动员党员干部和私企老板带头拆迁。为了做到文明征迁,与有关单位和部门的负责人真心交朋友,做通思想工作,帮助解决困难。为了做到和谐征迁,各分部和项目队为乡村修路建道,向贫困学子捐赠学习用品。在仍然不能满足所有群众的意愿、不可避免出现矛盾和问题时,他们总是想尽办法把矛盾纠纷消灭在基层、化解在萌芽状态。对个别煽动群众无理取闹、冲击现场、阻挠施工、破坏国家重点工程建设的行为,经理部党工委一方面邀请新闻记者到现场采访、摄像,在媒体和网络上刊载曝光,一方面与当地行政和公安部门取得联系,请求协助,最大限度、最大诚意地讲明利害,必要时依法对闹事的组织者拘留审查,遏制事态的蔓延和扩大,避免矛盾的进一步积累和激化。

"宁肯辛苦一人,不误拆迁一秒",这是负责征地拆迁干部员工给自己提出的要求。按照政策和程序征用土地短时间内解决不了,他们就想方设法,另辟路径——

金沙洲隧道位于广州市西北侧,北起佛山市里水镇洲村,南至南海区黄岐镇沙溪村,纵坡设计为"V"字状,隧道辅助坑道有一个斜井和两个竖井,地质情况复杂,工序工艺繁多,施工工期紧张,是武广客专线的控制性工程。承担施工的第八项目队为尽早尽快开工,积极主动与当地政府和村镇沟通、劝解,说服他们对红线内要征用的土地先行租赁,并答应预付一定数额的租金,才得以进驻隧道进口、1#竖井和斜井工地展开施工。

新街河改线桥和特大桥位于花都的闹市区。第二项目队签了租地合同后,迅即把队伍和机械开进工地,在全管段率先建起了一号搅拌站。

二分部制梁场承担着近600片900吨重箱梁的预制任务,所需的230亩土地也是采用租借的办法。自2007年1月18日开工以来,田中献和他的员工们克服首次预制900吨铁路客专线大型箱梁、受堵路阻工影响先后停工9次(最长一次达4个多月),以及台座周转受限等诸多困难,抢晴天、战雨季,不分昼夜连续拼抢。2009年3月15日至6月10日平均日产梁2.7孔,其中4、5月两个月分别创出月产梁81孔和82孔的历史高产纪录。6月10日21时50分,伴随着最后一车混凝土入模,566片32米箱梁提前5天全部完成。如果当初被动地等待通过"层层审批和同意"解决征地,这么快完成制梁任务、确保前方架梁和铺轨是绝对不可能的。

高压线改移是制约流溪河特大桥160#、161#墩连续梁施工的"拦路虎"。二分部党委书记闫振宽主动上门联系广东海事部门,开展路地共建活动,彼此交流党建经验,双方建立了良好的互信互利关系。海事局为工程施工开设"绿色窗口",协助办理封航、海事和航道安全等手续,为三电改移节约了大量时间。

第三项目队党支部书记刘兆国,在一个村庄看到几十个民工在建厂房,还有部分闲散村民在一旁观望,刘兆国觉得这是宣传和说服的难得机会,当即与司机跑到附近集市买了一头肥羊,又在村头架起铁锅,煮了一大锅羊肉汤,热情招呼民工和村民免费品尝,刘兆国则乘机宣讲武广客专线的意义和即将带来的益处,吁请大伙多多理解、全力支持。最终,在地方政府尚未交地的情况下,三队组织了24台钻机顺利进场施工,为工程全面铺开和掀起大干高潮赢得了宝贵的时间。

还有年过半百的刘华德,身为轨道板场党支部书记,在征拆工作最艰难的日子里腰椎病、痛风病发作。他强忍着疼痛,一步一瘸地走进村子里登门拜访,对村民委员会成员、私营企业主及住户一一耐心地做解释和说服工作,只要有一线希望就决不放弃。终于,在2009年1月17日下午,随着朝阳村最后一栋五层民宅在隆隆的机器声中破碎清除,项目队管段内的征地拆迁工作终于画上了圆满的句号。

在决战之年里创新纪录

2008年上半年,铁道部将武广新广州站及相关工程交由武广公司统管,武广公司又设立了武广客专线广州建设指挥部。业主单位的变更、管理体制的变化,加上征地拆迁大环境的好转,使得前两年困扰和阻挠工程进度的征地拆迁工作有了突破性进展,重点、难点拆迁项目逐一破解和消除。中铁四局武广新广州站经理部借此东风,把2008年确定为"决战之年",抓住机遇,在现场召开了第8次项目建设推进会。这种在项目施工进行到一定阶段而召开的由局领导和各参建单位党政第一管理者参加的项目建设推进会自武广客专线新广州站经理部始,作为加快推进重点项目施工的有效形式,在局直管项目上得到了推广。

同时,中铁四局从总部派出了由局副总工程师冯天旺为组长的工作组进驻工地,重点加强对所有方案的执行和落实;而经理部则抽调副经理穆庆勇等3人组成工作组直接到金沙洲隧道蹲点,帮助项目队制定和完善安全、质量、技术措施,协调并解决所遇到的困难和问题。经理部自年度工作会议闭幕至年底,连续组织了"大干一季度,确保既有线拨接完成"、"大干120天"、"决战150天,确保年度计划和项目总工期"、"大干四季度,确保计划和重点工程形象进度"等劳动竞赛和大干活动,各项目队比学赶超,施工进度日新月异,高产纪录连连被打破:

——一项目队在短时间内完成工业大道涵洞后,12月份仅用了40天就完成了云山大桥旧桥的拆除工作;

——二项目队4月7~24日期间安全、正点地完成京广铁路既有线拨接工程,12月7~29日期间圆满完成郭塘车站全部的改造任务;

——三项目队在突击完成桥梁主体结构后,迅速组织拼抢桥面系及附属工程,成为全经理部第一个完成年度生产任务的单位;

——四分部继4月份安全高效完成京广铁路四次拨接中的接触网架设和信号工程后,年底又在极短的时间内配合完成了郭塘站改中的电气化改造,创造了中铁四局电气化施工的一个新纪录;

——五项目队5月15~17日完成了CA砂浆的放大试验后,发扬顾全大局精神和连续作战的传统作风,克服长距离设备调迁等重重困难,6月初进驻中铁八局武汉综合试验段,在四个试验段中唯一受到铁道部的褒奖,为四局争了光,为今后扩展这个领域创造了空间,并在10月中旬全部完成新广州站试验段3158块无砟轨道板的预制;

——制梁场和架桥队克服因征拆、阻工造成桥墩无法施工而多次停工所带来的人员流失、设备闲置等困难，复工后900吨箱梁预制实现6小时灌注成梁的"广州速度"，创造了一天预制3孔箱梁的高产纪录；箱梁架设在运距越来越长的情况下，创造了日架梁5孔的新纪录；

——六项目队在跨流溪河和跨广清高速等高风险连续梁的施工中积极主动，超前做好准备工作，在超高压线拆除后极短时间内拼抢出连续梁模板，实现了提前合龙的目标；

——七项目队面对跨西华海连续钢构、跨华南快速公路连续梁施工前期一度被动的不利形势，在经理部和六公司的帮助支持下很快扭转了被动局面，跨西华海连续钢构从原来的15天一节加快到7天一节；

——承担金沙洲隧道施工的四项目队和八项目队，面对广州指挥部"一个月内抢不出就换队伍"的巨大压力，顶着因涌水、塌方而随时可能产生次灾害的危险，战涌水、抢塌陷、小进尺、保安全，稳步推进施工进度，隧道进口和斜井于12月16日安全贯通；

——工地材料厂克服材料涨价、资金紧张等困难，急工地之所急，向生产厂家派出驻厂员盯着发料、装车，保证了工地所需材料的供应。

——在武广客专线广东段四个施工单位参加的下半年铁路质量信用评价中，经理部分值最高，名列第一。这也是继2007年以来第二次夺得业主组织的铁路信用评价第一名。

到2008年年底，经理部全年共完成建安产值121098万元，占局年度计划92422万元的131.03%，占武广公司年度调整计划110316万元的109.77%，相当于开工以来累计完成产值的总量。

在方案优先中注重执行

中铁四局武广新广州站经理部创造性地提出并实施"技术先导、方案优先"，并突出技术在施工中的"龙头"地位和作用，任何单项工程（包括临时工程）均严格按照"方案拟定、方案审批、技术交底、现场控制、优质达标"的程序进行，没有施工方案和开工报告的一律不得开工，没有严格按照技术交底进行作业的坚决制止，工序不合格的坚决返工。对于重点、难点工程（如大跨度连续梁、深水基础、金沙洲隧道困难地段加固、既有线改造等）的施工方案，则组织局内部专家和大专院校、科研单位进行专题研讨，超前谋划，充分论证，确保方案经济、优质后交由现场实施。在施工过程中,严格依照技术管理程序,加大监管力度,提高执行力。同时,充分发挥项目总工、技术主管及技术员的岗位职能和技术专长,充分调动他们在施工过程各道工序、各个环节的技术交底、操作督导和作业把关的积极性,充分维护他们严格技术管理的责任心和权威。

经理部对管段内重点控制项目和技术难度较大的工号进行梳理和比对,将大断面浅埋暗挖不良地质隧道、单元板式无砟轨道、大跨度连续梁、深水基础、岩溶地质下长大钻孔桩五大施工技术进行课题立项,成立 QC 小组进行科技攻关,并在施工中严格坚持"方案优先、过程控制"的制度,开展"以样板引路、创样板工程"活动,确保工程质量和工程创优。

黄忠睦是第六项目队总工程师,2008 年以来,他亲手编制了流溪河特大桥跨流溪河(60 + 100 + 60)m 连续梁和跨广清高速公路(70 + 125 + 70)m 连续梁的梁部结构施工组织设计、跨广清高速公路施工安全防护方案、骏威客车厂内岩溶地区钻孔桩施工方案,以及管段内连续梁简支梁的施工计划等,方案扎实细致、科学合理、可靠可行,每次都得到经理部、监理公司广州分站、外方监理站、武广咨询项目部广州分部及广州指挥部的顺利签认。

陈亮负责 CRTSI 型无砟轨道板技术工作。2007 年 9 月,预制厂房里气温高达42℃,他带领科技攻关小组开始了"钢筋骨架绝缘测试",他一边向身边的技术人员讲解要领,一边指导他们记录下每个测点的数据和试验中的问题。汗水浸透了工作服,他们却一个个神情专注,认真操作。一周后,《轨道板钢筋骨架绝缘方案》出炉了。项目部依此试制了两块轨道板,邀请铁道科学研究院通信信号研究所专家来现场测试,完全满足轨道电路要求。但陈亮却不满足,对方案进一步优化、改进,提出了采取横向环氧树脂涂层钢筋绝缘方案,较之初选的双向绝缘模式可节约成本 60 余万元。铁道科学研究院通信信号研究所专家测试后表明:采用优化方案试制的 47 块轨道板首要指标电感偏差全部符合要求,次要指标电阻偏差合格率也达到了 96%。从此,由我国首次引进日本新干线技术而自主研制开发的CRTSI 型无砟轨道板在中铁四局武广新广州站经理部轨道板场诞生了,被誉为"中国第一板",填补了我国高速铁路施工技术的又一空白。铁道科学研究院在随后的国产化创新板设计中,绝缘措施也完全沿用了这种方案。

针对金沙洲隧道地质复杂、设计独特、技术先进等状况,中铁四局举全局之力、集所有人才,"组团"开展技术攻关活动。经理部多次邀请国内隧道专家召开专题会,与中南大学、西南交大、北京交大、石家庄铁道学院联合开展专项科研活动。局副总工程师、隧道专家吴波把金沙洲隧道作为自己的"联系点",对于重大问题直接向局"司务大交班会"汇报,由局领导亲自协调解决;已经退休的周振强、罗传义等,作为经理部"编外顾问"随叫随到,帮助解决施工遇到的技术难题;由冯天旺为组长的工作组更是以"检查安全质量、监督方案落实"为己任,住在工地,紧盯现场,重点对金沙洲隧道进行24小时不间断检查,督促每个阶段施工技术措施的落实和抢险方案的执行。三年多来,先后成功破解了高富水岩溶地区隧道穿越高速公路立交地面塌陷的技术难题,用直径159长大管棚解决了流溯状淤泥不良地质隧道安全支护施工技术,创新了客专线大断面隧道斜井转正洞的工艺、工法,并攻克了首片900吨箱梁制运架、客运专线深水基础施工、国内首例钻孔桩零沉渣技术控制等技术难题。

同样,经理部党工委在工地宣传及重大活动的组织上也要求先拿出方案,再研究细化。按照这一思路和方法,制梁场针对钢筋混凝土作业量大、使用农民工多的特点,有计划、有步骤地在农民工中开展"三共"教育(共铸诚信、共创和谐、共同发展),实施"三个"贴近(贴近生活,贴近情感,贴近管理),落实"三大"待遇(政治待遇、文化待遇、经济待遇),实行"三个不漏"(即一个不漏地实行身份证准入制度,一个不漏地签订劳动用工合同,一个不漏地进行上岗前培训)管理,精心培育和构建项目和谐文化,受到农民工一致好评,成为中铁四局在广东地区展示企业形象的一个窗口,被新华社广东分社、广东卫视和《羊城晚报》等媒体多次报道宣传。

在强化培训中提高素质

按照客专线施工对参建人员综合素质、专业知识、操作技能的要求,经理部采用走出去、请进来的方式,开展观摩学习、专业培训,深入学习和推广应用新技术、新材料、新工艺、新方法,四年来有计划地开办各类培训班198班次,共有4720人次参加了既有线施工安全知识、客专线施工技术标准、防洪安全、各工种安全操作规程、安全卡死制度、分项工程工序工艺质量标准的学习和培训。经理部先后购买4万多元的客专线相关安全技术书籍、工序工艺质量标准资料,供管理人员和作业人员学习、参考。二分部还积极开展"一岗带三岗"活动,政治素质好、技术上过硬、有施工经验的员工与新来的大中专毕业生签订了"导师带徒"合同。经理部还专门印制了如扑克牌大小、经过封塑的各岗位"工序工艺安全质量控制卡",分别下发给管理人员作业层人员,以便他们操作中对照执行。这一做法得到前来工地检查指导工作的铁道部副部长卢春房的高度赞誉。他说:"对农民工,不可能要求他天天去看厚厚的一本操作规程。培训后让他们带上这张卡,既简要明了又有实效。"他还特意交待随行的工作人员索要两套,带回去进行推广。

有计划、按步骤、分批次、多形式的教育培训,不仅为施工生产、科技攻关、安全质量、成本管理提供了人员素质和专业技术方面的保障,而且在新广州站及相关工程建设中培养造就了一批技术型、专家型、管理型的人才。

在收官之年里全力冲刺

进入 2009 年,也就是进入了武广客专线建设的冲刺之年、决胜之年、收官之年。因为武广公司确定:武广客专线总工期目标是 2009 年 6 月 30 日全线铺通,年底具备开通条件。按照总工期倒排,中铁四局武广新广州站经理部管段要在 10 月 1 日进行联调联试,剩余工程量很大,面临的压力巨大。特别是金沙洲隧道,存在涌水、地面塌陷和穿越高速公路等隐患,在紧迫的工期压力下更增加了质量、安全等风险,被列入武广客专线乃至铁道部的头号重点、难点隧道工程,已形成"武广看四局、四局看金沙洲"的态势。

这种严峻形势引起了局党委、局的高度重视,党委书记张河川、总经理许宝成多次亲临工地,检查隧道施工情况,主持召开专题会议,提出建设及管理要求,督促现场对有关措施的执行和落实。特别是杭州地铁"11.15"事故发生后,局把金沙洲隧道列为"1 号风险项目",责令五公司、六公司必须有一位主要领导盯在现场,直接指挥,直到"警报"解除、隧道贯通为止。

于是,经理部 2009 年的工作会议也就开成了"决战决胜、确保武广线 2009 年开通运营"的动员大会,局副总经理兼武广新广州站经理部经理、党工委书记吴成福号召所有参战将士:进一步坚定信念,保持昂扬斗志,乘势而上,按照客专线建设"五个一流"标准,瞄准年底通车目标,转变工作作风,狠抓现场管理,顽强拼搏,强力推进,调动一切力量打好"冲刺年"最后一仗,为全面完成武广客专线建设任务而努力奋斗!

后门已经堵死,确保工期就是项目成败的关键,必须立即迅速掀起生产大干的高潮。经理部党工委明确提出,现在到了充分发挥党工委的政治核心作用、党支部战斗堡垒作用和共产党员先锋模范作用的关键时期,一定要把党建和思想政治工作重心前移,围绕施工生产大干,认真组织开展"客运专线党旗红、中铁四局争先锋"党建主题活动和"创建项目思想政治工作示范线"活动,为生产大干提供强有力的政治保证和力量保证。经理部党工委向全体参战党员和职工、农民工发出《倡议书》，阐明参战武广客专线这一中国铁路建设史上里程碑工程的重要意义，切实增强责任感、使命感、紧迫感和光荣感，坚定必胜的信心，发扬中铁四局"勇于争先、永不满足"的企业精神，充分发挥思想政治工作的优势，提振精神，鼓舞斗志，特别是共产党员、共青团员要在决战决胜中冲锋在前，苦干实干拼命干，为客专线建设再立新功、再建伟业。

跨广清高速公路连续梁长265米，为全线最长的连续梁，由16个标准节块组成，施工采用挂篮悬臂灌注工艺。因为广清高速公路日车流量达6万多台，无论施工和行车都是安全风险环生，所以也是全线危险因素最多、施工难度最大的项目。为确保安全、快速、优质地完成，第六项目队首先把安全防护工作做实做细，确保万无一失，同时组织人员不休节假日，二十四小时不间断作业，在工序衔接上常常是上一道工序还没有结束，下一道工工序的准备工作已提前做好，条件具备就立即组织人员24小时拼抢，后来把10天一个节块加快到8天一个节块，最终于2009年3月6日实现连续梁合龙，把上级领导的"最最担心工程"干成了"最最放心工程"。

第五项目队承担管段内全部轨道板的预制工作，随着施工图纸的变更和计划的调整，生产数量由原来的9616块增加到12416块。项目队在保证正常生产的前提下，对原有厂房进行扩容增建，仅用了一个月就将28个台座增加到60个，并增添了相应的机具设备，细化了班组分工，将每天一个循环周期提高到两天三个循环，预制产量大幅度提高，于2009年6月15日完成了全部的预制任务。在这期间，技术人员还在消化吸收日本高难度无砟轨道技术的基础上，大胆革新，科技攻坚，先后将60多台(套)设备国产化，还对其他小型仪器、工艺进行革新，发明了绝缘卡，改进钢筋编架台座工艺，轨道板翻转机夹脚由钢结构改为橡胶，防止磕损轨道板等新工艺，对38项技术管理规程实施了改进创新和工法创新，获得日方专家以及铁道部各级领导的检查认可，为我国高速铁路轨道板制造积累了宝贵经验。

共产党员张宏是经理部有名的干将，哪里需要他就被领导调到哪里。他到了那里，无论起点多么低、条件多么差、困难有多大，那里的工程一定会干上去、抢出来。2006年9月他在制梁场任职，制梁场打出了全线第一片900吨箱梁；随后他被任命为轨道板场副经理，轨道板场制造出了"中国第一板"。2008年5月份六项目队重组，二分部指派张宏挑起队长的重担。面对诸多困难，他变压力为动力，呕心沥血、精心组织、不等不靠、主动出击，充分调动项目部自身的各项人力物力资源，许多一般人看来几乎不可能完成的事最终都变成了现实。跨流溪河连续梁160#、161#两主墩墩顶有110千伏超高压输电线，最短直线距离仅5米，他提出在高压线拆迁之前将0#块模板在桥下拼装好,到高压线停电后,就在最短的时间安装模板,最终抢回了宝贵的三天时间,确保连续梁顺利按期合龙,为向南架梁扫清了障碍,得到局副总经理吴成福的高度称赞,并号召"武广新广州站经理部所有参战单位的项目经理都要向张宏同志学习"。

被树为全线的"标杆",张宏在得到荣誉的同时,也得到经理部和分部领导的进一步信任,把8000米长的桥面系和7119米的无砟轨道底座施工任务交给了他。张宏这次感到肩上从未有过的巨大压力,这种压力并非仅仅在于任务量的艰巨,而且在于施工环境和条件严酷得几近于残酷:8.5公里长的施工段全是在距地面高十多米的桥上施工,设备、材料怎么运上去,近千名作业人员怎么在9米宽的桥面上铺开,运输混凝土的车辆如何调头,怎样确保大家在炎炎夏日里和毫无遮掩的高温下既能大干又不中暑?张宏为此食不甘味、夜不能寐,强忍着腰椎间盘突出复发的病痛,白天跑现场,夜里研究施工方案并进行反复比对和优化。正因为他超前谋划、优选方案,采取了提前培训、先行试验、多口推进、后勤紧跟等措施,8公里的桥面系只用了10天,于7月16日抢了出来,比局经理部压缩的工期提前了5天;9.5公里长的大桥栏杆安装于7有25日全部结束,无砟轨道底座于8月5日完成,确保了铺轨8月15日出管段,为9月下旬全线进行开通前的最后一个环节联调联试赢得了宝贵的时间。

在紧绕主线中抓好创建

早在进场之时,中铁四局武广客专线新广州站经理部党工委就紧密结合工程特点,建立党的工作制度,积极开展党组织活动。特别是2008年以来,针对工程建设的进展、部分党员工作调动,各参建单位党组织及时进行了人员调整和补充,同步配齐了专职党组织书记,形成了完善的项目党建体系,加大项目党组织参与项目重大问题决策的力度,并切实做到施工战线延伸到哪里,项目党组织就建立到哪里、活动就开展到哪里、作用就发挥到哪里,使党组织活动渗透到各个施工环节。通过创党员先锋岗、建红旗责任区、创党员先锋工程以及"青年突击队"、"岗位练兵、岗位创优"等活动,已建立了党员先锋工程10项,工程项目党支部示范点9个,设立党员先锋岗40个、党员红旗责任区26个、党员一岗带三岗38个。

项目党支部通过开展"四感"教育来提高员工思想认识,有幸参加武广客专线建设的光荣感;优质、高效建好武广客专线的责任感;市场竞争优胜劣汰的紧迫感;"企兴我荣,企衰我耻"的荣辱感,使全体员工深刻认识到:安全是保障、是生命;质量是目标,是企业未来的市场;进度是信誉;效益是中心,是企业的根本目的;文明施工是窗口,是现场管理水平的综合体现。在劳动竞赛中围绕施工生产中的"急、难、重、险"工程,结合局开展的"客运专线党旗红,中铁四局争先锋"主题活动,在管段内开展了"创党员精品工程"、"创岗建区"、"党员安全质量责任区"包保活动,充分发挥党员模范带头作用,让党旗在精品工程中闪光。团支部充分发挥青年突击队作用,积极推进青年安全质量监督岗活动,"我为武广做贡献、我为团旗添光彩"成为团员青年的共同心愿和共同行动。坚持每周星期一开展安全质量大检查,时刻敲响安全质量生产警钟,对施工现场进行综合评比打分,奖优罚劣,既激励了先进又鼓舞了后进。扎实有效的安全质量管理,有效地促进了施工生产的有序稳步开展。

大力组织开展"客运专线党旗红,中铁四局争先锋"和"创建项目思想政治工作示范线"主题活动。经理部党工委明确,"党旗红"的主旨是争先锋,"示范线"的核心是创"四优"(干部优秀、队伍优良、工程优质、环境优美),活动的主体是全体党员、干部和员工。面对各种困难,基层党组织必须凝心聚力去攻坚克难,党员干部必须发挥作用去拼搏苦战。金沙洲隧道开工之际,经理部举行隆重的"客运专线党旗红,中铁四局争先锋"主题活动授旗和动员誓师仪式后,将"党旗红"活动和综合劳动竞赛、月度、年度"南国之星"十佳评选相结合,每月由各项目队投票初选出十佳候选人,经各分部初评后报经理部,由经理部结合各工点、岗位实际业绩定评,然后大张旗鼓地进行表彰奖励,"十佳"的照片、事迹登经理部光荣榜,上工地简报。这些先进当中,有经理、书记、队长、技术员,也有施工员、业务员、工人、炊事员,各个岗位都树有榜样,形成了单位之间争先进,干部职工争先锋的良好氛围。从2006年以来,经理部共建立了"党员先锋工程"8项,工程项目"党支部示范点"6个,设立"党员先锋岗"20个、"党员红旗责任区"12个,"党员一岗带三岗"21个,表彰"先进单位"(项目队)66个次、"先进集体"(班组)198个次、"南国之星"(个人)396个次。

工程项目的"三工"建设是中铁四局工地文化、工地卫生和工地生活所独具的特色,曾受到中华全国总工会主席王兆国的充分肯定和称赞,并做出批示在央企系统广泛推广。武广新广州站经理部制梁场作为"三工建设"的亮点,带动各项目队"三工建设"工作迈上了新台阶。各参战单位为加强"三工建设",专门成立了协作队伍管理和服务办公室,统一为协作队伍配置床铺及床上用品等,还配备了衣柜、空调、电视机,建起了图书室、活动室、浴室、洗衣房、篮球场,接通了"亲情一线牵"电话,农民工与企业员工实现了"五同"(即同劳动、同生活、同学习、同参与、同娱乐)的"五同化"管理机制,使他们真真切切地感受到了党组织的温暖和企业的关爱,营造出了"生活上关心、关系上和谐、工作上严谨、纪律上严明"的工作格局。

2008 年 6 月,中铁四局项目文化及"三工"建设现场会在经理部梁场召开。8 月 28 日,中国中铁股份公司深化"三工"建设活动现场推进会议在武广新广州站建设工地召开。股份公司党委副书记、工会主席姚桂清,局董事长、党委书记张河川,以及来自股份公司主要成员企业的工会主席和相关部门负责同志,现场观摩了经理部制梁场及轨道板场,盛赞中铁四局"三工"建设成就,对经理部"三工建设"和劳动竞赛工作给予了高度赞扬。制梁厂被授予"中国中铁工程项目文化建设示范点"荣誉称号,这也是中铁四局唯一获此殊荣的单位。12 月 26 日,中央电视台新闻频道对制梁场关心农民工的做法进行了报道。

燕赵大地谱壮歌

——中铁四局张唐铁路攻坚克难、推进施工纪实

　　张唐铁路 2010 年开工后不久,由于甬温线"7·23"特大铁路交通事故、"7·21"特大洪水灾害影响,以及征地拆迁"瓶颈"的制约,三年来时停时建、艰难前行。自今年初业主明确新的建设工期、三月底中铁四局总经理许宝成亲赴现场办公并召开专题推进会后,中铁四局张唐铁路经理部立即部署、精心安排,摸清管段内剩余工程工作量,列出 12 个关键项目节点,倒排工期,在全线 51 公里管段内开展劳动竞赛,经理部党工委也配合大干,在党组织和党员中开展"立足岗位做贡献、创先争优当先锋"党建主题活动,各施工工点大干高潮迭起,隧道、大桥、涵洞、路基施工进度明显加快,高产纪录不断刷新。到 5 月 25 日,两个月完成施工产值 2.1 亿元,相当于开工至 2012 年上半年的总和,在燕赵大地上谱写出一曲坚韧、悲壮、豪迈的战歌。

一块硬骨"啃"三年

　　张(家口)唐(山)铁路是原铁道部与蒙冀公司共同出资修建的一条煤炭下海新通道,全长 528.5 公里,投资额 400.1 亿元,其中中铁四局中标的 ZTSG – 6 标正线长 51 公里,跨越河北省的承德、唐山及遵化三市的 14 个乡镇、42 个村庄,有隧道 9 座、18.6 公里,特大和大中小桥 22 座、总长 11.6 公里,涵洞 76 座、3138.6 横延米,路基土石方 569.4 万立方米,并承担了 344.8 公里正线铺轨、2686 片 T 梁的预制和架设,工程总造价 27.18 亿元,计划工期 4 年半。

　　张唐铁路中标之时,正值高速铁路建设达到高峰。鉴于我中铁四局施工主力队伍分布在武广、合蚌、合福、沪昆、沪宁、福厦、昌九、宁杭等 30 多个高铁项目上,中铁四局决定并组织建筑公司、一公司、三公司、机电公司、八分公司、北京分公

司、物资公司联合攻坚。

常务副指挥长丁思刚带领中铁四局张唐经理部管理人员到了施工现场后才知道，这的确是一个难攻的堡垒。且不说到场的各土建施工分部均为多年在地铁、市政、环保、房建等领域打拼，少有铁路工程建设的经历，其专业人才、管理经验严重缺乏，仅就征地拆迁而言，就是一块很难"啃下"的硬骨头。原来，张唐铁路由原铁道部与蒙冀公司(有9家股东)共同出资修建，这一模式本身就是一个新鲜事物，它把原由地方政府负责的征地拆迁工作赋予一家投资联合体，后又一变再变为呼和浩特铁路中铁四局、北京铁路中铁四局，最终由北京铁路中铁四局为主责单位，然后以支付投资额2‰的"协调服务费"为报酬转交给地方政府代为协调处理。换句话说，征迁工作并不是地方政府"分内的事"，也不作为上级的"考核指标"，这就大大消减了地方各级政府解决征迁的积极性和力度。还有一个难度较大的因素，就是承(德)唐(山)两市各种地矿、经济林、养殖场众多，仅在遵化境内，已探明的矿藏就有30多种，其中铁矿石储量1.5亿吨，白云石储量3.9亿吨，金矿石储量140万吨，石英石储量831万吨；境内除粮食作物播种面积6983公顷，还有林地77771公顷，近年来已发展形成了特色鲜明的板栗、鲜果、食用菌、无公害蔬菜、奶牛养殖、畜禽产品六大产业带，遵化因此被罩上了"全国板栗之乡"、"国家级瘦肉型猪基地县"、"国家级苹果基地县"、"农业部首批无公害农产品加工基地"、"河北省食用菌之乡"等诸多光环。鉴于征拆对被征拆者的经营和收入影响极大，加上原大秦铁路、京秦高速公路建设的遗留问题，这一地区对征地补偿疑虑较多，诉求极高，有的要价与国家政策价格相差上百倍。从经理部到各分部，每征用一块土地、拆迁一座矿厂或者扒掉一个猪圈、砍伐一棵果树，都要与使用(所有)者、村乡镇及各级铁建办展开一场相当长时间的"拉锯战"。

还是在进驻工地开展线路复测时，当工程技术人员背着器材来到工地，眼前的情景与前期工地调查时大相径庭，只见沿线原本被征用的空地里，密密麻麻地被人插上了树枝，有的地方还盖起了房屋。随后，就有人来到项目部索要高额的补偿款和拆迁费。

正在建设的工地上，不时地有人过来阻工，或者到施工便道上拦车、挡道，理由是因为施工造成了"奶牛不产奶、母猪不下仔、路面被轧坏、青苗被踏踩"……在四分部(三公司)，7.2公里长的管段内涉及部队、学校、幼儿园、养狐场，还有机械厂、殡仪馆、机场道路，需要拆迁19家单位、49户人家，其中一家规模较大的碎石机械厂，评估机构现场清点后给出1000多万元的评估价，但厂主向四分部一张口就要2亿元。项目书记向云去年8月从前任手中接过"接力棒"，继续走乡串户与产权人谈价,向铁建办反馈,两腿跑细了,嘴皮磨破了,先后说通40户签订了合同、25户完成拆迁,在保证隧道、大桥施工的同时,还腾出了400米的路基作业面。

在三分部(建筑公司),目前有三位项目书记、两位项目总工。这种奇特的岗位设置,恰恰说明了张唐铁路施工中拆迁难度之大、技术要求之高。如果说后者是因为这里有长4.4公里、135个墩台的跨大秦铁路特大桥,其中49#墩设计为64米长、重11000吨的转体梁,是中铁四局重点科技攻关项目,那么,前者无疑是为了加强征地拆迁的力量。周家文,中铁四局集(宁)包(头)铁路工指的党工委副书记,很有征地拆迁方面的经验。针对张唐铁路征迁的难度,建筑公司领导特意调他到遵化。去年8月到工地,周家文几乎跑遍了13公里管段内的2乡14村,他所拥有的经验却根本用不上,因为工地上见不到业主方管征拆的人,所涉及征拆的矿主、村民、养殖户不仅漫天要价,而且还要承包工程、供应材料。早晨6点钟,就有人到项目部敲打程立全书记的门,几乎天天如此。就在记者在沿线采访期间,程立全被折腾出了心脏病,住进了当地的医院。

20世纪50年代出生的五分部项目书记陈连已经接过"内退",但他抱定"站队一分钟、干好六十秒"的信念,几乎天天外出,或到村子里商谈拆迁,或到工地上排除干扰。去年他因患静脉堵塞,两条腿肿得起明发亮,连站立都十分困难,但他咬着牙一瘸一拐地去催促村民扒围墙、拆猪圈。实在疼得不行,他就坐在凳子上,把腿抬得高高的,让血多往上身流。

面对征拆难、条件差、环境恶、收入低,有人退却了——或要求调转,或申请转岗,新近参加工作的大学生甚至不辞而别离开了工地,但大多数干部职工选择了坚守、联手,在各自的岗位上不懈努力、继续战斗,把征拆工作一点点地向前推进。到今年5月底,我中铁四局管段内设计用地2318亩,已完成征地2081亩,占90%;承德兴隆段民房103户已全部拆迁,厂矿企业8处拆迁了5处,为隧道、大桥及路基施工基本扫除了障碍;唐山遵化段民房116户有29户签了协议,大棚135户仅余9户未拆,厂矿企业50家有13家完成了审价、12户已拆迁。

"遵化境内的拆迁任务仍很艰巨,我们还需做出不懈的、更大的努力。"中铁四局张唐经理部党工委副书记李军保说。

一场水灾显风范

承德唐山地区六十年一遇的特大洪水过去将近一年了,但对我中铁四局张唐铁路建设者来说却记忆犹新,因为正是这场抗洪救灾,不仅保障了工地人员和机械设备的安全,而且调集人员机械救助当地百姓,保卫果树粮田,打出了中铁四局的威风,显示了国企的风范,博得当地政府和群众高度称赞。

郭小恩,原本在二分部(一公司)担任安质部长,去年主动请缨担任半壁山隧道进口架子队队长,没想到上任不久就遇到了这场洪灾。5月19日,记者在工地问起那段经历,他指着河边树木根部尚缠绕着的杂草说,那是他有生以来见到的最大洪水,如猛兽般裹挟着树枝、杂草汹涌而下,转眼间就吞没了便桥、便道,水位直逼隧道口前面放置的机械和工具房,工地成了一座与外界隔绝的孤岛。但他没有畏惧,也不慌张,因为在此之前他刚带领作业班组进行了一场救灾演练,并亲手将《应急预案》进行了补充和完善。在接到气象部门的通知后,郭小恩立即组织人员备足了一周的粮油、蔬菜,把所有机械设备都转移到洞内,用沙袋在洞口前筑起了一道防护屏障,青年突击队员按照排班值守、防护了三天三夜,而郭小恩则24小时不间断地到各个防护点巡视,没睡过一个囫囵觉。

7月21日水灾发生时,从合肥机关本部来的建筑公司总经理吴阿勤正在工地检查,当即指挥公司所属的三分部、五分部投入抗洪抢险。22日凌晨1时,雨越下越大,五分部项目经理胡生培率领十多名突击队员赶到桃花山隧道出口,只见洪水汩汩地向隧道里倒灌,隧道内水深已经没膝。他一面组织人员搬来沙袋在隧道口拦腰筑起一道堤坝,一面让人扛来水泵向外不停地抽水。当有人报告浅埋段有大量渗水时,胡生培立即命令在掌子面的作业班组停止施工、投入抢险。得知几个涵洞作业面被雨水吞噬,项目书记陈连率领另一路人马赶了过去,组织挖掘机挖沟排水,以解除涵洞两侧发生滑坡的危险。

在承德的兴隆县,22日凌晨2时大雨依然如注。一分部(北京分公司)副经理、总工白伟向混凝土搅拌站了解雨情、交待了注意事项后刚要躺下休息,忽听有人急促地敲门并大喊:"中铁四局的同志,赶快派机械去救援吧,不然全村老少怕是没得活了。"求助的是兴隆县路政中铁四局的一个巡逻员。原来,112国道因十多个小时的暴雨造成了多处险情,其中分部驻地西边车道峪村的一座桥的通水涵管被洪水冲下来的杂物填塞,大水折返向附近的果园和不远处的村庄冲去,360户村民处于危险之中。白伟当即通知挖掘机司机李兵赶往现场。风雨中,李兵谨慎地驾驶着挖掘机靠近疏水涵管,捞取水中的树枝、杂物。雨水打在驾驶室的防风玻璃上,看不清挖掘机的挖斗,李兵就把半个身子伸向雨中,借助微弱的灯光,一点点地捞取、外抛。也不知过了多长时间,5根涵管前的杂物渐渐被清除,桥面渐渐地露了出来,李兵看一眼面前仪表盘上的时间,已是凌晨4时20分。

在五分部,记者看到一份并不完全的统计表。在这场洪灾中,五分部的抢险队共出动 12 次,动用挖掘机、装载机、水泵 45 台,转移群众 87 人,开挖排水沟渠 17 处,近 5000 亩农田避免了受淹。

雨后,受到救助的村民纷纷到附近的分部驻地表达感激之情,团瓢庄乡的下庄村、任庄子村还送来了锦旗、猪肉等慰问品,锦旗上写着:"无私的援助,崇高的敬意"。

一句诺言要兑现

张唐铁路开工后 10 个月,遭遇到杭甬线"7·23"事故的冲击,业主勒令全线停工、检查整改。这"一停一改",前后就是两个多月,加上"7·21"特大水灾、冬季休工的影响,后面的施工注定是一场与时间赛跑的攻坚战。

2013 年中铁四局"三会"开过不久,中铁四局总经理许宝成于 3 月 28 日亲临张唐铁路施工现场,查看形象进度,了解剩余工程,摸排存在的困难和问题,并于 29 日召开"张唐铁路施工生产推进会"。会上,许宝成结合北京中铁四局的总工期目标,提出了我中铁四局管段要在年底前实现隧道通、桥梁通、路基通的"三通"要求。常务副经理丁思刚、党工委副书记李军保代表中铁四局张唐经理部当场表示:坚决完成许总提出的目标任务!

很快,中铁四局张唐经理部就拟定出《张唐铁路 ZTSG - 6 标 2013 年施工安排》,确定全年必须完成 8.66 亿元的施工产值,并根据工期要求、施工难度及安全风险情况,将全线分为关键节点项目 12 项、一般节点项目 7 项来控制,迅速掀起大干高潮。

各参建单位首先在领导层面上加以重视。建筑公司、一公司分别明确,由公司副总经理吴军、万为胜长住工地,坐镇指挥;三公司由党委副书记王贤春兼任四分部项目经理,对现场解决不了的问题,直接上公司交班会研究决策。

作为一支增援力量,二公司也不懈怠,去年 9 月从内蒙古抽调人力和机械设备开赴珠岭隧道和后杖子隧道,明确由公司工会主席石治荣负责八分部现场的指挥协调。

对李学伟来说,这已经是自己第二次打增援了。前几年集包铁路施工吃紧,二公司抽调他前去负责八苏木隧道出口,迅速扭转了被动局面。还未等激战的硝烟散尽,他又接到增援张唐铁路的命令,当月带领作业队伍来到遵化,只用了一个月就建起了驻地房屋,还扩建了原施工单位的搅拌站和材料库。10 月 8 日,后杖子隧道出口处一声炮响,八分部打响了"中间(指路堑)开花、两边(指隧道)穿插,

15个月全部拿下"的战斗。即便在春节期间,李学伟和他的搭档、项目书记李斌也全都坚守在工地。"张唐是全公司唯一的项目经理和书记都在工地抓生产的工点。"二公司总经理赵中华说。当月,八分部超额完成中铁四局经理部下达的产值计划和形象进度,受到中铁四局经理部通报表扬并奖励12万元。

已近花甲之年的陈尚雄,去年5月接到一公司的任命后,二话没说就来到二分部项目书记的岗位上,与其他年轻的班子成员一样,对在建工点实行包保。大干活动中,他注重发挥党组织和党员的作用,把半壁山隧道树立为党员先锋工程,在溘河特大桥组织突击队授旗仪式,把架子队农民工党员纳入活动之中,每月主持评比"工地之星"、"优秀协作队伍"并当场兑现奖励,党团员、管理干部和作业队的干劲全都调动了起来,大干高潮一浪高过一浪。今年4月开展"大干100天"劳动竞赛活动,二分部当月夺得中铁四局经理部产值、节点、单项共三项奖励中的两项,获得奖金也最多,达到13.2万元。

全长6400米的桃花山隧道,是我中铁四局继宜万铁路八字岭隧道、武广高铁金沙洲隧道之后承建的又一长大隧道,围岩破碎,水系丰富,为全线重点控制工程。2010年12月26日开工后,三个分部联手作战,先后开出了进口、出口和斜井四个工作面。虽说三个分部在施工组织和管理上各有特点,但也暴露出一些弊端,进度也迟迟上不去。为扭转被动局面,中铁四局经理部于2012年3月将整个隧道交由新组建的五分部施工,经理胡生培按照"不耽误、不浪费、不折腾"的理念,围绕施工生产这一核心,统一思想,整顿队伍,成立进口、出口和斜井三个架子队,增加机械设备投入,加快每道循环施工时间,压缩进尺周期。与此同时,分部领导和管理人员分工包保,环境优化、材料供应及后勤保障等项工作及时跟进,开挖、仰拱、二衬等环节稳步加快,月成洞纪录不断刷新。今年4月份,出口掘进猛增到174米,创造了张唐铁路开工以来全线最高纪录,中铁四局经理部特别嘉奖10万元。到目前,整个隧道掘进已达到4200米。

进入4月份,中铁四局管段各单位的物资需求量猛增,物资公司张唐铁路工地材料厂的工作节奏也明显加快。作为厂长,倪楚云仔细研究中铁四局经理部下达的任务计划,对各分部水泥搅拌站、钢材加工棚的生产规模及材料库、火工品存放点的容量及一个时期的用量了如指掌,所以,从他手里出炉的供应计划既能满足现场需求,又不会出现过量的库存。但他并不因此而有丝毫的大意,每天派出材料员周杰、王鹏和王兰州、周杰(厂里人称小周杰)分乘两台汽车,到各个工点察看材料存放及使用情况,提前联系商家组织货源和车辆,及时补充各个材料库、火工品存放点。工地上从没有发生过材料"断顿"的现象。

　　采访中,记者遇到了在现场检查指导工作的中铁四局副总经理王传霖。他说:"4、5两个月,张唐铁路的施工进度很有起色!"

　　王传霖评价的"很有起色",从《中铁四局张唐经理部5月份主要指标完成情况》可以得到更切实的印证:当月,二分部的半壁山隧道进口、孤山子隧道进口,八分部的后杖子隧道出口、珠岭隧道进口及五分部的桃花山隧道大里程均超额完成了掘进计划。值得一提的是,自中铁四局总经理许宝成今年3月对张唐经理部提出进度要求以来,经理部在4、5两个月产值连续突破亿元大关,合计为2.1亿元,所完成的实物工作量也大幅增加,其中隧道完成2768成洞米,桥梁钻孔桩完成233根,承台及挖井基础56个,墩身完成76个,路基土方完成69.8万立方米。

　　截至5月25日,经理部开累完成产值10.7亿元,其中,隧道完成9587.4成洞米,桥梁钻孔桩完成1869根,承台及挖井基础197个,墩身完成163个,路基土方完成362.7万立方米。

　　"照目前这样的势头,如果征迁工作再得到地方政府的积极协助与推动,到年底肯定能完成业主明确的主要节点目标。"中铁四局张唐经理部党工委副书记李军保满怀信心地说。

新领域里建奇功

——中铁四局"先进单位"一公司代局指郑机城际铁路经理部巡礼

在数字越来越具有说服力的今天,由一公司代局指管理的第一个项目——合同价6.35亿元的郑(州)机(场)城际铁路新郑机场站ZJZQ–V标,自2012年11月26日动工到今年1月底创造出这样一组数字:14个月的时间里不仅基本完成了长宽高分别为505.8米、41.7米、19.8米的基础开挖,钢筋混凝土支撑和网喷支护,解除了国内超大型深基坑施工的"1级安全警报",而且完成地基加固旋喷桩及附属钻孔桩过半,开累完成产值2.5亿元,在河南城际铁路有限公司组织的"三线"(即郑机线、郑开线、郑焦线)季度安全质量考核评比中次次获得第一名,并成为2013年全局管控评比连续三次获得"优秀项目"的3个单位之一。就在刚刚闭幕的局"四会"上,该经理部被局授予"先进单位"、"红旗项目部"及"'三工'建设示范单位"等荣誉称号。

带着问题去学习

一公司是以"钢人铁马"著称的土方施工单位,其"拳头产品"汽车试验场、高速公路路面多次荣获国家"鲁班奖"、"詹天佑大奖"及省部级优质工程,但在城际铁路、地下铁道方面的业绩还是空白。新郑机场站ZJZQ–V标是其参与地铁施工的首项工程,规模之大、难度之高、风险之巨,令一公司党政领导高度重视和谨慎,抽调有丰富技术和劳务管理经验的公司工管中心主任陈守强、公司劳务中心主任熊向进担任项目经理和党工委书记。

"既然我们缺少地铁施工的经历和经验,那就甘当小学生,虚心向兄弟单位学习。"经理部把学习作为第一要务,采取"走出去"和"请进来"相结合的办法,先后组织经理部管理干部的技术人员到建设中的郑州地铁、成都双流机场地铁车站、南京青奥轴线地下工程和地铁车站、武汉地铁工程观摩学习。而每次学习之前，陈守强和熊向进都要求每个人列出自己在工作遇到或将要遇到的技术难题和问题，在与"老师"座谈中面对面地求教和交流，并做好记录和笔记。回到驻地后，由每个人执笔、部门领导汇总，最终形成《专题考察报告》供相关人员共享，真正做到彻底消化和创造性地借鉴及应用。2010 年从西南交大毕业的程静敏至今还记得，去年 5 月接任工程部长后，他带领工程技术人员到武汉地铁观摩学习，把草拟的深基坑开挖、止水、支撑及钢筋绑扎方案一一对标，回到工地后结合实际，对钢筋棚的临时用电线路加以改进，并采用槽钢对电线进行覆盖固定，确保了用电安全。而防水方案改用沥青薄膜和热溶法进行铺设，既强化了止水材料的黏合性和密贴度，也大大提高了止水防水的效果。

与此同时，经理部邀请北京城建设计研究总院咨询项目部总工程师、教授级高工杨慧林，台湾专家邱守峦，中铁九局副总工程师刘东跃，我局副总经理、总工程师伍军，局副总工程师杨仲杰等到经理部上课，内容涉及地铁深基坑开挖和支护、地铁施工技术规范、安全质量管控平台、铁路信用评价及局约束性条款等。

除了强化学习和教育培训，经理部还鼓励员工积极参与考证培训和局技术比武、技术鉴定，周健宝获得局"青年技术能手"和一公司青工比武"技术能手测量组第一名"，罗盼璇获得一公司青工比武"技术标兵"。

"马道"成功才是真

新郑机场站是郑机城际铁路的最后一座车站，为双层三跨双岛四线明挖车站，早期开挖的基坑最深处有 20 米，长则超过 500 米，南面不远处就是正在使用的机场 T1 航站楼、候机楼，需要挖出的土方为 52.4 万立方米，加上以粉细砂为主的地质、地下水位高，而且与稍后开工建设的郑州地铁 17 号线机场站交叉施工、同步完成，最近距离只有 8.6 米，施工干扰较大，安全风险高。为了坚决防止土方开挖过程中发生坍塌事故，在早先的车站主体围护结构施工中，经理部严格按照设计要求，分别打入钻孔桩和止水旋喷桩各 799 根，临时立柱 192 根，抗拔桩 482 根，地基加固高压旋喷桩共 4888 根，并汲取杭州地铁塌方事故的教训，改原设计的钢管支撑为钢筋混凝土支撑，增强其抗挤、抗压的作用。

去年 7 月，伍军带队到工地平推检查，看到车站主体围护结构已基本完成，正在进行的基坑开挖按照"纵向分段、水平分层"的方法规范作业，边坡网喷和钢筋混凝土支撑施工井然有序，当场夸赞经理部"体现了局综合施工单位的管理水平"。总结会上,伍军针对经理部目前采用的长臂挖机从深基坑取土、再由运输车辆将土方外运的地铁基坑开挖传统施工方法,预测到基坑土方开挖可能成为制约实现节点工期的"瓶颈",提醒经理部"有必要对目前的土方施工方法加以改进"。当月,经理部就召开专门会议商讨变更方案,现场副经理陈宣和把先前经理部编制的"马道"施工方案重新提了出来。原来,还在土方施工大规模展开之前,经理部曾针对新郑机场站所处的地理位置、地质特点、水文状况等,吸纳成都双流机场地铁开辟马道进行土方施工的方法,编制出新郑机场站应用马道展开土方施工的方案。然而,此方案在提交局专家组评审时,被以"风险太大"为由否决。如今,工地有185孔沙管井和钢管井昼夜不断降水,抗拔桩、止水旋喷桩及地基加固高压旋喷桩林立密集,与每隔4米就设置一层的钢筋混凝土支撑形成了"铜墙铁壁",再加上当年雨水偏少,采用马道的条件完全成熟。在得到局管控组"完全可行"的认可后,从8月中旬起,他们在基坑的中部和大里程端开辟出两条马道,挖掘机、铲斗车及运输车辆均开进基坑里挖土、装土、运土,挖取土方由原来的400～600立方米猛增到2000～3000立方米。

项目网站有特色

在互联网上,只要你输入"ztsjsiwh. com",就能打开"郑机城际铁路项目文化网"。网页上端设计的是飞驰的高速动车图片,点击的栏目有"项目动态"、"党建工作"、"工会工作"、"团建工作"、"廉洁文化"、"安全文化"、"工地摄影"等,已经发布和登载的信息和图片达256条(幅)。

早在2004年,熊向进被任命为一公司京珠高速公路息县段改造工程项目部工会主席兼办公室主任时,就把自己在安徽大学学到的无线电技术应用到实际工作中,利用互联网的优势,以"打造项目文化品牌,建设一流精品工程"为宗旨,大力弘扬"勇于争先,永不满足"的企业文化,贯彻落实"简单是美,效益是真"和"规范、创新、学习、节约、廉洁、务实"的理念,建立起"中铁四局息县项目经理部党建网",为项目部搭建起文化交流的平台,图文并茂地开展工地宣传、党课教育,发动和激励员工投身大干,并以此展现企业形象和员工精神面貌。这是全局基层项目部搭建起的第一个网络平台。从那以后,熊向进转战到哪里,就把项目文化网站建在哪里,并且不断改进和更新,除了发布各类信息、展现项目进展过程中的亮点,还登载党课教育和员工培训的最新教材,普及工序工艺要求和安全操作知识,也充实了工地党课和工地安全教育的内容。2012年到郑机项目,熊向进仍然继承发扬这一传统,并针对新郑机场站为亚洲最大深基坑工程、处在郑州机场候机楼对面的特点,在网络上建立了项目部 QQ 群,为管理人员开通了手机飞信功能,使信息的传达更加迅速快捷,工作效率也大大提高。

这是 1 月 6 日经理部安全总监张万来发到 QQ 群里的一则消息:"本表为 2014 年 1 月 10 日局生产营销一体化观摩汇报的材料,各部门务必于今晚 9 时之前提供素材,安质部汇总编辑,7 日晚定稿去广告公司排版,8 日印刷成册,望重视!"消息下午 4 点贴上,16 时 10 分就接连有人跟帖:工程部姚运海回复说"收到",办公室王磊回复说"收到",工经部郑凤则回复"是的,收到"。而在晚饭后,各办公室的灯都亮着。将近 9 点,相关材料纷纷传送到了安质部。

不仅如此,经理部的调度每天晚上还通过飞信,把当天各工序进展及开累完成数据发送到经理部领导和各部室负责人的手机里,而这些领导和负责人也把自己对所分管工作的指令和要求及时传达给相关责任人,工作效能明显提高。

"流动红旗"不流动

2013 年的最后一天,河南城际铁路有限公司在新郑机场站召开标准化管理现场推进会。该公司副总经理、总工程师王磊宣布:四季度"流动红旗"获得单位是"中铁四局郑机城际经理部"。至此,全年四个季度的"流动红旗"全部由这个经理部夺得。

项目经理陈守强清楚地记得,2013 年 3 月开始大干时,业主明确要求他:要在 2013 年 12 月底完成基坑开挖土方 21.4 万立方米的节点工期目标,语气异常郑重而严肃。为了按期完成任务,经理部召开了"大干二季度,奋战 90 天"和"大干 120 天"劳动竞赛活动。员工们摩拳擦掌,要在城市地铁新领域里大显身手,而陈守强却给大家泼了一瓢冷水:咱们单位没干过深基坑施工,虽然时间紧、任务重,但我们不能为了抢工期蛮干瞎干,必须依照规范,按部就班地逐步推开。

项目总工何宏盛更加谨慎,针对新郑机场站就处在以往的黄泛区,其地质多为粉砂层,含砂量高,地下水丰富等情况,多次对基坑及周边降水处理方案进行论证。经理部还邀请局和公司的技术专家到现场指导,召开技术分析会,经常为降水方案的一个细节连天整宿地反复研究和论证。先是设计图纸上单一的钢筋笼降水井方案被否决了,继而普通的无砂混凝土管井降水方案也被否定了,最终确定采用降压井和疏干井穿插布置的方案,既解决了深基坑的降水问题,保证了基坑施工安全,又大大节约了降水成本。

　　自 2013 年 8 月 11 日开始降水以来,第三方监理单位及经理部的各项监测数据显示,工地现场南侧航空管理局及迎宾大道均处于稳定状态,基坑内无水渗出,作业人员可以穿布鞋作业。正是在这种无水的环境下的作业,土方施工大大加快了进度,到 2013 年底完成 29 万立方米,超出业主计划 7 万多立方米,没有发生一例坍塌或深陷的险情。对此,不仅业主和兄弟单位赞不绝口,连中国铁路总公司第五督导组组长徐尚奎来到这里,在察看了已完成的部分混凝土底板钢筋绑扎施工现场后,也对现场管理和基坑降水效果连声称赞。由经理部总结出的《降低粉砂质地层基坑降水含砂率 QC 成果》,在局 2013 年度 QC 小组成果发布会上获得一等奖。

　　这一年,在河南省召开庆祝"五一"国际劳动节暨为实现中原梦建功立业动员会上,表彰了 2013 年全省各条战线涌现出来的先进个人和集体,项目经理陈守强荣获了河南省"五一劳动奖章"。这一荣誉对 2001 年参加工作、先后在河南参与了京珠高速公路驻(马店)信(阳)段、郑州黄河桥、郑机城际铁路建设的陈守强而言,与其说是他个人的荣耀,毋宁说对一公司在中原公路建设市场多年打拼的肯定,同时也激励整个经理部员工为争取更多的荣誉和更广阔的发展空间而不懈努力。

　　春节前夕,《河南城际铁路有限公司 2013 年施工企业信用评价结果》电传到了一公司,郑机城际 V 标经理部荣获该公司年度信用评价第一名,而取得这一荣耀的坚实基础,就是一次也没有流失、全年都被牢牢地挂在经理部会议室墙上的那面"流动红旗"。

听富腾讲述吉图珲的故事

10 月 18 日,在吉图珲客专 JHS1 标工地采访,偶遇四公司党委副书记富腾。他对自己百日来在现场坐镇指挥施工生产、呕心沥血为各工区排忧解难的事只字不提,却如数家珍般地向记者讲述了面对复杂繁重的征拆任务,以顽强的意志、高昂的斗志、聪颖的智慧诠释着基层党务工作者责任、义务和奉献精神的各工区书记们——

"魅力书记"

一工区管段从吉林站引出,中间跨过大桥局施工的松花江特大桥不算,长度也有 10 公里,涉及 1 市 3 区 9 个村,拆迁范围内的人家有 2700 户,加上又处在城乡接合部,工作难度也最大。从部队转业到四公司的侯其龙,进点后就投身于走街道、串乡村,把街道主任、村委会主任一一发动起来,共同做住户的思想工作。虽然如今还剩百十户,但他对各家的情况都摸透了,在心里已绘制出了一张清晰的进度"路线图"。

龙潭山车站附近有 5 棵黄波萝树,处于将要建筑的路基上。"黄波萝"是东北地区珍贵用材树种,据说我国的枪托(把)就是以此木做成的,如不经报批就砍伐,可以判 3 年有期徒刑。为了办下这 5 棵"黄波萝"的砍伐手续,侯其龙从长春的省林业厅、沈阳的路局到吉林市的林业局、林业稽查大队、林业公安等单位和部门一个个地跑,"上蹿下跳"了 3 个月,瘦了十多斤。对方看到手续完备无缺,终于下达了砍伐命令。

如今,这些所接触过的单位和部门,好多人被侯其龙的人格魅力所打动,与侯其龙的关系"老好了",隔三岔五地就给他打电话:"侯书记,可有什么事需要我们出面解决?"

"智慧书记"

与别的工区不同,二工区有大小山头 27 个,挖山头、炸石头、填沟壑是作业的重点。这里的石头花岗岩居多,每下挖一层都必须打眼放炮。

今年 8 月底的一天中午,工地上突然来了一群村民阻止作业队施工,年龄最大的 102 岁,说是放炮把他们的房子震裂了,要求给予经济赔偿,不然还要到镇上、区里甚至市里上访。得知这一情况,周先林顾不上吃饭就到了现场。他不太相信村民房屋开裂是工地放炮所致,因为工区对爆破面积、炮眼布局和炸药用量都有明确要求,而每次到工地巡查,周先林总要提醒作业队负责人严格控制、不得超标,一来确保安全,二来避免破坏附近村民的房屋。

确定了作业队没有违反规定,周先林开始着手解决这一纠纷。他上网查询后,带上爆破技术员袁忠礼奔赴长春,向吉林省爆破协会秘书长求教;之后督促工地技术人员对现场爆破数据进行测算,并归整了以往各次的爆破记录;最后邀请所委托的恒信爆破检测评估公司、江密峰镇政府、派出所及要求赔偿的村民代表到工地和村里,分别对爆破作业程序、震动数据及村民房屋开裂情况当场进行鉴定。

几天后,"恒信"做出了结论:中铁四局工地爆破与北沙村和小川村房屋开裂没有关联。周先林当即把检测结果的报告送达江密峰镇政府、人大和派出所等,他们表示,有了这个,你们继续施工,村民的工作由我们做。

"激情书记"

去年 6 月中旬,三工区书记江启富与首批 10 多名管理人员进驻吉林。作为负责拆迁、协调的主责人,他把压力当作动力,充满激情地投入工作。那段时间,江启富早上 5 点多就赶赴施工管段了解风俗人情,理顺各方关系,争取当地铁建办、土地、林业、派出所的理解与支持,晚上对了解到的情况和需要解决的问题进行汇总和梳理,安排出第二天的行程和工作事项。虽说每天只能睡四五个小时,但江启富一进入工作岗位总是精神抖擞,富有信心。6 月 24 日,三工区驻地率先具备办公条件,也创造了四公司一周内进驻现场组织施工的纪录。"搬家"那天,人们发现江启富随身带来的行李箱一次也没有打开过。

三工区管段山高路险,植被茂密,施工环境最为艰苦。也正因为此,江启富就特别把员工的冷暖和疾苦放在心上。工程部测量组的年轻技术员大都来自南方，第一次和北方林区亲密接触，对蚊虫叮咬难以忍受，个别技术员产生了畏难情绪。江启富看在眼里，一面深入宿舍、办公室做解释疏导工作，激发他们敢打硬拼、战胜困难的勇气，一面与合肥的后方联系，请来医护人员为他们注射疫苗，解除他们的后顾之忧。听说技术主管贺颜伟被蚊虫叮咬后身上出现大片红肿，江启富风风火火地找来车辆，送他到就近卫生所处理，随后还与工区长去看望和慰问。

特殊的战斗

——中铁四局吉图珲客专 JHS – Ⅰ 标施工纪实

2011 年 6 月 13 日中标的吉图珲铁路客运专线 JHS – Ⅰ 标,对我局来说是一项特殊的工程,因为它不仅是我局自 1999 年承建秦沈客运专线 12 年后在东北承建的第一个铁路综合工程项目,首次打入了吉林高铁领域,在我局发展历史上具有里程碑意义,而且面临的是吉林特殊的崇山峻岭地理环境和一年有五个月冬休期的特殊气候条件,而中标合同书上注明的施工工期只有 2 年,因而这也就预示着所有参建者要展开一场特殊的战斗。

飞进场

全长 360 公里的吉(林)图(们)珲(春)铁路客运专线,西起吉林市,向东终止于中俄朝三国交界地珲春市,计划 2013 年建成,与已经运营的长(春)吉(林)城际铁路共同构成长春至珲春快速客运通道,对振兴东北老工业基地经济、增强民族团结友谊等具有十分重要的意义。为了打好、打胜这一仗,在东北树立起"中国中铁标杆企业"的形象,局党委、局决定成立"中铁四局吉图珲铁路客运专线项目经理部",由局党委委员、工会主席段广和兼任项目经理、党工委书记,同时抽调具有强劲综合实力和丰富施工经验的四公司、二公司及物资供应专业队伍物资工贸公司参战。鉴于铁道部和沈阳局提出的"时间表",局经理部和所属的五个工区及制梁场、材料厂管理人员飞速进场。常务副经理龚建一、党工委副书记张春发等局经理部首批人员于项目中标的第三天到达吉林,19 日召开"项目推进会暨动员大会",明确各工区施工任务分配、安摊建点节点、人机到位要求和先期开工点安排。

时长权,四工区的一名项目队长。去年 6 月中旬接到转战吉图珲的通知后,他只带了几件日常生活用品,就从上海登机直飞长春,并连夜赶到 200 公里开外的四工区所在地——蛟河市江密峰镇。依照企业关于出差的相关规定，像时长权这样的一般管理人员是不能乘坐飞机出行的，但局经理部从大局着眼，"特事特办"，所属工区和制梁场、材料厂的首批管理干部和技术骨干，争分夺秒地从合肥、南京、上海、武汉乘飞机赶到吉林。另一些人分乘火车、汽车，日夜兼程地从皖北、中南、华东等地北上。到达吉林随便找个旅馆住下后，这百十号人按照各自的分工，分头出击，早出晚归，一天的睡觉时间平均不足五个小时。仅一周时间，远离市区的二、三、四、五工区和制梁场就完成了审核图纸、市场调查、工地勘察及工区驻地和搅拌站选点等工作。往工地"搬家"的时候，不少人才发现，所带的行李箱从来就没有打开过。

连轴转

由我局承建的吉图珲客专线 1 标正线全长 37.588 公里，总造价 19.3 亿元。按照铁道部和沈阳局计划的 2011 年 6 月 20 日开工、2012 年 7 月 31 日竣工的日期，总工期为 13 个月。如果除去东北地区当年 11 月至次年 3 月的冬休时间，实际施工工期只有 7 个月。要在这 210 天内完成正线桥梁 17 座、11.29 公里，隧道 8 座、12.54 公里，路基 13.76 公里，涵洞 45 座，预制 32 米箱梁 352 孔，还要完成对吉林站、龙潭山站的改造和吉林枢纽长(春)图(们)线 3.31 公里的改建，时间就显得异常紧张和宝贵。

"7 月 5 日前进场人员要达到2000 人以上，7 月 10 日前具备办公条件，7 月20 日前驻地和搅拌站全部通过验收……"在开工动员会上，段广和给各工区下达了"死命令"。

位于蛟河市松花湖风景区内的三工区，全长 8 公里多的管段山林密布、沟壑纵横、交通不便，所建的线路桥隧相连，其中 3413 米长的草木沟隧道是全线重难点。工区长伍平、书记江启富等首批管理干部和技术人员 6 月 19 日到达现场后，租住在当地村民家里，组织作业队伍昼夜不停地投入便道修筑和搅拌站建设。期间，他们接到经理部通知："7 月 17 日前修通草木沟隧道便道，迎接铁道部和沈阳局实地勘察"。通向草木沟隧道的便道从省道始，其间要经过一片林场，除需要砍伐大片林木外，林场种植的林下参位列"东北三宝"之首，雪蛤(即"长白山林蛙")为我国东北地区仅有，既是濒危物种也是名贵的滋补药品，因此征用和报批难度异常大。江启富连跑十多天，争取到当地政府和相关单位的理解与支持。随后，工区组织 7 台挖机，人换班、机不停地昼夜突击，于 7 月 14 日打通了这条 5 公里长的便道。当车辆直接开到草木沟隧道出口时，铁道部和沈阳局的勘察人员对山林里"一夜间冒出来的便道"连连称道。

四工区施工段虽说只有 3.1 公里，任务量少且没有重点控制性工程，但工区长李军仍然不敢有丝毫的懈怠。他把跨越 302 国道的大伙棚沟特大桥看作自己的优势，以此为平台打造中铁四局品牌形象。号称"大伙棚"的地方却并不见敞亮的房屋，李军和管理人员租住在低矮简陋的房子里，白天到现场找桩和复测、拜访地方政府部门，晚上熟悉研究图纸、编制施工组织方案，同时在山坡旁开荒平地、建造临房。没有餐厅、没有饭桌，每顿饭大伙只能站在房檐底下吃。附近人烟稀少，洗澡成了一件奢侈的事，大伙也舍不得把时间花费在去乡镇的路途上。一些年轻的小伙子实在忍不住了，就跳进大伙棚沟里涮一把。一个月过去了，李军嘴唇干裂、嗓子嘶哑，体重减了近 10 公斤，但二工区施工的进展却飞快：在全线，钻孔桩第一个开钻，搅拌站第一个投产。

紧张的施工工期对材料供应也提出了异常迫切的要求。为妥善解决工地急需与规范招标的矛盾，物资公司吉图珲工地材料厂采取临时采购与长期合作相结合的办法，凡资审合格、被收进"名录"而参与供货的供应商，在成为中标单位之前，其采购价格、供货业绩、服务态度等均是重要的考查指标，并作为评标的主要依据。

局管段经过的大多为山区，土石方爆破量很大，仅炸药就需 2400 吨。为了早日拿到"危险品许可证"和炸药库设点批复，厂长解北平亲自跑吉林省国防科工办、公安厅、科技信息厅民爆处及吉林市公安、国土、林业等单位，第一批火工品于 8 月 2 日运到了施工现场。

短短一个多月的时间，各工区征迁工作快速推进，大小临建基本建成，各个混凝土搅拌站也陆续建成并通过验收。与此同时，劳务人员进场 2555 人，各类土方、桥梁、隧道的机械设备进场 299 台套，全线隧道 8 座、17 座特大桥和大桥全部开工，21 段路基开工了 20 段，正线涵洞 45 座已开工 35 座，在业主组织的 9 家局级施工单位平推检查中获得第三名。

局经理部已把握住了工程建设的主动权。进入 8 月份，我局管段的各类构筑物施工全面铺开，呈现出大干的态势。

急刹车

按照常规，从 8 月到 10 月底，吉林省境内一般都风和日丽、气候宜人，正是吉图珲客专线施工的黄金季节。经理部紧紧围绕"安全全面受控、质量全面达标、进度业主满意"的工作思路，牢固树立"勇于争先，建设吉珲客运专线；永不满足，锻造中铁四局品牌"的工作理念，于6月下旬提前拟出《关于开展"创佳绩、夺红旗、各项目指标争第一"劳动竞赛活动的通知》，明确劳动竞赛的评比办法和奖罚力度。然而，正当各工区摩拳擦掌掀起大干热潮，争当"建设标兵"、勇夺"流动红旗"的时候，9月15日突然接到业主通知：建设资金"断链"，全线停止施工。热情高涨的2000多名协作队伍面临回家，正在作业的300台套各类机械设备面临退场，还有已经开挖的涵洞、桥墩基坑要回填，刚刚打开的隧道洞口和掘进斜进、掌子面要封上……这如同向参战将士们兜头泼了一盆凉水。

　　"停工"，看似简单的两字，其背后需要做的事却异常多。为了做到井然有序、有条不紊，由局经理部牵头组织，对施工现场进行休工质量安全专项检查，与监理共同对休工工点进行现场评估，制定停工工点的越冬措施，清理了5个火工品仓库的库存，剩余的全部移交至当地民爆公司代为保管，并向公安机关报停封库；所有的地基加固桩、承台和涵洞基础、路基填筑段等，全部用覆盖土层进行防冻胀保护；隧道临时仰拱、围岩及掌子面喷射混凝土全封闭，洞门用塑料布和棉布帘封闭，洞口设拦水坝防止雨(雪)水倒灌，并由留守技术人员做好洞内和地表沉降观测及记录；对桥梁工程的泥浆池进行清淤换填，未完的挖孔桩全部回填覆盖；各工点和现场驻地安排人员值班留守，并采取措施保证留守值班人员冬季的取暖、生活以及安全。

快推进

　　碧波荡漾、烟波浩渺的松花湖，流传着许多美丽动人的故事。2012年4月初，当春天的脚步迈进这片原生态的国家重点风景区时，铁路建设投资也出现了"回暖"，贯穿其中的吉图珲铁路客运专线项目工地顿时又喧嚣起来。

　　局经理部根据业主长吉公司安排的年度投资计划，对管段内重难点、控制点项目进行梳理摸排，结合全线施组节点和形象进度要求，将全年7.7亿元的产值按照施工峰期和气候变化规律分解到每个月。经理部领导实行分片包保制，对包保单位除日常的安全、质量、进度、稳定等工作进行监督外，还每周定期对存在的问题进行信息汇总，一并报经理部进行研究解决。每周召开一次生产例会，每月召开一次生产计划会，并加大对现场的平推检查和考核力度，依照所定的各项指标完成情况进行重奖重罚。

五工区的搅拌站料场大棚、钢筋棚、空压机棚在冬天被大雪压垮。项目书记于克利亲自组织队伍搭建,同时对各类机械、工装设备、衬砌台车等进行检修和拼装。4月29日,香水隧道进口"嘭"的一声,打响了局管段内复工的"第一炮"。

全长1280米的大伙棚沟特大桥,以302国道为界,从17号墩始向东至珲春台的726.65米由四工区承建。特殊的位置让工区长李军特别精心,事无巨细亲力亲为,不敢有丝毫的懈怠,即使脚崴了也仍然一瘸一拐地到工地。他还特意从生产厂家订制了新模板,以保证打出的桥墩光滑平顺。6月24日,24#墩身模板拼装完成,在地面上制作的整体墩帽也由36吨吊车吊装到位,李军反复检查无误后才下达了混凝土浇注指令。在持续一昼夜的时间里,副工区长时长权和桥梁技术主管现场紧盯,寸步不离。

6月下旬,局经理部审时度势,决定自7月1日至10月31日,在全管段开展"大干120天,掀起施工生产高潮,全面完成全年生产目标"活动。广大参战员工像听到了冲锋号般焕发斗志,抖擞精神,投身于七八月份"攻坚"、九十月份"决战"两个战役。

吉林夏季天亮得更早,三工区每天早上6点20分开始点名,之后员工们分赴工点各司其职,7点以后的驻地基本空巢。为了加快隧道施工进度,工区长伍平——这位2001年毕业于湖南城市学院道桥专业,先后参加了渝怀铁路、宜万铁路、大连土羊高速公路、沈阳五爱隧道及合肥铁路南环线施工,获得过四公司青年十大标兵、优秀项目经理和中国中铁优秀青年项目经理、京福铁路安徽公司先进工作者等荣誉称号的汉子,果断调换两座隧道原先的作业队伍,对新引进的施工队实施架子队承包模式,从开挖掘进、打眼放炮、石渣外运到初期支护、绑扎钢筋、二次衬砌,均由工区员工全程进行施工管理和技术把控,相关职能部门做好服务保障。7月起,三工区隧道施工日新月异,安全质量得到保障、文明施工焕然一新,经济效益也有了大幅提高,真正体现出工区的自主施工能力,同时也为公司培养储备了一批隧道施工管理骨干。

前不久,铁道部质检总站质检小组组长王森鹤对吉图珲全线在建隧道进行抽查,我局被抽查的是五工区施工的香水隧道进(出)口、东南岔隧道出口、东林子隧道进口。事后所发的检查通报显示,11家局级施工单位被抽查了6家,有5家因存在较大问题"停工整顿",只为我局一家开了"可以继续施工"的绿灯。

截至11月中旬,局吉图珲经理部共累计完成业主投资8.89亿元,实物工程量快速推进,开累完成土石方335万立方米(设计383万立方米),钻孔桩3186根(设计3197根),桥墩(台)身264个(设计354个),涵洞42座(设计45座),隧道成洞 5243 米(设计 12537 米),并且预制出箱梁 55 孔。

　　10 月 26 日,局工会主席段广和踏着吉林 2012 年下的第一场大雪,来到吉图珲经理部,亲切慰问参战将士,祝贺他们在沈阳局上半年质量信用评价中取得"第二名",同时也针对香水隧道和草木沟隧道这两项全线控制性工程直接影响明年架梁和后年铺架,要求经理部鼓足勇气,再接再厉,做好冬季施工。

　　二、三、五工区迅速行动,对物资储备、人员设备、搅拌站保温和人员保暖做出安排,11 月中旬全部达到冬施条件并投入使用。目前,投入香水隧道和草木沟隧道四个施工口超过 500 人的作业队伍,正向着隧道的纵深处掘进、掘进……

奏出"苏州评弹"新篇章

评弹又称"大书",以弦琶琮铮、粗犷豪放著称,广泛流行于江南,发源地却在苏州。进入 21 世纪后,城轨分公司的员工们用自己的智慧和双手,在这座城市的有轨电车 1 号线、轨道交通 2 号线延伸线和轨道交通 4 号线三座"舞台"上,演奏出了"苏州评弹"的新篇章。

第一篇　有轨电车 1 号线

站在苏州市华山路口看"Z"字形的有轨电车 1 号线,真乃一道清新壮丽的风景:向东望去,电车线路处于公路中央,轨道平顺地伸向远方,两旁由铁铸的栅栏围起;向北眺望,线路位于公路左侧,轨道在如茵草皮的掩饰下时隐时现,偶尔有空载试行的电车缓缓驶过,引得路人驻足观赏。

苏州高新区有轨电车 1 号线是国家发改委批复建设的全国第一条城市有轨电车项目,也是规划中 6 条有轨电车线路组成高新区有轨电车网络中的骨干线路,我局城轨分公司承建了其中 4.2 公里长、合同价 1.27 亿元的土建 3 标。

"这是我局进入有轨电车线路施工领域的首个项目,不但要打胜,还要打得漂亮,打出声誉!"2012 年 6 月,原局副总经理、现中国中铁成本管理中心主任闫子才在工程中标后,向城轨分公司总经理李仲峰叮嘱道。这一希望和要求很快在项目部员工的行动中得到贯彻和落实:项目部设立在工地附近一处废弃的池塘和空地上,曾在宜万铁路宜昌东站负责征地拆迁、后调到苏州有轨电车 1 号线项目部担任副经理的王建华马不停蹄地找业主、跑城管,组织施工队伍抽水填塘,只用了 17 天就让员工搬进了活动板房。当月 29 日,标段内打下了第一根钻孔桩。

集绿色、环保、低碳、观光为一体的苏州高新区有轨电车 1 号线也是苏州市有史以来建设的第一条有轨电车线路,建设、设计、管理等单位首次接触、没有经验,城轨分公司项目部总工丁毅既当通信员又当协调员,常常把业主、设计、监理三方人员请到工地对照图纸、纠错补漏、优化方案。

建林路下穿通道全长 400 多米,需要下挖 10 米宽,9 米深,但它的一侧是车辆和行人川流不息的城市道路,一侧是拥有几千住户的"新鹿花苑"小区,加上下部埋有各种管线、管道,在"全线五个重大安全源"中排列第二。进入 2013 年后,业主为确保年底实现"轨通、电通"目标,要求城轨分公司项目部将交付市政单位绿化的日期由 10 月 30 日提前到 5 月 30 日。此时已是项目部经理的王建华、项目书记张维华以大局为重、无条件服从,迅速组织增加施工人员和机械设备背水一战,春节不放假大干 100 天。

通道施工为单面立模,采用的是满堂架支撑,间距为 $60 \times 60 \times 120cm$,安质部部长蔡进钻进去一处处地检查排架、扫地杆和剪刀撑的间距是否规范、扣件是否牢固,对侧墙钢筋的绑扎及焊接质量一丝丝地把关;使用的商品混凝土供不应求,王建华和张维华带着干粮和水,轮流到生产厂家紧盯、催货;在施工上方搭建的临时便道上,女见习生宋颂、武丹阳等人当起了"协警",指挥来往车辆,搀扶老人过桥……5 月 28 日,下穿通道主体提前两天完工,项目部成为全线最晚展开下穿区间施工却最早完成主体建筑的单位。随后,建林路路面沥青摊铺结束、实现了交通安全转换。由此,项目部夺得了业主组织的全线二季度综合检查第二名。8 月,3 标段土建工程主体建成,交付后续施工单位铺轨、绿化、立杆、架线,同时陆续通过了苏州高新区、苏州市及江苏省的文明工地标准化验收。10 月,由江苏省住建厅、江苏省建设工会共同颁发的"2013 年度第二批江苏省建筑施工文明工地"的牌匾端端正正地挂在了项目部会议室里。

第二篇　轨道交通 2 号线

苏州是中国大陆第一个开通城市轨道交通的地级城市。就在 1 号线于 2012 年 4 月开通后 5 个月,处在紧锣密鼓施工中的 2 号线又将线路向北延伸 2 个站、向东延伸 11 个站,其中城轨分公司承建延伸线 2 标段两站三区间的建设任务。对于苏州轨道交通 2 号线,城轨分公司纪委书记兼该项目部经理的杨琪并不陌生。早在 2007 年 2 号线试验段施工时,他就首尝了苏州地铁"螃蟹"的滋味,也由此被称为我局进入苏州轨道交通施工领域的"第一人",并在 2008 年我局中标苏州轨道交通 1 号线人民路站后担任项目经理。延伸线 2 标段工程开工后,这位曾被局党委授予 2008 年度"优秀共产党员"、被苏州轨道交通有限公司评为 2008 年度

"先进个人"称号的中年人,面对项目部大多数管理干部和技术人员从未接触过地铁施工的情况,自己当起了教员——开办技术讲座,利用小黑板、投影机详细讲解地铁的施工工序、工艺流程、技术规范和要求;当起了领队——组织工程部、安质部、机电部、工经部的人员到兄弟单位观摩、学习,把纸上的内容现实化、直观化,对他人的操作技术、现场管理、文明施工加以借鉴;当起了师傅——手把手地教技术人员、见习生看图识线、计算工程量、核对图纸和实物的尺寸。与此同时,常务副经理蒋燕伟每周二定期主持召开技术例会,或指定人员讲解工法,或由大家依据自己的专业及负责的工作,分别介绍井点降水、钢管支撑、土方开挖等操作规程及技术要领。项目部还把考试作为检验知识掌握程度的手段,谁主讲谁出题,每月组织一次考试,并把考试成绩与绩效直接挂钩。很快,在整个项目上形成了一种浓郁的学知识、学技术、学管理的良好风气。

周浩,2012 年到项目工程部时还是一名见习生。去年车站施工,在基坑里搭设脚手架,当时正值炎热的夏季,他手拿圈尺、画笔、工程记录本钻进去,检查碗扣、顶托是否牢固,测量钢管的间距是否符合规范,剪刀撑与立杆是否扣死……等他检查完出来,汗水已经浸透了他的头发、衣衫。一年后,项目部把他转为车站施工现场的技术员。如今,已经是东方大道区间技术主管的周浩,每天一有空照例研究图纸,把所有预埋件、空调安装位置都统计出来,制作成表格,没有一项遗漏;在现场看到做完的施工缝被泥水糊住,他照例找来刷子清洗干净并用红笔标出,没有一处漏水;对混凝土振捣照例详细交底,对钢筋密集部位照例特别盯守,没有发生一次漏浆和跑模。

像周浩这样虚心学习、认真做事、静心钻研的员工,还有高勋、张恒、金康。他们三人与城轨分公司选派的其他 33 名选手一起参加了局第六届青年技能大赛,分别取得盾构操作第三名、工程测量第三名和工程试验第十七名的好成绩,受到城轨分公司的通电祝贺。除得到一次性重奖外,去年因取得局青年技能大赛盾构操作第三名而由技术主管提升为工程部副部长的高勋,近日由公司下令享受部长待遇;去年由盾构机司机提升为盾构机机长、今年又在中国中铁第十三届青年技能竞赛中获得工程测量第十三名、为我局取得团体第六名做出贡献的张恒,近日被城轨分公司下令享受经理助理待遇。

更为可喜的还有,2013 年度,苏州轨道交通 2 号线延伸线 2 标项目部荣获了许多荣誉——先后被授予局"红旗项目部"、局"先进集体"、局"'三工'建设先进单位"、局"优秀青年突击队"和局"青年文明号",获得了中国中铁股份公司"节能减排标准化工地",在苏州城市轨道大干 100 天劳动竞赛中夺得"优胜单位",在国家住建部检查、苏州市轨道交通工程安全专项检查、苏州市轨道交通工程质量检查中荣获通报表扬;项目部为局内兄弟单位、为公司其他项目输送了一批管理干部——总工程师孙鸿飞调往三公司,副经理赵林、郜祝民,工程部副部长金平、刘光荣,还有技术主管周瑜、田少旭,技术员蒋金林等近 10 人被公司调往成都、杭州、广州、昆明等地铁项目部,并走上了高一级领导或负责的岗位。

第三篇 轨道交通 4 号线

苏州轨道交通 4 号线连接相城区、苏州古城、吴中区、吴江市松陵等重要组团,是联系苏州市南北方向的骨干线路。工程于 2010 年 12 月奠基,但城轨分公司作为第四批施工单位,承接 12 标段两站两区间时已是 2013 年 3 月了,而 2015 年10 月 31 日全线完工的工期"后门"已经关死,这对项目部全体参建员工来说必然是一场硬仗。时间紧就不能墨守成规,项目经理崔振东"反弹琵琶",率领第一批30 多人蜗居在"吴越灵秀"小区里,先行开工,后建驻地,硬是用从流虹西路站基坑挖出来的土填平了鱼塘、建起了供近百人(包括业主代表和监理)工作、生活、活动的场所。

今年 3 月 28 日,随着流虹西路站主体结构完成,"小松"盾构机从这里顺利下井,并以每天六到七环的速度向江兴西路站推进,而由兄弟单位施工的江陵西路站如期交付后,项目部副经理韩福飞带领盾构机电班连抢三天三夜,铺设出 140米长的盾构机和台车轨道,之后在一个星期内组装出盾构机和搅拌站,调试成功后立即转入三班倒掘进作业,5 月份推进 175 环,6 月份猛增到 257 环,并于 5 月25 日创造出日推进 17 环的纪录。

两台"小松"盾构机分别从流虹西路站和江陵西路站南北两个方向推进,对江兴西路站形成了夹击之势。江兴西路站作为全线 51 个在建车站中五个重点控制难点之一,很可能成为一个横亘在两台盾构机面前的"拦路虎"。项目部及时转移工作重心,由主管生产的副经理赵辉蹲点组织攻关。6 月 15 日凌晨 1 时,刚入睡的赵辉被突然响起的手机铃声惊醒,负责江兴西路站项目的陈永强向他告急:"正在挖掘的基坑发生涌水!"作为项目部 20 人组成的应急救援队队长,赵辉立即叫醒工程部、安质部、物资部、机电部的人紧急赶赴现场,只见碗口大的涌水点裹挟着泥沙喷溅而出,这位三十来岁的男子镇定自若、胸有成竹。他果断地让队员们分成小组,一组抱来棉被堵塞出水口,一组扛运沙袋筑起一道堤坝,还有一组采用水玻璃、聚氨酯、素土及快凝水泥等材料进行注浆作业,一直奋战到早上 6 点,总算把主涌水口止住,之后又连续注浆两天两夜,直到彻底制止了涌水涌沙。

赵辉之所以能够处变不惊、措施有力,得益于他每月都要组织一次注浆堵漏的演练,制定有多种抢险方案,把每次演练过程录制下来让队员们观看,并对抢险方案不断加以改进和完善。过去从做准备到具备注浆条件需要三四个小时,现在最快可在二三十分钟之内完成。去年年底,他们在苏州市轨道交通有限公司组织的引孔注浆应急演练中一举夺得了第一名。此外,这个项目部不仅获得2013年苏州市"轨道交通杯"建功立业劳动竞赛"优胜单位",而且在去年10月和今年3月、4月苏州市轨道交通安全文明施工综合大检查中,一次获得第一名、两次获得第二名。

英才聚姑苏,连台唱好戏。城轨分公司苏州高新区有轨电车1号线3标项目部、苏州轨道交通2号线延伸线2标项目部和苏州轨道交通4号线项目部立足项目,顾全大局、协同作战,用各自的业绩和荣誉,在"苏州评弹"的故乡合奏出了新时代的壮丽篇章!

水托起的丰碑

——来自市政分公司的报告

2008 年对市政分公司来说是个大丰收的年份。这一年,由该公司建设的神木货车修理厂房钢结构工程荣获 2008 年度"全国优秀焊接工程",六安市霍邱县草楼选矿厂土建及设备安装工程获"冶金行业优质工程",淮安项目部荣获江苏省重点工程"有功单位"称号,十漫项目部被业主授予"城建功臣"奖牌,淮安市第二污水处理厂二期管网和城南水厂取水口迁移 2 项工程被评为市"翔宇杯"优质工程,辽宁阜新净水厂工程被评为市"优质工程",武汉二郎庙污水处理厂建设上了中央电视台的《新闻联播》。最近,市政分公司又荣获了中华全国总工会颁发的"火车头奖状"、中央企业工委授予的"先进单位"荣誉称号。

自 2005 年 4 月由给排水分公司更为现名以来,近 4 年间,这个不足千名员工的企业所建设的国家和地方重点工程中,有 1 项荣获中国建设工程"鲁班奖",6 项分获"全国市政金杯示范工程奖"、"全国用户满意工程"、"国家重点环境保护实用技术示范工程"等,3 项荣获铁道部"火车头"优质工程,并有一批工程获得安徽省"黄山杯"、湖北省"楚天杯"、南京市"金陵杯"等省市级优质工程或"安全文明(标准)工地",是局属分公司中获得奖项最多的单位。

市政分公司的辉煌还不止在工程领域。4 年间他们走自我经营、自我发展、自我创新之路,稳步迈上了一个个新的台阶,共承揽各类工程项目 38.51 亿元,构建了苏、鄂、皖、鲁、沪、辽、神华集团七大营销板块;完成施工产值 34.92 亿元,施工领域由改制前单一的铁路给排水专业转变为以水务环保专业为主向路、桥、隧、水利、钢结构、大学城、工业厂房、设备安装等建筑施工全方位拓宽;取得国家级实用新型专利、省级工法各 1 项,荣获安徽省科技成果奖 1 项、工程总公司科技进步奖 1 项、局科技进步奖 2 项;有 2 个 QC 小组荣获"全国工程建设优秀质量管理小组",8 个 QC 小组荣获省部级"优秀质量管理小组";收到各地建设单位发来的祝捷、表扬函电 82 封(件),有一部分业主还直接传送给了局,各项目经理部得到业主嘉奖平均每年都在百万元之多。市政分公司还是湖北省"2004—2005 年度纳税信用等级 A 级纳税人"和襄樊市"2004—2005 年度纳税信用 A 级企业",近 3 年资金静态存量一直维持在 1 亿元以上。公司领导班子多次被局党委、局命名为"好班子"。

　　一个不足千人、专业性和依附性比较强的单位,何以取得如此骄人的业绩,并在业内业外赢得广泛的良好信用和声誉呢?

水字当头,握紧拳头闯市场

　　2004 年 6 月 8 日。襄樊。市政分公司机关会议室里,"公司生产营销工作会议"正在召开。刚接受局任命的李亮,首次以总经理的身份出席公司大型会议并讲话,他用一定的篇幅向与会者阐明:讲发展,必须对当前的市场形势有个清醒的认识;讲发展,必须找准企业的位置;讲发展,必须强化市场理念勇于创新。企业应该通过在巩固和扩大自己所熟悉与擅长的主营业务的基础上,稳步推进多元化进程,从而像滚雪球一样实现滚动发展。针对我国现阶段把节能减排提升到重要议事日程,着力开发水资源、减缓水环境恶化进程、推动水功能区域达标、提高水资源利用率以及在水服务从福利向商品转变的趋势下,外资瞄准我国污水处理广阔市场和水价上涨巨大空间形成的利润丰厚"蛋糕",在华构建"水务帝国"的机遇,李亮特别强调"要进一步发挥给排水专业优势,努力打造出若干个过得硬、叫得响、影响大的拳头产品,树立企业的品牌和信誉,走一专多能的发展道路"。当年,全公司承揽工程价值 7.32 亿元,较上年增加了 1 亿元,一是形成了江苏、安徽、湖北、山东和神华集团五大营销区域市场的战略格局——江苏市场,南钢项目实现了生产、效益和滚动发展的良性循环;安徽市场,全省 17 个省辖市中 10 个有该公司的在建项目;二是建设领域大大拓宽,产业结构得到调整——打入了城市轻轨、路基桥梁、房屋建筑、隧道隧洞和体育场馆施工领域;三是涉足了高端技术项目——承建了武汉三金潭污水处理厂两座高达 46 米的世界第三、亚洲第一的卵形消化池、襄樊火电厂 3.4 米直径顶管及 42×31×24 的大型沉井、马鞍山水厂穿越长江大堤顶管工程。

　　此后的几年里,市政分公司"水"字当头,握紧拳头闯市场,在打品牌战的同时打规模战。2005 年新中标 28 项,合同外增加 17 项,承揽工程任务突破了 9 亿元大关,创造了公司成立以来市场营销额之最,而且又打入了引水隧洞、高速公路、炼钢高炉、城市高架、设备安装等施工领域,近两年又新开辟了河北、江西、湖南、上海及东北市场,稳固的营销区域由上年的五个增加到六个。到 2008 年底,新签非铁路营销合同额 15.4 亿元,为局下达的年度非铁路营销指标 5 亿元的 308%,比 2007 年多完成 8.3 亿元,创造公司成立以来最高纪录,完成建安产值 10.02 亿元,首次突破亿元大关,成为国内水务工程建设施工相同规模企业的领军人。

满足业主,赢得信用占市场

国家实施中部崛起战略,宜昌——这座中国水利之城,借湖北省打造以武汉、宜昌、襄樊为中心的金三角经济圈的东风,2003 年开始加大基础建设投资,市政分公司把宜昌地区列为营销重点之一紧盯细研。2004 年 7 月,该公司捕捉到一条消息:宜昌市立项上马临江溪污水处理厂及其附属管网工程。在没有任何社会资源和关系的情况下,凭借自身环保项目施工实力和"中铁四局"这块响亮的招牌,加上公司经营人员的大力宣传、苦心经营,最终拿下这项只有 1900 多万元的工程,迈开了进军宜昌市场的第一步。

带领八名管理人员刚刚在湖北恩施污水处理厂项目打了一个漂亮仗的邓永驰,受命担任宜昌项目经理。像以往一样,这位毕业于华东交大给排水专业、曾参建"大京九"、合九铁路等国家重点工程的职业项目经理,一到工地就进行施工调查,与政府有关机构协调沟通,并着手编制《项目策划书》。

临江溪污水管网工程位于宜昌市最繁华景观大道沿江大道和号称"宜昌花园"的滨江公园之间,全长 7 公里。时值宜昌申报国家级文明城市,原设计方案为大开挖,对这一标志性景观将是毁灭性的。经理部从业主利益出发、为业主着想,主动登门找业主洽谈施工方案变更,建议将 9 米深的大开挖改为地下顶管施工,同时出具大量文字和图片资料说明地下顶管施工是本企业拥有的先进而又成熟的技术。工程虽推迟开工 3 个月,但这种替政府和市民着想且负责任的态度得到业主的高度称赞,并很快批准了新方案。经过一段时间的施工,附近商店照样营业,道路照常行车,连常到江边晨练、垂钓的人们都对施工不知不觉。业主信服了,政府踏实了,把临江溪污水管网工地作为重点工程建设的样板,要求全市所有施工单位借鉴学习,并从此牢牢记住了"中铁四局"。

2005 年,为解决城市居民用水安全、卫生情况,改善投资环境,宜昌市立项上马猇亭城区二水厂工程,分取水工程和水厂两个标段,其中取水工程中的取水隧洞施工难度极大。由于市政分公司宜昌经理部在临江溪管网施工中的出色表现,市城投公司有意识将这块硬骨头交给了他们。这是分公司首次涉足引水隧洞施工,尽管曾预料到施工会出现困难,但随着工程的进展,施工难度之大还是让到过工地的所有人瞠目结舌:地质条件异常复杂,砂卵石层、流沙层、大面积透水层层出不穷,隧洞内泥浆强力外涌,不断出现塌方现象,险象环生,进度缓慢,业主方专家建议决策层采取大开挖施工或者改线。这期间,该公司从合肥局机关请来隧道专家到现场勘测,召集相关部门专家研究、会商,决定采用顶管施工,万一不行,自己承担损失。经理部结合盾构拼装方式,在地面以下 40 米深处尝试采取钢模板拼装顶管施工,此举在隧洞最难施工的透水层一次应用成功。在随后的施工中,他们逐一破解了四大施工难题,工程顺利推进,为整个水厂通水赢得了宝贵的时间,为业主节省了大笔成本。

2008 年元月中旬,一场 50 年罕见的大雪袭击南中国,造成工地不能施工。正当员工们收拾行囊、买好车票要回家过年的时候,突然接到经理部"打突击战"的命令。原来,宜昌市主干道云集路上的云集隧道局部发生混凝土脱落,城区东西交通大动脉被阻,并严重影响市民春节出行。为确保社会稳定和市民过好春节,湖北省委、省政府指示在春节前必须将隧道修好并保证隧道安全。毫无疑问,这是一场政治仗,宜昌市主要领导的目光再次聚焦到"中铁四局"。经理部员工顾全大局,毫无怨言,立即投入大抢修。主管城建的王副市长对邓永驰说:"只要把路修好,有什么要求尽管提",并承诺"完工后一定派专人送你们回家"。邓永驰的回答是:"保证完成任务,回家的事我们自己解决。"

外面大雪纷飞,隧道内寒风凛冽,员工们在平均零下 5 摄氏度的低温下 24 小时不停歇,连续拼抢 6 天 6 夜,赶在春节前实现了通车目标。

此举深得宜昌市政府和市民的赞赏。这期间,该公司相继中标宜昌市城东大道延伸段道路工程路基二、三标段、宜昌长江公路大桥至宜都市洋溪公路改扩建一期五合同段,去年 4 月又中标了宜昌市宜都陆城至五峰渔洋关公路改建工程二、三标合同段。自 2004 年进入宜昌市场以来,市政分公司在宜昌地区投标 8 项、中标 7 项,中标总价达到 2.7 亿元。

宜昌项目经理部的滚动发展只是一个缩影但并不是个案。在市政分公司,这样的经理部还有江苏的南钢、胜科、淮安,内蒙古的神朔,湖北的十堰、落步嘴,安徽的合肥望塘、十五里河及淮南、蚌埠经理部。这些经理部在项目管理方面的共同特点,就是找准自己"干好在建项目、树立企业信誉"的定位,发挥"市场尖刀"的作用,把为业主服好务作为最大的政治任务;用内容翔实的《策划书》来推动施工生产,通过过程检查来检验项目部制度的运行和执行情况;邀请当地安全、质检及环保部门有关人员到现场讲解有关知识和要求;不把外部检查当负担,而是当作"免费把关人",主动请监理到工地,对各道工序的质量进行把关;平时与有关各方勤于沟通,相互交流,紧密围绕工程建设目标与业主开展联建共建及节日联欢活动,在业主需要时不讲任何条件抢险救灾打增援;保质保量按期完成施工任务,通过做项目逐步在自己的区域扎根、扩展,建一个好一个、好一个带一片,最终连片成区,实现滚动发展和规模扩张。

注重引导,忠诚企业争进取

2008年6月21日,市政分公司第三届职代会暨当年的工作会议召开。总经理李亮作了《行政工作报告》之后,带领与会的全体领导干部和职工代表齐刷刷地举起右拳宣誓:"作为公司的一名员工,我自愿以'三个代表'重要思想为指导,与时俱进,努力工作,坚持科学发展观和政绩观,学习新知识,拓宽新思想,研究新情况,解决新问题,为构建和谐企业、实现公司高效发展再立新功。坚持做到……"为了培育员工对企业的责任心、造就员工对企业的忠诚度,2005年,市政分公司在全公司征集并经党委会、职代会讨论通过制定了公司誓言,除了每年职代会、工作会和领导干部会议上由与会人员宣誓外,每当新中标一个项目,经理部挂牌后的第一件事,就是由新上任的项目经理带领经理部全体员工进行向公司宣誓仪式,并由每名员工在誓词下面签上自己的名字。2007年,公司统一为各项目经理部班子成员制作了"职责牌",上面写有公司的任职令、岗位职责及公司誓言,要求放在办公桌上,以此警示自己一切言行对企业负责,勉励自己以大局为重,为企业着想,为事业而战,为公司争光。

在市政分公司,2005年开展了"三心"教育,引导领导干部要有事业心,中层干部要有上进心,一般员工要有责任心;而"三谋"教育则是在中层干部中大力倡导谋人、谋事、谋新,以此达到全公司上下思想同心、目标同向、工作同步,进而同声相应、同气相求、同命相赴。同年,公司建立了自上而下的学习制度,公司机关每周五下午由机关党委组织学习,每个项目经理部每周必须安排一次学习活动,正式学习前既要点名也要签到,年底由公司组织一次学习考试,考试成绩与评先和承包考核兑现挂钩。按照总经理李亮在行政工作报告中的要求,全公司中层干部当年通读了《建筑施工袖珍手册》、《工程项目管理实用手册》必读书,一般员工阅读了本单位、本部门结合业务管理或工程项目实际指定的1~3本书,公司上下"读一本好书、学一门技术、提一条建议"蔚然成风。这些年来,李亮、杨春山等公司主要领导带头自学,把自己认为的好书向员工推荐,甚至自掏腰包把在书店看到的名家讲座光盘买到手送给机关党委组织员工观看。他们还带头撰写读书心得和体会,把自己的读书收获和感悟贴到公司内部网上进行交流。在此基础上,2007 年下半年启动了"千人献良策,人人促管理"活动,到目前公司共收到涵盖各类内容的合理化建议 500 多项(条),由专门评审委员会评出 40 条优秀建议,分不同档次给建议人以 5000 到 500 元不等的嘉奖,既使员工的聪明才智得以施展和发挥,也体现了公司领导层全心全意依靠职工办企业的管理理念。

市政分公司还有一条铁的纪律:无论是领导干部、中层干部或普通员工,绝不允许参与赌博或以娱乐为名变相赌博。公司主要领导李亮、杨春山等以身作则,公司领导班子成员身体力行,员工中很少听说有赌博的行为和现象。赌博成为没人去碰的"高压线"。而在全公司推广武汉二郎庙污水处理厂经理部每月坚持管理人员到现场劳动半天的做法,则对于转变机关作风、弘扬求真务实精神起到了很好的助推作用。去年召开物资工作会议期间,公司与襄樊市司法局联系,专门安排与会人员到襄北监狱,让在押犯人现身说法,使管物管钱人员接受了一次深刻直观的法治教育洗礼,牢记"誓言"、忠诚企业、顶住诱惑、廉洁自律,老老实实做事、清清白白做人成为大家的共同心声。

钟声悠扬,鞭炮脆响,又是一个春节长假。对每一个还在工作岗位上劳作的人来说,这本是应该放松自己、调整身心、休身养息的最好时机,但李亮、杨春山却像往年一样,推掉不必要的应酬,认真阅读公司副职、分管机关部门负责人及各项目经理部班子成员分别写来的年度工作和思想汇报,哪怕是上面有一个错别字或错用误用的标点符号都要改正过来。每阅读完一篇,他们都要思索一阵,字斟句酌地写上或肯定或表扬或勉励或指正的评语,既切合实际又有针对性,而且没有哪一篇上的评语是相同的。节后,这些写有总经理评语的汇报由公司办公室、党委工作部一一返还到汇报者本人手里。四年来,公司的副职和中层干部与其说把这种形式作为向党政一把手汇报工作思想的机会,毋宁说是一个彼此间沟通交流的平台,其中不乏很多有价值的管理思想和好的建议,而总经理、党委书记的评语,大都成了汇报者改进工作的指导思想或今后努力的方向。

2007 年 9 月 8 日,市政分公司召开领导干部会议暨大干 120 天动员大会。会后,与会者用公司所发的一支"英雄牌"钢笔纷纷在公司网页上发表感言,展开讨论,公司办公室和党委工作部还陆续收到近百篇书面的感想、感悟、感慨类文章。公司办公室主任李智刚认为,这是一支落实职责之笔、加强学习之笔、不辱使命之笔,"我要用这支笔来端正工作态度,净化思想观念,把奉献企业、服务企业放在第一位,实现从工作合格到工作出色的转变。"公司党委工作部的一位同志说,这支刻有"中国中铁"徽记和"为企业服务"五个字的笔,"再一次唤醒我学习的动力和压力,再一次鼓起我奋进的勇气和信心。"蓬莱项目经理部经理赵新兵则感悟到这支笔代表着公司领导的期望和重托,体现出公司的企业文化和管理理念,预示着公司加强管理和振兴企业的决心责任。更多的人表示要用这支笔汲取知识,书写经验、记录教训。可以说,这支笔所引发的积极而广泛的效应和产生的激励、鞭策、警示作用远远大于它本身的价值。

以人为本,着眼长远育人才

与局内众多单位一样,随着企业施工规模的扩大和施工领域的拓展,资源匮乏成为市政分公司面临的紧迫而又突出的问题。公司领导深知人才是决定企业管理发展最重要的资源,抓住这一主要矛盾,把人才的引进、培养、使用和提高提升到战略的高度,外部引进与内部挖潜相结合,大力实施人才队伍建设工程。早在2003年,市政分公司就提出了"人才兴企"战略,重点是建立起"六支队伍",即项目经理、市场营销、施工技术、物资管理、技术工人和政工干部队伍。一方面千方百计稳定、留住并用好现有人才,为他们营造良好的成长、成熟、成才环境和条件,鼓励员工参加各类各级专业资格证书考试,对取得证书的给予相应的工作、生活及经济待遇,另一方面由人力资源部派员到各大专院校参加供需见面会,招收应届大中专毕业生,为企业壮大发展储备各类管理人才。2007年5月,总经理李亮还亲自到合肥工业大学登台演讲,宣传企业,招徕生源。对于新招收的大学毕业生,在分配工作单位时注入了浓郁的人本理念,不仅注重发挥他们的专业之长,而且考虑其家庭所在地,就近安排到项目上,使他们尽可能地同时享受到企业大家和个人小家的温暖。另外,市政分公司每年有意识地招收一部分没有对象的女性毕业生,为单身的男员工特别是生产一线的单身男员工在立业的同时增加了成家的可能。

"让合适的人就合适的岗、干合适的事"是市政分公司用人机制的一个特色,这一特色记者在采访部分项目经理部过程中得到了验证,受益者还包括公司过了内退年龄的男性员工和年富力强的女性员工。在一些单位对到内退年龄员工实行"一刀切"政策的时候,市政公司却从连年承揽任务增加、施工领域扩大、有经验技术管理人员紧张的实际出发,先后聘用了40多名虽到了内退年龄但身体健康、忠诚企业、经验丰富的老同志到现场负责管理工作;在个别企业存在歧视甚至拒招拒用女性问题,市政分公司却"反弹琵琶",用"女"之长,一批因机构合并或撤销而得到安置的女员工,经过近两三年在项目上的锻炼、拼搏,具有惊人的意志和吃苦精神,并具备较强的公关和办事能力,走上了经理部办公室主任的岗位。而机关的女性管理干部也在公司开展的能力建设中不断完善和提高,被提拔为部门负责人。据粗略估计,全公司有 12 位女员工被任命为公司或项目经理部办公室的主任、副主任,有 16 人担任公司或经理部的工程、安质、财务、人力资源部的部长、副部长或总会,原南京江心洲项目经理部 35 岁的工经部长刘肖梅还荣获了2006 年度公司"十大劳动功臣"纯金金牌,在获得万元奖金的同时,参加了公司组织的免费海南旅游。

放眼长远,攻占技术制高点

一个企业要持续稳定健康地向前发展,就要有自己的中长期战略规划和切实可行的实施步骤。早在 2004 年,市政分公司还没有更名之前就开始着手编制自己的《发展战略规划》。经过两年多的筹备谋划及反复论证、修改完善,于 2007 年编写完成,明确了企业中长期发展规划和发展方向。去年,根据中国中铁股份公司上市后发展战略调整,公司又对其中的发展目标和有关技术指标进行了调整,使之更加科学和准确,总体发展目标就是致力于在全国给排水工程施工领域中保持先进水平,全面介入市政轻轨、地铁盾构、道路、立交桥、垃圾处理厂,积极参加铁路工程建设,适时组建中铁水务投资股份公司和运营公司。

近几年,市政分公司领导层科学地把握资源与规模的关系,不片面地贪大求全,而是讲求发挥主业方面的技术和品牌优势,有序地向相关联的行业和领域扩张。他们清醒地认识到,企业多元化战略是企业发展到一定阶段所必须面对的课题,是一把"双刃剑"——它既能给企业带来成功的机遇,也可能加剧企业发展的风险。但是,如果认不清企业是否具备多元化发展的条件和要求,盲目实施企业做大而忽视了做强,忽略了企业核心竞争力的整合和培育,那么,实施多元化越积极,带来的风险越大,后果越严重。因此,他们紧紧依托国家生态文明建设机遇期,以市政给排水专业为依托,争做国内水务工程建设施工的领军人,向高新尖技术领域发起冲击,抢占行业制高点,在所承建的工程项目上积极开展科技攻关活动,坚持每年在项目上召开一次技术工作会议,推动技术攻关和创新工作,并尽快地把科技成果转化为先进的生产力,以此助推施工生产,确保安全质量,加快工程进度,兑现对业主和建设单位的合同承诺,先后建成了世界第三、亚洲第一的武汉三金潭两座 46 米高卵型消化池,包含直径达 34 米顶管及 42×31×24 米大型沉进施工技术的襄樊火电厂、填补国内 200 万吨以上地下铁矿山全尾充填空白的六安草楼铁矿工程。如今,由公司自行设计制作的 DN1350 刀盘可浮动式泥水平衡顶管掘进机通过了湖北省科技厅鉴定委员会的省级科技成果鉴定并获中国中铁科技进步二等奖,南京江心洲长江大堤软弱地层刃脚不等高沉进施工制作获得安徽省省级工法,《武汉三金潭卵形消化池省级工法》通过了安徽省评审,完成《水下铺管国家级工法》报批,公司主持编撰的《铁路给排水施工技术指南》通过了铁道部经济规划研究院评审,出版后会大大提升市政分公司在给排水施工领域的知名度。

　　一部"水"文章做得如此风生水起,厚积薄发的市政分公司最终跨出"水"门、实现遍地开花的目标还会远吗?

树誉鹏城

深圳北站候车大厅的外观宛如一只大鹏张开双翼,波浪状吊顶与这座海滨鹏城的风格浑然天成,内部各种管线的敷设基本完成,机电设备大都安装到位,内部装饰局部已在收边,东、西广场地面大理石铺装结束并展开了绿化,大厅顶部"深圳北站"四个大字的英文字母鲜红耀眼……经过电气化公司深圳经理部两个多月的紧张施工,到 4 月底,深圳最重要的陆上交通门户、华南地区最大的综合交通枢纽——深圳北站进入了调试阶段,终于揭开了神秘的盖头,露出了她恢宏美丽的容颜。

与此同时,由他们施工的深圳地铁 1 号线续建工程世界之窗到至宝安国际机场的 23 公里 15 个车站的接触网工程也通过了冷滑、热滑和送电,达到了试运行条件。

五边工程

深圳北站枢纽工程占地 50 万平方米,由铁路车站主体工程、枢纽东广场和枢纽西广场三部分组成,地上地下一共有五层,广深港客运专线、厦深高速铁路等和平南地方铁路,以及 4、5、6 号地铁和常规公交在此交汇,总投资估算为 71 亿元,是华南当前建设占地最大、建筑面积最多、接驳功能最齐全,具有口岸功能的特大型综合交通枢纽。其中,主体工程的屋盖东西长 413 米,南北宽 208 米,总高 43.6 米,有 20 条轨道、11 个旅客站台,还有配套的东、西广场,新区大道下穿站场隧道及周边道路工程。

2009 年 11 月,电气化公司接到最初估价约 4000 万元的机电安装、景观装饰、道路给排水及电力照明等工程后,以公司原广州分公司管理人员为主体,组建深圳经理部进入工地。这是一个典型的"五边"工程,就是边设计、边施工、边拆迁、边变更、边定价。就图纸而言,时间滞后还不是主要问题,最让人挠头的是它处于不停的调整和变更中,9 家设计院的设计经常相互"打架",一张施工图纸最多可以接连出 A、B、C、D 四个版本。昨天埋好的线管,次日一大早就可能通知拆除掉,同一个位置也可能有好几台设备"被安放"。这不仅给土建施工带来相当大的困难,而且也给电气化公司深圳经理部增加了风水电及弱电的套管、线盒和线管等预埋件作业的麻烦,变更、返工的现象经常发生。即便如此,王根槐——这位曾参加过京九铁路、秦沈客运专线、宜万铁路建设,1997 年荣获局"劳动模范"、铁道部"火车头奖章",2003 年开始担任项目经理,2009 年被任命为职业项目经理兼广州分公司总经理,如今又担任深圳经理部项目经理,提出了包容性作业的思路,与设计、监理、土建施工单位时刻保持联系和沟通。在经理部,一天里拨出或打进电话达 100 次以上的工程、技术和现场管理人员多了去了。他们甘当"配角",积极主动地配合土建施工单位进行各种管线的埋设。当年,经理部不仅获得了公司下半年劳动竞赛第 3 名,还被局授予"红旗项目部"和"'三工'建设示范单位"。

决战决胜

2010 年,电气化公司深圳经理部虽然一直处于"守势",但他们仍完成了公司下达的年度施工生产任务,不仅在深圳北站枢纽项目完成施工产值 6000 万元,而且在由他们承建的宜万铁路电力和临电维护项目和深圳地铁 1 号线续建的接触网项目分别完成了 3000 万元和 4000 万元的产值,使经理部完成的年度总产值达到 1.3 亿元,并且全年安全生产形势良好,未发生安全质量事故。

进入 2011 年,深圳市政府、深圳地铁公司明确提出,为确保第 26 届全国大学生运动会举行期间各类交通顺畅,将深圳北站交通枢纽竣工时间提前到 4 月底,业主随即下达了调整后的产值计划。

大干即决战。这对电气化公司深圳经理部领导班子乃至全体参战员工无疑是一场生与死的考验。

面对必须完成所调整的近 3 亿元产值,以及工程存在专业多、施工区域多、有效工期短和交叉立体施工等不利因素,经理部于 1 月 8 日召开了"决战枢纽大干100 天推进动员大会",重新筹划施工组织,明晰决战决胜"路线图":增调各类作业人员近千人进场,并与各作业队签订了《安全质量工期包保合同》;分设电器、通风、消防、给排水、钢结构、道路照明等作业队,倒排工期,完成工作量具体到天,合围突击;每日下午 6 点半召开碰头会,对存在的问题拿出解决的途径和办法;按专业成立 10 个保障组,经理王根槐、党委书记吴志平既总揽全局,又同其他管理人员一样充当"现场领工员",同时加强与业主、中国中铁南方公司深圳北站枢纽指挥部、局经理部以及设计和供货商等各方的协调与沟通。

春节期间,经理部筹措资金 400 多万元,有 200 多人在工地抢工,受到地铁公司春节巡察组的高度赞扬。也就从这时起,电气化公司深圳经理部在中国中铁南方公司枢纽指挥部的印象开始扭转,并在每日的现场碰头会上接连受到表扬。

为了保证节后工地有充足的施工力量,元宵节前,经理部又分别租用专车,从广东、四川、贵州、安徽等地组织协作队伍赶赴现场。

2 月中旬以来,现场 12 个作业区域、11 个大专业、6 个标高平台及近 30 个流水作业单元全面铺开,现场抢工高峰时 6 支施工队的人员突破了 1300 人。

听说新区大道隧道钢结构施工存在高风险,公司董事长、党委书记袁敏、总经理徐毛宏先后到现场坐镇,并从各方调配了 2000 万元资金、从公司抽调部分骨干工程技术人员支援现场。

在劳动竞赛和"大干 80 天、党员争立功"活动中,公司工会和经理部分别拨出 20 万元作为奖励基金,对表现突出的作业队和管理人员进行嘉奖。在工地,各专业的技术员和领工员被经理部授予 5000 ~ 8000 元的奖励权限,用以奖励业绩突出的作业队。

3 月份,经理部共完成施工产值 1 亿元,所承担的东广场机电安装主体工程和新区大道南北端隧道口钢结构景观雨棚完工、C1、D1 单体设备安装、电缆敷设和 27 米采光井弧形大瀑布、导向标识及道路照明施工全面展开,商业区和换乘区移交四分部和五分部进行吊顶施工。而新区大道南北端隧道口钢结构景观雨棚、27 米采光井弧形大瀑布、东西广场 F1、F2 出入口玻璃筒的钢结构拱梁施工,共吊(安)装型钢逾 2000 吨,攻破了一道道工艺制作难题,做到了安全无事故,更是终结了该公司钢结构施工"零"的时代,并为公司进入钢结构施工新领域积聚了业绩和经验。

4 月 15 日,东广场电气主要设备安装到位,新区大道、留仙大道和玉龙路、民塘路、致远路电力照明具备送电条件。

4 月 25 日,各区综合资讯牌和导向标识安装全面展开。

第二战场

几乎与深圳北站枢纽开工的同时,电气化公司承揽的深圳地铁 1 号线续建工程中的接触网工程就开始了大干。该项目施工范围为世界之窗站到机场东站,全长 23.46 公里的线路上设有 15 个车站,另有前海车辆段,其中世界之窗站至固成站为地下工程,固成站至机场东站为地面高架。陈青松被任命为项目经理。

地铁 1 号线续建接触网工程被称为经理部的"第二战场"。与刚性接触网和第三轨供电相比,柔性接触网能更有效地保证弓网关系,让电客车更安全地受流,但施工工艺复杂,作业技术要求高,全国只有广州地铁和深圳地铁采用,而与既有线的过渡接驳更是全国首例,这对陈青松和他的管理团队来说是一个全新的技术领域。在无任何经验可借鉴的情况下,陈青松从"零"做起,培训先行,自行编制了《地铁柔性接触网工培训教材》,对作业工人进行了 20 多天的理论培训,并借用地铁公司的培训线路进行实战演练,使大家对作业规范和操作技术烂熟于心。经理部还多次邀请设计、监理、业主以及运营分公司有关人员到现场联合办公,逐步优化过渡方案,并使深圳市政府"破例同意"地铁提前收车,为接触网过渡接驳让路。

西乡站以东段四站三区间由于土建及轨道施工滞后,造成接触网专业施工时间被严重挤占,原本需要 6 个月完成的实物工作量要在 2 个月内干完,其难度可想而知。但经理部顾全大局,向地铁公司立下"军令状":工期我们赶,所有困难我们自己克服。业主满腹狐疑,但看到递交上来的抢工措施,他们相信了。2010 年 10 月 29 日,当传来西乡站以东段顺利完成热滑的捷报时,业主立即起草了《表扬通报》,称赞他们"确保了'热滑试验'里程碑工期目标提前完成,充分体现了铁军风范"。

车辆段受到土建施工和设计变更影响工期紧张。时值兔年春节临近,别的工地协作队伍人员纷纷回家过年,陈青松和袁群虎、陈耳东却四处"招兵买马",甚至把已经回到湖南、湖北老家的人请回了工地,硬是在 1 月 30 日为前海车辆段送上了电。

还有机场段,因为地脚螺栓迟迟到不了货,造成钢柱不能竖立;钢柱不能竖立,接触网就不能施工,而 3 月 20 日对机场段进行热滑是市政府下的死命令,真正留给经理部安装腕臂、导线架设、悬挂调整及设备安装的时间总共只有 50 天,要完成正常施工 6 个月的任务量,难度不言自明。经理部发出动员令:"大干 40 天,确保完成机场段热滑!"最终,1 号线接触网分别以低、中、高速度一次左右线全部热滑,最高时速达到 74 公里,远远高于 2、4、5 号线 15 公里的时速。正因为"机场段于 3 月 20 日完成热滑试验里程碑工期目标,为后续车辆上线调试、系统设备联调赢得了宝贵时间",4 月 1 日,经理部和项目经理陈青松再次受到地铁公司的通报表扬。

时至今日,经理部拿到的"抢工措施费"达 260 万元,而获得的争取节点工期奖也有 240 万元。

此外,经理部还以良好的信誉从运营分公司先后拿到了 150 万元的既有线整改项目,既减少了土建滞后所造成的窝工,也增加了经理部的经济收入。

决战的硝烟已经散去,电气化公司深圳经理部在两年间共安装大型设备 394 套,小型设备 1369 套,敷设电缆 518 公里、电线 1760 公里,安装各种灯具 28502 套、标识牌 24437 块。

如今,深圳北站枢纽已经具备了接驳条件,周边市政道路、车站花园广场正在收尾,将于 5 月底全部完工并验收和移交。它像一艘停泊于海上的航母,四周配套建筑如同护卫的舰只,都在静待指令,整装待发。一个宏伟壮丽的深圳北站枢纽,以它全新的面貌出现在了我国最早实行改革开放的前沿城市面前,迎接即将到来的开通运营。电气化公司深圳经理部为《春天的故事》又增添了一段新的乐章!

时代印记

——高速铁路水泥乳化沥青砂浆搅拌灌注车研制纪实

2009 年 9 月 28 日,对南昌机电公司乃至中铁四局来说都是一个很有意义的日子。这一天的下午 3 时,由局与南昌机电公司共同研制并生产的第一批 5 辆高速铁路轮胎式水泥乳化沥青砂浆搅拌灌注车,佩戴着红绸簇成的花朵下线出厂,驶向石武、沪宁等铁路客运专线建设工地。

高速铁路轮胎式水泥乳化沥青砂浆搅拌灌注车研制成功并批量生产投入工地,标志着我局在高速铁路工装设备研制方面取得了重大成就,同时也使南昌机电公司继研发制作 ZQ32/900 移动模架之后在高速铁路工装设备研制方面又增加了新业绩、增添了新实力,从而在产研一体化发展道路上迈出了坚实的步伐,初步实现了企业转型过程中的无缝链接。

更为令人称奇的是,从去年 7 月由铁道部对该项目正式立项,到 SLC3000A、SLC3000B 和 SLC1500B 系列产品研制成功并投放市场,前后仅用了 14 个月的时间。

一

国务院批复铁道部《中长期铁路网规划》付诸实施,拉开了中国高速铁路和客运专线建设高潮的序幕。但由于所采用的很多先进技术来自于国外,而且受到技术垄断、限制输出等因素的制约,对我国高速铁路和客运专线施工技术工艺等未来的自主发展构成了一定限制。为打破这种技术壁垒,铁道部对"客运专线无砟轨道 CA 砂浆用乳化剂试验研究"进行科研立项,并把"板式无砟轨道 CA 砂浆搅拌灌注车"的研制任务交给了我局。

要研制出我国具有自主知识产权的 CA 砂浆搅拌灌注车,实现同类产品的国产化,首先必须了解和掌握 CA 砂浆的特点及其施工工艺。局把刚从日本进口的一台 CA 砂浆简易注入车运抵武广客运专线咸宁试验段,参与 CA 砂浆的搅拌灌注试验施工。这台 CA 砂浆简易注入车费用高昂,其技术水平仍停留在日本新干线建设的 20 世纪 80 年代,生产效率低下,工人劳动强度大,作业环境差且污染环境严重,很多工艺参数和设施难以适应当前我国高铁施工的需要。局里斥资 700 多万元购买这台车,一是满足铁道部技术引进要求,二是用于武广客运专线新广州站工程 CA 砂浆灌注施工,并作为研制新型水泥乳化沥青砂浆搅拌灌注车的蓝本。2008 年 6 月 19 日,局技术中心高级工程师王怀海、工程师刘道学及南昌机电公司的方宇顺、罗利琼等科研人员赶到工地,现场考察和观摩 CA 砂浆搅拌灌注的全过程,仔细了解板式无砟轨道 CA 砂浆的施工工艺,并对日本 CA 砂浆简易注入车作业情况进行详尽的记录。

在随后的两个月时间内,课题组成员进行了大量而又深入的调研论证工作,完成了 CA 砂浆搅拌灌注车初步设计方案,报请局审批后,最后敲定新型水泥乳化沥青砂浆搅拌灌注车由局技术中心、局试验检测中心和南昌机电公司共同承担,局总工程师闫子才全面主持研发工作。从此,该项目正式进入实质性的研制。

二

南昌机电公司是中铁四局旗下长期从事铁路专业施工设备研发和生产的企业,近年来接连研制了 ZQ32/900 移动模架、100 米高桥墩滑模、大跨度桥梁悬臂吊篮、深水桥梁钢围堰,并自行设计制作了各类隧道衬砌台车、各种桥梁和桥墩钢模板等,其中,ZQ32/900 移动模架获得了安徽省科技进步二等奖,深水桥钢围堰获局科技进步三等奖,所设计施工的黄山人行观光索桥先后获得安徽省"黄山杯"优质工程奖、局科技进步三等奖和全国"优秀 QC 小组"一等奖。

有如此雄厚的实力和技术做支撑,课题组人员信心倍增。然而,当他们真正着手研制了一段时间后才发现,真要设计制造出人性化、大容量、节能环保、适应性强,包括供料、搅拌、控制、温控、废水收集及走行等六大系统的新型水泥乳化沥青砂浆搅拌灌注车,其难度之大超出了所有人的预想。例如,水泥乳化沥青砂浆需具备良好的流动性、弹性、含气量、抗腐蚀性、防冻性。具体一点说,一是拌和后的砂浆要在 5～35°C 的温度范围内均可以进行灌浆施工,这不光对干粉料、液料、添加剂提出了严格的要求,而且砂浆搅拌设备必须具备无级调速的性能和合理的材料投入顺序、速度及搅拌工艺;二是搅拌时引入一定量的微小气泡,以此提高含气量,增加抗冻性,所以搅拌设备在搅拌砂浆的过程中须具备引气作用;三是为了不影响砂浆的质量,灌注前不能停止搅拌,为此要把搅拌装置和灌注装置合二为一;四是砂浆在转运、输送的过程中容易产生离析,改变砂浆的含气量;五是砂浆的特殊性能对清洗有严格要求,如果不能及时清洗或是清洗不干净,都会影响砂浆的配制,甚至导致无法使用。还有,CA 砂浆的灌注工作只能在 5～35℃ 范围内进行,需要对搅拌罐的外层进行处理,增加一套冷却和保温隔热系统。以上所涉及的技术性能和作业问题,还对 CA 砂浆车搅拌叶片和砂浆泵泵送形式、整车原料输送、温度变化以及清洗设备的技术性能提出了非常高的要求。

随着武广客运专线线下工程建设的全面铺开和施工进度的不断加快,水泥乳化沥青砂浆搅拌灌注车能否如期研制出来并投入使用,直接决定着武广客运专线可否于 2010 年年初开通和投入运营。为缩短研发攻关周期,加快试验研制进度,闫子才果断地把课题组分为两个小组,一组由宿万带领,奔赴武广新广州站工地进行砂浆泵选型试验;另一组由王怀海带队,投入到搅拌叶片试验和轮轨式砂浆车研制。

做泵送试验是一项异常艰辛的工作,更何况是在野外。科研人员每天一大早就到工地,下午三四点钟才吃午饭,接着又开始做泵送试验,直到晚上八九点钟才收工。有一次,泵管由于压力高突然爆裂,溅得刘道学身上、脸上、头发上到处都是砂浆,在确认自己没有受到伤害后,他只是哈哈笑了一声,用衣袖擦了把脸,就又开始操作起来。经过两个多月野外的反复试验和选型,最终确定了理想的砂浆泵泵送形式以及泵管承压值。

与此同时,投入搅拌叶片试验和轮轨式砂浆车研制的科研人员也在加班加点试验和进行图纸设计。他们在参考日本砂浆车涡轮式搅拌叶片的基础上进行再创新,以适应高弹模、低弹模砂浆拌制的能力。2008 年 9 月 3 日,局董事长、党委书记张河川来到南昌机电公司钢结构厂制造车间,视察了 CA 砂浆搅拌试验机的制作过程,亲切慰问现场科研人员和作业工人。一周后,新研制的 CA 砂浆搅拌试验机在六公司广州轨道板厂拌制出了合格的高(低)弹模砂浆,搅拌灌注取得了成功。

轮轨式砂浆车设计方案通过铁道部专家评审、被正式命名为“水泥乳化沥青砂浆搅拌灌注车”后,王怀海带领方宇顺、罗利琼等十余位科研人员立即奔赴合肥局机关,集中对设计图纸进行具体的细化。他们每天都工作到夜里 11 点半,对每个零部件都进行认真验算,对每张设计图都一一细化,做到标注清晰明了,数字精密准确。直到所有的图纸都被送去晒图,大家才美美地睡了一觉。

三

为尽快把图纸上的各种线条变成实物,担任制作砂浆车任务的南昌机电公司钢结构厂立即成立制作攻关小组,并组织调配一批优秀的技术工人参与加工制作。

公司总经理李明时刻关注着制作的进度。只要他不出差,每天早上第一件事就是到加工车间,查看制作进度,询问需要协调或牵头解决的问题。

王怀海也从合肥赶到南昌,重点监控加工生产零部件的质量。一天,他突然接到一个电话:妻子不慎跌倒,脚骨裂,刚在医院打上石膏。他瞒着课题组成员和工人,对妻子说:"现在是砂浆车各部件组装的关键阶段,我不能回家,你务必要理解和谅解我,待制作出来后我再补偿吧。"就这样,妻子一直靠岳母照顾。直到砂浆车制作完成、王怀海"有事请假"离开南昌后,大家才知道了这个"事"。

2008年12月10日,轮轨式水泥乳化沥青砂浆搅拌灌注车样车通过厂内验收后发往广州,在广州接受铁道部专家组的评审,并于18日获得通过,其型号正式定为"SLC3000A"。与此同时,轮胎式水泥乳化沥青砂浆搅拌灌注车设计方案获得专家组通过,其型号正式定为"SLC3000B"。12月23日,在宿万钧的带领下,课题组所有成员到南昌机电公司制作车间集中办公。也就从那天开始,课题组成员放弃了假期和双休日,加班加点设计SLC3000B轮胎式砂浆车。

轮胎式砂浆车在野外作业时需要适应的环境和条件更为复杂和恶劣,且必须做到在不同的路面下施工作业,它的系统要会进行自动调平、整车箱体围护,并且对输料精度也提出了较高的要求。为解决这些问题,课题组总设计师刘道学利用网络查询,深入到相关零部件生产的工厂考察,最终与一家能够生产这种自动调平液压系统的液压厂签订了合作协议。

如果说轨道式砂浆车尚可借鉴日本技术的话,那么,轮胎式砂浆车在国内外均无先例,课题组的罗利琼、舒宝成、王俊杰等十余名科研人员只能在SLC3000A轮轨式砂浆车的基础之上边设计、边制作。连续奋战一个月,他们竟无一人意识到已接近年关。

刘道学是大年初三从合肥赶到南昌的。出乎他料想的是,课题组的大部分成员都只在家待了两三天,还有几个人根本就没回家。为抓好制作的进度,把好质量关,刘道学和他的同仁们每天在车间里的时间都在十七八个小时,随时解决加工过程中遇到的难点和问题,对制作的关键环节进行指导,检查中不放过每个小细节。

2009年3月20日,SLC3000B轮胎式砂浆车的样车正式研制出来,并在车间进行对接试验,不断加以修改、完善和再试验、再完善,前后长达一个月,直至满足砂浆的性能要求。4月20日,SLC3000B轮胎式砂浆车样车的各项指标达到了砂浆拌制、转运、泵送的性能要求,于5月5日开往南京。11日,铁道部专家对SLC3000B砂浆车进行了技术审查和型式试验,一致同意通过评审并投入批量生产。

四

为尽快把水泥乳化沥青砂浆灌注车系列科研成果转变为产品和市场占有率,南昌机电公司副总经理李永明带领营销队伍分赴京沪高铁、沪宁城际、石武客专河南段和河北段,开展推介和营销活动。在了解到一些施工单位对单罐满足120米/班次轮胎式砂浆车的特殊需求后,南昌机电公司主要领导高度关注和重视,委托课题组立即开展可行性论证及产品的研制工作。方宇顺、罗利琼等人战尘未洗,又开始了单罐轮胎式砂浆车的研制工作。

又是两个月的夜以继日。技术人员和工人们发扬特别能吃苦、特别能战斗的精神,第一台SLC1500B轮胎式单搅拌罐砂浆车于7月20日研制出了样车。

如今,南昌机电公司已能生产3个品种的水泥乳化沥青砂浆搅拌灌注车,局内外单位的订单多达22份,已交付并投入使用4台。其中,SLC3000A轨道式砂浆车在武广客运专线新广州站完成了57公里水泥乳化沥青砂浆垫层施工,得到建设、设计、施工及监理单位的一致认可。水泥乳化沥青砂浆搅拌灌注车、乳化沥青恒温及防沉淀罐、电器控制系统等14项科研发明已向国家知识产权局申请并得到该局的上网公布。

自8月份正式投入批量生产以来,南昌机电公司以每月生产5台的速度,先后为中铁一局、五局、六局、七局、八局及我局部分单位制作了产品,并陆续发往施工作业工地。

十号线上"重庆人"

在鹿山站建设工地,局重庆轨道交通 10 号线经理部(重庆分公司代局指)员工中,有这样一群人:他们的家就在重庆,与自己的父母兄弟、妻子儿女近在咫尺、气息可闻,但为了安全优质如期地建成轨交 10 号线并交付运营,他们忘我地投身于工程管理、技术把关及试验工作中,无暇为年迈的父母端上一杯茶,挽住爱人或女友的手散步赏花,陪同可爱的儿女到江边玩玩沙子……

戴光伟

戴光伟的父亲擅长木工,长年在重庆打工,后来买了房子,并由母亲打理一家商店,从此在重庆定居下来。在安徽建筑大学读书期间,戴光伟一次偶然上网,结识了在西南大学就读的陈则计,从此两人联系不断,并发展为恋爱关系。毕业后,戴光伟入职中铁四局、到福建参加宁武高速公路建设,陈则计则进入重庆铁路中学当了一名数学教师。正当两人都为天各一方、不能朝朝暮暮相厮守发愁的时候,单位中标了重庆轨道交通 10 号线,戴光伟被调任至经理部担任试验室主任。去年国庆节放假,女友陈则计从九龙坡区坐了一个多小时的轻轨到工地看望他,戴光伟一会儿接听电话,一会儿找试验资料,还说要到现场盯着灌注钻孔桩的混凝土。看戴光伟忙得根本没有空闲谈情说爱,陈则计只待了半天就"打道回府"了。

女友虽然理解他,但戴光伟心里还是愧疚,几次想请陈则计看场电影,但均因为工地上事情缠身而未能如愿。"最近一段时间,我都尽量把每天要完成的工作往前赶,确定晚上不需要加班了,就过去陪陪她。"戴光伟说。

"我心里有一个原则,就是不耽误第二天的工作。"戴光伟还说。

艾杰

艾杰,早年曾是一名军人,1998 年参加过敦化的抗洪抢险,并因此在复员时得到国家照顾,他所在部队有 300 人进入皖企,而他则选择中铁四局作为自己创业的平台。在项目上,艾杰干过办公室工作,做过试验员,2014 年 3 月被任命为局重庆轨道交通 10 号线经理部党工委副书记。接到任命后,作为"半个重庆人"的他,岳母家的门未进,就直接赶到了经理部,与国土局、交通局、园林局等单位对接,解决交通疏解前存在的各种难题。6 月 18 日,鹿山站首根钻孔桩开钻,10 天后灌注出全线第一根桩。接着,艾杰着手策划和组织党建主题活动,迅速在全线掀起大干高潮,经理部在业主开展的年度完成产值评比中进入全线前三甲,今年一季度又一跃升为头名"状元",并创建出全线唯一的一个"安全质量标准化工地"。

今年春节后,车站多个作业面成型,各种工序交叉进行,需要经理部协调和解决的事情猛增,艾杰明显感到白天的工作时间不够用,就在晚上加班处理,这使他原本晚上回家看看的时间都没有了。3 月份,4 岁的儿子因为扁桃体粗大达到三度而不得不做手术。作为父亲,艾杰当天 8 点钟陪着儿子到医院、10 点钟动了手术。下午,麻醉药的药力过了,儿子感觉到了疼痛,正需要父亲的看护和安慰,此时却接到要与产权单位签订交通迁改合同的电话,艾杰只好赶回了经理部。岳母说:"你原来在东北,冬休后还能回来待上一二十天。现在可好,工地就在家门口,你反而不回家了。"可不是,艾杰从工地到家里步行也不过 10 分钟,但他平时的衣物都是由在一家汽车销售公司做推销的妻子过来取走、洗净晾干后再给他送到经理部驻地的。

周日那天儿子打电话,说"想让爸爸陪我去儿童娱乐场坐坐电马、到长江边玩玩沙子",当时艾杰正在工地迎检,实在脱不开身,只能再次对儿子说:"好孩子,等过几天爸爸有空了再去……"

张志楠

张志楠 2010 年参加工作,第一个工点是宁武高速公路。他以"道虽通不行不至,事虽小不为不成"的人生信条,从点点滴滴做起,连续两年的春节假期他都是在工地上坚守。2012 年项目竣工,张志楠在获得施工技术和管理经验的同时,还在同事的介绍下认识了美丽的重庆姑娘程露,并在此后成都地铁 7 号线施工期间收获了爱情。

2014年初车站主体封顶,张志楠与程露也举办了简朴而喜庆的婚礼。结婚一个星期后,接到重庆地铁十号线中标通知,张志楠便告别妻子奔赴工地。施工前期的工作不仅繁重而且千头万绪,已经被任命为工程部长的他,由于连续长时间加班加点工作,导致肾结石发作、疼痛难忍,但他并没有因此而休假,仍然坚守在工作岗位上。

也就在这期间,程露怀孕后的生理反应愈加强烈,情绪波动也很大,她希望自己的丈夫在家里多陪陪自己,但张志楠正在为工地的技术交底、编制施组及方案评审忙得"脚跟连打脑后勺"。面对妻子的一次次请求,张志楠心里为难过,也矛盾过,但他心里的天平最终还是倾斜到了工程建设一边。春节刚过,妻子临近分娩住进医院,张志楠在岳父母和同事们的劝说下请了"产假",但就在儿子出生后的第四天,接到经理部发来的"业主前来检查"的短信通知,张志楠又义无反顾地回到了项目上。

让美梦飞翔

——合福铁路南淝河特大桥科技攻关纪实

如果说打通北京至福州快速铁路、让合肥直通首都和沿海是安徽人民的一个梦想,那么,作为京福客专线重要组成部分、同时也是沟通华中与华南地区一条大能力客运专线的合福铁路客专线上马后,中铁四局人在进入建设工地后,就立志做好"助推器",让安徽人民的这一美梦腾空飞翔、早日成真。

一

合福铁路正线全长806公里,其中安徽境内343公里。线路从合肥如何出城?设计单位勾勒出一条穿越半个省城,连续跨越现有的繁华大道、方兴大道、合宁高速公路及其包河大道收费站,还有在建的上海路、重庆路和规划中的哈尔滨路、巢湖路、进港路,长达20.45公里的高架铁路双线桥。这座南淝河特大桥以(90+180+90)米的连续梁拱桥结构跨越合(肥)宁(南京)高速公路,其主跨宽度达180米,为国内同类型桥梁之最,技术难度、施工难度、防护难度超乎寻常,被京福客专安徽公司列为最大节点工程和重大难点控制工程。

合福客专安徽段站前一标工程于2010年5月开工。承建DK1+250～DK7+525管段、全长6.275公里、造价约2.6亿元工程的局合福客专工指三分部(四公司),一进点就把技术攻关作为主抓手。面对一摞摞的图纸、资料及专项施工方案,项目总工安刚建与技术人员一起进行分类和整理,并建立起清爽、明晰、准确的内业资料台账,归档存放。安刚建还对大桥施工的每一个重要节点进行梳理,在《工作日记》上记录下20多页的技术要点,确立并向公司、局及中国中铁股份公司申报了泥质砂岩地质条件下超长大直径钻孔桩施工技术、大跨度悬灌梁线形控制、高速公路上方大跨度悬灌梁施工过程中的安保体系、拱肋内C55

微膨胀混凝土配合比研究及灌注技术、钢管拱异位拼装及水平顶推技术等 8 项技术攻关课题，并成立了由项目经理统领、生产副经理和项目总工主抓的科技攻关小组。在大桥基础施工的日子里，安刚建带领工程部长、技术员和施工队长等，从改进钢筋焊接、对接工艺中寻找加快速度、提高效率的途径。他与贾晓炯、高琦、姜中安等人查阅了大量资料，到工地上仔细测量，还与操作工人共同探讨，对每道工艺都不厌其烦地做十多次实验、计算、对比，使一个超长钢筋笼（一节 15 米，总共 5 节）的加工吊装时间由原来的 32 小时缩短为 20 小时。2012 年 5 月，当大桥进入承台施工时，由他们总结并形成的"提高超大钻孔桩超大超重钢筋笼吊装速度"技术成果在局第三十次 QC 成果发布会上获得一等奖，同时获得安徽省铁道学会 QC 成果一等奖。四个月后，安刚建和他的课题组在中国质量管理协会第三十四次质量管理小组代表会议上获得"全国优秀质量管理小组 QC 小组"奖。

二

毕业于安徽理工大学的李智在桥墩基础施工时还是一名技术员，专门负责大桥一侧的 T 构施工，这位来自湖南益阳的小伙子，看到 119# 墩位于 7 米深的鱼塘中，塘底全是回填土，在这样的地质下施工 45 米长的钻孔桩，如果按设计采用放坡开挖，3 万多立方米的土方量极易造成塌方事故。李智找来拉森钢板桩、混凝土桩、型钢支护桩等多种施工资料进行比选，建议采用 38 根混凝土防护桩加冠梁的深基坑支护工艺，分部实施后不仅避免了涌水涌泥现象的发生，而且只用了三天就完成深基坑开挖，加快了进度又降低了成本。

南淝河特大桥（90 + 180 + 90）米连续梁拱桥分别由 116# ～ 119# 桥墩为支撑，承台设计尺寸为 18.6m × 9.6m × 3m、灌注 C40 混凝土 535 立方米，而树立在它上面的桥墩有 13 米高，再加上灌注成型的连续梁，合计高度为 24 米。这样大体积的砼结构，只有做好散热、防裂，才能保证其质量和寿命。安刚建，这个 1978 年出生、名字的寓意为"国民经济刚刚起步建设"，在家里刚刚当上父亲、在单位刚刚升任项目副经理的安庆汉子，顾不上回家伺候月子中的妻子和襁褓中的女儿，就埋头投入到"桥梁大体积混凝土温控与防裂的研究"中。经理部驻地就在搅拌站附近，距工地不过 1 公里，但为了把走这一段路的时间也利用上，他和已升任为工程部长的李智、技术员余松将铺盖搬到与民工相邻的活动板房里，除了必要的吃饭和睡觉，其余时间全都用在了工作上。在实践中形成的"桥梁大体积混凝土温控与防裂的研究"这篇论文,刊登在中国商业联合会主管、国资委主办的《城市建设》杂志 2013 年第 2 期上。

<h1 style="text-align:center">三</h1>

合宁高速公路是合肥、南京两个省会城市之间唯一的高速公路,也是上海至新疆伊宁 G312 国道的组成部分,每日东来西往的各种车辆突破 4 万。117#和 118#桥墩作为钢管桥拱的两个支点,分别树立在合宁高速公路南北两侧,挂篮施工由两头向中间对称合击、最终在第二十节段合龙。2012 年 11 月,随着 0#块灌注,大桥混凝土施工进入实质性阶段,现场技术指导和检查把关的工作量也从此加大。为确保各道关键工序顺利进行,作为生产副经理的安刚建,不满足于分部出台的相关技术卡控管理制度,又编制出"关键工序质量卡控要点表",由作业队、现场领工员、质检工程师、技术部、试验员及群安员等依照各自的岗位职责严格把关,并按照"三检制"程序进行报检验收,合格后还要经项目经理签认,才能实施下步工序的作业。工程技术人员在他的带领下进行关键工序卡控验收,高达 30 多米的爬梯,他们每天都要上下攀爬三四次。有时候,刚跑完大桥的南侧,北侧的作业队又呼叫他们前去验收,一行人又风风火火地赶过去。后来,为了节省时间,他们干脆让办公室人员把饭菜送到工地上,饭后立即投入工作。如果白天实在忙不完,就晚上加班加点,当天的工作决不拖到次日。

"对工作安排要打一定的提前量",这是三分部经理、书记等领导班子达成的共识。这不,主跨挂篮施工还没有进入高速公路主干道,工程、安质、试验等部门已经着手谋划合宁高速公路上方悬灌梁施工的安全防范措施、制定应对突发事件的紧急预案了。针对高速公路路基宽 47 米、路面为双向 8 车道、挂篮施工时间相对较长,为杜绝梁体浇筑及挂篮移动过程中有物体坠落,他们不但将安全范围适当扩大,争取路政、交警、高速公路产权单位的大力协助,还专门设计并制作出长12 米、宽 18 米(分别超出作业面 3 米和 3.5 米)、外周采用绿色细目钢丝网封闭、下方用竹胶板作挡板的悬挂式安全防护罩。为防止水泥浆及养生用水直接洒落到高速公路上,他们还在木板底部铆钉了铁皮,有了积水及时清理,从根本上消除安全隐患,确保了下方来往车辆绝对安全。在主跨砼挂篮施工的 330 个日日夜夜里,车辆如流的合宁高速公路从未断过一次道,也没有发生一例因物体下落造成行车安全事故。

四

高雨曾在合肥铁路枢纽南环线项目、莲花路跨派河大桥项目担任副经理、经理,可谓连续梁施工管理方面的行家,但主导跨度 180 米、矢高 36 米的钢管拱桥施工还是第一次,每步工序推进他都如履薄冰、谨小慎微,把工作做到最全、最细。为了严密控制连续梁的线形,双向控制 3.45‰ 的增坡,他与技术攻关小组成员一道周密计算,把每节段挂篮施工控制在 3~4.5 米,每向前推进一节段,安刚建、李智、高琦、余松等人都要沿着曲别针状的爬坡道登上桥顶测量标高,并在电脑上精密计算和反复模拟砼体所产生的下垂量、偏压度,确保合龙后的桥体线形平顺,正好达到所设计的标高。

今年 4 月 3 日,三分部 QC 小组被中国质量协会、中华全国总工会、中华全国妇女联合会、中国科学技术协会授予"2012 年全国优秀质量小组"称号。消息从首都北京传来,三分部的技术攻关小组成员深受鼓舞、信心倍增。5 月 31 日上午,三分部举行"180 米连续梁拱桥党员突击队"授旗、宣誓仪式,全体队员庄严宣誓:"党旗高扬建京福一景、科技争先铸彩虹之梦",并以此激励自己在本职工作中再创佳绩。为了把挂篮施工滞后的工期抢回来,李智在张拉压浆工序上动起了脑筋:每个张拉用的千斤顶重达 200 多公斤,每拆装一次就要耗费一个多小时,而完成一个节段的张拉则需要 6 小时,李智琢磨:"能否再挤压出一些时间?"他查阅了大量专业资料和技术规范,设计出一个千斤顶悬吊系统,利用单轨行走小车和型钢支架"平移"过去,既方便又灵巧,张拉时间缩短为 4 个小时。他还加班加点地汇总素材和资料,整理总结由中国中铁股份公司立项的"大跨度连续梁线形控制技术"成果,力争夺得中国中铁科技进步一等奖。

五

180 米主跨混凝土连续梁还在施工,一部分建设者早前已经在 116#～117#墩之间开挖钢管拱拼装支架的基础。8 月 23 日,随着一阵鞭炮声和欢呼声响起,180 米长、60 米高的拼装支架拔地而起,标志着该大桥拱部拼装进入实质阶段。原来,南淝河特大桥(90+180+90)米连续梁拱桥从技术上讲属于连续梁拱组合结构,拱部的弧形钢管注入 11567 立方米混凝土后,整个拱部将达到 670 吨钢,加上 180 米宽的跨度和 36 米的拱肋矢高,它在同类型结构的铁路特大桥中均创国内之最。

如此重的一道"彩虹"如何飞架到位？原设计该桥的拱肋拼装采用"原位拼装、转体到位"法，但如此在高速公路上方拼装大型钢件，不仅要等到挂篮施工结束和混凝土养生达到强度，而且在行车道的上方吊装、组立、焊接、转体，作业周期长，安全风险大，还有可能延期机械化铺架，怎么办？三分部三次组织研讨，安刚建提出了"异位拼装，顶推就位"法。得到同意后，他带领三名技术员到四公司总部，不到一个月就编写出长达一百多页、文图并茂的操作方案。去年12月被公司采纳后，针对工程难点和诸多新型结构设计，安刚建多次向局专家请教，与专家们一起讨论每一个细节，并通过计算机模拟计算，先后做了八次修改、补充和完善。9月7日，"合福铁路南淝河特大桥跨合宁高速公路(90+180+90)米连续梁钢管拱拱部施工方案评审会"在三分部召开。中铁大桥局副总工程师宋伟俊来了，中铁上海设计院咨询处副总苏竹松来了，合肥工业大学博导王建国、中铁四局桥梁专家周伟业，以及业主单位京福客专安徽公司、设计单位铁四院、咨询单位铁二院、监理单位铁四院监理联合体等相关人员也来了。20多位专家先到拱部拼装现场进行勘查，接着一同到会议室听取汇报、展开研讨，最终一致认为，"桥上异位拼装、然后顶推到位、最后注入混凝土、安装72根吊杆"的方案合理可行，同意付诸实施。

10月30日，随着大里程端第20节段混凝土灌注结束，南淝河特大桥(90+180+90)米混凝土连续梁顺利合龙，拼装中的钢管拱也在紧锣密鼓中逐渐成型，20天后就会被顶推到位。到那时，安徽人民将最终看到淝河河畔升腾起一道绚丽的钢铁彩虹。

抢占先机潮头立

——用科学发展观引领工程材料科技公司创业纪实

2003 年 10 月,胡锦涛提出要"树立和落实全面发展、协调发展和可持续发展的科学发展观",并强调这"对于我们更好地坚持发展才是硬道理的战略思想具有重大意义"。2004 年,我局紧紧围绕企业发展这个主题,用"三个代表"重要思想、科学发展观和正确政绩观,重新审视全集团的发展方向和途径,冷静分析形势,沉着应对挑战,积极开拓创新,完成企业营业额首次突破百亿元大关,规模生产能力进一步扩大,并以企业的长远发展从产品上游、下游及相关产业的角度寻求新的经济增长点。

局领导高瞻远瞩科学决策

在科学发展观引领下初尝胜果的四局领导班子,在 2005 年全局工作总体要求中明确提出,牢固树立和落实科学发展观,不断提高企业经济效益,促进企业持续稳定发展。3 月召开的全局施工生产工作会议上,局主要领导对技术中心的职能和任务进一步明确:"一是要着重解决施工技术上存在的问题,二是要紧密地围绕建筑行业来开发新产品。"

技术中心、试验检测中心通过摸底调查了解到,随着高速铁路、客运专线及高速公路建设规模的持续和扩大,以及对混凝土制品质量要求的提高,国内建筑市场对混凝土外加剂和高性能混凝土的需求量猛增,仅我局内部近年来的用量(自购部分)每年 240 万立方米计算,各类外加剂使用数量不少于 6000 吨(按水剂计),这方面所需资金约为 2400 万元。比较保守的估计,减水剂行业净利润约为 35% ~ 40%,因此全局每年这一块至少要丢失纯利约 800 ~ 1000 万元。能否投资建厂进行高性能混凝土、高性能砂浆等新材料的研究和开发,使我局在局部上从目前的以技术施工为主逐步向新产品的研究和开发过渡、向跨土建施工的行业过渡,为企业培植新的经济增长点? 在得到局领导认可同意后,技术中心、试验检测中心立即展开深入细致的市场调查。不久,一份近 2 万字的《混凝土高性能外加剂项目开发建设可行性初步研究报告》提交局总经理办公会讨论研究并获得通过。

报建创合肥"招商引资新速度"

2005 年年底,聚羧酸外加剂生产线由局正式立项。一个月后,局董事会通过了成立"安徽中铁工程材料科技有限公司"的决议,并组成了由时任技术中心主任闫子才(现为局总工程师)主抓的项目筹建组。筹建组首先对合肥周边局内部自有的 15 块土地进行考察和论证。外加剂属化工产品,国家和地方政府对此类项目的报建从环保、安全、消防等环节有严格的鉴定和要求。筹备组迎难而上,百折不挠地与政府相关部门多次洽谈,反复协商,于 2006 年 4 月 25 日同意选定合肥北站附近(原四处二段段部所在地)作为厂址。之后,筹建组制定出规划报建、设计院出图、小试和中试计划、设备工艺管道招投标采购以及施工安装等五项计划,找出各个关键节点,对内部人员进行详细分工,确定完成期限,分兵分路出击。

很快,从各方传来捷报:

——经与合肥市环保、安监、消防、规划、建管、庐阳工业园区管委会等地方政府管理部门商谈,确定该项目为合肥市庐阳工业园区招商引资项目,减免了城市基础设施配套费、人防易地建设费、环卫设施建设费以及白蚁防治等费用近 75 万元。

——督促合肥市环保局于 5 月 25 日主持召开本项目的环境评审会,6 月中旬拿到了环保局同意立项的正式批文。

——在安全报告编制提交后,合肥市安全生产监督管理局于 6 月 17 日主持召开该项目的安全评价会议,当月 26 日取得了规划许可证和建筑施工许可证。

整个报建过程前后仅用了一个半月,被合肥市规划局庐阳区直属分局誉为"招商引资的新速度"。

为了完成萘系产品和羧酸产品下线的节点目标,受局总经理许宝成委托,局副总经理王砚才召集参与规划设计场地选址及项目建设和材料供应的技术中心、试验检测中心、行管(社管)中心、设计研究院及四公司、物资公司、建筑公司等负责人多次召开现场办公会,指导、布置、帮助做好各项工作。

土建工程开工之日,也正是高温季节来到之时。建筑公司外加剂项目部克服雨季多、技术力量不足等多重困难,战高温、斗酷暑,不断加快工程进度,生产线羧酸厂房、仓库、锅炉房及循环水泵房主体相继按时或提前竣工,办公大楼也于10月19日正式封顶。

在立项报建和土建施工的同时,有关技术及对技术合作方的考察工作也同步开展。经过对北京、上海、天津、江苏和安徽等十多家科研机构、院校进行全面调研和反复比选,最终选定南京化工大学化学建材设计研究所为技术转让方,并由其指导生产车间建设和生产线设备安装及调试工作。专业技术人员于6月份赴技术转让方进行技术操作实习,掌握了基本的技术参数和操作方法,之后又进行了一系列的技术消化及深化工作,掌握了温度、物料添加次序、反应时间及物料滴加速度对产品性能的影响规律,7月底将两个由我技术人员自行操作试制成功的小样送至北京铁科院和建科院进行全项检测。其结果显示,样品的各项指标接近甚至超过国外同类产品技术要求。

同年年底,一条设计年生产8000吨的聚羧酸外加剂生产线建成投产,2007年4月通过铁道部科技司的外加剂企业和产品认证。自此,向国家工商总局注册了商标的"四威"外加剂产品开始投向市场。

抓机遇打造砼外加剂产业链

根据《国家中长期铁路路网规划》,到2020年我国铁路将建成"四纵四横"和"三个区域"快速客运专线通道。"十一五"期间要建新线17000公里,其中客运专线7000公里,而且客运专线大多布局在中东部地区,以合肥为中心800公里范围内就有11条计4000公里。随着合武、武广客运专线陆续开工及京沪高铁、京广客运专线石武河北、河南段可行性报告编制,铁道部要求全部采用无砟轨道技术,而板式无砟轨道结构是由预制的轨道板混凝土底座以及介于两者之间的CA砂浆填充层组成,其中CA砂浆是板式无砟轨道结构弹性调整层关键组成部分。因为国内只有三四家科研单位在进行CA砂浆所用A乳剂的研制,其耐久性尚无定论,铁道部对此十分审慎,一方面引进日本技术,一方面开展乳化沥青产品的自主研发,并规定在建设中的武广客运专线设立试验段进行试验比对。2007年5月,铁道部与日方签署了《客运专线板式无砟轨道系统、相关接口技术以及相关机械设备引进技术协议》,局总经理许宝成按照胡锦涛总书记提出的"不断开拓发展思路,丰富发展内涵,进一步发展壮大企业的综合实力,推动企业物质文明政治文明精神文明协调发展"的科学发展方针,和"要把增强自主创新能力作为科学技术发展的战略基点和调整产业结构转变增长方式的中心环节,大力提高原始创新能力、集成创新能力和引进消化吸收再创新能力"的企业技术创新要求,积极与铁道部加强联系和沟通,主动要求承担接收引进、消化吸收和国产化后 CA 砂浆中 A 乳剂生产技术,进而打造并形成混凝土外加剂产业链。3 个月后,我局与铁道部工管中心签订了《客运专线板式无砟轨道系统、相关接口技术以及相关机械设备引进技术协议》分许可协议,明确由我局负责引进日本 A 乳剂配方和生产线。不到一年时间,一座包括生产车间、动力室和 1000 平方米实验室、300 立方米成品灌区、800 平方米仓库在内配套生产线主体工程完工。

这期间,作为受托单位,由我局筹组的"中国中铁股份公司技术中心先进工程材料及检测技术研发中心"成立并开始运作,材料科技公司相应建立了"先进工程材料及检测技术研发中心高分子及合成材料研究分室",将研究方向定位在高性能铁路高分子及合成材料的制备应用和检测技术上,近期研究内容主要是高性能混凝土外加剂、化学灌浆料、化学修补剂、高分子纤维,以及根据无砟轨道技术、乳化沥青(A 乳剂)生产线建设和 CA 砂浆技术应用技术的需要,开展 A 乳剂、乳化剂、聚氨酯、化学填充树脂等相关材料的研究。

为了早出成果,在局的支持下,公司先后投入 480 多万元,购置了抗冻仪、耐候仪及步入式恒温试验室,总经理甄天星亲自到中南大学、中国石油大学、石家庄铁道学院、安徽建工学院等高校,引进和聘用了 11 名高分子化学、无机非金属材料和化学分析、机电控制、石油化工、试验方面的专业人才,一方面对南化转让的配方进行研究和优化,一方面对外加剂生产线进行诊断和改造,同时开展 A 乳剂原材料的优选、A 乳剂生产工艺优化、生产过程问题解决和产品成品检验等工作,从实践中培养自己的专家,最终使产品拥有本企业的知识产权。

2008 年 4 月 26 日,生产线开始进行试生产,5 月 3 日首批 40 吨 A 乳剂顺利下线,各项指标完全符合产品技术标准。15 至 17 日,由铁道部工管中心组织,A 乳剂在我局施工的武广客运专线新广州站轨道板厂内进行模拟现场搅拌灌注放大试验,CA 砂浆的各项性能指标均能满足日本海外铁道联合体关于《CA 砂浆专有技术》和铁道部《客运专线 CRTSI 型板式无砟轨道水泥乳化沥青砂浆暂行技术条件》的要求,证明采用日本引进设备生产的 A 乳剂质量合格,性能稳定,效果良好,得到铁道部、日本海外铁道联合体及武广公司、铁科院、铁四院、华南监理公司领导和专家的认可,同意应用于客运专线工程建设。

7 月中旬,武广二标无砟轨道道床板 16 公里试验段开始施工,由工程材料科技公司生产的 A 乳剂正式应用于客运专线 CA 砂浆的搅拌灌注,由此也打响了武广客运专线无砟轨道施工的攻坚战。从日本东亚道路工业株式会社进口的移动式 CA 砂浆搅拌灌注车投入作业,由近 40 人组成的现场技术和施工人员每班完成灌注 200 米,并随着技术的熟练加快到 400 米/班,超过了日本搅拌灌注设备的设计工效。

然而,日本进口的移动式 CA 砂浆搅拌灌注车费用高昂,其技术停留在 20 世纪 80 年代水平,很多工艺参数和设施难以适应现代施工生产需要,导致工人劳动强度大,工作环境差且污染环境严重。为此我局将其产品的改造升级及水泥乳化沥青砂浆搅拌设备国产化研究一并列为科研项目,同月在南昌机电安装公司投入研制。课题组的科研和技术人员遵循"简便实用、高效环保"的设计原则,对国内外的同类产品进行认真细致的研究,取长补短,不仅使研制出的新产品——SLC3000A 型(轮轨式)和 SLC3000B 型(轮胎式)水泥乳化沥青砂浆搅拌灌注车从上料、计量、温控及数据的查询打印全部实现了自动化,而且增加了排污系统、泵送系统和防震功能,比较全面地适应现场的需求,大大缩短运送时间,降低工人劳动强度,提高施工工效。

这年年底,局武广二标经理部和南昌机电安装公司先后向局报喜:武广二标共完成 CA 砂浆搅拌灌注和轨道板道床施工 176 公里,兑现了许宝成总经理与武广公司签署合同中的目标承诺;水泥乳化沥青砂浆搅拌灌注车 SLC3000A 型车通过铁道部科技司组织的样车出厂评审,填补了局工装研制的空白。这两项成果与所生产的羧酸系列产品共同形成了一条混凝土外加剂产业链。

闯市场走出一片新天地

众所周知,对任何一个企业来说,新产品的开发和生产固然重要,更重要的是自己投巨资生产的产品能否销售出去,能否取得良好的经济效益和社会效益。为了宣传企业、介绍产品,他们专门请人设计并印制了宣传画册,利用局召开领导干部会议的机会向与会人员分发;编辑并刻录光盘,向前来考察的领导和专家介绍和演示;在各试验和施工工点设立办事处,派技术人员现场指导操作。特别是2008 年初中标京沪高速铁路施工用外加剂 10000 吨供应任务后,公司副总经理江常青亲自带领销售、技术两部人员在正月初三冒着冰冻雪灾后的严寒,赶到京沪高铁中水集团的泰安工点,开展各类外加剂的配合比调试和比选,而且常常从早上八点连续操作到晚上十点。他们的吃苦敬业精神和适应北方气候的独特配方赢得了施工单位的信任,纷纷决定使用中铁四局材料科技公司的产品。在南京,京沪高铁建设指挥部安质部为验证所要使用外加剂的性能和质量,让国内生产外加剂的顶尖企业江苏博特和上海三瑞、山西凯迪、安徽中铁各自打出试验墩,总经理甄天星带领公司技术人员不畏强手,与各家当场PK,建指最后选定由安徽中铁打试验墩。如今京沪高铁和多条客运专线施工单位中,先后有11家局级的23个搅拌站使用安徽中铁工程材料科技公司的系列产品。2008年底,公司又相继中标沪宁城际、南京南站、石武线河南段、石武线河北段等四个标段的产品供应,使得今明两年外加剂生产供应量将达到2万吨以上,销售额突破1亿元。2008年,全公司完成企业营业额5690万元,为年度计划3000万元的189.66%,比上年增加5279万元,增长了13.8倍。同年,公司还顺利通过了长城(天津)质量保证中心三位一体的贯标复审,并与东南大学、合肥工业大学、南京工业大学以及铁道科学研究院等科研院所建立了长期的合作伙伴关系。

今年4月14日,铁道部工管中心在合肥组织召开了"水泥乳化沥青砂浆引进配方国产化应用评估会"。参加此次评估会的有铁科院,沪宁城际,广深港客专,广珠城际,中铁八、十七、二十三局,清华大学,中南大学,中石化沥青分公司,株洲时代新材等单位的专家。会议分别听取了铁科院关于日本CA砂浆技术消化吸收及国产化总结报告、工程材料公司关于引进配方国产化应用情况的汇报,并考察了乳化沥青生产线和试验室。与会领导、专家们经过认真的讨论,充分肯定了工程材料公司对日本高铁乳化沥青配方的引进、吸收和消化工作,并最终认定为通过验证,可在全国推广使用。

特别值得一提的是,高速铁路用乳化沥青这种高铁的核心建材,目前全国获准推广的只有三家单位。工程材料科技公司高铁乳化沥青的获准推广使用,不仅是对该公司前期工作的充分肯定,更是我局在开辟新的生产领域中拥有了自己独特的"拳头产品"。

工程材料科技公司就像新培育起来的一棵小树,在科学发展观阳光和雨露的哺育下茁壮成长。我们有理由相信,她乘改革开放盛世的东风,一定能够不断发展壮大,创造更大的业绩与更灿烂的辉煌。

破茧成蝶舞翩跹

——建筑公司四川蓝光经理部创品牌纪实

2007年2月，当人们还沉浸在农历丁亥年春节假期团圆的天伦之乐和浓浓温情里的时候，建筑公司一支二十来号人的队伍却告别亲人，从合肥踏上了西进巴蜀的漫漫征程。

谁也没有想到，不到3年时间，他们不仅在成都建成了"香瑞湖"，而且凭借自身的硬功夫，以优秀的业绩和良好的信誉在四川树立了"中铁四局"的企业形象，赢得了四川蓝光集团的认可，得到了成都建筑管理部门和市场的承认，并以"香瑞湖"为桥头堡，接连拿下了"观岭"、"圣菲"、"和华"、"云鼎"及江油车站，承揽到手的工程总造价累计约5亿元。

这支队伍就是建筑公司四川蓝光经理部。2009年，在20多家参战单位中，经理部被蓝光集团确定为2008年度"最佳优秀合作单位"；继2008年获得局"'三工'建设达标单位"后，又被评为局"'三工'建设示范点"；在成都市开展的创建活动中，被命名为市级"标准化文明工地"，在成都乃至四川打响了"中铁四局"的品牌。

抢攻桥头堡

"香瑞湖"是一座花园式的住宅小区，为四川蓝光集团在成都市温江区开发的标志性住宅工程，距成都机场只有十几分钟的路程，建筑公司四川蓝光经理部承建的四期三标工程，包括5－1#、6#、7#、8#楼高层住宅及人防地下室，总建筑面积为75008平方米，其中5－1#和6#楼有27层、85.3米高，是当时建筑公司乃至我局承建的最高民用建筑，也是建筑公司提出并实施开发大西南战略后在成都地区的第一个项目。在曾荣获"中国中铁股份有限公司优秀项目经理"、"安徽省建筑业优秀项目经理"霍绍伟的带领下,经理部克服了工期调整、建筑材料市场价格波动、"5. 12"汶川地震灾害等重大影响,如约履行合同承诺,确保了工程于 2008 年 10 月一次性通过工程竣工验收。同年 11 月 7 日,"香瑞湖"顺利通过了蓝光集团质检中心组织的分户检查验收,合格率达到 89%,创造了建筑公司单位工程分户验收通过合格率之最。施工期间,经理部还先后夺得蓝光集团各项节点工期奖励 99 万元。

业主在发给建筑公司的工程验收函中称道:"贵公司项目经理部优质高效按期完成了施工任务。该工程为贵公司与我公司合作的第一个工程,施工期间经历了工期调整、建筑市场价格波动、地震灾害等较大因素影响,贵公司展现了良好的履约能力。"

之后,这个拥有"中国品牌地产 30 强"、"全国百强优秀企业"、"四川房地产企业综合实力首强"、"成都地产领军企业"等诸多光环的蓝光集团,陆续将观岭国际社区一期 B 区工程,圣菲 town 城 10#、11#栋土建及安装工程、圣菲 town 城小学、幼儿园和宿舍楼工程、云鼎高层建筑等工程交付给他们施工。

全力抓管理

如果说"做市场"是"做项目"的一个从量变到质变的飞跃,那么,科学管理、干好在建工程就是公关活动中一个重要法宝,也是实现滚动发展目标的根本。只有做出让业主满意的工程、创出一流的安全质量品牌,才能赢得业主的信任和青睐,愿意把新的工程交给你。有了"香瑞湖"的管理办法和实践经验,建筑公司四川蓝光经理部又不停留在原来的办法和经验上,而是根据各自项目的不同特点和时间、环境、形势的不断变化,因地制宜,与时俱进。

由项目经理霍绍伟亲手编写的《四川蓝光集团香瑞湖四期三标项目管理实施办法》,在充分听取和吸收建筑公司领导意见和建议的基础上,经过经理部领导班子及工程技术人员共同参与修改和完善,定稿为《项目经理部管理实施细则》并印刷成册。这个《细则》约十五万字,共分十二章,可以概括为三个层次(决策层、管理层、劳务层)管理、两个制度(项目管理制度、效益管理制度)建设、"四位一体"(生产进度、质量管理、安全文明、责任成本)运行、动态管理(策划、实施、检查、提高)控制及综合运行方法。在此基础上,再分别制定出单项体系具体的机构设置、管理目标、部门和岗位的职责以及管理体系的运行方法。同时,根据各分项目部的实际需求,制定了合同、质量、成本、职业健康安全体系、环境、物资、机械、劳务、生产进度、工地文明等 10 个专项管理办法，并按照细分原则，编制出具体的策划工作方法、实施工作方法、检查工作方法、改进工作方法等。

随着工程项目的增加，这些项目又散居在成都市区的各个方位，经理部争取到公司领导及有关部门的支持，在各分项目上设立"执行经理"，让成长成熟起来的年轻干部挑大梁。于是，张中保、鲍义顺、赵胜勇等先后担任起了各分项目的"执行经理"。他们在管理上的一个共同特点，就是能够按照经理部的统一部署和要求，做到"严、深、细、实"。"严"，就是要求分项目上的管理人员、劳务人员严格遵守"三大纪律、八项要求"；"深"，就是制度落实全面深入，纵向到底、横向到边；"细"，就是细心关爱员工，坚持开展"开门纳言谈心活动"，理顺内部关系，及时解决员工确实存在的实际困难，鼓起他们生产生活的勇气和信心；"实"，就是科学管理重实效，同时抓好外协队伍的使用和管理，将"三工"建设向外协队伍延伸，通过开展"冬季送温暖、夏季送清凉"等活动，把企业的温暖送到员工和外协队伍的心坎上。

安全质量是企业的生命。越是项目多、任务重、工期紧，越要抓好安全质量，这是整个经理部干部员工达成的共识。全体管理人员及劳务人员树立"安全质量就是信誉、安全质量就是市场、安全质量就是效益"的观念，把安全质量作为自己生存、生活和工作的重要保障，加强安全质量宣传教育和培训，层层落实安全质量责任制、卡死制、问责制及责任追究制，并作为业绩考核、经济收入及年度评比的重要依据。经理部还借助蓝光集团开展的每月安全质量大检查活动这个平台，依据经理部每次在"蓝光"所有在建工程检查中的排名情况，对管理人员及外协队伍进行相应的奖惩。同时，对局西南安全质量稽查大队、公司安质部及地方安监站在现场检查中发现的问题和不足及时整改，堵漏补缺，排除隐患，杜绝了各种安全质量事故的发生。经理部多次组织管理人员到成都六建等"安全质量标准化工地"观摩学习，提高起点，认清缺点，擦明亮点，以点带面，全面升级。2008 年以来，在蓝光集团质监中心组织的每月安全质量大检查评比中，建筑公司四川蓝光经理部一直位列蓝光集团近 20 个参建企业的前五名。

去年 11 月，经理部的圣菲 town 城项目顺利通过成都市安全监督站的验收，获得了市级"安全质量标准化工地"。

投标有秘诀

在抓好在建工程项目施工生产管理工作的同时，建筑公司四川蓝光经理部不忘公司赋予的"实现在成都区域滚动发展"的使命，经理部领导班子多次对在成都地区今后的发展前景目标进行认真谋划,重点研究成都及周边地区市政、公路、铁路、社区和大学城、开发区等建筑市场的现状和前景,明确方向,紧盯重点,主动参与工程项目投标。两年来,他们先后有选择地参与了金科一城、大源北片区社区服务中心、顺江小区、高新西区小学、观岭国际社区道路、观岭国际社区 B 区、圣菲 town 城 10#和11#住宅楼土建总包、圣菲 10#和11#住宅楼安装总包、圣菲 12#和13#住宅楼土建总包、和华伟业项目等工程的投标,并最终中标了观岭国际社区 B 区、圣菲 town 城 10#和11#住宅楼的土建总包和安装总包及江油火车站灾后重建等七项工程。

通过投标过程中对工程、技术、劳务、材料、设备、环境诸方面的调查分析和不断的总结积累,经理部建立并形成了自己的一套较为成熟的投标报价体系。其关键点在于:

——坚持成本分析和经济核算。经理部每投一个标,均对所有建筑材料按照三种价格(信息价、预算价、市场价)进行统计比较,以市场价为依据,综合确定单价后进入基价。为把握好劳务市场价格,经理部要走访多个工地了解劳务市场行情,投标时主动邀请几家劳务公司参与劳务投标报价。调查掌握市场大型机械设备及周转材料租赁行情,为子目单价最终确定提供保障。测算工程开工前期垫入资金及施工过程中甚至工程完工后每一阶段回收资金与实际投入资金的差额部分垫入资金的成本,报价时相应打入各个单项子目中组入综合单价。在吸取香瑞湖投标中工程量差教训的基础上,投标时先报单价,中标后再用一定的时间完成工程量核对,从而规避量差的风险。

——选择较好的投标策略。在熟悉图纸、招标文件的前提下,仔细研究清单项目中工作内容、项目特征描述,并将清单项目与成都市场相应项目单价作详尽比较。在清单报价确定后,对施工图纸与招标文件技术要求内容、清单特征描述内容不同的,作增补清单调整,或以综合认价的形式进行二次经营。不平衡报价也是经理部的一种投标策略。

——建立良好的公共关系。经理部在生产经营过程中注重各方关系的培养,广交朋友,对事对人讲求一个“实”字、体现一个“诚”字、做到一个“信”字。对业主提出的意见和工作要求认真落实执行,同时主动适应和积极配合地方各有关单位、部门的管理特点,对工作中存在的问题不遮不掩,认真整改。在蓝光观岭国际社区一期 B 区工程和圣菲 10#、11#楼工程邀标商谈中,经理部以充分扎实的准备和为业主着想的务实态度获得了业主的信任,从而在合理报价的基础上最终中标。

——注重经营队伍的培养。依托公司及公司市场营销部,经理部对年轻技术人员进行施工技术培养的同时,要求他们熟悉组价及标书编制技巧,安排他们参加公司预算培训和成都市造价站组织的08清单规范、清单计价软件和算量软件的学习。经理部还与成都市造价事务所建立长期合作关系,投标过程中双方认真分析、讨论、研判,最终形成一致意见后定价,既提高了标书质量,加大了中标砝码,又从中学到了更多的知识、掌握了更多的信息,同时锻炼培养了一批造价人员。

一个好群体

在建筑公司四川蓝光经理部,不仅有像霍绍伟这样在项目上工作24年、具有丰富项目管理经验的经理,有像高峰这样党性修养高、不图名和利、抓好党建促生产的项目书记,还有一批爱岗敬业、吃苦耐劳,立志成就一番事业、为中铁四局争光的人。他们来自不同的省份,他们的职位有高有低,年龄有大有小,但他们所树立的一个共同信念,就是要把在手工程干好,在成都站稳脚跟,实现区域的滚动发展。

圣菲TOWN城10#、11#住宅楼土建总包工程是经理部续接的蓝光集团建设项目,对能否实现公司提出的"树立品牌、滚动发展"目标起着承上启下的关键作用,圣菲项目部的工程部深感使命光荣、责任重大、任务艰巨。在工程施工准备阶段,工程部的技术人员首先进驻现场,在无办公和生活设施的情况下,他们克服吃饭难、行路难、如厕难等困难,组织现场完成了"三通一平"、施工临建。与此同时,按照经理部确定的"技术先行"原则,合理编制施工方案和施工技术管理细则,制定详细计划和人员分工,为工程大规模铺开并快速推进奠定了基础。

进入楼宇基础及地下室施工阶段,工程部技术人员全身心扑在施工现场,白天测量放线、指导检查并进行施工组织协调,夜晚又伏案研究图纸及相关施工技术,收集整理资料,灌注混凝土时就下到现场旁站,常常工作至凌晨乃至通宵。只用了三个多月,楼宇基础及地下室就抢了出来,确保业主如期售楼开盘。

2009年3月,主体施工战役打响了。工程部要求各单元不间断地流水作业,对钢筋工、木工人数进行强制规定,并派员每天到现场点名。他们自身也按分项工程各负其责,做到"专人专管、责任到人、监督到位"。无论工作多紧张、身心多疲劳,工程部都坚持日碰头、周小结、月总结,使主体封顶时间提前两周,赢得了业主29万元的主体封顶奖。

吕美奎是经理部物资部部长。他每天起床后的第一件事,就是打开电脑,上网查询钢材、混凝土及其他一些建材的价格。吃完早饭立即到各大建筑材料市场,与材料商商谈材料价格及垫资的事,争取用有限的资金采购足够的材料。白天的材料采购已经使他很累,但是所有采购回来的材料都必须分门别类建立台账,他按照自己定下的"事不过夜"的规矩,坐在灯下细心核对每一项账目,一项一项地输入电脑里,即使到深夜也要完成当天的工作。

鲍义顺入川前曾参与了合肥市新图书馆、安工大科研图书楼、人行马鞍山市中心支行、淮南市山南新区等项目的建设,2008 年底调至蓝光观岭国际社区一期 B 区工程任项目总工程师,后因人员调配又兼任执行经理。该工程有 24 个户型共 99 栋双拼或独栋别墅,建筑面积 35780 平方米。面对施工区域大、周转材料多、资金紧张等困难,他按照工程施工总进度,编制出详尽的技术交底专项方案和安全质量节点控制计划、物资采购计划、成本控制计划等。为了比选出科学、合理、经济的外架搭设方式,他带领工程部长、技术人员勘察现场,反复进行结构计算,最后确定用单钢管搭设悬挑外架,并在地下室加斜立杆支撑,进行地下室土方回填时仅拆除斜立杆,回填完毕后将双排外架直接落地即可,避免了其他施工单位所采用的搭了拆、拆了搭的反复作业,大大节省了周转材料和劳动力的投入,并在工期上争取了主动。在材料垂直运输机械的选择上,其他施工区有现成的做法,鲍义顺却另辟蹊径,选购了 23 台多功能电动提升机,自行安装到位,总共只花了 3 万多元,节约成本支出 20 多万元。

建筑公司四川蓝光经理部自 2007 年组建以来,先后被建筑公司评为"红旗项目部"和"项目党风建设示范点"。在发生震惊中外的"5.12"汶川大地震的 2008 年,这个经理部获得了建筑公司"先进集体"荣誉称号,并被局党委授予"项目思想政治工作示范线点",被局授予"红旗项目部"荣誉称号。在去年上半年,经理部党支部又获得了公司"先进项目党支部"称号。

去年 4 月 17 日,局党委书记、董事长张河川亲临建筑公司四川蓝光经理部各施工现场检查指导工作。在听取了项目经理霍绍伟对工程建设及安全、质量、效益以及区域营销等情况的汇报后,张书记对经理部克服时间紧、任务重、资金压力大等困难,战胜"5.12"汶川大地震造成的严重影响,按期实现业主节点目标,多次获得业主"节点工期奖"大加称赞,并对经理部在四川区域营销取得重大成果给予了充分的肯定,勉励他们要干好在建工程,确保施工有序推进;要运作好各方面的关系,实现资金效益的最大化;抓住当前有利时机站稳脚跟,创出四局品牌,继续实现滚动发展。

巨型枢纽的"收官"之战

8 月 11 日,杭州东站动车走行线特大桥 31# – 32#墩间双线现浇梁顺利浇筑,这也是整个杭州东站 7 座特大、大桥中的最后一孔现浇箱梁。至此,由局杭州东站经理部承建的杭州东站改扩建 1 标工程所有特大、大桥全部建成。加上站房和站台雨棚的钢结构主体进入收尾阶段,突出"钱江潮"流线组织和"动车"外形、将沪杭客专、杭甬客专、宁杭客专、杭长客专等一次接入,并与规划中的沪杭磁悬浮线路相衔接的杭州新东站已经屹立在人们面前,向世人昭示着杭州"精致和谐、大气开放"的城市形象和从"西湖时代"迈向"钱塘江时代"的时代特征。作为参战的一支主力军,中铁四局组织了上万名施工人员,在川流不息的既有线旁施工四年,在精密防范中英勇奋战,完成建安产值 23 亿元,没有发生一例轻伤以上安全责任事故,谱写出了雄伟壮丽的不朽诗篇。

指挥在前沿

杭州东站由铁道部、浙江省、杭州市共同出资,是"全国九个省会城市巨型枢纽火车站"的"收官之作"。它共有 3 个车场、15 个站台、6 条正线 24 条到发线,另外在普速车场东面还预留了沪杭磁悬浮 3 台 4 线,站房总建筑面积 32 万平方米,分地上 2 层、地下 3 层,规模为全国最大且一百年不落后,投资总额逾 120 亿元。其中,由我局承建的 1 标工程设计概算 18.76 亿元,主要包括路基土石方 270 万立方米,特大桥 4 座 6473 延长米,大桥 3 座 848 延长米,中桥 21 座 2307 延长米,小桥 4 座 339 米,涵洞 30 座 2003 米,地下通道 4 座 1310 米;铺设钢轨 75 公里、普通道岔和联锁道岔 93 组,架设接触网 100 条公里,搭建站台雨棚 7.4 万平方米。如此巨大的工程量全部集中在长 7 公里、中间最宽处 400 米的"梭子"形范围内,给施工布局、节点安排、材料存放、设备作业,以及作业人员、公铁行车的安全等带来了难以估量的困难。更何况该工程是"11·15"事故发生后不久，我局在特定的时间、特定的地点、特定的环境下中标的项目，局领导十分重视，决定由二公司组建项目经理部（代局指），同时调集二公司、八分公司和电气化公司、钢结构公司参加会战。

2008年12月27日上午，由我局承办的"杭州东站改扩建工程及杭甬、宁杭铁路客运专线开工建设动员大会"分别在杭州、宜兴两地隆重举行。就在动员大会的前一天晚上，局总经理许宝成来到杭州东站扩建工地，语重心长地叮嘱局经理部要"肩负责任，干好工程，管好项目，树立形象"。按照局领导的要求，各参战单位从大局出发，统一步调：在局经理部的组建上由二公司抽调精兵强将，快速进点、跑步进场，集结优势力量打好"全国最后一个省会城市巨型枢纽车站"的收官战役；在工程质量上高标准、高起点，做到开工必优、一次成优；在安全管理上汲取"11·15"沉痛教训，针对杭州的特殊地质采取有力措施，避免发生重大事故；在项目管理上全面推行架子队管理模式，确保安全、质量、工期、成本有序可控，实现人才、经济、社会效益三丰收，重树中铁四局在浙江地区的良好信誉和形象。

为了便于指挥、管理和监督，局经理部将"指挥所"设在距线路五六百米的一家废弃的厂房里，其下属的七个分部也全部设在施工现场，其中三分部、五分部（后期撤销了建制）、铺架分部和电气化分部设立在既有线旁边暂时未建设的磁悬浮列车线路上，而一分部、二分部、四分部和钢结构分部就建在各自施工的阵地上。他们一边用彩钢板搭建办公室和生活用房，一边迅速投入到征地拆迁和催要图纸的工作中。

2011年8月12日上午，浙江省委书记赵洪祝、省长吕祖善在上海局局长安路生，杭州铁路枢纽公司总经理许明来，我局副总经理、总工程师闫子才的陪同下，冒着大雨来到杭州东站施工现场，亲切慰问工作在一线的局经理部干部员工。

12月28日凌晨5时，随着最后一根信号线调试到位，现场把关总指挥、上海局运输处处长包育其宣布：普速场沪昆上、下行线转场圆满成功。承担拨接任务的二分部旗开得胜，在这场战役中他们共完成正线铺设11.5公里，站线铺设2.46公里，插铺P60-12#道岔21组，上面砟46000立方米，砌筑综合管沟和站台墙近千米，运输、铺设各种盖板21000块。此次拨接将沪昆上、下行线分两次转入了新建的普速场内，不仅为沪杭长场、宁杭甬场的桥涵工程、站场构筑物等提供了施工场地，还为2012年春运提供了运力保证。

巡查不间断

在局经理部，有这样一份值班表，上面是对局经理部主要领导——常务副经理王杰、党工委副书记冯玉卿、副经理鲁先炎、总工何晓东等每晚到工地巡查的排班，每周一循环，无论下雨飘雪，四年从未间断。

2008年9月进点后不久，作为局经理部负责施工生产的副经理，鲁先炎把从设计院拿到的图纸仔细一看，两道有些花白的眉毛便紧锁在了一起，因为所施工的标段除了工程量大，大凡铁路项目所涉及的工程除了隧道全都包括，可谓是"上中下立体作业，陆海空施工齐全"。尤其是临近正在行车的沪昆铁路、沪杭客专、艮东联络线等既有铁路，既有深基坑、跨线桥，又有旧桥（涵）拆除建新桥（涵），还有200多吨的钢梁吊装，站内铁路线因为多次过渡像面条一样被摆来移去，人员安全、设备安全、施工安全、行车安全如何保证？局经理部从学习培训入手，按人员、制度、措施、过程四项标准，编印了6本书发到管理干部和作业人员手中，层层签订责任状、缴纳风险抵押金，自上而下建立起安全保障体系。他们还把标段内所有的二级以上危险源列出来由主要领导主责和包保，并制作醒目标牌树立在局经理部门口，公开接受业主、监理及全体员工、作业队伍的监督。

在"严防死守"的口号下，局经理部还划出了一条"高压线"——"行车不施工，施工无行车"，任何人都不准碰触它。

为了防范和制止现场指挥人员违章指挥、作业人员野蛮操作及有的防护不到位，除了主持制定严格的约束性条款、采取严厉的奖惩措施，鲁先炎还在调度交班会上严肃提议：每天必须有一名领导到工地上巡回检查，晚上还要查夜、值班，得到与会者的一致赞同，并作为一项规定延续至今。

看到比自己年长几岁、常年服用降压药的常务副经理王杰毅然爬上二十多米高的桥墩，查看动车走行线高架桥连续梁挂篮施工，有点恐高症的安全总监赵荣利一咬牙紧随其后。"不放过任何一个三级以上的危险源（点）"，这是每次现场巡查所坚守的原则。

通常，遇到刮风下雨飘雪花，人们一般是快步流星往家里跑，但在杭州东站建设工地，局经理部、各分部的领导和安全总监都是往施工现场跑，防护员、群安员们更是坚守自己的岗位，督促高空、深基坑作业人员做好防护措施，撤到安全地带。

"自检"本来是安全质量检查中的一个重要环节，但在个别工点却"重要"不起来，局经理部明确规定：如果复检中查到安全质量隐患，就当"未遂事故"曝光、处理，而且先从领导罚起。今年4月的一天，鲁先炎、赵荣利在巡查中发现，一作业队在机场路沪杭长场路基附属施工中用 AB 料填和表面抹灰来替代混凝土灌注，当即责令其停止施工、扒掉重来，并做出了对作业队通报批评、罚款1万元的决定，负责片区管理的三分部一副经理也被处以500元罚款。

张宝国参加工作近30年，从事过不少工种，也取得了不少的荣誉和成绩。到了杭州东站扩建项目上，四分部指派他担任群众安全监督员，2011年又安排他到动车走行线特大桥 28#—31# 连续梁挂篮施工点担任防护员。每天只要到了施工现场，他就不停地巡查、监督，视线始终不离作业点。一旦有动车通过，他都提前提醒作业人员，果断停止电焊作业、机械吊装作业。2011年5月7日下午4时半左右，动走线 30# 墩模板及支架拆除时，支架顶端一根3米长的槽钢被作业人员不慎碰触从近30米的桥墩上跌落，在碰撞碗扣支架后穿过高速铁路的防护网、斜插在笕杭下行线钢轨外侧的道砟里。列车随时都会开过来，情况十分危急，张宝国发现后迅速跑过去，反复用力多次，才将这根4米长的槽钢拔除。不到一分钟，一列从上海方向开来的动车飞驰而过，张宝国用他的机智果断和敬业精神，及时消除了重大安全隐患，避免了一次危及铁路行车安全事故的发生。近三年来，张保国以查出安全隐患10余起、排除各类隐患20余起的业绩，成为现场施工及行车安全、职工生命安全的守护神。

钢结构分部承建的杭州东站无站台柱雨棚分布在站房南北两侧，犹如站房的两翼。雨棚设计由钢结构立柱支架撑起，纵向分为9条轴线，净高控制最高点为14.65米，最低点也有10米。鉴于重量分摊的原理，各立柱与主桁架之间拼接精度要求非常高，每条龙骨都需要准确定位。为了确保吊装作业和高空施工的安全，钢结构分部精心制作了一批印有安全防范重点、重大危险源和应急联系电话等重要信息的"安全提示卡片"，发放到每一位操作人员手中，监管人员每天在现场做好施工记录，既记下那些效率高、出亮点的优秀作业，也记下那些效率低、有隐患的不合格作业，并拍下照片做好注释，内容包括施工作业的具体位置、具体内容以及工人所属协作队伍。在每周五的生产交班会上，经理部将这些照片用投影仪放映出来，并依据图片所反映的内容当场进行清算和奖罚兑现。到2012年7月25日，由该分部承建的各轴线主结构已全部贯通，雨棚屋面板支架及天沟施工结束，正在进行站房南北侧天窗位置包边安装，其"钱塘江浪潮造型"慢慢揭开了神秘的面纱。

开工至今,局经理部已对安全工作做得好的单位和个人奖励了十几万元,而对存在各种各样安全问题的罚款总计超过 40 万元。

小绳保安全

原杭州东站只有 4 个站台 9 条线,现在要扩建为 15 个站台 30 条线,沪杭、杭甬、宁杭、杭长客运专线沪昆上下行线要从杭州东站引入或分出,站外还有浙赣铁路绕行线以及沪杭动车走行线,密密麻麻,相互交错,要在保证不中断行车的情况下建设普速场、沪杭长场和宁杭甬场,原有的线路就需要多次改造、拨接、过渡、开通,三分部党委书记姚建文浪漫而又形象地将此比喻为"摆放面条"。

局经理部的简报上有这样一组数字:2010 年 5 月 21 日,局经理部完成第一次大拨接——既有杭州东站第一步自站过渡;8 月 25 日,一分部完成浙赣上、下行线南端渡线拨接;10 月 31 日,二分部、三分部、电气化分部施工的既有老东站改道拨接、沪昆下行线改线进既有线顺利完工;2011 年 3 月 31 日至 4 月 13 日,完成沪昆上下行线在东站内既有 8、9 道向宁杭甬场 3、4 道过渡;6 月 16 日,完成沪昆上行线北端向宁杭甬场 3 道过渡;12 月 27 日,普速场安全正点开通。这些改造、过渡、拨接、开通之所以安全、顺利、正点甚至提前,一条小小的绳子功不可没。这条小绳,被安全总监、防护员和群安员们誉为所有参战者的"生命线"。

令二分部总工吴城最难忘记的就是管段内的四次大拨接。受条件局限,大型的机械设备用不上,只能是人工作业,动辄就上几百号的劳力,加上施工场地与营业线近在咫尺,安全的事让业主、监理及上海局沿线站段特别揪心。拼抢都是在当天晚上 11 时至次日凌晨 2 点钟的"天窗"时间进行,除了局经理部主要领导现场巡查、协调,专职安全员、防护员和群安员定位防护,二分部的管理人员更是倾巢出动,到现场担当临时防护员。他们用拇指般粗、密密麻麻系上了小彩旗的麻绳,在施工区与行车区之间拉起一道防护绳,沿着这条绳子每隔两三米就站一个人,严密监视和制止任何人、任何工具侵限。与其说他们是用一条小绳划出了一块安全区域,毋宁说是用自己的身体为作业人员铸起了一道安全堤坝。铁道部南片(江浙沪)督导组组长楼如兴由衷地感叹道:"我到过许多拨接现场,没有见过像四局干部员工这样,为了确保作业人员和列车运行安全而把自己置于最危险的部位,不得不让人打心眼里敬佩啊!"

方案行在前

动车走行线特大桥位于杭州东站以北,主要为跨越宣杭线改线、笕杭线上行线及下行线改线、综合维修工区新建铁路、秋石路高架桥等多条铁路、城市道路而设,全长 1759.565 米,其中 30#墩是跨秋石高架桥连续梁的主墩,就在石桥装饰城旁边,临近秋石高架桥和施工便道,承台与既有笕杭铁路的安全距离只有 2.8 米,而墩位处还有一根燃气管道斜穿笕杭铁路。要展开桩基、承台施工,必须先改移燃气管道。笕杭铁路本来是笕桥和杭州之间的一条联络线,沪杭客专开通后,从笕杭线引入杭州站的列车每天由 192 对猛增到 270 对,平均不到 3 分钟就有一趟列车通过,施工中各种险情无时不在。

施工未动,方案先行。遵照局经理部确立的这一原则,三分部总工彭波带领石生伟、易鹏飞、汪元贵等技术人员首先展开工地调查,根据现场条件及土质、水位,决定采取顶管技术,并制定出泥水平衡法＋吊轨施工的方案。该方案经过公司、局和上海路局、杭州市政相关部门和单位的层层评审,在不断改进和优化之后最终获得批准。施工过程中,汪元贵把全站仪置于顶进轴线上,跟踪顶管机内光靶测尺,时刻观察顶管机偏差情况及行进方向,做到每顶进一节砼管就对顶进轴线测量一次。同时,采用水准仪测得顶管机中心标高,再与设计高程比较,计算得到高程偏差,采用千斤顶进行调整。正因为他们昼夜三班倒,勤顶勤测,每班做好各项记录和交接班,随时修正些许偏差,确保了顶进施工的成功,为以后同类项目的施工积累了可遵循的经验。

三分部在杭州东站扩建中承担了近 5 亿元的施工任务,开工至今工程部先后编制了德胜路既有铁路桥拆除、跨机场路连续刚构梁施工、跨德胜路连续刚构梁支架现浇施工、二号港大桥高位落梁、动走线特大桥临近既有线深基坑施工等 85 个方案,报请相关、监理单位、杭州铁路枢纽建设有限公司、上海局及相关站段评审后组织实施的 64 个。而局经理部总工何晓东提供的数据是:所属七个分部所编制并实施的大小各类方案总共 257 个,其中经公司、集团公司、路局审核方案102 个。这些施工方案不仅为工程建设提供了技术支持和质量保证,而且有效规避了安全风险,杜绝了人员、设备及行车事故,实现了进点近四年来安全生产超过1300 天。

逢难民为先

今年 5 月份的最后一天，位于沪杭长场道岔群里一栋孤零零的四层住宅楼，在走过了所有应该走的司法程序后被依法拆除，此时户主潘国华就站在不远处，他很清楚自己耽误了施工单位很多宝贵的时间，对"中铁四局"自工程开工四年来经常登门开导他、劝说他却并没有过分刁难他、排挤他心存感激。

杭州东站扩建工程的规模比北京西站还大，施工范围处于杭州人口稠集的城乡接合部，涉及江干、下城两个区的 4 个镇 14 个行政村，桥梁横跨或下穿德胜路、天城路、机场路、艮山西路、秋石高架等多条城市主干道，沿线密布着央企、工厂、商店、个企、居民的各种楼房、绿化、鱼塘、高压线、煤气及净(污)水管道、军用光缆等与市民日常生活息息相关的基础设施。进驻工点后，局经理部教育和引导员工们：进了杭州城，就是杭州人，我们要多做贡献、少扰市民，宁可自己千辛万苦，不让民众一时为难。

征地拆迁本来是当地政府的事，接任局经理部党工委书记的冯玉卿一马当先，与协调部的工作人员进厂入企、走村串户，宣传政策，动员搬迁。企业厂房、居民住房拆除后建筑垃圾高高堆积，无人问津，直接影响工程施工。冯玉卿引导一、二、三、四、五分部精算整体推进工程建设的大账，分头到乡镇、街道组织了上百辆社会车辆，利用晚上时间将建筑垃圾运往城外，断断续续运了一年，清除建筑垃圾数百万吨。

二号港大桥位于浙赣下行线改线上，连续跨越二号港河和城市主干道德胜路，施工时在 12# 墩位处发现一条外径 2.2 米、壁厚 0.1 米的污水管道。它是杭州市城东最大的污水管道，市区 50% 的污水通过它输送到七格污水处理厂。面对排污不能断流，迁移亦无可能的现实，为了保证市民的日常生活不受影响，三分部立即组织技术人员展开科技攻关。在交通压力巨大、地质情况差的情况下，如何保证污水管道在悬空状态下正常运营，基坑、承台施工时污水管道不下沉、不开裂，管道节口无损伤？他们研究决定按下列方案组织实施：在基坑上搭设贝雷梁，支墩由原先的扩大基础变为钢管桩加扩大基础，把钢带从污水管道下穿过以"U"形吊挂于贝雷梁上，同时在贝雷梁一端布置 4 个点、八个千斤顶，以此控制污水管道在原位的稳定并防止变形，然后进行机械开挖、钢筋绑扎及混凝土灌注，确保了污水管道始终处于安全运营的状态。

一分部的施工范围从新塘路立交至钱江铁路新桥北引桥 11# 墩，处在杭州东站的咽喉部位，线路紧邻既有线，大桥、涵洞和通道大都位于或临近交通要道。无论是拆老桥还是建新桥,他们尽可能采用半封闭施工,以减少对车辆通行和市民出行的影响。因施工需要封闭、变换和改移临时道路时,他们总是安排在晚上,而分部的管理人员就是突击队员。2011年12月5日晚10点,一分部响起清脆的铃声,所有管理人员像消防战士一样迅速戴上安全帽、穿上军大衣和黄马褂到办公楼前集合。原来,新建的浙赣铁路和杭长客专都从艮山西路立交桥下穿过,为预防立交桥上有杂物落入铁路线,一分部按照方案在桥的两侧安装防抛网,但上面的城市景观灯带必须拆除。接到市里的批复,一分部立即安排当晚施工。管理人员到达现场后,一部分对施工区域进行封闭、充当现场防护员,一部分上桥作业、拆除景观灯,还有一些人在桥下进行交通疏导。零点时分,桥梁两侧的景观灯带被全部拆除,整个过程中来往车辆和行人没有发生交通堵塞和事故,为12月16日普速场转场和既有线行车安全创造了良好的基础。

开放的杭州每晚都是“不夜城”,尤其是12月25日的“圣诞夜”,各大商场、娱乐城更是通宵营业,莺歌燕舞。然而就是在这样的夜晚,中铁四局杭州东站经理部三分部的全体员工却顶着寒风,对德胜路临时道路的隔离墩进行翻交。杭州市交警部门要求在19－23点的时间段内把近2公里的道路隔离墩全部翻交,这对三分部来说无疑是一个极大的挑战。全体管理人员得到通知,晚饭后纷纷穿戴好劳动保护用品奔赴现场,在党委书记姚建文的指挥协调下,分成五个组投入拼抢,最终提前近一个小时完工,并于当晚10点30分通过交警部门的验收,为德胜路拆老桥建新桥施工理顺了道路。

协作齐攻坚

铺架分部承担了杭州东站扩建工程中浙赣外绕上行右线改线特大桥和动走线特大桥100孔T梁的架设和支座安装、60多公里无缝钢轨及34组高速道岔的换铺。从他们自身的实力来讲,与电气化分部和钢结构分部一样,任务量不算太大,而且多属常规技术,但为了打好“全国省会城市九个巨型枢纽”中的最后一仗,为中铁四局在苏杭地区争得荣誉,同样派出了骨干力量,提前赶赴施工现场,主动配合土建单位,甚至不惜牺牲自身的利益。动走线呈小半径(350m)、大坡道(32‰),要架梁就必须对架桥机进行改造,所需费用达到160万元,他们没有向局经理部提任何条件,就把架桥机发运到了数百公里之外的河北邯郸。

鲍尚玉担任电气化分部经理后发现,分管四电施工的局经理部总工、工程部长土建施工经验丰富,但对四电作业接触不多,难以起到施工监管和技术把关作用。

他就主动与分部其他班子成员协商,由每个专业的副经理作为其专业的技术协管总负责人,负起协助审核把关的责任。二分部铺上道岔后对岔头进行焊接,自检时发现铝热焊头超出了打磨标准,项目队长陈衡香找到电气化分部的作业队长詹道松说明情况,詹道松立即叫来技术过硬的电焊工当场处理,经复测完全符合标准要求。

以往接触网、信号过渡施工前说是要与土建单位一起制定综合性方案,但一般都是等土建制定出框架方案后,四电专业再进行配套编制,实施时往往事倍功半。到了杭州东站后,电气化分部提前听取土建专业介绍过渡施工的目的、工期要求、现场条件等情况,然后到现场实地察看,编制出四电施工步骤和方法,最后让土建专业编制与之配套的综合性方案,既减少了重复性审核环节、节约了方案审定时间和费用,还大大提高了工作效率,避免了交叉干扰和返工现象,每次都能安全优质开通,获得了业主、设计、监理和各设备管理单位的一致好评。在杭州南站信号过渡施工中,该分部总工周宇发明了用发光二极管代替微机联锁柜驱动采集信息的导通试验方法,确保了通号公司第一代微机联锁系统 DS6 – 11 在过渡开通时安全优质开通,在上海铁路局杭州地区范围内首次改写 DS6 – 11 微机联锁系统过渡开通"十有八九会晚点"的历史。2010 年 12 月,他又提出利用"中继站"方式进行杭州东站第 3 次大过渡,被枢纽公司采纳并命名为"金点子",得到上海路局的通报表扬和嘉奖。

高位落梁施工被铁路设计和施工单位列为危险性很大的施工方法,但原设计采用膺架原位制梁、单端后张法施工的二号港大桥 3# ~ 4# 墩箱梁受张拉空间限制无法原位制梁,梁场预制这一片梁也不现实,旁们制梁亦无实施空间,只能采用膺架法高位制梁,张拉完毕后拆除支架、垂直将箱梁落至桥位。3# ~ 4# 墩箱梁为 1 ~ 24 米,采用膺架高位制梁时,需将梁体抬高 3.1 米,落梁时总重量将达到 379 吨,如此大的落梁吨位和落梁高度在铁路桥梁建设史上实属罕见。如何保证箱梁安全顺利地落至桥位,如何控制使两侧梁底下落量均匀,如何防止梁体翻转及开裂,是摆在三分部工程技术人员面前的系列性重大难点。作为总工程师和技术攻关组长的彭波,带领技术人员对所设计出的落梁支架系统及相关设备分类进行安全系数的设定计算,组织操作人员进行培训和模拟演练,对张拉油顶等设备进行查验。作业当天,三分部在梁体两端支座附近的腹板上设立 2 个观测点,由专人负责对落梁的整个过程进行观测,保证两端梁底起落高差控制在 1 厘米以内,同侧梁底高差控制在 2 毫米以内,并仔细观察梁底与桥台基础的变位情况。2010 年 9 月 19 日,二号港大桥高位落梁终于安全就位,既顺利按时完成了施工任务,也为我国铁路高位落梁施工积累了宝贵经验。三分部 QC 小组获局 2010 年度优秀质量管理小组一等奖。

功成心里甜

随着站房和站台雨棚钢结构主体的基本完工、沪杭甬场按业主计划如期开始联调联试,杭州东枢纽建设进入了收尾阶段,中铁四局的建设者一部分就要转战新的工程项目。放眼望着大气磅礴、雄伟壮观的站场和车站,他们为自己曾经在这里付出的艰辛和牺牲而感叹,也为自己曾经流下的汗水和做出的努力而满足和自豪。

二分部的柳文忠本来是个材料员,后来领导安排他做临时防护员,他不讲任何条件就到了现场,当高速列车快要"二接近"时,他吹响哨子提醒施工人员停止作业,并连同手中的工具撤退至安全区域,即便如此,他自己还要沿线巡查一遍,不让任何工具材料侵限,确保施工人员和铁路行车安全;施工结束后,作业人员返回驻地吃饭休息,他却沿着线路来回检查两三遍,把遗留的工具、废旧材料都收拾干净了才离开。多年来对工作这样细致入微、认真负责,使柳文忠因为常常不能按时吃饭而患上了胃病,胃被切除了一半,还有严重的结肠炎,但是他从没向单位诉过一次苦、提过任何要求。有时半夜病发了,自己悄悄去药店买点药吃下,第二天就又出现在工地上。柳文忠用自己的行动在党员和群众中树立了很高的威望,今年上半年被分部党员一致选举为分部党委直属党支部的书记。

四分部项目队长李山影,参加工作20多年,先后参建过阜淮铁路、京九铁路、西南铁路和青藏铁路等国家重点工程的建设,来到杭州工地后依然"不声不响地工作",遇到困难时总是冲锋在前。2010年6月初的一个深夜,浙赣上行线右线改线特大桥承台正在紧张浇注,突然狂风大作、暴雨如注,他没有躲起来遮风避雨,而是冲进风雨中和农民工一起立支架、拉绳索、搭设雨棚,确保混凝土灌注在大雨中不中断。雨水灌进了他的皮鞋里,裤子紧紧地裹在双腿上,上面满是泥浆,他全然不顾,一直坚守到承台施工完毕。

作为一名群安员,潘进峰很普通,但他的安全意识和责任心却不普通。就在炎热的夏天里,当他像往常一样巡查到杭州东站时,看到一个施工站台墙的工人没有戴安全帽,当即要求其把安全帽戴上,这个工人不太高兴地说:"天气实在太热了,你看我衣服都能拧出水来,这帽子戴上会更加不舒服。"潘进峰看他额头上豆大的汗珠往下掉,心里很理解他,但还是指指头上正在施工的钢结构雨棚说:"不舒服只是一时,生命在任何时候都更宝贵。"他硬着心肠要那人把安全帽重新戴上。没过半小时,那人跑向潘进峰,使劲握着潘进峰的手说:"谢谢你救了我!要不是你让我戴上安全帽,刚才就被上面掉下来的焊渣和焊头儿砸破头了,我现在恐怕就躺在医院里了。"他还一再表示:"以后只要在工地,我一定会戴安全帽,还要向身边的工友宣传。"

赵金汉1996年参加工作,先后参加了京九铁路、宜万铁路、南京地铁、昌九城际铁路、成都地铁等重点工程建设,2010年来到杭州担任二分部项目经理。每次大拨接,他不仅担任现场总指挥,还与项目总工各把一个口,开通后还要留下来观察、巡道。2011年11月16日拨接的前一刻,家里打来的电话说80多岁的老父亲在医院昏迷不醒,催他尽快赶回去。因平时忙于工作而很少与家里联系的赵金汉明白,要不是父亲生命垂危,家里也不会打电话让他回去,可是普速场开通在即,当天晚上和23日晚上都有拨接任务,在这节骨眼上,他作为经理怎么能离开岗位啊!于是他瞒着所有人依然在现场指挥,直到线路正点开通后他才回家。

2011年1月,刚刚从杭州南站站改工点下来的四分部经理康志田"临危受命",承担起原三分部施工的动车走行线剩余工程。这些工程不仅有深基坑、大型模板混凝土浇注、跨越城市三层公路的28米高墩身,还有100米大跨度悬灌连续梁、3孔大墩位钢盖梁的架设,技术难度大只是一个方面,危险性高、成本压力大才是最棘手的难题。康志田把自己的行李搬到了危险源最多的动走线工点,带头实施"零点"行动,即使电闪雷鸣、刮风下雨,也要在零时准点出现在施工现场,一年里有300多天都是蹲守在项目上。10月26日晚23点58分,上海局下达筸杭线二级封锁命令,跨既有筸杭上、下行线的动走线23#-25#墩门式墩钢盖梁开始吊装。要把每榀29.3米长、214吨重的钢梁分别架设到14米多高的桥墩上并精准对位,既有很高的技术难度,也有很大的安全风险,亲临现场的有局副总经理张建场、局技术中心主任伍军(现局副总经理、总工程师)、局安质部副部长赵南平,还有上海局及杭州站段的领导和专家。在众目睽睽之下,康志田按照上海局所审定的方案指挥吊装,从起吊、移动到落梁、就位和焊接,第一榀梁整个吊装过程没有出现超乎标准的偏差,现场响起一片掌声。28日、30日凌晨时分,另两榀梁也安全顺利地吊装到位。当晚的专家点评会结束后,身体极其疲劳、浑身疼痛的康志田已经无法从座椅上站立起来。众人把他送到附近的医院,医生诊视后说,所有的病症可以归纳为两个字——累的!11月1日、2日,局经理部分别收到杭州铁路枢纽有限公司、上海天佑工程咨询有限公司发来的贺电,王杰打电话把这一消息告诉康志田,身体有所恢复的康志田终于露出了欣慰的笑容。

8月15日,随着动走线跨秋石高架桥最后一联现浇连续梁拆除模板,四分部、也是局管段内的最后一个施工难点被"销号",项目建设呈现出胜利的曙光。中铁四局的建设者们以即将开通的东站枢纽,在杭州树立起了又一座高大宏伟的丰碑!

后来居上争一流

——石武客运专线河北段施工管理巡礼

北京至广州铁路客运专线全长 2100 多公里,是一条高标准、大能力的快速客运专线,从 2006 年开始分段建设,其中武广段和新广州站当年开工,继而京石段、石武河南段施工也先后铺开。石武河北段是全线开工最晚的标段,然而从去年 11 月中旬进点至今年 6 月底,短短半年多时间,我局建设者除用两个月建成大小临时设施和施工场地外,还突破性地完成 CFG 桩 118.56 万米,占设计总量的 96%;完成水泥砂浆桩 20.5 万米,占设计总量的 88%;完成钻孔桩 13727 根,占设计总量的 76%;建成承台 792 个、墩身 429 个,并预制箱梁 114 孔,完成产值达 11.91 亿元。

速度篇

由我局承建的 SZ—3 标全长 70.25 公里,纵贯永年、邯郸、成安和临漳四县,除邯郸东站及区间 2.2 公里路基外,其余全为桥梁工程,约占标段全长的 97%,工程总造价 47.2 亿元。合同工期原为 2008 年 11 月 15 日—2011 年 12 月 31 日共 38.5 个月,不久前铁道部领导明确要求将工期提前半年时间。

去年 10 月工程中标后,局组建了由局副总经理王砚才兼任经理和工委书记、赵中华担任常务副经理、陈学成担任工委副书记的"中铁四局石武客专河北段项目经理部"。由二公司、六公司、南昌机电公司及物资公司分别组建的一～八分部、四个梁(板)场和工地材料厂共 13 个施工生产单位,集结精兵强将赶赴燕赵大地,当月就打响了"进场、临建节点考核"首次战役和"争先石武、创誉客专"的劳动竞赛,形成了"开工即大干"的良好态势。

70 多公里沿线的电力线路十分密集,与新建客专相交错,有通信线路 191 处

（含 7 处国防光缆）、10KV 及低压线路 287 处、35KV 线路 13 处、110KV 线路 15 处、220KV 线路 18 处、500KV 线路 4 处，其中 DK420－DK435 近 15 公里范围 4 条、DK450－DK453 范围内 3 条 220KV 线路，或与铁路并行，或与铁路多次小角度穿越，严重制约一、二、五分部近 400 个桥墩展开钻孔桩施工，同时影响 036 省道和青兰高速公路连续梁等关键性控制工程施工，约占主体工程施工面的近 30%，是制约本标段总体工期进度的关键。为迅速打开主体工程全面开工的局面，突破征地拆迁这一瓶颈，局经理部力促邯郸市、县政府，在新建邯郸东站站址上举行了盛大的开工仪式，营造声势，扩大影响，之后组织人员走乡进村，宣传建设石武客专的重大意义和种种益处，最大限度地争取沿线人民群众的理解和支持。

局经理部负责征迁工作的副经理王盟是技术出身。他花费了不少时间去研究施工图纸，弄清轻重缓急，按照架梁先后顺序确定迁改部位和次序，做到月月订计划、周周有汇报、天天出报表，使经理部和各分部对拆迁项目及进展情况一目了然。4 月 25 日，京石公司在我局石武客专河北段经理部召开的三电迁改现场会暨征迁工作会上，局经理部作为唯一单位做了经验介绍。

王盟和征迁部人员还常常深入到各分部和梁（板）场，了解制约开工、施工的原因和部位，一一疏通渠道，为推进和加快施工生产排除阻力。

"启用懂技术的干部负责征迁工作，是局石武客专河北段经理部的独特尝试，并在实践中积累和总结出了成功经验。"局副总经理王砚才在接受采访时如是说。

二公司永年制梁场主要负责北段榆林洺河特大桥 DK420＋000～DK440＋248 段 609 孔箱梁的预制和架设任务。由于受征地拆迁影响，比其他两家梁场晚开工一个月，为了把延误的工期抢回来，梁场经理刘恩波、党委书记李猛与全体员工拧成一股绳，劲往一处使，在滴水成冰、生活条件不具备的情况下毅然搬入工地，吃住在现场，战严寒、斗风沙，于 4 月 8 日成功灌注出石武河北段第一片箱梁，创造了"百日建场产梁"的石武客专速度，受到了局经理部嘉奖。该场还在 4、5、6 月连续三个月超额完成局经理部下达的生产任务，施工进度遥遥领先，并在京石公司组织开展的质量信用评价检查中为局争了光，是局管段内三家制梁场中首家通过铁道部成为局经理部接受沿线兄弟单位观摩的一个亮点。

二季度连续三个月超额完成施工产值的还有一、六、七、八分部及临漳梁场，其中六分部和七分部上半年六个月均超额完成了产值计划，其他单位的形象进度也都取得了突破性进展。到 6 月底，工地材料厂上半年累计供应钢材 54903 吨，水泥 216745 吨，粉煤灰 90082 吨，砂石料 1932767 立方米，减水剂 2197 吨，为全线的土建施工和桥梁制造提供了强有力的保障。

管理篇

石武客专河北段是我国《中长期铁路网规划》"四纵四横"客运专线网中的重要组成部分,建成后与河南段及京石、武广客专和新广州站连为一体,共同构成一条纵贯我国南北、线路里程最长、辐射范围最广、具备世界一流水平的大能力快速客运通道,因而建设标准相当高、技术要求特别严。我局承建的 SZ—3 标段全长 70.248 公里,主要工程为两桥一站,其中榆林洺河特大桥 20.2 公里,张庄漳河特大桥 47.9 公里,邯郸东站 2.1 公里。局石武客专河北段经理部针对这一特点,一进场就提出了"起好步、开好局、争第一"的项目管理目标。负责全局项目管理工作的局副总经理兼石武客专河北段经理部经理王砚才在第一次交班会上,对经理部及各分部班子成员和管理骨干说:"项目管理涵盖了项目工程的进度、质量、安全、效益,以及物资材料、机械设备、文明施工等方面的内容,我局有一套完备而成熟的规章制度和管理办法,现在要做的就是把这些纸上的内容和要求分解到经理部、各分部的职能部门和每个岗位,变成大家的实际行动,认认真真地抓好执行和落实。"依照这一工作要求和管理思路,各单位和部门自上而下建立健全项目管理体系,建立工作负责制和责任追究制,先后层层签订了《安全质量责任状》《党风廉政协议书》《1+1 导师带徒成才协议》等,并通过启动"争先石武、创誉客专"劳动竞赛,开展"党旗高扬石武线、中铁四局建新功"主题党建活动,在管段内创建 12 个党员"先锋工程",号召和提倡"党员身边四无(即无次品、无事故、无浪费、无违纪)",以及局党委在邯郸制梁场刚刚召开的深入学习实践科学发展观系列活动——"实践科学发展观、提前建成石武线、中铁四局决战石武客专誓师大会",明确目标,强化管理,鼓舞斗志,创优争先,在石武客专河北段乃至全线打造中铁四局品牌,为中铁四局争光。

六公司管段全长 47.91 公里,有 1344 个桥墩、7 联连续梁 6 孔现浇梁,并要制造本管段 1455 孔预制梁和局管段 21311 块 CRTS—II 型轨道板,合同价 32.05 亿元,是六公司历史上管段最长、产值最高、实物工作量最大、设备投入最多的客专线。为此,六公司专门成立了"石武客专河北段工程指挥部",加强对本公司管段的宏观指导、统一管理和应急处置,特别是对所属 8 个经理部之间的协调、督办和物机调剂。与传统工指的机构和职能设置区别最大的是,只有 8 名管理干部的指挥部,和其下设的邯郸制梁场合署办公,其中五位主要领导同时兼任梁场的经理、副经理、党委书记、工会主席和总工,呈现出只对六公司不对局经理部、机构上有分有合、人员上兼职的多、经费使用上不独立的特点。

"从六公司工程指挥部到其所属的各项目队，在石武客专河北段的一个最大、最本质的变化，就是求真务实，执行力明显增强。"局经理部领导的这一评价，我们在七分部采访时了解到的两个细节得到了印证：6月10日晚，党委书记李勇值班到工地巡查，走到S316公路门架1#排架剪刀撑焊接场地，发现施工人员未佩戴安全带，他立即指出并责令带班的班长回去取，一直等到施工人员把安全带拴在了身上他才继续前行。行至2#钢筋棚，看到材料堆放混乱、存在安全隐患和影响现场美观，当即用手机通知现场负责人和高经理，要求次日派人清理。从工地回到驻地后，李勇把这些一一记到《工地日志》上、签上自己的名字，于次日交给下一组值班人员，并在早点名会上进行了通报。

一分部从优化施工方案入手，强化施工组织，针对各工序和各工种的特点制定相应的安全质量管理制度，落实各级管理人员和操作人员的安全质量职责，并与各部门负责人、架子队队长、班组长签订了安全质量责任书，做到24小时施工、24小时旁站。每月20日由经理部组织工程、技术、安全、机械等部门人员进行安全质量现场检查，并召开安全生产评估会，对当月的安全质量目标进行考核、兑现奖惩，实现了开工以来安全质量事故"零纪录"的目标。

轨道板制作与安装是客专线施工比较靠后的工序，但成安轨道板场（由六公司组建）自我加压，把工期尽量往前赶，从钢结构厂房基础施工、专用设备进场到模具安装，各项进度均超出了预期，最终于6月18日、19日分别在第二、第三生产线成功进行了试生产，较京石公司提出的"9月1日进行轨道板试生产"目标70多天。"为确保提前进行试生产，我们在5月底就制定了6月20日打第一槽板的节点，场领导各有任务分工，并在6月10日又进一步细化计划管理，具体到每日，下达日计划。同时，我们每周召集各部门、各设备厂家、各施工班组负责人开生产交班会，每天下午下班后在厂门口开碰头会，明确下一步要做的工作，一一落实到每个班组、每个人头，而且要求只能提前，不能拖后。"轨道板场项目经理刘俊这番话，是对石武客专河北段各单位贯彻制度、落实执行力的最好诠释。

效益篇

一个项目管理成效如何，不仅体现在工程的进度、质量、安全等方面，还体现在项目的过程收益和最终效益上。局石武客专河北段经理部科学处理项目效益最大化和合理化的关系，既努力为企业争取效益，也努力为参战员工争取收益，从而打造多方共赢、全面和谐的项目经理部。

为了确保项目取得理想的效益,经理部抓大不放小,从大处着眼,从细微处着手,增收与节支并举。记者亲眼目睹了这样一件微不足道却影响着经理部管理人员"勤俭持家"理念的小事:6月29日经理部接待有关方面的客人。晚宴结束,客人离席,经理部一位领导吩咐办公室工作人员:把没有吃完的几样食品带回去作明天的早餐。看到记者一脸的茫然,办公室的工作人员幽默地说,我们为企业"兜"回了不少钱呢。生活中如此精打细算,管理中经理部更是从源头上抓起,从制度上、规范上、办法上乃至激励机制上,从严管好人、财、物,努力争取经济效益的最大化。

为管好用好项目资金,局石武客专河北段经理部按照"集权有道、分权有序"的原则,加大项目资金集中管理力度,突出以资金流向为龙头,对各分部实施成本监控和规范管理:一是对全线分包结算进行统一审核和统一支付;二是按照适度从紧的政策,在每月核准正常代付各种款项的基础上,根据现场的实际需要,按月对各分部增拨20万~30万元不等的经费资金,而各分部则在申请经费资金时必须填报《现场管理费发生情况表》报局经理部领导审批,控制计划外经费支出;三是按月结算材料款,及时发现材料供应在价格和数量上存在的问题,真实反映材料购销动态,同时杜绝对材料采购结算的拖延;四是收集备案所有劳务人员劳动合同及身份证号,建立工资发放花名册,经理部财务部门为监督责任人、各分部财务部门为农民工工资发放责任人。经理部以劳务合同和劳务结算单为支付依据,规定每月的15日前发放工资,并指定专人到各分部现场对整个发放流程进行监督,确保及时足额地把工资发放到农民工手中,杜绝劳务公司和包工头拖欠、克扣农民工工资现象,有效规避法律纠纷;五是实施财务标准化管理,统一业务性表格,规范财务管理台账,按季对照经理部《财务会计标准化工作检查表》中项目现金及银行存款等12项48条内容进行检查督导,从而做到项目资金均衡有效使用,满足了生产需求及资金回流,并有效控制了成本费用支出,真实反映了项目盈利水平。同时,还及时纠正和有效降低了各类审计风险,进而推动项目整体管理上水平,至今年一季度实现毛利为8位数,毛利率达到7%以上。

局石武客专河北段经理部增收节支的另一个重要方面是物资采购。对于甲供和甲控物资,推行物资采购统一管理,工地材料厂积极参与业主组织的招标工作,与所中标的供货厂家联系沟通,提前进货,确保工地用料;对于甲供甲控范围以外、但数量较大的物资,依据《经理部物资管理办法》,对符合要求的供应商进行评审,组织合格供应商报价,在质量、产量符合要求的前提下选择最低价的供应商供货,经由用料单位签字确认后发货,并严把物资检验关,杜绝不合格物资进入施工现场。这一货比三家、阳光采购的模式,既发挥了集中采购、批量供货、降低单价、确保使用的优势,也体现了公正、公平、公开的原则,为工程建设节约了成本,提高了项目的盈利水平。开工以来,除砂石料因运距亏损外,钢材、水泥、粉煤灰、减水剂、锚具等供应均为盈利。

对人,局石武客专河北段经理部注重在每一项工作、每一个岗位、每一个工种、每一道工序上,为所有参战者搭建成长成才、建功立业的平台,以丰富多彩的劳动竞赛、党建主题活动及评比表彰为载体,充分挖掘人的潜能,最大限度地调动干部员工及协作队伍的积极性、主动性和创造性,在加快施工生产、确保安全质量、打造企业品牌的同时,为企业创造巨大的效益和财富。经理部党工委传承我局党建和思想政治工作优势,把党建活动与施工生产、安全质量、文明施工以及党团工作紧密结合,一进场就接连打响了"进场和临建节点考核"、"争先石武创誉客专"、"临时用地"、"房屋拆迁"、"第一根桩"等专题性战役,奖励竞赛先进单位50万元,迅速打开了施工局面。紧接着又开展了"党旗高扬石武线、中铁四局建新功"党建主题活动,创建"党员先锋工程"、创建"红旗项目部"、党员"一带三"、"共产党员突击队"授旗等系列活动,在管段内创建了12个"党员先锋工程",成立了48个"党员责任区"和63个"党员安全岗",与13个分部(场)层层签订了《党风廉政协议》。经理部党工委还从全体员工的根本利益出发,加强"三工"建设,实施"三不让"承诺,加大奖励力度,提高员工经济收入,使员工在项目目标实现的同时共享荣誉和利益的成果。通过在协作队伍中开展"五同"(同学习、同劳动、同参与、同生活、同娱乐)和"五送"(送清凉、送技术、送书籍、送安全、送文体)的活动,为大干注入了强劲的动力,激励各作业层掀起一个又一个施工高潮,带动了经理部整体工作上水平。

党旗风猎猎,号角催冲锋。盛夏中的石武客专河北段长达70公里施工线上机声隆隆,人声鼎沸,快马加鞭,昼夜激战,正以更快的速度向前挺进、挺进!

杭长"故事汇"

在杭(州)长(沙)客运专线 HCZJ - 4 标采访的日子里,每到局杭长客专线浙江段经理部(二公司代局指)的一个分部、一个工点,干部、员工甚至农民工都争先恐后地给我们讲述发生在他们身上和身边的故事。

另类的"双黄蛋"

讲述人:吕顺奎

时间:2011 年 8 月 31 日上午

故事情节:人们把国外的"威尼斯"、"戛纳"和中国的"金鸡百花"等电影节产生的某类两个金奖形容为"双黄蛋"。在我们杭长客专建设工地,为了加快解决征迁难题,特别岗位特别设置,姑且称为另类的"双黄蛋",如局经理部就曾同时有两个总工,其中一个专门负责征地拆迁。一分部在今年二三月份那段时间也是同时有两个书记,共同抓征地拆迁。由此可见,征拆工作的数量之多、难度之大。春节刚过,公司领导通知我到来担任书记,而且要求我两天后赶到工地。到了工地我才知道,原来的书记还在任上。我顾不了太多,在一个仓库里搭起床铺,就立即投入到征拆工作。一分部管段跨两个镇一个街道办,有三四十个村庄。我每天走乡串户,各种方法都想遍了、用尽了,加上义乌铁指支持力度大,前任书记工作扎实,义乌西特大桥等10 多个工作面都是先把地"借""租"到手,让机械设备、人员进场开工,然后再补办相关手续,清点地上附着物,丈量管段土地。3 月 13 日,我们整个义乌段房屋拆迁工作率先在全线完成,比浙江省政府要求结束的时间提前了 18天,实现了"重点工程在 5 月份前开工"的目标。

"吃亏的人总是我"

讲述人:刘向南

时间:2011 年 8 月31 日下午

故事情节:项目书记负责征地拆迁工作现在已经成为惯例了。都说征地拆迁工作难,我们四分部更是难上加难。你看,咱们身后就是金华车站,那两条线一条是浙赣线,一条是机走线,而前面那块长草的地估计有一二十亩吧,开发商张嘴就要 800 万(一亩),并说少于这个数一切免谈,你说难不难。可作为老书记、老党员,我不能打退堂鼓,还要鼓励征拆人员树立信心,注意工作方法。

本人患有高血压、慢性结肠炎、肝胆管结石、神经衰弱、风湿性关节炎,常年带病坚持工作,以前从没有向公司领导反映过、叫过苦。今年为了工作,至今也没抽出时间去体检。

在二公司的项目书记中,我现在算是老的了。我干项目书记 10 年来,遇到的都是低价中标、利润微薄的工程,从没有拿过一次兑现奖。有时我也发牢骚:为什么我这么倒霉,为什么受伤的总是我? 但一坐到办公室里,我就想到了自己的责任,上级指到哪我打到哪:刚来杭长线我是在二分部,建好点了让到搅拌站,搅拌站建成了又调我到四分部,我没有一句怨言,还帮助兄弟单位多次处理、化解紧急事态,没有伸手要过额外报酬。去年 10 月份,经理部奖励我征拆奖 2 万元,我认为工作是靠大家干,拿多了于心不安,就把 1 万元分发给了同志们。

"80 后"项目经理

讲述人:陶龙江

时间:2011 年 9 月1 日上午

故事情节:我们五分部的项目经理叫彭青,"80 后",很精明,责任成本思路超前。东孝特大桥有 41 个高墩设计为空心墩,但非常临近既有线,施工起来不仅难度大,而且工期长,安全隐患很多。他最初提出改为实心墩,我们班子成员、技术人员嘴上很认可,心里却觉得不可能。他先与设计院的人接触,后来多次跑杭州工务段,最终还真让他跑成了,并且墩形由墩帽式改为直坡式,给施工带来了极大的方便,节约了成本,也减少了安全压力。目前这 41 个实心墩施工已经接近尾声,工期也比空心墩的施工计划提前了近 3 个月。

我们彭经理虽说只有 31 岁,但他的经历很多,经验也很丰富。他在甘肃刘白黄河大桥施工时担任过技术主管,后到武广客专线浏阳河隧道工地担任副经理,到沪宁客专线担任项目经理。来到杭长后,他带头优化施工方案。如跨既有沪昆铁路连续梁施工,出图前设计方案为悬灌作业,而悬灌作业存在三大隐患:一是营业线施工要点难,安全压力大;二是设备投入大,施工成本高;三是施工机具和人员受限制,作业周期长,正常施工很难保证。基于这三点,他提出采用门式墩的施工方案,得到设计单位的认可。

还有,他在桥梁工程桩基施工方面做的文章,很精彩,但因为个中的原因,我不方便说。但有一点可以肯定,就是会为企业增加很多的经济效益。

硝烟散去丰碑在

讲述人:张勇进

时间:2011 年 9 月 1 日下午

故事情节:你来的不凑巧,现在看不到现场热火朝天大干的场面,这都是受刘志军案件和"7·23"动车事故影响,沪昆浙江公司对杭长线的投资大幅度削减,我们的施工进度不得不放缓了,原来的项目经理也调到东北的"吉图珲"新工点了,现在的经理刚来不到两个月,现场只有塘雅特大桥防撞墙和路基还在施工。

我们三分部去年 4 月份建点,两个月内完成了项目部的大临工程建设,首个钻孔桩 7 月 3 日开挖,7 月 13 日完成了塘雅特大桥第一墩。施工高峰时,分部管理人员和外聘人员百余人,现场有三个架子队、15 家协作队伍,总人数突破 600 人。在代局指组织的"月度现场平推检查和业务系统标准化检查"活动中,6 月份获得 5 个第一、1 个第二的单项奖励,在 7 月份的平推检查中获得"最佳分部"称号,8 月份获得 3 个第一、3 个第二,在局组织的劳动竞赛 11 月份评比中获得第一名,并受到代局指嘉奖。我们还在铁道部质量安全监督总站检查中受到表扬,为中铁四局树立了形象。

激战的硝烟虽说散去了,但现场留下的是一座座丰碑:塘雅特大桥线下工程已经全部完工,桥面系防撞墙完成了 96 孔;东孝特大桥三分部管段的 893 根钻孔桩完成了 850 根,107 个承台及扩大基础完成了 94 个,107 个墩身建成了 87 个,3 公里长的路基虽因房屋拆迁只开工了一半,但这一半路基已经成型,正在砌筑砼块护坡。

吃透"三本书"

讲述人:刘恩波

时间:2011 年 9 月 2 日上午

故事情节:我刚才领着您看了整个制梁场和制板场,您说规模很大,管理很规范。我不知道您可记得,去年局党委的"党旗飘扬杭金甬、建功高铁争先锋"党建推进会和现场观摩会就是在这里召开的。我和李猛书记原在石武客专河北段邯郸梁场就是搭档,到杭长后我们行政党委拧成一股绳,要再上一个新台阶。上海铁路局给我们指定了一套《铁路工程建设标准化管理丛书》,也就是这三本书:《标准化项目部》、《标准化工地》、《标准化作业》。我们给大家说,不需要再搞什么创新,就把这三本书的内容扎扎实实地吃透、实实在在掌握,让标准成为习惯,让习惯符合标准,让结果达到标准。

要做到这些,对我们的管理干部不算难,关键是外协队伍能不能做到——他们才是产品质量的决定者。我们对进入现场外协队伍的骨干进行面试,吸收外协队伍的管理、技术骨干参加场里的生产交班会,还经常与作业队老板沟通、谈心,时常检查他们的宿舍、食堂。我们对外协队伍的管理也更加人性化、人文化,如过去桥梁预制从立模、涂油、钢筋绑扎到砼灌注、养护、张拉都是露天作业,现在我们设计制作了大棚,所有的工序都在棚下完成,作业人员再也不受风刮日晒雨水淋了。外协队伍的空调、炊具和洗浴设备也都是场里配的,还为其生活区聘请了室外保洁员。当然,我们对外协队伍关心多了,要求也更高了,管理也更严了,也就是必须达到书中所列的标准。除了日常检查,我们每月都坚持开展三项检查,我带队检查生产区,李书记带队检查生活区,总工带队检查全场的机械设备。这是我找的今年以来每个月的检查通报,每份都有我的签字,所有的处罚、奖励都由财务部门一一落实了。您要看 3 月份的这次?内容有 5 页,我随便给您指几条——4#台绑扎胎具 U 型筋对焊错位严重,处罚 1000 元;废料池有半成品,处罚 1000 元;张某某用"热得快"烧水,处罚 200 元;张某某未系安全帽带,处罚 200 元;7#制梁台座止浆塞片不到位,漏浆严重,处罚 1000 元;梁面上有一个脚印,处罚 2000 元……我再补充一点,对发现的问题我们也不是处罚了事,每区每项都列明整改责任人、监督落实人,在限时整改后,安质部还要组织相关人员对整改情况进行复查,若作业班组对存在问题不能按时整改完成的,将再给予每项 1000 元的处罚。

责任与回报

讲述人:钱发运

时间:2011 年 9 月 3 日上午

故事情节:我们杭长客专浙江段经理部是代局指,承建 HCZJ－4 标段,正线长 46.653 公里,东南及西南联络线 13.044 公里,其中有桥梁、路基、涵洞、无砟道床、现浇连续梁及钢构,还要制架双线整孔箱梁 1126 孔、预制 CRTS Ⅱ 型板 191.5 公里,工程总造价 34.7 亿元。这么大的投资、这么长的战线、这么多的工程量,压在一个代局指的头上,压在我们这个平均年龄 40 岁出头的领导班子肩上,包括王文吉经理、刘其副经理还有我都感到责任重大、压力巨大。但上级既然把任务交给我们,我们就要把工作做好、把工程干好,让领导放心、让业主满意。

今年 3 月 1 日,局总经理许宝成,副总经理兼局杭长经理部经理、党工委书记张庭华亲自参加了沪昆客专浙江公司 2011 年建设工作会议暨劳动竞赛表彰大会。会上,沪昆客专浙江公司颁布了 2010 年各项评比奖项,局经理部获得了中华总工会"火车头"奖杯、沪昆公司"建功立业"劳动竞赛先进集体、"百日会战"劳动竞赛先进集体、"六个一"专项劳动竞赛两个第一等多个奖项,22 人荣获先进个人称号。我说这些,就是想证明我们一直在努力,我们在用工作的实绩回报上级、回报业主、回报员工。

进入二季度特别是"7·23"动车事故发生之后,全国的铁路建设形势急转直下,杭长线的建设速度也放缓了,业主拨款锐减,供应商因为我们欠款数额巨大而几乎停止了供料,这种形势对我们施工单位很不利,也使我们很被动。虽说工期的压力减小了,但管理的压力、成本的压力、稳定的压力加大了。经理部班子开了多次会反复研究,赶快调整工作思路,明确了"攻征拆,保卡控,重合理"的近期工作目标,把资金短缺的影响降低到最小化。这个月的 16 号,我们下发了《关于开展"三外"清理工作的通知》,本着合理、节约、提效、维稳的原则,对外聘人员、外租机械、外协队伍进行一次全面清点,重点清理和清退业务为熟练、品行不端、不服从工作安排的外聘人员,违规租用的机械设备和车辆,合同单价过高、不服从管理、施工能力不强、信誉较差的外协队伍,有效地控制施工成本,提高劳动生产率。

记者补述:就在笔者离开杭长工地的当天,局杭长客专浙江段经理部开始进行为期三天的"三外"专项清理工作效能监察。结果显示,这次共清理并要求退出工地的外聘人员 73 人,外协队伍 27 家、劳务人员 757 人,外租机械设备共计 124 台套。清理"三外"工作取得了显著成效。

海阔天高任所之

——机电公司机电设备安装分公司开拓市场纪实

14 年前,原五处莲塘修配厂(局机电公司的前身)副厂长孙建华带领程维国、余方红、柯勇、周景春等二三十名水电安装队成员南下广州,到地铁杨箕车站为机械工程处(现七分公司)打工,钱没有赚多少,但学到并练就了一身城市地铁机电设备安装的技术本领。之后,这群"打工仔"北上首都、西进蓉城,东突南京、上海,在地铁机电设备安装市场里摸爬滚打,留下了一串闪光的足迹,最终在改革开放的前沿城市深圳站稳了脚跟——已建和在建的地铁 1 号、2 号、4 号和 5 号线的机电设备安装项目他们全部参与,合同价值超过 5 亿元,其中 2 号线 7 个标他们承建了 4 个、总共 27 个车站他们施工了 18 个,被深圳地铁公司称为"机电设备安装的劲旅"。

解密"杨箕"生动力

1998 年局的《年鉴》里,在机械工程处"主要工程·广州地铁"项下有这样一段记载:承担杨箕站机电设备安装,包括环控、给排水及消防、低压配电与照明三个项目。(完成)电力电缆 52300 米,控制箱开关柜 183 台,灯具 1480 套及系统中各种配套部件,给排水管道 4600 米,泵站 6 座,消火栓箱 115 个……

6 年后,这段文字的内幕被"解密":它的施工者之一就有现在的机电设备安装公司。"机电人"说:"肉烂了还在锅里,这都是咱四局业绩。"可孙建华当时的感悟是:"我们只赚取了养活自己的生活费,而兄弟单位则为企业赢得了巨大的经济效益,为什么我们就不能当老板,独立承担地铁机电设备安装工程施工?"

次年的职代会上,孙建华掰着手指向与会的厂领导和职工代表们算了一笔账:蒸汽机车时代,大约每 200 公里设一个机务段,内燃机车使机务段的战线拉长到 500 到 800 公里，电力机车又拉长到一两千公里。过几年进入高铁时代，可能就不存在机务段了，我们的水电安装队还给谁干活？所以必须转向地铁市场。他的这一思路得到了时任厂领导的高度认可和大力支持，并下力气争取项目。

2003 年 9 月，作为五公司的南昌分公司，他们承揽到深圳地铁一期的常规设备安装 3 标及防火门，合同价 5244 万元。这是机电安装队第一次真正"下海试水"，孙建华一点也不敢怠慢，亲自编制节点计划和控制措施；在 5 个车站设立"经理代表"，代表经理对现场出现的问题进行指挥协调处置；每周两次现场交班会、每月月底进行现场收方，超奖欠罚，立马兑现。到 2004 年底竣工结算，产值数字变成了 6372 万元，而且创利可观，远远超出了修理、制造项目的产值利润率。

"机电人"新开辟的市场领域和可观的经济效益，加上城市地铁机电设备安装市场的广阔前景及其所蕴含的巨大商机，引起了局的高度重视。2005 年 10 月 19 日，局将刚由"五公司南昌分公司"改名不久的"五公司南昌机电设备安装公司"划归局直接管理，并注册资金 2500 万元。以李明、于军为主要领导的新一届领导班子走马上任后，当年就确定了"以城市地铁机电设备安装为新的经济增长点"的企业发展战略，提出了"以机电设备安装为主、以综合工程为辅、转变营销观念、加快布局调整、开拓区域市场"的工作思路。

进军首都添实力

隶属关系的改变意味着"机电设备安装有限公司"的牌子大了，地位高了，但如何摆放"机电设备安装"这颗棋子、做大这个产业才是工作的重点。为此，李明、于军等公司主要领导瞄准"北京奥运"的商机，主抓项目信息，全力组织攻关。两个月后，公司陆续中标北京地铁 5 号线四标综合机电设备安装工程、北京地铁 1 号线消隐改造工程车辆、综合机电安装施工。前者虽只有 1723 万元的产值，但工程位于北京市繁华区，在雍和宫站与 2 号线交叉，包含 3 个车站、2 个完整区间及 2 个半区间；后者是 1965 年首都北京、也是我国的第一条地铁，需要对车辆、设备进行消隐改造，共包括复兴门、军事博物馆、苹果园等 14 个车站及区间和衙门口等 3 个出入段线，合同价值 10628 万元。为了在首都树立起"中铁四局机电安装"的品牌，公司调集了机电设备安装方面所有的精兵强将，又从兄弟单位聘用了几十名有丰富机电设备安装管理经验和技术的内退人员，并把新招收的一批大学生充实到施工一线。

两个经理部打破历史形成并一直沿用的内部组织结构，建立起适应施工项目管理要求的"站长负责制"这一全新的项目法施工管理模式,对所有管理人员按需设岗,一专多能。技术人员按工种分站负责,24 小时盯在现场。项目党委把脉员工心思,紧扣施工节点,开展了"高扬党旗、建功北京"主题活动,为攻克各个技术难关和工期节点聚力加油。

与新建 5 号线四标不同,1 号线消隐改造为既有线施工,业主安排所有的风水电管线更换和敷设只能在深夜 0 点到 3 点施工,其余时间必须保障运营畅通,如果遇到"五一"、"十一"、春节等重大节日和重要外事活动,"施工天窗"即行关闭,因此工期一直安排到 2010 年 12 月 31 日。边运营边施工边设计的特点,给安全生产带来极大隐患,被专家誉为"世界级地铁改造难题"。针对运输困难大、作业空间小、天窗时间短和常年夜间作业等困难,经理部以"首都工程无小事,事事都要讲政治"为所有工作的出发点和落脚点,编印下发了《安全知识手册》,设立了 10 万元安全专项资金和 20 万元安全奖励基金,购买了 8 套安全知识学习光碟并举办了 6 期安全知识讲座。制定出细致详尽的施工方案后,先开 3 个站,边施工边调整边优化,2 个月后全线陆续铺开。

每天,施工人员上午休息,下午加工、备料,晚上 8 点由衙门口和八宝山驻地出发,一趟趟地把各类材料和作业人员分送到各个站点。零点的钟声就是他们的冲锋号,进入地铁后大家几乎都是跑步就位,争分夺秒地布料、作业、收口,常常达到忘我的境地。直到把作业现场清理干净、就要收工了,柯勇和他的工友们才想起泡好的茶水还没有喝一口。

新建 5 号线四标当年接连完成了 10 个节点工期,期间先后接受了中共中央委员、北京市委书记刘淇,时任北京市市长王岐山,北京市副市长陈刚和香港地铁公司领导、杭州地铁筹备组的考察和检查,受到了高度赞扬。工程提前半年完成全线系统综合调试,荣获北京市市政基础设施"长城杯"奖,张自忠站被评为全线"样板站",北京市副市长赵凤桐亲手为他们颁了奖。更令人惊喜的是,1 号线消隐改造工程于奥运会开幕前完工并通过了验收,比合同工期提前了 28 个月,是全线施工单位中唯一未出现安全事故苗子及轻伤以上安全事故的单位,并与 5 号线一起双双入选中国中铁股份公司"2006 年度安全标准工地"。北京市轨道交通建设管理公司为地铁 10 号线项目部颁发了"支持奥运特殊贡献奖",北京市地铁运营有限公司授予地铁 1 号线项目部"保障地铁畅通、服务北京奥运"集体贡献奖。与此同时,《提高角钢法兰钢板风管制作合格率》的 QC 成果荣获江西省优秀 QC 成果二等奖,孙建华荣获局"劳动模范",李虎被评为局"金牌职工"。

凭着这些优秀的业绩和良好的信誉,机电公司之后接连承揽到北京地铁 10

号线机电安装工程四标、10 号线一期万柳车辆段、北京奥林匹克公园地下联通桥、"鸟巢"地下通道,以及地铁亦庄线等 8 个项目的机电设备安装施工任务,使机电公司在北京地铁机电设备安装市场的额度接近 3 亿元。

流动机构现活力

2009 年下半年,机电公司接连在深圳中标地铁 2 号线安装装修 2 标、3 标和 5 号线机电设备安装 5504 标,工程总产值达到 2.58 亿元。也就是从这一年起,机电公司的机电设备安装施工的主力开始移师南下。面对深圳地铁机电设备安装市场的前景和联合体中标、BT 投资建设的新模式,机电公司创新项目管理的方式,成立了"机电设备安装分公司"。这个分公司没有固定的办公地点,本部随机电设备安装大项目流动,5 位领导班子成员同时兼任项目经理或项目书记,所属各部室的负责人同时也是项目上的部室负责人,其他管理人员均按需设岗、一专多能。

作为公司的职业项目经理、分公司总经理,孙建华和他班子成员的肩上就多了一项职能和责任:根据企业长远发展和参与市场竞争的需要,对公司的机电设备安装项目的施工生产进行管理、协调和监管,同时协助公司市场营销部加大对机电设备安装项目的营销力度。于是,孙建华依托深圳地铁项目,实行一套班子两块牌子,走生产与营销一体化的路子。他一手抓项目管理,一手抓区域项目的统筹和协调,推进施工生产,增加项目收入,维护企业的整体形象。

找出几个关键,聚精会神攻关,这是孙建华从事地铁机电设备安装 15 年来总结出的"秘诀"。这位曾经的局"劳动模范",每当接手一个新项目,首先认真研究设计图纸,根据施工项目和设计理念,提出并掌控重大节点,"找缝插针",推进施工。他兼任经理的 2 号线二标,去年二季度被深圳地铁公司评定为"全线样板段",登良、后海两个站被评定为"全线样板站"。

孙建华在地铁设备安装方面的成熟套路不仅在成都地铁车辆段施工中采用,更是在深圳五个经理部大力推广。这不,2 号线三标中标后首批图纸一到,经理单其康、副经理杨振玉就按照"师傅"教的招数,仔细研究图纸、琢磨设计理念,并按照关门工期列出重大节点,正月十六就组织管理人员和 5 支协作队伍进场拼抢。虽然开工全线最晚,但进度很快赶上并超过了其他标段,去年上半年分别夺得公司劳动竞赛"第一名"和深圳地铁公司"先进单位",下半年又获评地铁公司安全质量"第一名",引得业主、市轨道办时常带人前来观摩取经,并把 2 号线首通段的开通典礼现场设在了他们施工的蛇口车站。

地铁机电设备安装工程中,设备、材料往往占了中标价里的很大比例,而设备材料的采购又由业主指定为甲供或甲控乙购,各经理部很难自由采购。为了取得理想的经济效益,孙建华根据地铁和各站设备、材料基本相同的特点,提出了资源共享、团购联租的思路和方法。去年9月中标2号线东延四标,项目经理李亚平、项目副书记李宗新等主要领导带领物资人员深入市场调查,利用原有在建项目经理部已经建立的关系,与先前的或新增的生产、供货厂家——商谈价格和合同,努力争取到了"团购"的优惠价格,降低设备和材料成本10%以上。

在5号线5504标,设备和材料到达现场后或需要就位时,唐俞胜就与生产厂家或配合施工的土建、装修队伍协商,采用联租的方式,一次性租用吊运机械,既重复联系和租用,又减少了二次倒运的费用,大大提高了工效。

海阔凭鱼跃,天高任鸟飞。"机电人"自2003年打入城市地铁机电设备安装市场以来,7年间为国内50座地铁安装了机电设备,约占全国地铁车站总数的7%~8%,累计完成施工产值超过8亿元,而且没出现一个亏损项目、没有发生一起轻伤以上安全事故。到2011年,机电公司已成功取得了机电设备安装工程总承包一级资质、建筑装修装饰工程专业承包一级资质和消防设施专业承包一级资质,加上钢结构专业承包一级资质、公路交通工程专业交通安全设施承包资质,已成为中铁四局专业子公司里专业资质最全、等级较高的专业子公司。

城市地铁机电设备安装,作为机电公司的主业,作为我局一个新型产业,已经凸现出新的亮光!

滚滚向前的"源动力"

——来自国家重点工程上海动车段的报告

21 世纪,历史进入了一个充满竞争和选择的年代。2008 年 2 月 22 日,上海动车段工程在北京开标,业主通过综合比对最终选择中铁四局作为施工单位。

这一喜讯,驱散了笼罩在四局人心头"京沪高铁失标"的阴霾。同时,四局上下也对担当具体施工任务的我局参建者寄托了很多、很大、很高的希望。

上海动车段是"全国四大动车组检修基地"之一。工程位于上海铁路南翔编组站以南,距上海站约 13 公里,紧邻沪杭铁路既有线,总投资 48 亿元,其中我局承建的项目总价为 22.9 亿元。中标当月 29 日,局在合肥召开了"上海动车段工程建设动员大会"。为一项工程而在局机关专门召开由局主要领导、局机关有关部门负责人及参建子公司第一管理者参加的动员大会,这在四局历史上还是第一次,其重大意义不言而喻。4 月 6 日,上海动车段工程第一桩开钻仪式上,作为铁道部"新建铁路上海铁路客运专线动车组检修基地筹备组"组长,上海铁路局副局长池毓敢明确要求四局:在确保安全第一、质量至上的前提下,四局在四个动车段工程建设中虽开工最晚但要后来居上,达到"开工必优、一次成优、全面创优、争创国优"的创优目标,安全、优质、高效、按期完成建设任务,把上海动车段建设成为展示铁路装备现代化的"形象工程"、和谐铁路的"品牌工程"、质量精湛的"国优工程"、为上海世博会添彩的"奉献工程",并最终建成世界一流的现代化铁路动车段。

以常务副经理文先锋、党工委副书记张民为代表的经理部领导班子成员深深地感到了肩上担子的沉重。为了干好、管好上海动车段工程,实现局提出的"站稳上海铁路局主战场、在上海地区滚动发展"的目标要求,他们以管理为主抓手、以铁道部在上海局推行架子队施工管理模式为契机、以工程项目的各个节点工期为控制点,竭尽全力把动车段工程建成确保部优国优、世界一流的精品工程,打造出中铁四局在上海的品牌形象。这一管理理念和思路,通过直观详尽的文字和各种图表迅速辐射到各个分部、材料厂及其所属的 16 个架子队,使冲锋的号角化作各工序、各专业以及各种机械设备合奏的昂扬激越施工交响曲。

9 个月后,也就是到 2008 年底,这一管理理念和思路结出了丰硕耀眼的果实:经理部完成建安产值 8.66 亿元,占局下达年度建安产值计划 7 亿元的 123.7%,占业主下达年度计划 8.6 亿元的 101%,实现了上海局提出的"全国四大动车段中开工最晚、后来居上"的目标。经理部在夺得局 2008 年下半年"重点工程夺红旗劳动竞赛"第一名的同时,还被评为 2008 年度"上海市重点工程先进集体",另有四名干部员工被授予"上海市重点工程建设功臣"、"上海市重点工程先进个人",还有人被授予京沪高铁立功竞赛先进个人。

"拎起来管"

以往我局中标一项大型铁路工程而设立工程指挥部或项目经理部后,一般是将施工管段划分为若干小段,每一小段由参建的子(分)公司具体负责施工。上海动车段工程主要包括"三场二线一站","三场"自东向西依次为存车场、检查场、高级修场;"二线"是沪杭改(造)线和动车东、西走行线;"一站"即封浜站(改造)。工程内容有路基、站场、桥涵、轨道及线下工程、通信信号信息电力及电力牵引供电、房屋建筑及给排水,还有其他运营生产设备及建筑物、大型临时设施、改路改河等。工程特点是专业多、流水作业强、工期紧、拆迁难度大、建筑材料匮乏、标准要求高。局上海动车段经理部成立后,下设六个分部、一个工地材料厂,并把各分部和材料厂比作"目",经理部自身则充分发挥"纲"的作用,把工程"拎"起来管,通过以资金管理为龙头,以每月拨付资金为手段,以劳动竞赛和创建活动及争当"五星"(管理之星、技术之星、安质之星、物机之星、生产保障之星)为平台,全力推进工程建设。

面对人生地疏、首次涉足过动车段检修基地施工的挑战,经理部战略上放眼全局,誓建世界一流动车段;战术上立足脚下,从一点一滴做起,高起点、高标准开展各项工作,做到快速建点、快速开工、快速试验,特别是在图纸未到的情况下争取主动抢时间,于去年 4 月 26 日打响了"工艺试验十五天、全面启动动车段"战役。经理部先期组成施工调查、工地测量、房地拆迁、优化设计、催要图纸等六个小组,采取分头出击、孤军深入、各个击破的战术,争取到地方政府和有关单位的理解支持和协助,障碍一项一项地排除,工点一个一个地推开,存车场、四线检查库、高级修场、沪杭改线等项目的施工局面很快打开。

就建在高级修场工地旁边的经理部,从班子领导、各部部长到普通员工树立起及时、全面、优质的服务意识,责无旁贷地承担起工程施工中对外对上的请示、联络、沟通、协调的职责,以便于各分部、项目队把全部的精力投入到施工一线。

为有效控制整个工程的最后工期,强化施工计划的严肃性,经理部不断完善生产调度指挥系统,各分部也都配备了业务素质高、责任心强、有一定经历和经验的专兼职调度员,确保各类指令和信息上传下达、畅通无阻。经理部把每日的施工动态、任务完成情况及安全、质量、现场文明状况及评价作为厂务公开的主要内容,排出各工程的专业施工计划表,同时把整个项目分解为若干个子项目,对其安全、质量、工期、成本及创优规划目标一一加以明确,并制作成巨幅图表,每周进行验收、考核和评价,按计划完成的粘上一个 OK 手势的大头贴,超额完成的粘上一个竖起大拇指的大头贴,对未完成的则依据差距大小分别粘上一个握拳加油或伸小指(含批评意味)的大头贴,让每周参加交班会的各分部、厂领导班子成员、各职能部门负责人及架子队队长对号入座,落后者知耻而进、迎头赶上,先进的不敢懈怠,快马加鞭。

在物资管理上,经理部实行采购权与支付权相分离的办法,减少了不少中间环节,相应地堵住了物资成本的漏洞,充分调动了全经理部人员降本增效的积极性。

"1152"与"9521"

为适应新建铁路上海动车段工程建设需要,进一步规范项目施工的用工行为和运作过程,局上海动车段经理部按照铁道部《关于积极倡导架子队管理模式的指导意见》和上海铁路局《铁路建设项目架子队标准化管理办法》的要求,根据动车段施工规模、项目、专业需要,从 2008 年 5 月 16 日起陆续组建了 16 支架子队。他们是全局首家在工程施工中全面推行架子队管理模式的项目经理部。

各个分部的架子队是以企业员工为组织骨架、与劳务人员混合组成班组而成的施工队伍。架子队骨干人员严格按"1152"模式,即一名队长、一名技术主管、班组五大员(技术员、安全员、质检员、材料员、试验员)和领工员、班组长,并经培训、取证后持证上岗,运作过程中坚持做到"五个到位"。具体地说就是:一是全盘规划,目标到位。按照"管理有效、监控有力、运作高效"的原则对架子队进行全盘规划,合理布局,按所承担的任务划分为土建、四电、给排水、设备安装、钢结构和改河等16个架子队,明确架子队的目标,要求做到"管理规范化、作业标准化、施工专业化、班组自控化、行为市场化"。二是全员共识,思想到位。架子队管理是一个全新的管理模式,为了使全体员工提高思想认识,经理部首先要求班子领导深入学习和领会文件精神,思想认识到位,其次是开展广泛宣传,搭建管理构架,按照"管理全覆盖、责任全落实、现场全受控"要求,全面落实架子队管理责任制。三是全员培训,责任到位。经理部架子队的"1152"人员全部由经过培训持证上岗、业务能力强的正式职工组成,在施工的全过程中履行岗位职责,最大限度地调动员工的生产积极性,取得压力变动力、变合力、变业绩的效应。四是全力推进,落实到位。随着工程开工,土建架子队首先进入实体运作,通过试点先行、总结完善、形成样板进而全力推广,同时针对发现的问题及时整改修正。五是以人为本,关爱到位。对架子队的劳务人员及农民工贯彻"以人为本"的理念,与企业员工同等对待,一视同仁,吸纳他们参加经理部发起的"动车段上党旗红、架子队里争先锋"党建主题活动,并在16个架子队中开展"四比四赛"争立功活动。他们按照"一条主线、六大目标、六项要求、四个环节"的工作要求,建立了较为完善的架子队管理体系,依据"9521"规范(即九名管理人员、五项制度、两条纪律、一张展开表),全面落实架子队各项管理责任,做到岗前把关、安全培训、工资报酬、人员信息"四落实"。具体地说就是严格检查劳务人员与劳务公司签订的合同,确认劳务人员的技能水平,考核合格后才能上岗;加强安全知识培训,把班前班中班后的安全教育、安全检查落到实处,做好必要的记录和个人认定;劳务人员每上一个班工时清楚,手续齐全,每个月确保工资按时足额发放到劳务人员手中;确定建立劳务人员个人档案袋,将个人信息、安全教育培训记录、工资发放记录存入袋中,从而在进行人员管理、统计核实人员、发放工资报酬等方面都有了切实可靠的依据。

在抓架子队的安全质量管理工作中,经理部倡导架子队用最朴素、最通俗的语言教育劳务人员注重安全质量,"不注重质量工程要报废,不注重安全人身要残废",对劳务人员真正关爱到位,促进队伍和谐,使架子队的各项工作有序进行。正因为"1152"人员与劳务人员混合编组,渗透在施工生产的每一道工序、每一个专业、每一个工点,全过程地跟随在劳务人员身边。尤其工班长,班前,点名会上进行岗前讲话、安全提示警醒教育;班中,合理统筹安排每道工序,技术上给予指导点拨,质量上进行严格要求和规范操作,消除一切安全隐患;班后,组织开展施工质量检查和工序验收。

各分部和项目队都设有专职劳务管理员,管理农民工个人资料库,督促各架子队及时与农民工签订合同,明确了劳务关系。要求各架子队每月向分部和项目队提供农民工的出勤情况和工资标准,由分部和项目队代发农民工工资,并预留20%工程款作为农民工工资专项储备金,保证了工资发放。大力改善农民工的生活条件,定期组织农民工体检,并免费发放必备药品,加强了农民工劳动保护。坚持推行"五同"管理,健全"绩效考评制度",让农民工同职工一同参与考核评比。政治上一视同仁,广泛吸收农民工中的党、团员参加组织生活,并帮助架子队党支部建立学习制度,定期组织学习。同时,积极在协作队伍中开展各种文体活动,活跃了农民工业余生活,加深了项目队与农民工的情感交流,使他们充分感受到企业和组织的关怀。

经理部还经常召开有关会议,与架子队人员共同学习,共同探讨,不断地摸索提高架子队人员的安全质量进度意识的有效途径,使每一个架子队管好自己的事,实现高效运转,施工生产快速推进,至今从未发生过任何安全、质量事故。

争"锋"摘"星"

上海动车段经理部党工委与行政统一在一个目标下,既明确分工又密切协作,在工程项目的平台上共同打造四局形象。进场后,经理部党工委针对人地生疏、起步艰难的实际,从塑形象、树声誉、展示企业实力入手,喊出了"打造绿色动车段"的口号。各分部、项目队及材料厂党组织紧密围绕工程施工,突出环保,优化生态,创建安全文明标准化工地。随着驻地陆续建成,重要工点施工现场、主要交通便道路口,彩门彩旗鲜艳夺目,五牌三图突出醒目,各种宣传牌、标语牌口号响亮,引人注目,对外展示四局形象、扩大企业信誉,对内振奋人心,鼓舞斗志。施工现场便道平坦整洁,材料堆放整齐,各类标识清晰明细;改河改路的沿边全部栽种上了常绿树木和花草,并有专人养护;正在施工的存车场、高级修场、四线检修库被建设方分别誉为"东亮点"、"西亮点"、"中亮点",成为上海动车段工地一道道亮丽的风景线。

经理部党工委注重加强党建工作,深入开展党建主题活动,与各分部、材料厂签订《上海动车段工程同步预防创"双优"廉政协议》,开展了"质量廉政双落实,同步预防创双优"等主题活动,下发了《关于在上海动车段工程建设中开展争创"工程优质、干部优秀"活动的决定》,部署开展了贯穿施工全过程的"动车段上党旗红、架子队里争先锋"党建主题活动。活动中,党工委精心打造好这一项目党建工作品牌,围绕施工生产的重点、难点、节点和安全、质量、技术要求,开展系列活动:一是组织开展了创岗建区活动,建立"党员先锋岗",突显党员的先锋模范作用;二是积极倡导"一个党员一面旗",带领群众共同为动车段建设建功立业;三是开展了"党员身边无事故"活动,党员严把安全质量关,在遵守安全规章、操作规范中处处做表率,架子队里的党员更是在保安全、保质量、保进度、创文明标准工地等方面处处起到带头作用;四是把创建"项目思想政治工作示范线"、"红旗项目部"、"党支部示范点"、"党员先锋工程"和党员"一岗带三岗"(党员先锋岗带团员示范岗、职工标准岗、民工规范岗)等活动纳入党建主题活动中,结合全年性、阶段性的劳动竞赛,每月组织评选"动车段之星",以"典型引路、带动一片"的作用,激励全经理部上下人人立足本职岗位,个个争创一流成绩,为国家的高速铁路建设建功立业。目前,已有103人次荣登"动车段之星"光荣榜,受到了经理部的隆重表彰和奖励。

"黄金搭档"

2月23日,阴云密布,细雨霏霏,四线检查库四百多米的作业面上,分布着近千人的施工队伍,土建、线路、四电、排水、钢构、房建等六七个专业同场施工,交叉作业,整道铺砟的几人十几人一组,挥橇抬筐,号子震天;吊装雨棚的哨声阵阵,节奏铿锵;立模砌砖的时上时下,叮叮当当;挖沟埋管的脚踩泥淖,弧光闪闪……在经理部的统一指挥和协调下,上下左右立体作业井然有序,各工序、各专业不错位、不误时,每个节点都在顺利推进。

这只是上海动车段工程建设过程中的一个缩影。在上海动车段建设工地,传颂着许多经理部与各分部、分部与架子队、分部与分部和各部门、各专业、各工序以及经理与书记、队长与技术主管之间紧密团结、并肩作战、着眼大局、勇于奉献,共同打好"团体赛"、共同奏响"交响曲"的动人故事。

经理部常务副经理文先锋、党工委副书记张民工作上密切配合、通力协作,生活中相互关心、彼此照应,遇到或处理问题时的想法常常不谋而合,被员工形象地称为"黄金搭档"。他俩在经理部大力倡导并带头发扬求真务实的作风,指挥生产沉到基层,指导工作深入到"三场"、"二线"等施工现场。去年12月14日23点20分,上海西站至封浜站区间六个站的信号设备改造实施开通作业,内容包括启用沪昆线翔西线路所及上海西站、翔南线路所、封浜站、南翔下行出发场、江桥镇站的信号设备改造,营业线封锁计划为7个小时。文先锋、张民匆匆地吃了几口饭就赶到施工现场,沿着约18公里的线路仔仔细细地检查了一遍,叮咛二分部的经理、书记随时保持联系。封锁要点的时间一到,160名员工身穿工装,按照各自承担的任务快速到位,对六个站的信号启用调试、联锁软件更换、设备改造、电路改造等进行突击施工。经过六个小时的鏖战,15日凌晨5点20分顺利完工,比计划放行点提前了一个小时。

1月9日,由二分部施工的东走行线新槎浦河中桥钢梁进入拖拉架设。新槎浦河中桥地处动车段东走行线K10＋190.93处,设计为一孔钢桁梁,钢桁梁长40米、宽6.4米、高9.8米,重245吨,主桁为"整体节点无竖杆无纵梁、有砟桥面",横跨上海台、杭州台两个桥台。因紧傍行车密度较大的沪杭线施工,安全风险极高,引来各方面的高度关注,文先锋亲自担任这次行动的总指挥,多次召集经理部、四公司及建指组织的监理、施工、接收等单位对施工组织方案进行评审,并要求一分部成立了钢梁拖拉技术组、机械组、防护组、物资组、拖拉架梁组、协调保卫组,对所有参战员工、民工进行了多层次的拖拉方案、技术要领讲解和施工过程安全培训。拖拉进入倒计时,上海局副局长池毓敢来了,虹桥建指指挥长葛方也来了,文先锋更是提前到达现场,时而站在河沿上,时而下到枕垛旁,进行技术指导和安全把关。中午12时05分,钢梁拖拉成功就位,参战人员有的跳跃欢呼,有的上抛安全帽,用四局人独特的方式,庆贺上海动车段东走行线路基顺利贯通。

被人们誉为"黄金搭档"的,还有一分部二项目队的刘纪飞和张君。一分部由一、二项目队组成,下面有若干工区,是局经理部直管的项目队,其中二队承建了K8＋000～K14＋000段全长6km的路基、桥涵、轨道及房建工程,包括动车东走行线、存车场和检修场,造价2.7亿元。针对工期短、任务重的特点,作为队长的刘纪飞和项目书记的张君在充分调查的基础上,认真分析管段内征地拆迁的形势,对项目的施工组织进行详细的策划,商定采用"以点带面、中心开花"的施工战略,先荒地、河道,后苗圃、菜地,最后围攻厂房这个难啃的硬骨头,逐步打开施工场地,促进征地拆迁的整体推进。为确保施工任务的完成,加快施工进度,刘纪飞和张君一是抓住关键——400多万米的软基处理,先后组织了水泥搅拌桩机、袋装砂井机、高压旋喷桩机、静压方桩机、钻孔桩机及发电机等机械设备近60台进行会战,打开一片场地,进驻一支队伍,完成一片软基处理,为后续施工的展开创造了条件;二是抓住重点——17座框架涵,充分考虑各种不利因素,制定详细的施工方案和应急方案,备齐材料、物资,组织精兵强将日夜拼抢,在最短时间内完成主体工程,为路基的拉通创造了条件;三是抓住要害——78.8万立方米土源,在施工伊始就积极联系当地土源,在空旷场地进行备土,同时积极与监理、设计沟通,进行了石灰拌和土路基试验段填筑并取得了成功,为路基填筑奠定了基础。

施工中,软基处理、既有线涵洞施工成为两大技术难题,张君把党员管理干部集中起来,主持举办技术党课,请项目经理刘纪飞、总工王广军讲解工艺流程,重点解决水泥搅拌桩、高压旋喷桩、静压方桩和既有涵洞接长的施工工艺和技术参数问题,受到建设单位的充分肯定。5月底,二队打开施工场地7处、借地200多亩,大干态势已经形成,队部决定掀起大干高潮,党委连夜开会研究,在全队党组织和党员中广泛开展"动车段上党旗红、架子队里争先锋"党建主题活动,紧密结合局经理部的施工计划和节点工期,将任务分解到工序、细化到队伍和个人,定时间、定奖罚,每月兑现,并对评选出的"动车先锋"、"先进架子队"、"优秀外协队伍"在队部张榜公示,给予奖励,有力推动了劳动竞赛活动的深入开展。

"黄金搭档"不仅体现在各级党政领导相互配合和相互补台方面,还体现在工程建设过程中各专业、各工序对工程质量和安全生产的严格要求和共同监督方面。在由钢结构公司组建的四分部,主要承建14.5平方米钢结构厂房和部分土建工程,合同价2.35亿元,上自经理下到班组成员,均明确《岗位安全责任》、《岗位质量职责》,人人肩上有担子,员员岗位有责任,形成了全员、全过程、全方位的安全监督和管理体系。在执行"三检制"的过程中,作业人员核对定位线、水平基准和结构物相关尺寸等,对照技术交底进行实地量测,记录相关数据并依据技术交底判定是否合格。"自检"合格,由班组长在工序单上写上自检记录并签认,转入下道工序的班组"交接检",互检结果由上下道工序的班组长共同签字确认。专检由质检人员担当,既督促各工班主动自检、交接检,同时落实质量考核奖惩制度。安全管理方面同样实行"多管"齐下,各作业人员先自己检查自己是否按规定佩戴好了安全防护用品,各班组长检查本班组是否人人都做到了按要求规范施工,并检查作业区内有没有危险源和易燃易爆物品,作业区有没有专职人员防护。另一方面,针对负责区域的施工内容指导施工人员、班组做好安全工作,从而形成了纵向到底、横向到边的安全质量管理体系。

根河，流淌出"扬"曲子

　　根河是蒙语"葛根高勒"的谐音，意为"清澈透明的河"。位于大兴安岭西北麓的根河，既是蜿蜒穿越呼伦贝尔大草原的一条河流，也是我国高纬度、高寒冷地区的一座城市。自从二公司根拉项目部 2012 年 3 月进驻好里堡，从根河里就潺潺流淌出一个个关于"中铁四局"的主题故事。

二标工地上，中铁四局的员工斗志昂扬

　　黑山头是内蒙古东部通向俄罗斯的重要公路口岸。正在修建的根（河）拉（布大林）一级公路为内蒙古省道 301 线黑河至黑山头的一部分，也是贯穿呼伦贝尔大草原的东西向交通命脉，具有重要的经济和战略意义。二公司承建的根拉公路二标段全长 16 公里，不仅紧靠根河，而且大部分穿越林区，火警级别特别高，环保要求特别严，加上根河素有"中国冷极"之称（全国有记录以来的最低温度零下52.6 摄氏度即在这里测得）、结冻期全年为 210 天以上、施工时间特别短，这就对二公司根拉项目部参战人员提出了严峻的挑战和考验。

　　2012 年 3 月收到工程中标通知书，以刘东为经理、张江平为书记的项目班子成员及工程技术和管理人员 20 余人就先期到达根河，在皑皑白雪中开始了驻地建设和线路复测。从小在吉林长大的朱建业，作为郑州铁路技术学院的一名在校生到工地上实习，尽管从头到脚都用厚厚的棉衣物武装，但手执标志杆的他站在空旷的荒郊野外，配合助理工程师陈斌复测、放边界桩和地界桩，还是觉得就像站在空调机的冷风出口，浑身不住地瑟瑟发抖。到了中午，食堂送来盒饭，他俩本能地捧在手里边暖边吃，可还没有吃到一半，菜里的汤水已经结成了冰。一天，两天，十几天过去了，本以为很能抗冻的朱建业，忍受能力几乎达到了极限，这天在放桩的间隙，百感交集地用涂桩红漆在雪地上写下了"我想回家"四个字。

一个月后,经理部驻地建好了,混凝土搅拌站和沥青拌和站立起来了,路基清表、砂砾石填筑也全面展开,10月份还针对6公里长的冻土层掀起了"大干50天、确保冻土换填出地面"的劳动竞赛活动。就在大家都以为实习到期的朱建业会废除合同、另谋单位的时候,朱建业郑重地向经理部领导递交了毕业后到根拉项目工作的申请书。

在艰难起步的日子里,二公司根拉项目部当初及后来的参战员工不仅没有一个打退堂鼓,而且一个个精力充沛、斗志昂扬,期间连续创造了第一家浇筑K11-756小桥桩基、架设K18+095桥第一片预制板梁等多个"第一",并在40天内完成25万立方米冻土挖运、14万立方米毛石换填的目标。2012年11月17日,经理部在业主组织的全线8家施工单位安全、质量、文明施工评比中夺得第一名,为中铁四局树立了良好的企业形象。呼伦贝尔市委书记罗志虎、市长张利平及根河市委书记孙锐、市长张洪岩先后到二公司根拉经理部驻地和建设工地视察,对员工精神面貌、驻地建设、现场管理等给予了充分肯定和高度称赞。

即便如此,经理部仍然把能做的工作尽量往前赶。气温达到零下20多度,土建工程干不了,书记张江平率先垂范,让普通职工回家冬休,自己却和经理部部分中层干部和党员留了下来。高勤松、魏立春、张振华、陈东、李帅、黄尹征等十几个人在河滩上搭起帐篷、支起铁炉,组织数台挖掘机、装载机开垦料场、从水里捞取砂砾石,一直干到12月5日河面被厚厚的冰层封死、机械设备因超低温再也发动不起来了。料场里堆积出一个个小山,不仅有砂砾石,还有石子、石粉,总共约十五六万立方米。

2013年7月26日,根拉公路第TJ-2合同段水稳层试验段开铺,标志着项目施工开始由路基工序向路面工序转换。9月30日,也就是祖国华诞64周年的前一天,TJ-2合同段16公里长的路基全部拉通,部分已涂抹上油层,为第二年开春后摊铺沥青路面奠定了坚实的基础。

防洪大堤上,中铁四局的旗帜高高飘扬

内蒙古省道301线根河至拉布大林段GLTJ-2标起讫里程为K9+000~K25+000,全长16公里,有路基土石方120万立方米,中小桥及涵洞29座,沥青混凝土路面摊铺(包括通往根河市区的联络线)25公里,合同价1.726亿元。今年5月,二公司根拉经理部复工后精心计划、周密部署,把各项节点目标具体到旬,堵死后门,倒排工期。正当工地上24台套机械车辆开足马力,唱响"挖、运、填、平、

压"协奏曲的时候,当地气候出现异常,大雨、暴雨接连从天而降,特别是 7 月 27、28 日,两天里累计降雨达到 117 毫米,根河水位暴涨,洪水冲毁了根河至海拉尔的铁路,淹没了沿岸的草原、村庄,连二公司根拉经理部所在的好里堡办事处(即以前的好里堡镇)也遭到洪水倒灌,大部分房屋浸泡在没膝深的水中,经理部水稳站被淹,室内浸水深有 50 多厘米,地泵、部分机械和材料浸泡在水中。面对意想不到的五十年一遇特大灾情,二公司根拉经理部以勇于担当社会责任为己任,一面组织人员自救,一面与地方、业主不断联系,并调集人员和机械设备集中待命、随时出征。29 日,根河凌云桥上游 1 公里处防洪堤受洪水冲刷仅剩三分之一,不远处的根河市区数万人口危在旦夕。应根河市防汛指挥部和业主请求,由 20 多台装载机、运输车及司乘人员组成的"中铁四局抢险小分队"和"中铁四局救援小分队",在经理助理高勤松、办公室主任李帅的率领下分赴根河大堤和好里堡办事处,填筑加固根河堤坝,搜救被洪水围困居民。根河凌云桥上游一公里处的北岸上,插着"中铁四局"旗帜的机械在豁口处来回穿梭,把运来的片石、石子推到河边,封堵缺口,加固堤坝;好里堡街道居民区里,装载机作为"救援车"在办事处主任带领下挨家逐户寻找被困人员,把他们转移到安全地带。这一天,参加抢险队员们中午只扒拉了几口米饭、咸菜就又投入战斗,一直干到晚上 7 点多;展开搜救的队员则视时间为生命,放弃了回单位食堂吃饭,把指定的区域一户不落地搜寻了一遍。这一天,"中铁四局抢险小分队"连续奋战十多个小时,加固堤坝 120 米,根河市交通局局长徐海涛、业主单位"根拉公路建管办"领导吴金权亲自送他们撤离;"中铁四局救援小分队"在没膝的洪水中走街串户几十家,搜救出被困居民十多个,直到装载机陷入一个深坑里再也"爬"不出来,但车上的"中铁四局"旗帜却在风雨中猎猎飘扬、光彩夺目。

9 月 17 日下午,中秋节前夕。根河市市长张洪岩、市委常务副书记赵达夫、副市长孟祥宝在交通局长徐海涛等人陪同下,到二公司根拉经理部进行节日慰问,送来了丰盛的肉、蛋、果和月饼。说到那次抗洪抢险,张洪岩动情地说:"7 月底根河遭受数十年不遇的特大洪灾,你们中铁四局经理部全力配合市防汛指挥部,出动机械抢险救人、还无偿提供救灾物资,展示了大型国有企业的风范,我再次代表根河市委、市政府,向同志们表示感谢和慰问!"

休闲广场上,中铁四局的歌舞神采飞扬

胡志刚,内蒙古交通监理公司总监办的一名监理。说起中铁四局在当地的影

响,他经常会这样形容:"根河市好里堡扭秧歌的大妈都知道中铁四局。"

我局在内蒙古承建的工程有七八项,但在高纬度、高寒地区却只有根拉公路一个项目。为了在这一地区打出并打响中铁四局的品牌,二公司根拉经理部在建设中重视以快速、高质、安全、文明取胜,同时加大宣传力度,为当地村庄和百姓多办修路排水、捐助贫困学子等实事好事,并与政府机关和党组织联合开展活动,扩大中铁四局的声望和影响。

2013年6月20日晚,由根拉经理部和好里堡办事处党委联合主办的"深情颂党恩,喜迎十八大"红歌歌咏晚会,在临街的"休闲广场"隆重开幕。他们邀请了根河市人大常委会副主任任桂芬、分管文化的副市长刘志臻、分管基建的副市长高太成前来参加,并吸引了市宣传部电视局领导、记者及办事处各界群众近千人前来观看演出。

一曲《祖国你好》的大合唱拉开了歌咏晚会的序幕,红色的背景、鲜艳的服装、欢快的旋律、多彩的灯光,演出现场成了歌的空间、光的海洋。紧接着,《精忠报国》、《最炫民族风》、《解放军进行曲》等歌曲轮番上演,许多观众手打节拍、轻声和唱,台上台下渐渐呈献出谐音、产生了共鸣。最后,由二公司根拉经理部员工身穿蓝色工装,集体献上一首《歌唱祖国》。"越过高山,越过平原,跨过奔腾的黄河长江;宽广美丽的土地,是我们亲爱的家乡;英雄的人民站起来了,我们团结友爱坚强如钢……"歌声唱出了祖国走过的发展历程,蕴涵了中铁四局四海为家、造福各地的豪情壮志,也表达了经理部员工的宽广胸怀和团结友爱,既将晚会再次推向了高潮,也进一步拉近了中铁四局建设者与当地人民的距离,加深了相互间了解和友谊,扩大了企业精神文明建设的成果。

戈壁高铁新丝路

——兰新铁路第二双线建设工地素描

我所乘坐的越野汽车出了"中铁四局集团公司兰新铁路第二双线（甘青段）项目部"，在甘肃省高台县境内的戈壁滩上奔驰，时间是 2010 年 6 月 19 日。

"高等级"便道

起初，路边还生长有杨柳、沙枣树，过了小海子水库之后就只能看到一丛丛的茅草或者骆驼刺，再往前行就是寸草不生的茫茫戈壁了。虽说走的是施工便道，但在 40 公里时速的行驶中我感觉并不颠簸，如同行驶在柏油铺就的高等级公路上。随行的项目部党工委书记王军说，因为干旱少雨，戈壁上修出的便道越压越瓷实，而且沙土扬飞后形成了碎石保护层，不会出现坑坑洼洼。

王书记还介绍说，项目部注重加强项目标准化管理，对管段全线宣传标牌的大小、内容、数量、位置都做了统筹安排，标识标牌制作材料根据实际统一选用，大小根据甘青公司制定的标准图牌尺寸制作，力求美观、大方、具有时代感。在全管段施工便道旁，每 500 米设立一个里程牌，全线共设立近 120 个，使行人走在便道边能够清晰确定自己的位置。大型宣传牌 30 余处，彩门设立在与兄弟局交界处和 312 国道、高速出口旁，五牌一图设立 8 处，主要集中在重点工程区域。项目部还对地处国道、公路、乡村小道等处设立了道路指识牌和安全警示牌，累计安装 130 余处。在宣传内容上，项目部着重把甘青公司下发的《现场管理标准化》中的标语内容，结合中铁四局企业文化充分展现。记者在沿途看到，"高质量、高标准、高效率，打造世界一流兰新铁路"，"党旗飘扬戈壁滩、建功立业兰新线"，"战戈壁、尽显男儿本色；建兰新、再展四局雄风"等标语牌特色突显、内涵深远，具有强烈的鼓舞性和战斗力。

最大危险源

大约 20 多分钟后,汽车在数幅巨大的宣传牌前画了个漂亮的圆弧戛然停下,原来这里就是我局与中铁二局的交界处,也就是我局管段的东起点,里程为 DK546＋307.6。从一工区住地赶过来的李玉福书记指着左侧不远处说,那里的地下埋着西气东输的巨大管道,原设计的大桥,桥墩的跨度需要缩小,每跨为 80 米、小刚构,施工技术高而且复杂。一旦修改后图纸到位,我们就立即组织人员机械开工。他还说,一工区认真吸取别的管段施工单位挖断管道、造成重大损失和影响的教训,已把这里列为重大的危险源,制定了严密细致的开挖和防护措施,决不能发生任何安全事故。

董书记的《记事本》

汽车沿便道西行,依次进入二工区、梁场工区、三工区和四工区。在兰新铁路第二双线甘青段,除了三电迁改工区、材料厂工区因为所承担的任务特殊而在县城租住外,其他所有的工区(包括以后要设立的铺轨工区)都建在戈壁滩上。说起年初赶赴兰新工地的情景,二工区书记董建拿出了自己的记事本,上面清楚地记载着:"按照业主跑步进场的要求,我们3月29日上午9时40分从合肥出发,30多个小时,行程2116公里,于30日下午5点钟抵达高台县。"

记事本上还记录有:经理周瑞清上午8点接到通知,10点钟就上了西行的火车,在湖南衡阳老家带着2岁双胞胎女儿的妻子是几天后才收到这个信息的;二架子队的队长马坚强,女朋友在甘肃天水,双方家长为他俩定好了举行订婚仪式的日子。接到上兰新工地的命令,他苦口婆心地说服了自己的心上人以及双方父母、亲戚,最终推迟了订婚日期;安质部长张雄,夫妻俩原本都在海南东环铁路项目上,领导让他到兰新二线,他没讲任何条件,告别妻子和刚学会走路的孩子就北上西行;总工吴体俊刚刚度过蜜月,就把新婚燕尔的妻子留在泉厦工地,只身一人来到了大西北。

董建原来从事安全质量管理工作。到兰新工地担任项目书记后,他特别留意项目部出现的好人好事,并一一记在本子上,在点名会上宣讲、表扬,以此引导和激励员工在戈壁滩上顶风沙、斗严寒、战酷暑、做贡献,直到取得最后的胜利。

"加急"电话

车到梁场工区已是下午 1 点多,在内地可能有人已进入午休,但在兰新二线建设工地却刚到中午开饭时间,我与项目书记吴贵八边吃边聊。他说:"按说梁场的建设情况应该由经理姚繁来介绍,但他 13 日一大早突然接到南阳老家的电话,尚未 60 岁的父亲因心肌梗死在云南普洱去世。姚经理一到新工地就未曾离开过,但这次不得不回去了。"

总工黄建军接着说,整个工区占地 137 亩,分搅拌站、钢筋加工区、制梁区、存梁区,还有办公和生活区,不仅承担着我局张掖至红柳河 11 标段的制梁任务,同时还为中铁五局制梁 20 多片。今年春季正组织人力突击房屋建设,4 月 24 日突然遭到沙尘暴袭击,这场 17 年不遇的沙尘暴把即将建成的 11 栋活动板房全部毁坏,建设者们不得不撤到近 20 公里远的南华镇。三天后我们带领这百十号人又杀了回来,仅用 2 个月就建起了所有活动板房,并完成了 2600 平方米的场地平整和硬化,砌起了 910 延米长的围墙,变压器及其配电房投入使用,钢筋棚、搅拌站也具备了生产能力。

"正是由于梁场初具规模了,局项目部才指定 26 日在梁场召开'党旗飘扬争先锋、兰新二线立新功'党建主题活动和'共产党员突击队授旗仪式'。"

"小平头"与"大水壶"

由机械分公司组建的四工区位居我局管段的最西端,更是前不着村后不着店。下午 4 点正是上班和作业的时间,可因为停电,一些员工只好"躲"在阳光曝晒下的活动板房里,经理熊勇军饶有兴趣地给我讲了"小平头"和"大水壶"的故事。

原来,这里虽没有控制性工程,但生活和生产用水极为奇缺,连员工洗头冲澡都要"排班"。为了确保生产和作业时间的最大化,实现分公司总经理胡汉阳在现场提出的"保二争一"目标,树立起中铁四局靓丽的"窗口"形象,熊勇军、吕义、杨铁明等领导班子成员带头理短发,此后全工区的男员工以留短发为"时尚"。再就是,加强对 13.3 公里长管段的现场管理,要求现场人员盯死每一个施工环节和细节,同时为每位员工配备了一个能装 5 斤水的超大水壶,以保证员工每天饮用水的摄入量。

不仅如此,四工区还与许三湾镇一理发店联系并达成协议,由理发员每隔一周到工地为员工理发;在安质部设一个药箱,由一名原在部队当过卫生兵的退伍军人负责卫生防疫工作。这些生活保障措施,激发了大家战胜困难、掀起大干的热情和斗志,目前已投入管理人员和外协队伍300多人,进场机械设备38台套、自卸汽车30台,建成活动板房126间,完成大桥钻孔桩27根,5座涵洞正在立模。在项目部实行的周计划、周考核、周奖惩中,四工区有四周连续拿到了最高奖。

"量"小方显真君子

电气化工区主要负责11标段内的三电拆迁工程,合同价2242万元,除去业主指定外包部分,所干的工程只有1000多万元,这对电气化公司来说真乃"小菜一碟",但作为局内最早进入新疆市场的单位,电气化公司高度重视,从成(都)绵(阳)乐(山)客运专线项目抽调精兵强将快速进场。在4月7日晚工区碰头会上,经理陶勇和项目书记李运海引导大家以大局为重,"快"字当头,尽可能为土建施工工区赢取充分的施工时间,并于当晚成立了电力、通信两个迁改小组,制订了周、月、季的施工计划,签订了奖罚协议书。5月初,电气化工区开展"大干60天,确保10kV及以下电力、通信线路迁改完成"的大干活动,把全部的工作量细化到每天,人人划定责任区,并避开高温时段、延长工作时间到晚上11点,各施工工点全面开花。截至记者采访的当天,已完成总长43公里平行迁改的10kV线路贯通、自闭线测量,组立电杆165根;完成通信线路迁改6处、地方0.4kV线路迁改1处,地方10kV线路过轨管预理工作圆满结束,35－330kV线路的踏勘及设计工作也稳步推进。

舞台小也要唱大戏

由我局承建的兰新铁路第二双线11标段位于甘肃省张掖市境内,自张掖市临泽县明水河村附近DK546＋307.6引出,沿连霍高速公路北侧西行,在高台县南华镇以南设高台南站,而后线路并行既有兰新铁路北侧至本标段终点DK605＋800,正线长59.447公里,工程造价27.85亿元,总工期45个月。

"在全线17个标段中,11标段相对规模较小,而且除了梧桐泉特大桥、跨西气东输特大桥外,少有吸引人们眼球的控制性工程,但这是我们四局实施西进战略的第一个大项目,我们把它当作四局在西部的桥头堡,小舞台上要唱大戏,唱出四局的特色,创出四局的品牌。"局兰新铁路第二双线甘青段项目部经理吴锡君在接受采访时对记者如是说。

局兰新铁路第二双线甘青段项目部由七分公司组建,也是七分公司第一个代行局指的项目。与其他客运专线不同的是,业主提出了"以时间换质量"的思路,即对路基处理技术进行优化,增加了预压期,这就要求路基工程必须在今年内完成。11标段是第三批招标,局甘青段项目部也比第一批进场晚4个多月,但业主要求与第一批同步完成,这无疑加大了指挥和管理的难度。

11标段线路穿越戈壁滩,征地相对容易,拆迁量小,但这里高温、高寒、风沙大、缺水、缺电、缺物资,对工程施工和进度造成严重制约。吴锡君经理说:"目前项目部有管理和技术人员400多人,引进劳务队伍42家计千余人,机械设备到场354台,砼搅拌站3套。以水泥为例,工地上每天对混凝土的需求量为1500吨,但实际上只能生产300～500吨。水泥供不应求,搅拌站张着大嘴却只能'喝稀饭',这对我们的形象进度是很致命的。"

兰新第二双线建设,其实打的是一场资源仗。

即使如此,王军告诉我,局兰新铁路第二双线甘青段项目部还是创造了一连串的佳绩:通过拜访、对接会、联谊等活动,顺利完成了前期征地拆迁等工作;历时18天,以高标准、高质量、高效率在全线率先拉通了便道,甘青公司张掖指挥部、玉门指挥部组织辖内施工单位前来观摩;路基施工全面铺开,K30路基质量监测技术得到张掖指挥部和设计单位的肯定和推广;大临建设6月15日前全部通过验收。

在我继续西行赴兰新铁路第二双线新疆段采访的路上,我得到一个好消息:物资部门已与河南一水泥生产厂家签署了协议,一批批袋装水泥将通过钢铁运输线源源不断地运往高台,继而到达我局兰新铁路第二双线甘青段的各个搅拌站……

天降"甘霖"喜煞人

我乘坐K543次列车于6月23日上午9时许到达哈密火车站。在前往"中铁四局集团公司兰新铁路第二双线(新疆段)项目部"的途中下起了雨,前来迎接我的项目部办公室主任干事胡效民显得特别兴奋,说"这下得不是雨,是甘霖"。这句话所包含的兰新铁路建设者对水的需求和渴望,在我此后一周的采访中有了深刻的体会和共鸣。

窗外细雨丝丝，室内却还是有些干热难耐。局项目部党工委副书记张宝贵对我介绍起哈密的气候特点：哈密地处亚欧大陆腹地，属温带大陆性干旱气候，干燥少雨，昼夜温差大，日照时间长。特别是我局 179 公里的施工段大多处于戈壁荒滩无人区，夏季高温，冬天寒冷，春秋两季风沙大，去年的一场大风就把行驶中的火车刮翻了 16 节。在如此恶劣的自然环境下，党务工作的重点就是想方设法解决职工和协作队伍的困难，使人员稳定，把生活搞好，进而保证在兰新铁路第二双线打出四局威风、创出四局品牌。

局副总经理兼局兰新铁路第二双线新疆段、甘青段项目部经理张庭华告诉我，这里的水资源由哈密地委书记亲自抓，项目部委托水利局钻探，确定选址后向上报批，得到批准后才能打井，最深的打了 200 米，而远在百里风区的四、五工区只能靠拉水来满足生活生产用水。

在去四工区采访的途中，七分公司副总经理兼四工区区长王润国特意拐了个弯"请"我去看该工区的水源。所谓水源不过是面积只有十几平方米的小水塘，最深处也就三四十厘米，埂下一根塑料管将水引出，通过二十米长的水沟，沿途吸纳了五六个小泉眼冒出的丝丝细流后汇聚到另一个小水塘，再由 8.9 公里的管道引到四工区驻地。看到王润国盯着水塘的那种神圣和凝重的眼神，我意识到这就是四工区的一条生命线。

紧急呼叫：材料、材料

我局中标的新建兰新铁路第二双线（哈密～乌鲁木齐段）站前工程 LXTJ4 标段正线长 179.017 公里，线路东起哈密出站端（DK1310＋000），向西延伸至哈密与吐鲁番地区交界处（DK1489＋000），工程主要包括迁改、路基、桥涵、铺架、隧道及防风明洞、挡风墙、无砟轨道（不含 DK1310＋000～DK1501＋500 的铺轨工程）、大临及过渡以及综合接地、接触网立柱基础、电缆沟槽、连通管道等站后工程中有关接口工作。如此大的工程，自然对各种材料的需求非常庞大而急迫。

"我是西南交大 2001 年毕业来到四局物资公司的，工作快 10 年了，在家的时间总共不足 3 个月。今年回合肥过春节，我腊月二十八回去，初三就返回工地，因为手机每天收到 N 次紧急呼叫，向我们厂催要材料。"物资公司兰新二线（新疆段）工地材料厂厂长王跃喜说起材料供应百感交集。

从对他和该厂书记冯松林的采访中得知，新疆本地油、气资源充足，但除此之外的所有材料奇缺，被兰新二线新疆公司列为甲供、甲控物资的生产厂家多在本地,不仅单位少、产量小、价格高,要命的是根本不能满足施工需求,这就逼迫我们千方百计到湖北葛洲坝、河南同力、中国长城铝业等大型公司搞指标。这样即使加上几千公里的运费也是划算的。以水泥为例,全管段有 14 个搅拌站,施工高峰时每天需要 5000～8000 立方米混凝土,而兰新二线新疆段 600 公里范围内无大的水泥厂,我们就从宜昌调运袋装水泥,同时从济南购进拆包机、在各搅拌站建立拆包站,从根本上解决了混凝土紧张的问题。

对钢材的采购,工地材料厂采取早下手、争主动的策略,在春节前夕就着手招标,陆续储备了 6000 多吨,而且还在不断地组织货源和进货。春节后到 6 月中旬新疆钢材市场的行情连续上涨,最高时每吨涨了 560 元,仅此一项算来,材料厂就为项目部节约了一笔可观的资金。

截止到 6 月底,工地材料厂已向各工区供应钢材 2 万吨,水泥 40 万吨,砂石料 15 万立方米,粉煤灰 3 万吨,油料 1000 吨,土工材料 130 万平方米,火工品 430 万元,累计供应额超过 2 亿元。

炉子脱销

二工区红星制梁场场址确定在新建兰新第二双线 DK1327＋900 的右侧后,与新疆建设兵团十三师红星二场农场的谈判持续了 23 天,因为农场场长预设的"工程完工后农田一定要恢复原样"条件我方不能接受而陷入了僵局,最终由自治区和兵团联合下文,采用先用后征的办法得到解决。2010 年元旦这天,梁场场建战役打响,当时气温为零下 27 度,冻土有 1.3 米厚,挖掘机的铲子只能在冻土层上留下几个白点。为抢回被耽误的时间,厂长李大宽、书记翟新年决定用搭帐篷、生火炉的办法解冻。数名员工赴哈密市区分头采购炉子,致使全市炉子脱销,他们只好用汽油桶装煤生火甚至直接将煤铺在冻土上来烤化,抢在春节前建好了生活房屋,并打成了全线第一口水井,结束了生活生产用水全靠用 100 多个桶从 2 公里外拉到工地的窘况。

春节期间,与局项目部和各工区一样,红星制梁场的干部职工和协作队伍大部分都留在了工地,而且初四就投入了战斗,陆续建成了 10 个制梁台座,组装并树立龙门吊 6 台、运梁机 2 台、架梁机和提梁机各 1 台、120 型搅拌站 2 座,存梁场规模可达到 130 孔,并于 6 月 25 日成功制作出第一片箱梁。

战线长不如民族情谊长

端午节前,新疆哈密二堡镇村民摘下自己种的西瓜、甜瓜,来到戈壁深处的兰新铁路第二双线中铁四局工地,满怀深情地向铁路建设者送上一份清凉。司马义·艾山老大爷说:"你们修铁路给我们带来了收入增长的好机会,二堡镇有不少我们维吾尔族农民的孩子来这里打工,为家里增加了收入,改善了生活。新疆天热、风大,中铁四局的同志们白天晚上工作很辛苦,我们送些瓜来,是我们小小的心意。"

新建兰新铁路第二双线横跨新疆、甘肃、青海三省区,全长 1776 公里,其中新疆段 713 公里,而我局所施工的管段全部在哈密境内。哈密属多民族人口聚居区,三工区轨枕厂所在地柳树泉镇就有维吾尔族、回族、哈萨克族等,少数民族人口占 57%。为了尊重少数民族习俗,维护和巩固民族团结,轨枕厂书记程耀智、经理张洪涛带队走访周边乡镇和部队,了解民情民俗,掌握当地情况,制定了《遵守少数民族习俗守则》13 条并以文件形式下发到各班组,同时邀请当地的公安干警为员工和民工上民族民俗、治安维稳政治党课,举办了 6 期以维护稳定、形势教育为内容的培训班,参加培训人员达 3000 人次。

5 月 1 日上午,新疆哈密地区地委书记郭连山、行署专员古丽夏提·阿不都卡德尔赴兰新铁路第二双线新疆段项目部工地,慰问节日期间依然坚守工作岗位的我局建设者。在二工区红星制梁场,郭连山称赞项目部提出的"会战精神"扩展了"哈密精神"的内涵,应该认真总结、大力弘扬。古丽夏提·阿不都卡德尔对项目部员工不畏艰苦、拼搏争先的精神和党组织在会战中起到的战斗堡垒作用给予高度评价,对建设者们为增进民族团结、实现哈密政治稳定和经济发展所做的贡献表示感谢。

"第一梁"

三工区雅子泉制梁场以 4 月 26 日生产出全线第一片 T 型试验梁而出了名,记者在这里采撷到该梁场在选址、场建、设备安装及预制过程中许多鲜为人知的故事。

当初设计的雅子泉箱梁场和 T 梁场是分开建的,位于 DK1382+500 处,但五公司副总经理兼三工区区长王福恩带领梁场负责人黄卫兵、蒋志忠和技术人员到现场勘察后发现,这里不仅地势起伏大,而且处在风区,所查到气象资料显示风度可达每秒 25 米、局部 30 米,不适宜做梁场。他们的变更报告打上去,得到业主的赞同并选在了现场的位置。

站在我旁边的一个又瘦又高、大眼睛的小伙子,极像非洲人。他叫梁耀明,毕业于辽宁交通大学,已在工地干了 10 年,先后参与了石忠、武九等项目,到兰新后担任梁场分管生产的副经理,一直像钉子一样盯在现场,每天都在 10 个小时以上,强烈的紫外线把他晒得黑黝黝的,爱人 4 月 30 日在九江分娩都没有回去。"七一"前夕,去年荣获五公司"优秀共产党员"称号后,他今年再次被评为五公司"优秀共产党员"。

赵建伟曾是局"精神文明十佳"之一。作为一名电工技师,他更注重对年轻员工的培养,带头签订导师带徒协议书,向徒弟讲述自己的成长历史,一对一地培养新人,并利用业余时间准备资料、编写讲义,给技术培训班上课,把自己的技术和手艺毫不保留地传给下一代。

工程部长崔振兴快到而立之年了,本来与女朋友和双方家长商定好"五一"结婚,可因忙于场建和制定预制方案脱不开身,家里埋怨他"你弟弟都结婚几年了,你还不着急?"他幽默而又饱含内疚地向未婚妻连连说:"Sorry,I am really sorry!"

电杆穿"盔甲"

对六工区经理靳怀尧和他带领的员工、民工来说,"3.28"与"3.14"一样令人终生难忘。因为在今年的 3 月 14 日,经过他们的艰苦努力和奋斗,安全、顺利地完成了百里风区临电线路全部立杆作业,并架设 35kV 贯通线 100 公里,照这样的干劲和速度,再拼抢个把月就可以凯旋回家了。可令人料想不到的是,3 月 28 日晚,突然刮起了强风和沙尘暴,DK1424—DK1440 和 DK1446—DK1449 两个区段不少电杆被拦腰或齐根刮断,约 19 公里的电线受损,杆上金具报废,直接经济损失逾 200 万元。事后哈密地区十三间房气象站测算报告显示,那晚最大风速为每秒46.4 米、风力 13 级,百里风区阵风达 15 级以上。工区领导和作业人员 29 日一大早赴沿线检查,望着眼前的一片狼藉,越深入戈壁、深入风区越伤心,不少人忍不住流下了难过的泪水。但是他们没有一个人气馁,更没有一个人退却,立即研究方案、联系材料,迅速着手恢复和加固线路,确保各个工区通信畅通和生活生产用电。

由我局施工的 LXTJ—4 标段全长 179.017 公里,其中 DK1414～DK1489 属兰新线著名的"百里风区"范围,六工区主要负责标段内临时电力工程、临时通信工程和三电迁改工程,合同价约 3100 万元。其中,35kV 临时电力贯通线路是为 DK1352 ~ DK1489 区段各工区驻地、桥梁、隧道、搅拌站提供施工用电,临时通信工程是为满足铁道部、兰新铁路新疆公司信息管理平台建设以及解决局兰新铁路第二双线项目部视频会议、重点工程视频监控、沿线施工驻地固定电话及宽带接入而进行的传输线路建设和相关设备安装调试工作,三电迁改工作则主要包括拆除、防护或迁移影响土建工程施工的通信光电缆线路、电力线路。

1 月 16、24 日,六工区分别完成临时电力工程电杆、钢芯铝绞线和金具等物资招议标工作。26 日上午 10 时,在零下 20℃的气温下,电气化公司机电分公司副总经理、六工区工区长靳怀尧在现场振臂发令:"兰新铁路二线临电工程正式开工!"一台台挖掘机发出隆隆轰鸣,伸出铁臂开挖电杆基坑。此后,作业人员每天早出晚归,渴了喝几口矿泉水,饿了就着榨菜啃几个馍。3 月 16 日,局项目部下发开工前期工作情况通报,特对六工区嘉奖 2 万元。

在前往百里风区的途中记者看到,恢复加固并于 4 月 15 日陆续送电的线路,一根根电杆在蓝天白云下昂首挺拔,电力线、电话(传真)线、电信(网络)线分层布设,随着汽车的行驶时而近在咫尺、时而伸向远方,进入风区后的每根电杆增设了双股拉线,下半部涂刷有煤油沥青漆,迎风面还包镶了 1 毫米厚、4 米高的半圆铁皮保护,如同给金刚又穿上了盔甲。看到此景,我的耳边又响起了靳怀尧说的话:"不仅如此,我们对所有的瓷瓶加固、横杆加重;所用的绑线由单股增为双股,而且是国外进口的,价格比国产的高 5 倍;所有电杆都设两根拉线、风口地段四根拉线;每根电杆底部有底盘、中部有卡盘,保证其坚如磐石、固若金汤。4 月 23 日哈密又刮起了 13 级大风,持续时间比'3.28'还长,别的标段折断不少,我们标段这里没有断一根。"

风来要抱头,45 度斜身走

三工区三项目队位处百里风区。项目书记徐智强在介绍情况前先给我看他用手机拍的一次沙尘暴。画面里风卷沙尘,一片迷蒙,猛烈时有黄豆、绿豆大的石子敲打在活动板房或窗户玻璃上,如同爆米花般瞬里啪啦作响。此刻,我想起了岑参《走马川行》中"君不见,走马川行雪海边,平沙莽莽黄入天。轮台九月风夜吼,一川碎石大如斗,随风满地石乱走"的诗句。

"有个成语叫'谈虎色变',我们这里不少人谈'风'色变。"徐智强绘声绘色地描述道:"大风把装有五六十公升柴油的油桶刮得滴溜溜滚,我们的四间活动房屋被撕裂、一间被揭了顶,还有数扇装有防沙网的窗玻璃被打破,停在工区院子里的两辆汽车,四周玻璃全都破损。但经历了去年'12.23'和今年'3.25'、'3.28'三场大风,我们三项目队的干部员工没有一人退却。队领导号召员工和协作队伍大力弘扬艰苦奋斗精神,做到坚守、坚持、坚信、坚定。"

吃一堑,长一智。三项目队从几场大风的经历中也吸取了教训,并总结出了一些对付的办法和经验。他们把活动房屋相向而建,中间用槽钢搭起防风透光篷,房屋四周和每间房的隔墙在约3米高处用槽钢加固,迎风的一面(西北方)间隔五六米还砌起了2米多高的挡风墙。为了防风减灾,三项目队对施工模板按抗17级大风设计,与当地气象部门签订了每天传真气象预报资料的合同,并从北京购买了测风仪,如风力超过6级就立即通知停止高空和吊装作业,确保人员和设备安全。员工们还用"风来要抱头,45度斜着走"、"出门要戴安全帽,防石击打最重要"等顺口溜来相互提醒,提高防风和自卫的意识。

鬼谷口

时近小暑,烈日炎炎。我与七分公司副总经理兼四工区工区长王润国乘车从哈密西行,出了红山口下312国道,之后沿蜿蜒便道向南。戈壁滩上满目的砾石,像被火烤焦似的黑而发亮,给人以死寂、沉闷和神秘之感。

与三工区相比,四工区距十三间房只有9公里,更是处于大风口上。十三间房就是《高昌行记》中的"鬼谷口",历史上又称"黑风川"、"黑风口",即今兰新铁路所经过的"百里风区"十三间房车站一带。这里是新疆第二大风口,地处南湖戈壁与天山之间,肆无忌惮的大风、怪风自西北向东南狂刮,使得这片硕大的戈壁寸草不生,荒无人烟,成为中原进入西域"丝绸之路"的一段畏途。"就在四天前",王润国告诉我,也就是6月25日下午,兰新公司安质人员分乘5辆车到四工区进行质量信誉评价检查,途中突遇大风,除一辆进入隧道外,其余(包括我局项目部)的8辆车全被困在路基上,迎风一面的车玻璃都被石子打破或击碎,工地上20多台机械受损,直接损失约5万元。阵风过后检查人员躲到隧道里,次日凌晨3点多钟用调来的一辆防弹运钞车营救,才把业主和监理安全运抵哈密。王润国还指着院子的一个铁柱子说:"那是我们的篮球架,篮板也是那天被大风撕扯掉的。事后气象部门确认,那天的风力达到了14.5级。"

除了大风,四工区还受到高温、严寒、缺水、停电的困扰。我到达的那天就遇到了停电,天上艳阳高挂、万里无云,环顾四周,目及之处无一丝绿色,用温度计测量,地表温度为 63 度,空气温度为 47 度。直到 22 时太阳西沉,才感觉有了丝丝凉风。

因为业主已正式通知兰新铁路第二双线的工期要提前半年,王润国召集全工区管理人员开会,研究上报各工程要完成的节点及施工组织措施,我只好到调度部门了解情况并记下了以下数字:四工区有隧道 1 座 1300 米,特大桥 1 座 603.5 米,填方 110 万立方米,挖方 290 万立方米,防风明洞 12.67 公里,混凝土总量 41 万立方米。目前管理人员到位 120 人,已完成隧道开挖 142 米、挖方 98 万立方米、填方 2 万立方米,涵洞开挖 8 座,1 座基础砼已浇注完成。

维稳与造绿

戈壁滩特殊的自然环境,不仅增加了铁路客运专线施工的难度,同时也考验着每一个参战的干部员工和协作队伍。采访中不下五六个工区或项目队的书记告诉我,一些农民工到了工地,一看生活和作业环境扭头就走,嫌钱少只是原因之一,主要是吃不了那种苦。四工区的一个涵渠,开工不到 20 天就换了四拨队伍;一些刚参加工作的年轻技术员也思想波动,个别要求调动的在领导未同意的情况下竟不辞而别。

"如何把队伍留下来、把队伍稳定住,这是每个项目书记的一项重要职责。"局项目部工委副书记张宝贵还说,相对于内地,这里征地拆迁的量较少,难度也小一些,但这并不意味着项目书记的担子轻了、压力小了。他们要把更多的时间、更多的精力,想更多的点子、用更多的办法,做好员工和协作队伍的稳定工作。接受采访的项目书记们给我介绍最多的,是他们在建设员工和协作队伍驻地、提高其工作待遇、改善其生活条件、搞好其日常伙食、丰富其业余生活等方面所做的扎实而细致的工作。在各工区和项目队,所有员工或协作队伍的宿舍地面都铺了瓷砖、安装了空调、配备了彩电、建起了晒衣房(防风沙)。在有的项目队,允许员工工作之余到办公室上网和聊天。

二工区红星制梁场靠近农场。解决了水源后,组织员工在房前屋后种上花草和树苗,而且每棵树上都挂有一个写明责任人的小牌子,由责任人负责浇水、包保成活,因久不浇水造成枯死的将给予经济处罚。

三工区在戈壁深处,植物无法生长,他们就"人工造绿",从 200 公里外的哈密买来塑料盆景摆放在会议室、办公室,甚至连走廊里都拉起了一串串的藤状植物,以缓解员工的视觉单调和疲劳,营造多彩舒畅的生活情趣和心境,使员工以健康轻快的心理和高昂激越的斗志投身到兰新铁路会战的光荣事业中。

"中铁四局连续剧"

我局承建的新建兰新铁路第二双线新疆段4标,正线长179.017公里,工程造价88.3亿元,合同工期1127日历天。管段全部位于哈密市境内,其中70多公里处于新疆百里风区的中心地带。工程由局组建项目部,五公司、六公司、电气化公司、物资公司、七分公司、八分公司等单位参与施工,到6月底,参建人员达到8550余人。

"兰新铁路第二双线4标是我局打入新疆市场的'开山之作',是进入西部地区的桥头堡,也是实现我局'战略西进'政策的重要平台,必须干出成绩,打好第一仗。"这是局总经理许宝成去年12月5日在"中铁四局兰新铁路第二双线新疆段4标开工动员大会"上提出的要求。按照许总经理的这一要求,局兰新铁路第二双线(新疆段)项目部提出了"风大我们干劲更大,缺水我们不缺汗水,温度再高不如建设标准高,战线再长不如民族情谊长,天寒地冻见诸行动,戈壁荒滩铸就辉煌"的会战精神,号召所有管理人员跑步进场,于当月10日与铁一院完成了交接桩,2010年1月15日形成测量报告,20日完成了《兰新铁路第二双线 LXTJ - 4 标实施性施工组织设计》,迅速打开了驻地临建、施工便道及路基试验段的大干局面,在全线连续创造了第一根桥桩、第一根 CFG 桩、第一夯、第一锤、第一片试验梁、第一个试验墩等多项第一。

3月16日至20日,局项目部中心试验室和一工区试验室,1号、3号、6号混凝土搅拌站分别通过兰新铁路新疆有限公司哈密指挥部组织的验收。

5月16日,铁道部副部长卢春房深入我局已全面掀起大干热潮的兰新铁路第二双线(新疆段)工地检查工作。在百里风区,卢春房检查了路基施工点后高兴地对陪同检查的中国中铁股份公司副总裁白中仁,中铁四局董事长、党委书记张河川,局副总经理兼兰新铁路第二双线新疆段、甘青段项目部经理张庭华说,四局的施工很规范,标准高,应认真总结好经验,带动全线,在新疆段争当排头兵。5月17日,在乌鲁木齐召开的兰新铁路检查总结会上,卢春房两次表扬中铁四局的施工,用"赏心悦目"来肯定和赞赏路基施工规范和便道修建水平。之后不久,兰新铁路新疆公司在哈密我局承建的第四标段召开了路基施工及标准化管理现场会,全力推行我局项目部标准化管理的做法和经验,授予全线首个"绿牌"单位,并在上半年的信誉评价中给予了加分奖励。

局兰新铁路第二双线(新疆段)项目部党工委副书记张宝贵对记者说,曾在铁道部青藏铁路指挥部担任领导职务、现任兰新公司的总经理拉有玉对我们提出的兰新铁路"会战精神"很欣赏,说使他想起了四局在青藏铁路建设中开展的"青藏高原党旗红"活动,称赞"四局的企业文化很有特色"。

也就在这个月,哈密地委宣传部组织当地报社、电视台、广播电台的记者组成采访团,深入我局兰新项目部及各工区采访。此后,各家媒体以消息、图片、通讯、专题等体裁陆续推出了新闻报道,持续时间之长、报道内容之深刻、宣传范围之广泛,开当地媒体系统之先河,被誉为"中铁四局连续剧"。

芙蓉城里著华章

——建筑公司四川蓝光经理部项目管理纪实

中标 6221 万元的四川蓝光香瑞湖花园四期三标工程,建筑公司不仅把它作为打入成都建筑市场的首个项目,更是明确要求项目经理部要把它建成进驻四川及至西南的"桥头堡",以此实现滚动发展。

曾把昆山钞票纸厂项目打造成我局第二个、建筑公司第一个国家土木工程最高奖"鲁班奖"的霍绍伟和他带领的建筑公司四川蓝光项目经理部团队,面对比其他施工单位晚进场 3 个月的不利情况和汶川"5·12"大地震的严重影响,牢记使命,坚定信念,顽强拼搏,步步进取,实现了一个个节点工期,前后赢得业主 100 多万元的节点工期奖。拥有"中国品牌地产 30 强"、"全国百强优秀企业"、"四川房地产企业综合实力首强"、"成都地产领军企业"等诸多光环的四川蓝光集团,在发给建筑公司的工程验收函中称:"贵公司承建的香瑞湖花园四期三标总包工程于2008 年 10 月 17 日一次性通过工程竣工验收,满足我公司计划节点工期要求。在主体和后期收尾施工期间,贵公司项目经理部优质高效按期完成了施工任务。该工程为贵公司与我公司合作的第一个工程,施工期间经历了工期调整、建筑市场价格波动、地震灾害等较大因素影响,贵公司展现了良好的履约能力。"

之后不久,建筑公司先后中标四川蓝光投资建设的观岭国际社区一期 B 区总包工程和圣菲 TOWN 城 10、11 号楼土建总包工程,工程总造价约 1.5 亿元。

这样的成绩令人惊叹,他们的项目管理思想和做法更值得探究和借鉴。

一个坚定信念

香瑞湖四期三标工程包括 5 - 1#、6#、7#、8#楼高层住宅及人防地下室,总建筑面积为 75008 平方米,其中 5 - 1#和 6#楼设计为 27 层,7#、8#楼分别设计为 25 层和18层,建筑物高度最高为85.3米,是目前建筑公司乃至我局承建的最高民用建筑。为了抓住时机提前销售,业主要求于2007年5月9日前完成7#、8#楼一层打顶板结构,6#楼完成±0.00以下结构。收到工程中标通知书已近年关,为了确保3月15日开工,经理霍绍伟、项目书记高峰立即组织人员和机械设备进场。除夕之夜,经理部所有人员在现场一起吃团圆饭,霍绍伟和高峰向大家敬酒时说,我们身在异乡吃苦受累不图别的,为的就是要把工程干好,在成都站稳脚跟,实现滚动发展。

这是一群爱企业、干事业的人。他们来自不同的省份,他们的职位有高有低、年龄有大有小,但他们所树立的一个共同信念,就是干好工程、管好项目,并在工作中不断强化,遇到困难危险时不仅不会动摇,而且只会更加坚定。

香瑞湖花园四期位于通往青城山、都江堰旅游区的光华大道左侧,是温江区的"门户"和形象工程,结构新颖而复杂,有的阳台悬挑达3米多,向守军从事房建20多年都未见过。身为工地上唯一的施工员,他主持现场施工,每天除了吃饭、睡觉,其余时间都盯在现场。在施工高峰作业人员达到七八百人的那段日子里,他每天在工地的时间更是近二十个小时。

工程主体施工进入最后阶段,恰逢成都商品混凝土供应异常紧张时期,经理部安排专人驻守在商品混凝土公司,并合理调整浇注时间,保证了5-1#和6#、7#、8#楼主体结构均比业主确定的节点工期分别提前10-15天封顶。

2008年11月7日,香瑞湖花园四期三标工程顺利通过了蓝光集团质检中心组织的分户检查验收,合格率达到80%~90%,创造了建筑公司单位工程分户验收通过合格率之最。

在搞好施工生产的同时,经理部不忘公司下步在成都区域的滚动发展,积极研究当地建筑市场的现状和前景,多次到当地信誉好、品牌响的工地考察,主动参与成都地区工程项目投标,通过投标过程中对劳务、材料市场的调查分析,建立并形成了整套成熟的投标报价体系。

一次严峻考验

5月12日14时28分,四川汶川发生特大地震,建筑公司四川蓝光经理部的施工现场距离地震中心汶川只有70公里左右,当时正值下午上班时间,施工人员进入现场,有的在各楼层内,大部分是在高层外架上施工。突然发生的地震,引起楼房剧烈晃动,外脚手架摇摆的幅度达到50厘米左右,并发出乒乒乓乓的撞击声,楼体内外墙面被震裂均有墙皮、灰块脱落。

"地震了!"施工员向守军大喊一声,正在运送施工人员的施工电梯立即停止上升,正在行进的车辆急忙停车,电工王华紧急切断了施工现场的动力电源,在高层外架上作业人员稳妥地把安全绳由楼外固定到楼内,霍绍伟、高峰及安质部、工程部、办公室等部门的管理人员或从办公地点、或从上班中途飞奔工地,不顾个人安危,指挥和疏导施工人员有序沿楼梯紧急撤出建筑物,短短几分钟,工地上400余名施工人员安全撤至大门外安全地带。

稍后,项目经理霍绍伟安排相关人员及门卫看好施工现场大门,所有人员只准出不准进,以免发生意外情况,同时要求施工员查看有无受伤人员,清点各施工班组的人员。

震后不到10分钟,霍绍伟就带领部分管理人员冒着随时都有余震发生、随时都会危及生命的危险,义无反顾地进入施工现场,逐楼逐层仔细查看有无人员滞留在楼内。最感人的一幕是,由经理部聘用的施工员、老党员徐晓云、帅文全和现场施工员向守军三人,主动要求进入楼内查看有无人员还没有撤出来。还有刚参加工作不到一年的工程部见习生向朝勋、许龙飞、黄淘等人,也积极加入到搜寻找人的队伍里。而经理部办公室的杨文胜、工程部的兰春雨(部长)、李红远等则站在大门口维持秩序,女团支部书记周娅带领团员青年帮助清点人员,察看有无受伤人员,积极帮助那些需要帮助的人员。

建筑工地在这次8.0级特大地震中受到严重波及,但正是由于经理部平时安全措施严密精细,人人遵守防范到位,加上经理部反应迅速,处置果断,安排妥当,地震中及后来的数十次余震中都没有一人伤亡或失踪。

此后,作为全局距震中最近的工地之一,经理部一方面部署灾后如何处理建筑中楼房的险情,一方面向重灾区踊跃捐款和交纳"特殊党费"共计7900元,并把经理部仅有的一台车连同司机借调到奔赴北川重灾区的我局抗震救灾突击队,投入紧急救援和灾后重建。

一部实用《办法》

"这是一部实用性很强的项目管理实施办法,具有向其他项目部推广的价值。"这是建筑公司总工程师焦宁艳在四川蓝光经理部进行项目管理调研、重点对香瑞湖花园四期三标建设进行全面考察并于12月7日召集经理部班子成员进行充分分析、论证后得出的结论。离蓉前,他特地向霍绍伟索要了一本书面的《办法》。

《办法》的全称叫《四川蓝光集团香瑞湖四期三标项目管理实施办法》,由项目经理霍绍伟亲手编写。这个《办法》可以概括为三个层次(决策层、管理层、劳务层)管理、两个制度(项目管理制度、效益管理制度)建设、"四位一体"(生产进度、质量管理、安全文明、责任成本)运行、动态管理(策划、实施、检查、提高)过程,综合运行方法,并据此制定了项目经理部总的管理方针、管理目标,建立了生产进度、质量、安全文明、成本控制四个整合型管理体系,规定了整合型管理体系的组织机构和职责权限分工。在此基础上,分别建立各体系的组织机构,制定出单项体系具体的管理目标、各岗位和部门所承担的职责。规定了管理体系的运行方法,同时根据公司领导要求和项目部的实际需求,制定了合同、质量、成本、职业健康安全体系、环境、生产进度、物资、机械、劳务、工地文明等 10 个专项管理办法,涵盖了项目管理所涉及的全部工作内容,并按照细分原则,明确编制出具体的策划工作方法、实施工作方法、检查工作方法改进工作方法等。整个《办法》共分十二章,包括工程概况,项目管理方针及管理目标,项目部组织机构及分工表,项目部部门岗位职责,项目部生产进度管理体系、目标、职责,项目部质量管理体系、目标、职责,项目部安全文明管理体系、目标、职责,项目部责任成本管理体系、目标、职责,四个管理体系实施方法、流程图,项目部专项管理办法,项目现场管理一图九表,项目部各部门规章制度及管理文件目录。

这是霍绍伟的呕心沥血之作,也是他二十多年工作实践和项目管理经验的结晶。从一个普通的农家子弟考入合工大工民建专业的大学生,成长为一名具有高级技术职称并曾为企业摘取"鲁班奖"的项目管理者,他时刻牢记着是企业给了他事业的平台,是领导和同事给了他工作的动力、激情和乐趣。参加工作二十多年来,他建成的办公大楼、工业厂房、民宅别墅数十座,管理中有经验也有教训,谈到经验他比较低调,谈到教训他从不回避。白天他跑工地、跑业主,开展经营活动,定期主持召开生产会、协调会,晚上处理项目上的事务,子夜才是他可以自由支配的时间,或看书,或静思,抑或对做过的项目从点点滴滴给予归纳总结,写下工作中的得失和对某方面问题的思考和感想,日积月累,集腋成裘,终于成就了这部《项目管理实施办法》。

眼下,霍绍伟正在结合新的工程项目修改完善这个《办法》,把它应用到刚刚中标的成都观岭国际社区一期 B 区工程和圣菲 TOWN 城 10、11 号楼工程。

"战舰"起于巢湖畔

——建筑公司渡江战役纪念馆项目建设纪实

1949 年 4 月 21 日,中国人民解放军在长江中下游强渡长江,渡江战役全面打响。61 年后的今天,建筑公司的建设者们发扬攻坚克难、勇往直前、夺取最后胜利的"渡江精神",快速进点,昼夜拼抢,使外形犹如一艘乘风破浪巨型战舰的"渡江战役纪念馆"已具雏形,巍然屹立在当年渡江战役的战前训练地——巢湖之滨。

这座矗立在合肥市滨湖新区巢湖岸边的渡江战役纪念馆为钢混凝土框架剪力墙结构,长宽高分别为 126 米、52 米、40 米,建筑总面积 15873 平方米,包括地下 1 层和地上 3 层,由水底厅、军功厅、军史厅、主展厅、渡江展厅、胜利展厅、体验厅、多功能厅等组成,主体工程建设费用 6000 多万元,建成后将成为全国性的革命传统和爱国主义教育基地。

从中标纪念馆工程的第一天起,项目部 168 名建设者们就感受到肩上的使命重大:

该项目经国务院批复后交由安徽省负责建设,工程自开工建设伊始就受到中央军委及安徽省领导的高度重视。

该项目是合肥市 2009 年"三大重点工程"之一,作为在渡江战役总前委所在地建设的一项标志性建筑工程,工程由合肥市委副书记熊建辉亲自任组长坐镇指挥。

科技攻关的关键点是纪念馆的"船头","船头"部分超长超重超高悬挑结构在国内堪称首例,其悬挑端顶点高 40 米,坡面斜度达到 49 度,悬挑出去部分长达 35 米。这也就是说,纪念馆很大一部分将处于"悬空"状态,混凝土浇注后的总重量达 7500 吨。如何支撑"悬空"部分,国内尚无现成经验可借鉴。

建筑公司会同合肥工业大学、东南大学、安徽省地质勘察设计研究院等有关单位共同研究,编制出悬挑高支撑架施工及技术方案,并在合肥工业大学实验室做了槽钢钢管组合体系承载力实验,然后委托东南大学对方案进行验算和优化。即便如此,局副总经理孔遁到工地查看后不久,又亲自主持组织局内专家对施工技术方案进行再论证,确保万无一失。

建筑公司组建了"渡江战役纪念馆项目工作组",由该公司纪委书记李培宁、工管中心主任王根杰分别担任正、副组长,长期驻守在施工现场,指导协调,组织技术攻关。项目部还成立了现场工作领导小组、材料质量控制小组、技术指导小组、安全质量管理小组,各负其责,分兵把守,重点对船头超高超重悬挑结构、地下室超高剪力墙等技术难点展开攻关,加强地下室大体积混凝土、钢梁吊装等环节的安全、质量控制。

该项目部自2009年6月8日进场后,按照"开工即大干"的要求,12日就掀起了基础施工高潮,7月3日进入主体及附属工程建设。10月21日,合肥市委副书记、渡江战役纪念馆建设领导小组组长熊建辉在查看了施工现场后说:"工程建设顺利,我非常放心。"他还说,"中铁四局能够克服重重困难,不计条件,充分展示了大型企业的风范。希望再接再厉,把项目质量放在首位,把施工安全作为重中之重,把渡江战役纪念馆项目建成'精品工程'。"

施工中,项目部通过自筹、租借等方式,集中了约3700吨各种钢管材料、120多万只扣件,投入资金约2000多万元在"船头"下方搭建起了一个同样高40米的巨型支架。这些管材如果一根根地连接起来,其长度相当于合肥至北京一个来回的距离!同等规模的一座普通房建工程一般只需要20多个架子工,而该项目部"船头"作业最高峰时仅架子工就多达200多人,与另外400多人的钢筋工、木工在4个作业层面展开立体交叉作业,同时还调来了两台50吨的吊车,配合现场原有的两台塔吊进行施工。

地下室剪力墙混凝土施工是一大难题。该剪力墙高8.3米,厚度从0.4米至1米不等。由于墙体又高又厚,对模板支撑架设固定、混凝土浇注造成了困难,市场上常用的对拉螺栓和三型卡都不能满足施工要求。于是,2008年曾荣获"全国优秀项目经理"的项目经理李鹏程和技术人员一同攻关,最终采用现场制作对拉螺栓、定制加厚三型板和螺帽的办法。施工最紧张时,李鹏程每天中午一两点才吃午饭,晚饭直到九十点钟才能简单地吃上一些,其余时间都泡在现场检查工程质量,每周主持召开质量分析会,与技术员一道探讨和商议加快工序循环的方法和步骤,对关键工序亲自旁站,使得施工中剪力墙无一处出现跑模胀模。

在49度斜面的钢筋绑扎过程中,由于斜面太大,每根钢筋绑扎都必须先点焊以防止钢梁倾斜和下滑。同时,49度斜面模板支设难度大,木工师傅们几乎每天都是爬着作业。向斜面浇注混凝土时,建筑公司"金牌职工"、项目副经理张勇创造性地采用双层模板,每隔1.5米开一个振捣口,大大提高了浇注混凝土的效率和质量。在那段时间里,张勇每天只和着衣服休息一两个小时。项目总工陈时兵家就在合肥,他与张勇一起,整天忙于拼抢工期,两个多月都没有迈入过家门。技术员高敏,刚刚从大学毕业,小姑娘不顾风吹日晒雨淋,主要负责模板制作,从早上一上班就一直干到半夜十二点,人变瘦了,皮肤也晒黑了。

作为建筑公司树立的"项目党建和思想政治工作示范点",该项目部党支部紧紧围绕"筑造精品工程"的主题,开展丰富多彩的主题活动,并将创建"党风建设示范点"与"党员身边无事故、无次品、无浪费、无违纪"结合起来。为调动全体员工工作热情,项目部书记刘斌发动了"党员示范工程"、"红旗责任区"、"党员先锋岗"、"一个党员,一面旗帜"、"我是共产党员,我带头"等活动,助推施工生产不断加快,工程质量不断提高。

2010年1月24日,工程主体结构顺利封顶;2月22日,主体工程顺利通过合肥市"安全质量标准化工地"验收;3月20日,该主体工程又顺利通过了安徽省"安全质量标准化工地"验收,为整个工程创安徽省工程建设"黄山杯"奠定了坚实的基础。

眼下,随着工程主体墙内外支架的拆除和内外装饰的展开,这座体现合肥现代化滨湖大城市风貌的标志性建筑,以她越来越靓丽的风采展现在人们面前。

当代"粮草官"

陈武，一个很精明能干的人。我得出这一结论，当然不只是因为他外表上的特点：一米八几的个头，前庭饱满、脑门发亮，头发稀少，给人以聪明绝顶的印象。重要的是他作为中铁四局南京铁路项目的"粮草官"，在物资供应及管理过程中所想到的点子和做出的业绩。他还是一个顾全大局、甘于牺牲和奉献的人——妻子卵巢长出肉瘤在合肥住院治疗，他每天都打电话问候却无暇守在病床前照顾，而是把旺盛的精力和宝贵的时间投入到了运筹谋划为工地源源不断地输送物资、确保供给上。

中铁四局在南京有三个铁路工程建设项目——京沪高铁南京铁路枢纽、南京南站和沪宁城际铁路，工程总价达73亿元。近百公里长的战线跨度、上百种的材料供应品种，纷繁复杂的采购运输环境，与他所参与的渝（重庆）怀（化）铁路、宜（昌）万（州）铁路、甬（宁波）台（州）温（州）铁路等建设项目的物资供应相比，无论是工程规模、采购渠道还是管理模式、供应方式等，都比以往增加了难度。陈武说："南京铁路工程项目有高速铁路、城际铁路、铁路枢纽工程，涵盖了铁路工程建设中路基、大桥、制梁、架梁、隧道、车站、轨道、动车所等几乎所有子项目的施工，物资供应上分甲方供料、甲方控料、自行购料三种类型，每天要与三个业主、三个监理公司、三个指挥部、28个项目队和上百家供应商打交道。为了收到纲举目张的效果，我们绞尽脑汁，想方设法，扎扎实实抓管理，以管理促规范，以管理提效率，以管理节成本，以管理保供应，从而为中铁四局、为物资工贸公司赢得信用和荣誉。"

合纵连横，注重"三字诀"

中铁四局南京铁路三个标段共有9个子（分）公司、28个项目队参战。物资工贸公司作为建设物资供应单位,专门下文设立"南京铁路项目材料厂",并指派陈武担任厂长、胡宁担任党支部书记。胡宁在20世纪80年代曾是公司党委办公室的一名干事,后被下派到基层单位和项目上担任党组织负责人,对党组织建设和宣传发动和轻车熟路。而陈武也是从20世纪80年代就从事物资管理工作,先后担任过材料员、主任材料员、业务主任、物资部长、工地材料厂副厂长、党支部书记、厂长等职,具有丰富的物资供应和思想政治工作的经验,2007年和2008年两次被集团公司授予"先进工作者"称号。为了靠前指挥和加强协调,陈武——这位享受副处职待遇的职业项目经理,吸收历史上"合纵连横"的战略,对三个标段的材料供应进行科学合理的布局。他把材料厂设在中铁四局南京铁路项目指挥部附近,并分别在三个标段设立了分厂,其中南京南站和南京枢纽(大胜关)两个分厂与总厂合署办公。"南京南站和大胜关这两个项目就在总厂附近,合署办公既节约了办公场地建设或租用的费用,还节约了人力方面的资源、减少了交通费用支出,同时还能够加强厂部的效能建设、提高工作效率。"陈武说。

陈武还结合南京地区铁路建设项目的特点和多年来的工作经验,提出并要求全厂职工要特别注重"定"、"订"、"盯"的"三字诀"。

"定"。他亲自主持制定了《材料厂市场调查及采购管理制度》,规范并强化合同管理,严格控制成本支出,树立主动服务、跟踪服务和全面服务的思想意识,全方位做好物资材料的供应工作。他要求总厂和各分厂全部建立四种台账:一是检验试验台账。由于三个项目各类物资材料用量大,需要外检的项目和频次多,主要材料的外检工作由总厂统一取样进行化学分析方面的检测,材料厂设专人对质保书进行专项管理。分类建立登记台账和发放台账,从而能够清楚地查找外检报告和质保书到达和发放情况,时刻提醒到期检验项目,防止漏检或重检。二是甲供料差价台账。由于三个项目都有甲供材料,根据铁道部有关文件要求"每半年进行一次材料调差",材料厂对应25个项目队,要求各业务人员对分管甲供料分项目队、分月按厂里统一设计的表式进行填写,并要求每月与各项目队进行核对,防止料差到达后发生相互扯皮现象。三是进料登记台账。进料登记台账是材料厂的最基本台账,直发的建直发台账,中转的建中转台账。四是钢模板加工台账。三个项目计划加工各类钢模200多套,需要30000多吨钢板和型材。除了建立成套钢模台账外,还对所供应的原材料进行登记,建立发放台账(十七家钢模加工厂),而且这些台账都是动态的,真正做到对数量严格卡控。

订。铁路物资供应市场与其他建材市场的不同,主要在于材料定价和供应方式的多样性。对于由甲方直接招标、定价、供应和控制的钢材、水泥、线上料、粉煤灰、外加剂、防水材料、电线电缆、桥梁支座和预埋件等,陈武采取提前订货、驻厂监造的方法,以确保生产厂家按时或提前交货;而对于砂子、碎石、矿物参和料、型钢及油料等自购料,陈武则要求相关部门从生产厂家、价格确定、质量保证、供应方式等方面深入进行市场调查,选出符合质量要求但又在其他相同条件下价格最低的生产厂家或供应商。

为了控制材料定价,降低采购成本,在集团公司指挥部牵头下,陈武与各项目队物资管理人员一道,对本地及周边 500 公里半径区域的物资市场进行实地调查,摸清行情,确定基数。在此基础上,由材料厂与各项目队再对计划采购的物资分别进行"背靠背式"的调查,并将调查结果上报集团公司指挥部,由集团公司指挥部择优选定。

除此之外,陈武还利用网络查询各地的材料价格,特别是向熟悉并有业务往来的供应商询查,从中摸清并掌握材料的真实价格和行情。

市场的全方位开放,使所有材料价格都随市场的变化而变化,有的起伏频次和幅度还很大,甚至一天发生多次波动。陈武与集团公司指挥部共同组织,对自购材料进行公开招标,一起确定供应商和价格。而对价格变化较快的型钢、油料,则主动与所使用的项目队共同进行市场调查和价格确认。陈武要求业务员每次询价都不少于三家供应商,确保所采购的价格在当时同等条件下是最低的,这不仅增加了招标定价工作的透明度,也做到了公开、公正、公平。

最初,经过材料厂与相关项目队共同调查,确定水洗碎石由列入《铁路合格方名录》的安徽众旺采石场为供应商。但这个石场位于距工地近百公里的和县,而调查后发现南京周边就有符合高铁质量要求的碎石生产厂家。但因为这些厂家不在《铁路合格方名录》里,业主和监理均不同意采购。为了供应及时,降低成本,陈武主动邀请业主和监理单位人员到实地考察,共同搜集并最终形成将其列入名录的申报材料,两个月后得到了批复和同意,不仅缩短运输距离过半、确保碎石及时到位,供应价格也由原来的每吨 76 元降低为 57 元,按设计使用总量可节约资金上千万元。

盯。一是紧盯市场行情。供应过程中,为了了解和掌握市场行情,他还组织人适时进行阶段性的行情调查,找到阶段性价格变化的规律,以降低某一时段批量采购的风险。2009 年年底,该厂通过综合分析一次性低价采购钢板和型钢 4299 吨,这批钢材刚运到工地,钢材市场就出现了大幅上涨并将这一态势持续了相当一段时间。此举,初步估算为企业减少采购成本支出 350 万元。二是盯生产厂家。近几年随着铁路建设规模的不断扩大,与铁路相关的器材供不应求,形成了买方市场,出现了所需要的产品还在图纸上、而生产厂家门口已经有人排起了长队的现象。在京沪高铁和沪汉蓉铁路工地,由于大胜关连续梁用球型支座图纸出来晚,而且频繁变更,制造厂家在短期内生产不出来,紧张的工期压力又逼迫各工区纷纷向材料厂多次告急。陈武一方面督促代理公司请求完善与生产厂家合同,一方面亲临厂家协调压缩生产周期,并委派驻厂员在车间天天盯守、不断催促,确保各种型号的支座按时或提前交货,及时运到施工一线。

牢记"司训",采用三条计

"宁肯自己千辛万苦,不让用户一时为难"是物资工贸公司的"司训","确保工地用料"也就成了陈武工作中的第一要务。开工之初,为了达到集团公司指挥部提出的"一开工就形成大干高潮"要求,各项目队争先恐后报提所需的各类物资,而且大多采用电话、手机联络,一时间南京材料厂每天电话不断,从厂长陈武到各个业务员,50多名员工的手机话费和信息费多得惊人,而公司给他们的手机话费有额度,这不免增加了员工个人经济上的负担,个别员工心生怨言。陈武教育和引导大家以确保一线需求为己任,特殊时期特殊理解,带头不讲个人得失,全力以赴服务现场,白天联系供应商,晚上补充完善各种纸质手续和报批程序。

随着各项工作逐步走上正常的轨道,陈武及时提出"把工作重心转向确保工地用料",动员全体员工"务必要做到想尽一切办法,采取一切措施"。甲供料中的钢材是各地钢厂直供,由于运距远且多采用铁路运输,这就给材料厂增加了二次倒运的问题,不仅业务量成倍增加,而且加大了管理难度和风险。陈武要求业务员及时了解厂家排产计划,形成一定量的库存,其中大胜关工地正常的钢材储备在6000吨以上,材料厂本身储备定额则每月不少于2000吨。

粉煤灰、碎石和桥梁支座在南京铁路项目上用量很大。由于南京铁路、公路建设项目多且使用时间集中,造成当地及周边地区资源紧张,供不应求。陈武提前谋划,向业务员面授三个"锦囊妙计":一是适当增加供应商的数量,并选择一两家实力较强的供应商作为备用,一旦主供应渠道受阻或中断,由备用供应商立刻补充上去,确保供应链不出现断裂。二是扩大生产厂家范围,即在南京地区内外埠选择一定数量具备供应能力和质量的生产厂家,供应范围半径不超过300公里,在减少成本原则下,选用时先近后远。三是最大限度地加大储备但又不形成积压。如今,粉煤灰供应每个标段就有两家以上,有12家火电厂作为后备,并与供应商合资在南京租用了一座废弃的水泥厂,投资改造后能一次容纳4000吨粉煤灰的中转储备库,当灰源充足时就大量购进,灰源紧缺时就从中调拨,为保证供应起到了重要作用。

与粉煤灰供应情况不同,碎石加工场在南京地区有很多,但高铁用料标准高、用量大,许多石场达不到生产规模和质量要求,加上当地有关部门强制关闭了80%环保不达标的石场,一时间碎石供应全线告急,争夺资源之战愈演愈烈。陈武向业主并通过业主向江苏省和南京市多次打报告,要求对进入铁路合格方名录的宝华和华宏两家石场"四不断"(断水、断电、断路、断炸药),使其边整顿边生产,把各种规格的碎石不间断地运往我局管段的各个搅拌站。2009年春节期间,各搅拌站的碎石储备总量达到24万吨,加上各石场按材料厂要求储备了13万吨,不仅保证了春节期间大干需求,而且整个春季料源充足,三个标段间自如调剂,有力地保障了施工生产。在2009年夏季开展的大干六个月活动中,南京材料厂8月至11月完成的供应额达到8.38亿元,创全集团公司所有工地材料厂历史同期最高纪录。

特事特办,"拿下"火工品

沪宁城际铁路四局管段有4座隧道,设计总长2.93公里,沿途涉及3个镇、6个自然村、2个公安局、4个派出所。因为间隔的跨度大,要在沿线建造3座火工品库。开山凿洞,一开工首先需要的就是火工品,所以火工品的采购与运送、火工品库的选址、建库就成了材料厂工作的重中之重,也是全线重点工作。

南京市公安局为全国火工品管理示范单位,原则性极强,对民用爆破器材的申报、采购、运输、保管、使用控制得一直非常严格,特别是申报手续非常繁杂。为此,中铁四局南京铁路工程指挥部成立了火工品申办领导小组,由集团公司副总经理兼工指指挥长张建场亲自担任组长,要求明确节点目标,重点难点一一攻破。陈武首先按照公安局的要求,与业务人员一起将企业建筑资质证书、爆破资质、施工爆破方案及四大员换证等30多项基础材料收集齐全,然后分头开展公关活动。在办理申报火工品手续的日子里,他们不畏艰苦,每天在公安机关上班前赶到,为办理手续的工作人员打水、擦桌、拖地板,以便使其把更多的时间用在办理手续上。当"拿下"全套手续、有关单位和部门加盖完了18个公章后,当购进的一批批火工品运往各隧道施工现场时,当每个隧道传来掘进加快的捷报时,陈武和他的员工们所有的委屈和辛勤的付出都被秦淮河清爽的风吹得无影无踪,脸上露出了胜利的笑容。

延伸服务，干好"分外活"

作为铁路工程项目建设所需物资的供应单位，南京工地材料厂按照集团公司和物资公司的要求有它自己的职能和分工，但陈武并不以此为限，而是以工地所需为己任，既做好分内的事，也干好分外的活，不惜吃苦受累，尽一切所能满足施工需要，为生产一线服好务。

中铁四局南京地区三个铁路项目的桥梁钻孔桩，其主筋设计全部是直径16毫米的圆钢，总量36548吨。陈武在供应过程中仔细研究后发现，预算价同规格的螺纹钢比圆钢每吨不仅便宜80元/吨，而且螺纹钢的货源也比圆钢充足，供应既方便又快捷。陈武迅速将这一问题向局工指技术领导反映，并建议采用等量代替，得到认可和采纳后，按常规应由局工指工程部出面争取设计院同意并办理变更设计手续。而建筑钢材作为甲供料，则由材料厂负责征得业主物资部门的认可。但为了尽快办下来，陈武干脆把这件事一揽子承担了下来，兵分三路，一路跑设计院，一路跑监理单位，还有一路负责跑业主。设计院南京指挥部对此事非常重视，经过包裹面积的简算后认为，在不增加总用量的基础上，完全可以以Ⅱ级钢代Ⅰ级钢。经过半个月的奔走、努力，材料厂最终将所有手续都办了下来，为企业降低材料费用2923.84万元，同时确保了施工一线钢材供应，为工程建设间接地抢回了宝贵的工期。

项目队按时上报工地所需的材料计划本是很正常的一项工作，但在2009年春节过后，三个标段先后开始制梁，对桥梁支座、预埋钢板、锚具等具有技术含量的器材，各单位都不能按要求的时间上报，而生产厂家的生产任务本来就十分饱满，即使材料厂报得及时也不一定能排上生产计划。为了避免在办公室坐等的被动局面，同时减少项目队材料部门的工作量，减少一些中间环节，陈武委派各分厂的厂长带领业务人员、生产厂家技术人员到各项目队（工区），上门落实具体的型号、规格、数量和到货时间，有效解决了计划提报的及时性、准确性，也为生产厂家的加工制造和工地的急需赢得了时间。

连续梁施工是高速铁路客运专线中常用的施工方法，所用的钢模板是自己加工还是从别的企业租赁，每个施工单位都会开展市场调查，然后根据本身的情况进行论证和研究，最后确定加工或租赁单位。大胜关是京沪高铁和沪汉蓉铁路通道的必经之地，共有13联连续梁，其桥墩外形、几何尺寸也不尽相同，施工单位正在为如何自行加工钢模板而犯难的时候，接到了陈武打来的电话："你们所需的钢模板有着落了。"

原来,陈武在桥梁工程开工前就想到了一个问题,并与大胜关分厂的厂长和几个材料员共同探讨:京沪高铁全线这么多连续桥梁,是否可以找到相同几何尺寸的桥墩?如果有相同的,是否可以整合,相互租用?或者利用各单位的进场时间不一,打一个时间差,相互交叉,有偿使用?如果可以,不但解决制模的工期问题,而且通过租赁能够省不少开支。2009年进入夏季后,他们分头到早于四局进点半年的中铁三局、中交公司打听、核实,果然有6套墩身模型与四局管段的完全一样,而且这6套钢模即将拆下来。

陈武在电话中说:"经过我们粗略测算,这6套钢模如果自制共需钢材420吨,加上加工费用共耗资252万元,而且是一次性消耗,即使收回残值后仍要耗费147万元。而租用这6套钢模板所要支出的租金为57.6万元,比你们自己自制可节约费用89.4万元。"对方边听电话边对陈武想得超前、想得周全连连表示感谢。

几乎是在同时,沪宁城际铁路项目的制梁进入倒计时,针对已所剩无几的工期,中铁四局南京铁路项目指挥部决定再投入几套钢模板,以保证这项上海世博会配套工程如期建成。要在现有的数量上增加6套钢模板,自己制作不但投入大,而且从工期上计算也来不及,制梁单位再次把求助的目光投向了材料厂。陈武连夜指派员工分头联系和咨询全线所有的制梁单位,最终从中铁十一局调剂了6套钢模板解了燃眉之急,而且比自制节省约120万元。

上门服务,坐商变行商

一片店铺,货物琳琅,对待顾客,热情迎送,这是坐商的"行规",过去材料厂遵照这一行规,照单订货,然后由施工单位来车把材料提走,这种作业流程曾得到施工单位的认可。随着物流市场的开放、搞活,以及施工现场和环境发生的巨大变化,这一行规越来越显得陈旧落伍,跟不上时代前进的步伐。经过多年的调查、摸索和不断总结,陈武提出一个很亲切也很人性化的口号,叫作"贴上去"。

"贴上去"的方法有五种。一是主动送料上门。材料厂每月按照各项目队的材料计划,组织车辆送货上门,即使是各队之间调拨材料,他们也改变了过去由项目队自己派车去拉的传统做法,主动联系车辆送货直接到工地。二是指派专人驻场。为了能够更好地了解各搅拌站的材料使用情况,材料厂派专人驻在搅拌站,负责现场到达物资的验收、交接与签认工作,协助各项目队(工区)验收人员验收材料,收集各种质量证明文件,严把质量关,同时了解现场物资的储备、使用情况,发现问题及时向厂部汇报。特别是在资源紧张的时候,注意了解工地施工进程和用料速度等,不断反馈给厂部,以便及时采取应对措施,保证供应。三是送资料上门。凡由各项目队索取的试验资料、材料单据,不用项目上的有关人员去"讨"、"要",而均由材料厂派员送上门。四是每到月底,由材料厂有关人员到各个项目队,协助各项目队物资、计财人员进行月末材料盘点。五是主动征求现场意见。为了掌握各项目队(工区)对材料厂供应工作的真实评价,了解到物资采购和供应过程中存在的问题和薄弱环节,材料厂设计了《顾客满意度调查表》,由分管副厂长每月到工地征求各项目队(工区)的意见和建议,并根据调查情况核实自身的不足之处,好的继续发扬,不好的立即整改。

"反弹琵琶",一会大于三

　　一座看似非常普通的高速铁路专用的乳化沥青砂浆原料储存基地,在陈武眼里却是一件很有鉴赏价值的建筑作品。原来,水泥乳化沥青砂浆通常由乳化沥青、水泥、细骨料、膨胀剂、消泡剂、引气剂、聚合物乳液等组成,其主要功能是支撑、调整并提供弹韧性,其性能对轨道结构的平顺性、耐久性和运营维护成本有重大影响。按照铁道部工管中心关于印发《板式无砟轨道水泥乳化沥青砂浆施工材料储存管理办法》的规定:现场储罐的容量为现场施工的 3 天用量,原材料基地应为每 10 公里一处。那么,中铁四局 43 公里长的管段最少需要设立 4 个原料基地。考虑到乳化沥青每天最大用量为 144 吨、预留两天用量的储存能力,每个基地需设 80 吨储罐 2 个,则三个基地乳化沥青的总储存能力要达到 480 吨,共 6 个储罐;按照每个基地乳化沥青 160 吨储量同比例计算,水泥储存能力约为 90 吨,这就需要有两个 50 吨的水泥筒仓。加上砂子、膨胀剂、引气剂、聚合物乳液等存储,以及运输车辆出入和原材料装卸,每个基地实际总占地面积不低于 800 平方米。

　　面对不足半年的轨道板铺设工期,中铁四局集团公司副总经理张建场带领项目工指工程技术人员和材料厂业务人员徒步沿线反复调研,提出了在管段中间设立一个原料储备基地的思路,从而实现兼顾两头、中间开花的拼抢战略目标,并把这一重任交给了陈武和他的材料厂。

　　如果把 2009 年看作是南京铁路项目工程的攻坚年,那么 2010 年就是沪宁城际铁路开通运营的决胜年。为了决战决胜,陈武把 80% 以上的时间和精力都用在了与世博会紧密相连、政治意义巨大的沪宁城际铁路乳化沥青砂浆存储基地建设及其原料的采购和供应上。接到基地建设任务后,陈武立即组织相关人员对建站规模、选址、投资进行调查，得到工指批复后立即投入建设，不到两个月就在宝华车站附近（中铁四局管段的中间位置、距大里程和小里程方向各21.7公里），建起了一座选址科学、布局合理、四家轨道板施工单位共用、全线规模最大、使用效率最高、具有保温装置的现代化乳化沥青储备站。

"在这一中间地带设置一座规模较大的原料基地，充分利用了原建桥项目队驻地、搅拌站的场地和部分设施，不仅节省了资金和人员的投入，减少对环境的污染，而且便于集中管理。"陈武说起这座原料基地优点如数家珍。

与此同时，材料厂还为各项目队自制了15台电加热保温运输车，配备了设备操作和原料装卸人员，在无砟轨道板施工期间实行三班倒工作制，将无砟轨道施工所需的原料源源不断地运到部署在各工点的CA砂浆搅拌车上。

沪宁城际无砟轨道施工工期特别紧，每天以小时计算，所有原料供应中时间上的及时性和用量上的准确性显得尤为重要。可是，CA砂浆原材料是从辽宁、河北、山东等厂家供应，路途遥远，加上工地上使用计划不准确，进多了又不能退货等特殊情况，给供应链条上增加了许多困难，陈武毫不犹豫地把这些困难承担过来，亲自与供应厂商联系，把砂子更换成小包装，甚至把材料到达的位置都与物流公司和司机讲清楚。在两个多月的日夜奋战中，共为施工一线运送乳化沥青6007吨，干砂3174吨，混合料389吨，引气剂100吨，消泡剂2217公斤，铝粉600公斤，没有因材料问题耽误过一小时工期，而且到供应后期掌握了用料节奏，控制了进料数量，使供应的八种原材料基本做到了工完料清，受到中铁四局南京工指领导的很高评价，在全线的再次考评中取得了第一和第三的好名次。

自2008年7月南京铁路物资基地设立以来，物资公司南京材料厂为京沪高铁南京枢纽NJ-3标、南京南站和沪宁城际三个标段供应钢材28.12万吨，水泥82.22万吨，砂石料349.3万立方米，油料1.34万升，商品混凝土9.12万立方米，外加剂1.6万吨，粉煤灰20.2万吨，矿粉7.3万吨，管桩6.6万米，火工品折合价值83.16万元，共完成供应额18亿元，实现利润1864.85万元。

昌九线上三好"生"

参战高标准、高难度的客运专线建设,而且施工管段合同价均达 1.4 亿元,对于装饰公司和南昌机电公司来说不仅是首次,而且相对于兄弟单位实力弱、经验少,有如初生牛犊般的"后生"。可由这两个单位组建的昌九第六、第七项目队,自称学生,虚心请教,严格管理,渐渐在局经理部管辖的 10 家施工作业队中脱颖而出,分别创造了第一个进场、第一个完成拆迁和临建、第一个搅拌桩开钻、第一个灌注正线桥墩砼、第一家线下主体完工、第一家完成路基边坡及草木种植绿化等多项"第一",施工组织好、安质管理好、现场文明好,所承建的燕家特大桥、洪家特大桥、路基试验段及混凝土搅拌站,先后被中国中铁股份公司、南昌局昌九指挥部、局命名为"安全文明标准工地",这两个项目队还成为局经理开展的"建功昌九当先锋"劳动竞赛中夺得"流动红旗"最多的施工单位。

施工组织好在用"心"

南昌机电公司和装饰公司所属两个项目队的施工管段相邻,总长度合计达 17.9 公里,其中有公跨铁立交桥、特大桥、大小桥、框架涵,不同的是装饰公司管段还有跨京九铁路立交桥原桥扩建和旧桥拆除,而南昌机电公司还承担着局管段内 55.45 公里三电拆迁和庐山站、共青城及德安站雨棚施工,其中有的是他们从未接触过的。两个公司十分重视,指派一名副总经理或职业项目经理担任项目队长,自始至终在工地指挥和管理。他们把自己定位为"学习型项目队",从零开始,"笨鸟先飞",用心思考,精心组织,在学习和实践中取人之长、补己之短,并不断总结和完善,最终形成自己的一套管理模式。

2007 年 11 月进点后不久,七项目队长毕清泉就瞄准征地拆迁这个制约复测定桩、材料进场、工程开工的关键点,亲自跟着局经理部分管领导、地亩员走访地方政府及有关职能部门,为他们开展工作打下手、做服务,大大加快了拆迁进程。六项目队在遇到雪冻灾害时,首先提出赶在春节前建成混凝土搅拌站,只用了一个月就在共青城建起了第一座搅拌站,比计划提前了 5 天,受到局副总经理李学民的称赞。南方冬季施工没有保温设施,六项目队在现场砌起灶台烧热水,并买来塑料薄膜和草帘子,用这种"土"办法对混凝土构筑物进行加温养生。队长何晓龙每天晚上无论开会、办事有多晚,都要亲自到工地拖延看看用热水养生了没有、塑料薄膜和草帘子是否盖得严实。

安质管理好在从"严"

对特大桥、公跨铁立交桥、路基试验段等重点工程项目自不必说,从他们对涵洞、附属工程的要求就可见一斑。在六项目队,对涵洞施工推行实名制,每月评出前 3 名安全质量优胜者给予奖励、后 3 名给予罚款。队长何晓龙负责的涵洞因多次变更进度滞后,他不讲客观原因,主动提出受罚并将罚款交给了财务部门。进入附属工程施工后,何晓龙亲自扛着撬棍,和技术人员到现场进行破检,发现不合格的挥棍就撬,逼得作业人员不返工都不行,没有丝毫退路。七项目队队长毕清泉则提出了"不争第一就是失败"的工作理念,管理人员和作业队跑步进场,快速安摊建点,两个月完成征地工作,三个月完成路基清表及贯通便道。工程施工铺开后,紧紧围绕南昌局"把昌九建成示范线、模范线、风景线"的目标,对单个构筑物实行"首建制",做到开工必优、一次成优。去年 4 月 12 日,燕家特大桥 18#墩最先浇筑完成,成为局管段内正线第一墩。这座全长 633.91 米的特大桥,主体工程只用了短短 204 天,与 DK70＋623 至 DK72＋776.72 路基一起被业主和局经理部评为"安全文明标准工地",跃进围特大桥被股份公司评为"安全文明标准工地"。去年以来,在局经理部每个季度的"建功昌九当先锋"劳动竞赛活动中,七项目队排名始终保持前三名。如今,七项目队承担的局管段内 55.45 公里三电拆迁工程全部完成,队管段内大桥昂首待架,路基成型贯通,护坡造型各异,花草葱郁、树木苗壮,是全线最早完成线下工程和沿线绿化的单位,而且进场以来没有发生一起职工重伤以上责任事故和机械事故,实现了安全无事故目标。局副总经理兼昌九项目部经理李学民称赞他们是"小舞台唱大戏,小企业干大事"。

现场文明好在出"彩"

5 月 22 日,铁道部建设司检查组到昌九城际铁路建设现场检查,南昌局昌九建指副指挥长王栋把检查组直接带到了六项目队施工的 DK59＋500—DK60＋100 路基试验段。当看到用六棱块浆砌圆顺的大桥锥体和平整的路基护坡时,检查组领导非常感兴趣,向身边的局经理部常务副经理李德明说:"这才是昌九的特色风景。"

一个月前,也就是 4 月 23 日,南昌局昌九建指组织铁二十局、二十四局经理部等全线所有施工、监理单位的经理、总工、工程部长、安质部长等 50 余人,对六项目队施工的这段路基进行了观摩。这段路基试验段和共青城砼搅拌站先后获得业主授予的"安全文明标准工地"奖牌和 10 万元的奖励。为了现场文明施工,六项目队先后组织到五公司观摩鄱阳湖大桥施工,到二十局观摩搅拌站建设,到二十四局观摩路基及附属工程施工。通过现场观感,全体管理人员增强了规范意识,认真学习掌握规范,并在实际工作中自觉执行规范,从而使规范管理从纸上落到了实处。

为擦亮企业在施工现场的各个"窗口",六、七项目队全面导入企业 VI,队办公室桌上有各自的职责牌,持证上岗,挂牌上班;会议室里有企业形象背景墙、组织机构及各种保障体系图表;宿舍区内日常管理制度和值日表上墙,员工食堂的食谱每天更新。在各个交叉路口和施工便道上设立了指示牌、里程牌以及安全标识,工点和既有铁路线平行的试验段有醒目的"高擎党旗战昌九、中铁四局创一流"、"党员先锋工程"等巨幅标语和标牌,充分展示出企业的整体形象和员工的精神风貌。

彩云之南添彩人

云南的美称叫"彩云之南"。在我国三十多个省级行政区的名称中,没有哪一个比得上云南这名字富有曼妙诗意、引人遐思无边。就在这片美丽、富饶、神奇、多彩的大地上,参与当地基础设施建设的中铁四局二公司员工,用自己勤劳智慧而富有创造力的双手,修建高速、高级和普通公路10多条,完成产值逾30亿元,个个盈利、无一亏损,而且夺得业主各类奖项数十个、获取科学技术成果十多项,在云南以及西南地区打响了"中铁四局"的品牌。同时,这些为彩云之南添彩的人也在滇人的心目中留下了深深的印记。

有一种改变叫观念

10年前,二公司中标云南祥临公路澜沧江大桥施工任务。祥云至临沧公路全长252.68公里,是国道214线青海西宁—四川昌都—云南景洪公路的一段,为普通的一二级公路,但它蕴含了云南省委、省政府和社会各界很大的希望和重托,省内也没有哪一条公路像祥临公路这样承担着太多的第一:云南省第一个实行第三方监理的公路建设项目、第一批路地共建的试点项目、第一个开展工程质量"免检"试点活动项目、第一批工程质量责任人档案管理试点项目、第一个提出项目文化建设的公路建设项目……还有,这座大桥全长716米,不算太长,但它是我国首座钢混叠合梁悬索桥,其主桥为跨径380米(设计为120米+380米+120米的三跨结构),是云南省单跨跨度最大的桥梁,也是云南省首次大跨径悬索桥梁的实际应用,其中有四项技术为国内设计、施工首创,意义重大。二公司领导对项目班子提出要求:你们要改变过去打"游击战"和"黑熊掰玉米"的思路和观念,打好阵地战,闯出新天地,也为公司区域经营、滚动发展起到示范性作用。

澜沧江大桥作为全线的控制性和标志性工程,2002年10月1日开工。在历时三年多的建设中,项目经理、书记有所变动,但大家的思路和目标没有变,坚持带领参战员工立足在建项目,从单纯"做项目"转向有意识"做市场",用自己所创造的业绩赢得业主的肯定、赢得社会的关注。他们最终不负重望,在大桥建设中首创和刷新了拴焊结合式主索鞍施工技术、柔性索塔施工技术、上面层为混凝土下面层是钢结构的钢混叠合梁悬桥面、采用散索套式边跨索股张拉调整偏位的施工技术、主塔开挖钻基础深入澜沧江底下 60 多米等 5 项全国之最。工程于 2005 年 4 月 19 日完工。就在这项工程完工的前一天,二公司新组建的新河项目部进驻工地。新街至河口高速公路是二(连浩特)河(口)国道主干线云南境内最后一段。路线起于河口新街,止于与越南老街隔河相望的边城——河口,全长 56 公里,二公司承建的 10 标全长 2.3 公里,中标价 1.15 亿元,其中有南吉特大桥517.55 米,是全线控制工程。

也就在 2005 年,由局会同安徽省科技厅组织召开技术鉴定会,专家们对澜沧江悬索桥所采用的"张拉锚跨丝股法"施工技术给予充分肯定并一致通过了技术鉴定;2006 年,澜沧江悬索桥获中国铁路工程总公司"优质工程奖"和中国铁道工程建设协会"火车头"优质工程;2007 年,"张拉锚跨丝股法"获得了安徽省科技进步一等奖和国家发明专利。在申报这些成果、取得这些荣誉的过程中,经理部又接到了祥临公路二期工程。

这期间一直到今年 9 月,二公司在云南承建了新(街)河(口)和昆(明)安(宁)、水(富)麻(柳湾)、凤(庆)习(迁)、蒙(自)新(街)、武(定)昆(明)、大(理)丽(江)等 10 条高速公路,以及梨园、龙开口水电相关工程,工程总造价逾 30 亿元。

谈到如何取得这样的成绩,现任二公司昆明办事处主任张湘营深有感触地说,这是营销部门和施工项目共同努力的结果,我们是赢在了执行,胜在了坚持。

有一种执着叫用心

在新河项目施工时,朱永红担任经理助理,夏立超是总工程师。正是他们共同携手,勤奋工作,使新河 10 合同段路基工程以全优的评定结果在全线率先交验,并将其打造成了云南省 2009 年度"优质工程"一等奖。现今,他们一个担任武昆高速 15 合同段项目经理,一个担任大丽高速 16 合同段项目经理。他俩以及所有战斗在云南建筑市场的二公司干部员工的一个共同特点,就是凭借自己的坚韧和执着,用脑思考,用心工作,参加业主组织的各项活动,夺取业主设立的各种荣誉和奖金,不断扩大在云南区域的建设成果,使二公司名利双收,使中铁四局的名字更响、影响更广。

武昆高速15合同段2009年11月中标,工程还未开工,朱永红就提前介入,潜心研究施工现场的环境,看到工程紧靠昆明市五华区小屯立交、施工沿线车流量大、周围居民区厂房众多,就发动项目部管理人员向沿线的村庄、社区、学校、企业一个不落地散发《安全告知书》,到村委会、居委会和学校的专题大会上讲安全防范注意事项,在工地的每个出入口设立提醒警示标志及减速、防撞装置,施工区边缘搭设防护墙、拉起防护绳,11名群众安全监督员施工期间不间断地巡视。2010年3月开工后,他又把心思用在抢工上,抓住业主督促掀起大干、拨付预付款及时的时机,组织13家协作队伍、300多名作业人员拼抢,并采取超奖欠罚、评选工地之星等措施,激励项目部多拿业主的奖、协作队伍多拿项目部的奖。到目前,二公司武昆项目部连续夺得云南武昆高速公路指挥部2010年上半年、下半年和2011年上半年三个、也是全部的"阶段目标考核"第一名,业主向云南公路开发投资公司、省交通厅推荐其为"安全管理示范单位"和"质量管理示范单位";在指挥部今年1月召开的安全生产表彰大会上,二公司武昆项目部被授予"2010年安全生产先进单位",项目部安质部被授予"2010年安全生产先进集体"。7月上旬通过2011年上半年目标考核后,项目部赢得业主退还本阶段责任目标扣留的相应的工程质量、进度、水环保保证金近300万元。

大丽16合同段比武昆项目晚开工两个月,但其处于崇山峻岭之中,白玉村特大桥和太平村特大桥加起来达2677.58米,超过40米的高墩有75个,最高桥墩为71.9米,施工环境之劣、技术难度之高、作业条件之艰都远远超过武昆项目。在巨大的压力面前,经理夏立超依托参建杭州湾跨海大桥、淮南淮河大桥,还有把跨越两条公路、两个峡谷的新河公路南吉特大桥建成云南省"优质工程"等积累的经验,对选用的桥梁专业施工队伍引入竞争机制,由两个项目队各负责一座大桥和梁场,开展"四比一争"(比进度、比质量、比安全、比文明施工,争创国家优质工程金奖)劳动竞赛。除了每周日的生产交班会,他最花心思的就是开现场会,每隔十天半月,他就召集项目部领导、各部门负责人和作业队的头儿到施工现场,对着已制出的桥梁、已脱模的桥墩"说事",对发现的问题当场解析、当场修正、当场解决。

太平村特大桥23~24#墩之间有一条很深的山洪冲沟,原设计是在两墩之间搭设一座便桥,项目队长李启祥到现场后反复琢磨,提出埋设涵管的方案。在工地无水、无电、无食堂的艰苦条件下,他指挥2台挖掘机仅用3天把沟渠开挖成型,埋设涵管40多节,第11天就拉通了一公里多长的施工便道,既节省了一大笔投资,也为钻孔桩施工赢得了宝贵时间。

桥长墩高,便道坡陡弯急,现场投入吊机、电梯、吊车、汽车、爬模等大型设备近40台套,施工人员突破400人,安全隐患多而杂,引起局高度关注,夏立超提出了"向安全要效益"的口号,由两副经理各包保一个项目队,把16名技术员分到四个区段,由一名技术主管牵头负主责,项目书记则每半月带领相关部门人员进行一次安全综合大检查,及时消除所发现的安全隐患,开工以来项目部没有发生一例安全质量事故。今年一季度,经理部荣获业主第一阶段目标"先进单位",获得23万元奖励;二季度,通过了云南省"平安工地"创建评审。

六(库)曼(海桥)公路以云南省首次实行"代建制"管理大获成功,在全省公路界大受赞誉,而在建设过程多次受到赞誉的是3标段和它的承建者——二公司六曼项目部。在工程的交工验收综合考评中,3标以97.6分居全线9个合同段之首。"公司让我们带领队伍管理项目施工,我们就应该倾'情'带队伍,用'心'管项目,尽心竭力给中铁四局增光。"现在已经是普宣2标项目的经理金礼俊、书记王洼如是说。

六曼公路是一条普通的公路,造价较低,其中全长18.7公里的三合同段穿行在峭壁悬崖间。2009年7月进点初期,金礼俊把主要的精力用在研究图纸上,以合同清单及图纸数量计算出总造价比中标价缩水4000多万元。公司工经部到六曼核定责任成本,估算亏损550万元。面对困难和压力,项目经理金礼俊和书记王洼在管理模式和变更挖潜上想办法,组建了5个项目(架子)队,统一购租机械设备,统一组织全标段土石方、路基、制梁、桥涵施工。哪个架子队的工期落后了,项目部就调配优势资源拼抢,更重要的是土石方设计数量和实际施工数量的量差、价差都留在了经理部,避免了外包效益流失。

为了挖潜增效、增收节支,金礼俊将变更纳入施工图完善设计中,为每个部门都配备了相机,让大家采集和保留所要变更的项目资料,极大地提高了变更的成功率,仅弃方超运、土石比调整和路床填料3项,就带来变更利润近千万元;当地沙石料老板串通垄断市场,金礼俊利用手中掌握的资源自行开采了4个石场1个沙场,节约成本近400万元;工地上所有的机械设备用油"舍近求远",从200公里外的大理长坡加油站按最低市场价购买,每升较当地市场价低0.7元;租车运输中由项目部人员长途押运,人不离车,保证途中不损失;对施工机械油箱全部上锁,夜间集中停放并由专人巡守以防油料被盗;在工地上砌筑一个斜坡道用以停驻油料车,使车罐里的剩油全部滴净。仅油价差一项,总共减少开支60多万元。最终,经理部"西瓜抱进了怀,芝麻也捡到了手",不但扭亏为盈,还成为全线唯一一家超过概算的单位。

有一种交往叫真诚

"建一项工程,交一方朋友"是中铁四局的良好传统,这一传统如今不仅被二公司云南各项目部的干部员工发扬光大,而且还被赋予新的内容和方式。

武昆高速开工后的一天,15合同段附近尹家村四组组长尹树龙的女儿结婚,婚礼上来了两位与他们非亲非故的客人,其中一个高个儿的中年人挥动双手向主人和来宾致意后,用普通话自我介绍道:"我们是中铁四局的,就在咱们村边修建武昆高速公路,听说尹组长女儿结婚,特来表示祝贺,还请各位以后多多支持和配合我们的工作!"话音一落,主人带头鼓掌欢迎,并吁请所有的来宾关照施工单位。

工地处在城乡接合部,车辆来往密集,无法做到封闭施工,安全成为一大难题,项目部党委书记万伟登门恳请当地派出所和交警部门予以支持。对方没讲任何条件,就在附近分别设立了治安共建点和民警执勤点,专门维护十五合同段的交通和治安秩序。

大丽项目部管段有一些坟墓需要迁出,项目书记李斌到太平村进行宣传动员,并主动为迁坟的家庭提供人力补助费用2.5万元、为贫困和五保村民迁坟提供水泥3吨、片石近百方,切实解决了他们的实际困难。村民们放下手中的农活加快迁坟,最终提前完成了拆迁工作,为机械进场和多开作业面提供了便利。为感谢村民的支持,项目部又赞助太平村希望小学水泥35吨,在太平和上站村之间修建了一座混凝土小桥,改移灌溉水渠400米、过水涵洞1座、饮用水管350米,硬化乡村道路100米,既方便了村民的出行,也为项目部运输材料打通了道路。今年10月27日晚,太平村二组村民朱品红家失火,项目部作业队负责人李涛涛发现后,马上组织30多人赶到,一部分人爬到房顶揭掉瓦当和木板,从上往下浇水灭火;一部分人清除房屋周边的木柴干草等易燃物。他们与村民携手奋战两个多小时,终于把火扑灭了,减少了房主的损失,也使周围几家村民的十几间房子免受火灾,房主拉住李涛涛等人的手,感动得泣不成声。

与人交往的真诚不仅体现在与业主、当地政府和沿线村民的和谐关系上,还体现在与协作队伍融洽合作和对项目部员工的体贴和关心上。这不,刚刚过去的中秋、国庆两节期间,正处于大干高潮的武昆、大丽项目部,刚开工不久的梨园项目部以及做好了前期准备等待开工的普宣项目部,都从本来已经非常紧张的资金中挤出一部分,为协作队伍送去了猪肉、鸡蛋、月饼及各类水果。今年以来,受业主资金的限制,二公司在云南所有项目全都面临资金紧张的状况,有的项目部为了施工材料不"断顿"欠下供应商数量较大的资金,也有的项目部两三个月没有给员工发工资了,但没有一个项目部拖欠农民工的工资。

项目部工会主席的一项职责是开展各种读书和文体活动以丰富员工的精神文化生活。他们还有一项自己给自己定的责任,就是把每个员工的生日记在心里,每逢员工的生日,就通知食堂为其准备"生日饭",项目部人员少的就与"寿星"聚餐同乐。

为回报社会,展示了中铁四局人的社会责任感,在西南地区遭受百年不遇的干旱时候,武昆、六曼、大丽项目部都毅然伸出援助之手,为灾区多次捐款,捐款总数达五六万元。六曼经理部除了为当地贫困学校捐款 10 多万元、为白血病儿童捐款 2 万余元,今年保山市瓦马"9·01"特大山体滑坡发生后,金礼俊带领部分职工积极参与抢险救灾,连续奋战 20 多个小时,保障了通往灾区瓦马乡的"生命线"畅通无阻。

有一种品行叫清廉

"夫君子之行,静以修身,俭以养德。"这是诸葛亮写给诸葛瞻家书中的一句话。对一名共产党员来说,就是要俭以养德、廉以立身。云南各项目部党委把党风廉政建设当作大事来抓,建立健全了党政联席会、重要事项党政会签、"三重一大"问题集体决策等制度,班子成员以身作则,率先垂范,勤政廉洁,"不搞特殊、不接受协作队伍的送礼和吃请"成为党员干部的一条铁的纪律。

又到了施工现场实物工作量将要收方的日子。2010 年 8 月 20 日,武昆项目部现场检查时发现湖北一家钻孔桩施工队现场泥浆四溢,文明施工不达标,就告知"暂缓收方"。这家队伍负责人张某闻讯,当即找到经理朱永红并送上装有5000 元的信封,请求"高抬贵手"、赶快收方。朱永红拒绝后没有严厉批评他,而是耐心开导:"现场文明施工是业主的要求,也是中铁四局的企业形象,如果不达标,别说送五千元,就是送五万元我也不许收方。如果你整改达标了,不仅马上收方,而且还要视情况给予奖励。"事后张某逢人常说,中铁四局真的有铁的纪律,跟这样的单位干活不仅放心,而且我和我的队伍也能进步。开工以来,武昆项目党委被业主连续 3 次授予"党风廉政建设优秀党组织",并获得业主信誉评价"A 类"单位。

普宣高速公路中标后,二公司调原六曼项目部书记王洼、经理金礼俊担任普宣项目党政负责人,位子还未坐热,各家施工队、材料供应商就蜂拥而至,有送钱送物的,有承诺"进来"后给好处的,目的就是以此拿到高价合同。王洼和金礼俊不为所动,而是借助六曼项目总结出的好做法,先由项目部班子成员集体研究确定限价,再公开组织实力较强的外协队伍竞标桥梁、隧道劳务承包,这样既选择到了实力强、信誉好的协作队伍,又降低了外包单价;针对外加剂、沙石料使用量较大、各种关系复杂等特点,项目部结合前期摸排走访所掌握的情况,对外加剂、沙石料、活动板房生产制作厂家进行公开竞标。结果与相邻标段的采购单价相比,六标项目部外加剂单价每吨节约480元、沙石料每立方米节约15元、活动板房每平方米节约25元。仅此三项以总用量计,就为单位降低成本支出500余万元。从六曼到普宣,金礼俊、王洼及其班子成员先后拒收现金23.8万元,无法拒绝的礼品都如数上缴办公室登记、处理,项目实现了安全质量水环保无事故无次品、廉政无举报、综治无重大事件,连续4次获得六曼建设指挥部劳动竞赛第一名、奖金61.51万元,并获得云南省公路建设十大"先进集体"、局"红旗项目部",项目经理金礼俊获得二公司2010年度"十大标兵"称号。

在大丽项目部,经理夏立超在物资设备采购工作中带头反对暗箱操作和个人说了算,始终坚持以"三比一算"(比运距、比价格、比质量,算成本)来选择供应商,有效控制了材料的采购价格,最大限度地规避了市场风险。工程开工一年多来,项目部从经理、书记到总工、项目队长,没有发生一起"吃拿卡要"现象,有6人次拒贿拒礼,总金额有3万元之多。

今年"七一"前夕,二公司六曼项目党委被局党委命名为"基层示范党委",六曼项目书记王洼被命名为局"十优项目党组织书记",六曼项目部的陡峭路基工程被命名为局"党员先锋工程";二公司武昆项目第二党支部被命名为局"示范党支部";二公司昆明办事处主任张湘营被命名为局"党员先锋示范岗"。在10月13日召开的中国共产党中铁四局集团有限公司代表会议上,王洼还被选举为我局出席总公司党代会正式代表之一。

有一种远见叫育人

局总经理许宝成今年5月到苏州地区开展营销工作,特意到二公司看望干部职工,评价二公司"自我管理、自我发展能力强,是一个让领导和群众放心的单位"。他还说,二公司通过"文化育人"、"岗位用人"、"制度管人"、"事业留人"等途径,在公司范围内形成了一种"尊重劳动、崇尚规则、重视人才、和谐共进"的良好氛围。

　　赵幸福，一米八几的个头，现为二公司大丽项目部总工程师。他从小接受的就是企业文化的教育和熏陶，因此，1999 年从长沙铁道学院毕业后，就回到了父母所在的铁四局二处。在一段神延线、西南线任见习生、技术员期间，段长李学民（现为局副总经理）经常给他们技术人员讲课，教育他们"不要好高骛远，安心技术工作、踏踏实实学到真本事才是最大的成就"。而在淮河大桥项目部时，项目总工赵飞（现为二公司总工）认真细致的工作态度、紧盯现场的工作作风、根据新问题对方案进行优化的强烈责任心，则影响了一茬又一茬赵幸福这样的年轻技术人员。之后，赵幸福到云南祥临公路、南京集庆门隧道、长沙黄兴大桥、武广客专线及宁杭客专线板场担任技术主管或项目总工，逐步掌握了公路悬索桥、城市隧道、高铁双块式无砟轨道和 CRTS II 型轨道板及桥梁挂篮、连续梁现浇法施工等高端技术。工作中他以技术前辈为榜样，把这些技术又一一传授给后来的见习生们。在他所带的技术人员中，先后走出了 3 个项目总工、4 个工程部长。赵幸福说："我在事业上虽然走得较远，但我的心与项目、与公司依然很近。"

　　武昆项目书记万伟，早年是二公司电视台的摄像记者，"大京九"时期足迹踏遍宝中线、衡商线、商阜线、阜阳枢纽等国家重点铁路工程，后到西康线二公司五段担任工会主席，段长段广和（现为局工会主席）立党为公、勤政廉洁的高尚品德使他终身受益。到武广客专、武昆公路担任项目书记，有人说他倔，他的"倔"其实就是对企业无限忠诚、对困难从不服输、对歪风无情抵制。经理朱永红从长春工学院学的土木工程专业毕业后，本来是到中建八局的，报到时碰上对方企业改制、让他年后再来。回家途中他翻看一本《中国名牌》，看到其中有个"中铁四局"，参加工作心切的他抱着试试的态度在合肥下了车，没想到局人力资源部负责人看了他的档案后当即同意接收他，从此与中铁四局结下了不解之缘，并和二公司一名"老铁路"的女儿成了家。他说："我在项目上已经干了 11 年，只要企业需要，我仍然会坚守下去。"

　　正是在他们的影响下，武昆项目部食堂炊事员杨海看到领导和技术人员每天在工地上忙，心里总想为施工生产出一把力。他不断变换花样，改善职工伙食；看到职工从工地回来晚，他主动把热饭热菜端到他们面前；他还利用工余时间到一家酒店学厨艺，把自己学到的"红烧狮子头"和"油焖大虾"做出来，端上了国庆节员工会餐的餐桌。杨海的妻子没有工作，一直在老家照顾其儿子和父母。2010 年底，妻子打电话说年迈的母亲食物中毒，院方已下《病危通知书》了，让他赶快回家。杨海立即写了请假条去找项目部领导，到了门口，碰巧听到领导与一技术员谈话："现在是桥墩施工的关键时期，你能不能暂缓休假？"杨海顿时把假条放进兜里,转身回到宿舍给妻子打电话解释。也许,杨海没有尽到做丈夫的责任,也没有尽到做儿子的孝道,但他尽到了在岗员工的责任、一个共产党员的职责。

还有现为普宣项目书记的王洼,平时重视培养员工对企业的认同感和忠诚度,引导和鼓励他们"在事业上创出成绩"。当年六曼项目部10个工程技术人员,除了总工、工程部长外都是见习生。为了培养年轻人的事业心,尽快提高年轻人的业务技能,项目部连续开办了"爱岗敬业培训班"、"施工技术规范培训班"、"测量放线培训班"、"变更索赔培训班"等,由项目班子成员轮流授课,传授项目管理理念、实践经历、业务知识和现场经验,使这些见习生很快走上了技术岗位,发挥出骨干作用。后来六曼项目接近尾声,部分人员需要分流,许多人不愿离开这个团队,9个大学生至今没有一个离开二公司。

有一种精神叫奉献

他叫陈云川,是一位年轻的工程部长。西南石油大学毕业后来到二公司,从云南水麻高速公路到石武客专再到武昆高速公路,如今已经是武昆项目的工程部长。2010年元旦领导批准他回四川老家结婚,听说单位已调他到云南新工点,新婚第三天就与新娘一同来到了武昆项目。那时工程刚中标,他对大桥墩位进行复测,新娘就跟在他身后。蜜月就要结束了,工程也开始了大干,陈云川只能用深情的目光将妻子送走。工程部虽然有9人,但是定职的只有包括他在内三个人,他带着两个实习生从工地北边走到南头,一个桩位一个基坑地看,一个承台一个墩身地查,两公里多的施工管段每天都要走三个来回,经常到近凌晨2点才回到宿舍,第二天早上又准时站到了点名的队伍里。就是这样紧盯施工现场,对技术严格把关,武昆15合同段自开工以来没有出现任何技术失误和质量问题。7月中旬,指挥部对全线15个标段进行2011年上半年阶段责任目标考核检查并作出表彰奖励及处罚决定,15合同段以90.73分的最高分获得业主奖励,陈云川也因此得到1万元的嘉奖。10月21日,云南省高速公路投资公司董事长郝蜀东、副总经理夏保祥等一行15人到武昆15合同段视察。他在现场对随行人员说:"中铁四局在云南承建的项目很多,武昆15标是一个亮点。"他还对武昆指挥部杨玉宝指挥长说:"对中铁四局15标段项目部的亮点要重点培养和关注,使亮点对全线起到推动促进作用。"11月20日,云南省"武昆高速公路梁场标准化建设暨平安工地现场推进会"在二公司武昆项目召开,杨玉宝指挥长、高国宏副指挥长等领导和全线1-15标段工地代表100多人对15合同段进行观摩学习。杨玉宝在讲话中说:"中铁四局武昆项目部工程进度在全线 15 个标段中位列第一,安全质量、文明施工等管理也是全线第一,还是唯一一家获得 A 类信誉评价单位,是全线学习的榜样!"

大丽项目部进点初期人员严重不足,项目总工侯宇飞白天盯着驻地及搅拌站建设,晚上审核图纸、编写施组,每天只休息几个小时。项目党委开展"党员先锋工程"创建活动,班子成员李启祥、田守勇作为创建负责人冲锋在前;党员廖凯、詹东涛生病不下火线,奋然投身于比安全、比进度、比质量、比文明施工的劳动竞赛;经理夏立超无私捐助,每月定时汇款给贫困儿童。他们爱岗敬业、无私无畏的奉献行为,还带出了特别能战斗的共产党员陈海、恪尽职守的项目队长伍中义、"老黄牛"外协员工陈明魁等一批先进典型。

今年 3 月 30 日,局副总经理刘勃来到云南,听了局昆明办事处的汇报,特意来到武昆项目,从西北部客运站到小屯立交桥,沿线步行 2 公里,仔细查看了工地宣传、施工、管理、文明等情况,对二公司武昆项目部在过去一年中所取得的成绩给予充分肯定,叮嘱他们"干好后续工程,把中铁四局在云南树起的招牌擦得更亮"。

2011 年 5 月 6 日,国务院下发《关于支持云南省加快建设西南开放重要桥头堡的意见》,在交通、能源、信息、水利等基础设施方面部署了一大批建设任务,也对云南省提出了更高的要求。6 月,"第六届中国—南亚商务论坛"在昆明举行,云南省委书记白恩培在论坛上提出,云南省要加快构筑与东南亚、南亚以及印度洋沿岸国家互联互通的交通、通信、物流等国际大通道,重振"南方丝绸之路"的雄风,打造出"中国向西南开放的桥头堡"。

这对二公司乃至整个中铁四局在云南市场的发展壮大都是一个难得的机遇。

云南建筑市场潜力巨大,四局在云南大有可为。二公司在云南市场的各路英豪,正按照中铁四局全方位开发非铁路市场的总体部署,按照赵中华总经理在今年下半年二公司领导干部会议上提出的"干工程、保效益,做市场、拓领域"思路,切实贯彻"区域营销生产一体化管理"的理念,紧盯云南公路建设、水电建设、市政建设等基建项目,实施"长期占有市场"的战略,注重区域开拓中的资源共享,项目部与办事处加强联系和沟通,区域营销人员和项目管理者相互支持、通力合作,营销资源和项目工程资源互为依托、互为运用,尽快形成"以干促揽、以揽养干"的新模式,把云南建筑市场做大做强,最终在云南站稳脚跟,实现连续不断的滚动发展,努力开创出云南建筑市场的新局面。

宝塔山下故事多

巍巍宝塔山下,正在建设的延(安)延(川)高速公路不断向前延伸;潺潺延坪河,缓缓向人们诉说着 LJ-6 标段青化砭互通立交桥施工中所发生的动人故事。

巧用模板

青化砭互通立交桥由两座特大桥(主线桥)和 A、B、C、D、E 五条匝道及连接线、被交线组成,总长为 4.57 公里,被陕西省交通运输厅、陕西省交通建设集团公司列为全线重点控制工程。它桥型复杂多变,匝道曲线半径小,与铁路、公路相交的交角亦偏小,加上墩柱和盖梁,不仅对模板的尺寸及施工工艺提出了很高的要求,而且需求量特别大,如果全部由项目部一次性购置,势必需要一笔巨额的费用。常务经理吴宏海与班子成员和工程部、工经部及物资部负责人仔细研究业主制定的节点工期,巧打其他标段和自身施工的时间差,从三个渠道配置模板:自身投入资金购置一部分模板,用于先期开工或特殊形状和尺寸的构筑物;对 20 米 T 梁和部分墩柱的模板,从延安及附近的社会市场上先后租赁了约 80 吨;对后期施工所需要的模板,从其他已完工标段搜集一部分 T 梁和墩柱旧模板共 135 吨,修补或改装后进行二次利用。而后两项相加,扣除使用后的处理费用和残值,大约节约了 80 万元。

抱箍支撑

去年 7 月,延安地区遭受百年一遇的特大洪水后,位于延坪河道上 E 匝道留下厚厚的淤泥,淤泥之下是 1 至 5 米不等的湿陷性黄土,加上平均 30 米的高桥墩,在 5 联 20 米宽的连续梁施工中如果采用常用的满堂架支撑法,不仅要投入大量的钢制脚手架,而且由自身及绑扎钢筋和灌注混凝土之后产生的巨大重量,使其基础难以承受,也给施工带来重大的安全隐患。项目总工余诚在做了大量技术研究和分析后,提出了抱箍支撑的方案。这种在专业上被称为"抱箍法"的方案,就是利用墩身自身的承载力,采用抱箍支架体系进行连续梁施工。2013 年底进行多次试验后,今年 4 月付诸实施。期间,项目部曾先后两次特邀局资深桥梁专家周振强到现场指导。经过半个月的承载预压,在所量测到的各项技术指标均在可控值以下之后,于 7 月 10 日灌注了底板和腹板的混凝土。

水磨钻孔

延延高速公路青化砭互通式立交桥的主线蟠龙川特大桥及 A 匝道、连接线 1 号大桥分别在 K25 +364、AK0 +221、LK1 +907 处上跨包西铁路线,有 8 个桥墩位于铁路附近,其中 2 个为矩形墩、6 个为双柱式桥墩。包西铁路由包神铁路、神延铁路、西延铁路所组成,是国家十三个大型煤炭基地中陕北、黄陇煤田煤运的重要通道,以煤炭运输为主,客货兼顾,承东启西、连接南北,车辆通行密度很大。为确保工程施工和铁路运输双双安全,经理部在基础施工中有意摒弃虽快速高效但对线路扰动大的旋挖钻,而采用效率相对较低但能确保安全的水磨钻孔法。

水磨钻孔就是,在上部土质部分先采用人工挖孔,到强风化岩层和中风化岩层后换成水磨钻、风镐或钢钎破碎开挖,分节进行,每节施工深度控制在 0.6 米左右。施工时,作业人员先对桩基四周的岩石打钻,再钻取中间岩石,即使需要爆破作业,他们也将药量控制在 100 克、用一个电雷管起爆,不仅免除了对铁路线的扰动,还做到了低成本和安全环保。

节水秘诀

延延高速公路 LJ - 6 标制梁场担负着全管段 823 片箱梁、36 片 T 梁及 11 片空心板梁的预制任务。在陕北黄土高原这一严重干旱和缺水的地区,节约用水成为经理部展开攻关的又一个重要课题。曾参与青(海)银(川)高速公路、宁夏中卫环城公路施工的余诚深知水的金贵,早在梁场的规划和设计阶段就倾注了循环用水的理念。场建施工中,他在制梁台座、存梁场下预先设计了多条管路及 200 立方米容量的蓄水池,以便把下雨后的雨水及梁体养生过程中流下来的水收集起来,沉淀之后进行再利用。梁场建成后,他在每一片预制出的梁体上方搭设遮阳篷,以减少阳光对养生用水的蒸发。他还设计并采用了定时调节阀,既能自动调节产生的时间,还可以自动控制所有喷头的喷水量。

"即使是在去年和今年干旱的季节,我们从来不缺水,更没有从外地购买过一次水。"经理部党工委书记唐生军自豪地说。

百天大战

在弋江路北延线一期工程后三个月的冲刺中,二公司经理部组织近千名建设者奋力拼搏,一举完成1.4亿元的产值,实现了安徽省交通厅、芜湖市公路局提出的"9·30"主线贯通目标,于国庆节当天放行了右线,大大缓解了205国道、芜湖长江大桥及市区的交通压力。更可喜的是,他们以所表现出的大局意识、民生意识赢得了业主的信任。还在工程尚未完工时,市公路局就通过议标形式把价值4305.32万元的弋江路北延线下穿铁路引道及排水泵站工程交给了他们,加上近日中标的弋江路北延线下穿铁路立交桥工程,实现了在建工程与新建工程的"无缝对接"。自2008年建设芜湖市标志性工程临江路桥之后,短短五年内,二公司在芜湖市政工程领域已经承接了逾7亿元的工程,成为芜湖市市政工程建设中一支响当当的生力军。

弋江路北延线一期工程位于长江北岸,起于铁路枢纽立交以南,沿九华北路向南,跨越正在建设中的宁(南京)安(安庆)城际铁路、南阳路、万春西路,下穿长江大桥南岸连接线,终于天门路与山东路的交叉口,主线全长3.025公里,而1.25公里长的主线桥在跨越万春西路时与A、B、C、D共4条匝道形成互通式立交桥,也就是"十里牌立交桥"。这项工程既是连贯芜湖市北城区与中心区的交通要道,也是芜湖长江大桥公路交通的分流枢纽,并作为山海关到广州205国道改造的重要组成部分,被交通运输部列为"国家干线公路改造的示范工程"。建成这项工程,不仅可以使G205过境芜湖市区的车辆更加顺畅,也将彻底释放九华北路作为城市主干道的交通功能,对于缓解芜湖市区交通压力、提升城市品位,进而构建安徽综合交通运输体系、建成全国综合交通枢纽城市将发挥重要作用。

正因为意义重大,工程于2012年9月开工后,安徽省交通运输厅副厅长程跃辉、省交通质检局副局长卞国炎、芜湖市副市长朱诚及市人大调研组先后到工地进行视察调研和检查督促。得知征地拆迁、管线改移、方案制定等涉及诸多单位,进展十分缓慢,严重制约桥基钻桩、旧桥拆除及连续梁支架搭设,并对在 4 月 1 日省交通运输厅 205 国道调度会上确定的"8·31"主线桥合龙关门工期造成巨大压力,副市长朱诚在五一过后的第二天来到工地进行专门勘察,亲眼看到打桩机竖立在"钉子户"的房前屋后却不能作业,当天明确了国防光缆、军用光缆、1 万伏高压线及燃气和自来水管道改移的节点工期,并主持制定出最后四户拆迁户拆迁及旧桥拆除的方案。

大干的条件基本具备,但要在三个多月里完成半年时间才能完成的实物工作量,现场的人力、机械和设备都远远不够。5 月 18 日,二公司董事长、党委书记王文吉和副总经理汤恕来到工地调研后,明确要求不讲条件、不讲困难、加大投入,举全公司之力,打一场规模空前、全面开花的阵地战。经理部大幅调整施工方案,将原 0－6 号墩现浇连续箱梁变更为预制箱梁,利用老桥桩基,减少桩基施工时间;下部墩桩与预制梁同步施工,缩短施工周期;对影响施工最大的南阳路进行交通封闭,确保节点目标完成,并成立由公司副总经理、工管中心、安质部、技术中心、外协部等人员组成的工作组,协助经理部组织施工布局和现场管理。从金华、杭州、成都等项目抽调的 318 名钢筋工、木工、张拉工,以及新增加的 64 台套旋挖钻机、挖掘机、吊车,349 台套中小型机械设备,还有 4400 吨桥梁支架、33000 平方米模板也很快进场,1.2 公里长的主线桥工地很快形成地上地下同时作业、主桥匝道立体施工、建新桥与拆旧桥两不耽误、13 家作业队你追我赶、日夜拼抢的景象。

"7 月,酷热的天气。当很多人都躲进空调房时,重点工程的建设工人却在为工程进度争分夺秒。在弋江路北延线工地上,十里牌立交桥工程只是 205 国道一级路改造工程的一部分,从城南南陵渡桥至城北弋江北路,整个 205 国道处处是烈日下繁忙的施工场景。"《芜湖日报》记者季鲲、实习生邓磊和方勇在其新闻报道中这样写道:"17 日上午,记者来到十里牌立交工程的施工现场,看到各种工程机械车辆在工地上来回奔忙,戴着安全帽的施工人员正在紧张地施工,巨大的主线桥雏形横亘在面前,已经绑扎完钢筋,正在浇注混凝土。而在主线桥的边上,是正在施工的匝道。不远处,十里牌立交桥老桥已经拆除,新建的桥墩将与正在建设的主线桥相连接,形成互通式立交。……烈日下,项目经理部书记万伟对记者说:'由于工期太紧张,这段时间,每天有 700 多名施工人员奋战在工地上,晚上也要加班加点干。'"

今年的夏天,芜湖遭遇百年不遇的高温天气,热浪来得早,持续时间长,其中35 度的高温天气长达 34 天,超过 40 度的有 8 天。为了保证工程进度,经理部把每天的作业时间调整为早上五点至十点、下午三点至六点、晚上七点至十一点半。

同时,经理部为各作业队配送手套、毛巾、帽子,还有绿豆、人丹、十滴水和藿香正气水等用于防暑降温。每天气温最高的时候,也是由经理部书记万伟率领服务队出发的时间,他们头顶烈日,为各个工点送去西瓜、矿泉水。万伟还与鸠江区医院联系,将其作为对口救助单位,保证中暑人员及时得到救治。

为了做好指挥协调和保障工作,经理吴军国每天要到工地至少三趟,其中早上的一趟是天刚麻麻亮,晚上的一趟则身披星辰。经理部的职工都知道,如果经理部院子里的照明灯熄灭了,那就是他们的经理从工地回来了,而此时也一定是到了子夜时分。

把保障工作作为硬性指标的还有经理部的工程技术人员。对他们来说,技术指导、技术把关和技术服务是全天候的,无论是烈日炎炎的上午、下午或是在人困马乏的凌晨、午休时间。在经理部开展的"挥汗大干90天,全力以赴保工期,质量创优保安全,主桥合龙要实现"活动中,尽管工程部技术人员已经增至18人,但工作起来还是显得人手不足,只能挤占本来就所剩不多的休息时间。这不,由桥梁一队施工的第四联连续梁支架刚搭建好,领工员就来报告,请验收组前去验收。此时已经是午饭开饭时间了,匆匆扒拉了几口饭,项目总工闫郑应就与现场经理高建洲、安全总监李宁及一名技术员顶着火辣辣的太阳去了现场。从9号墩到13号墩,四跨总共120米长,他们几乎是一根根地检查、验收,对杆件与地面不密贴的、水平杆有斜度的、剪刀撑不规范的、顶托与分配梁之间间隙过大的一一记录、标识出来。当他们把下达的《整改通知书》拟好,两个小时早已过去了,每人安全帽下的头发全被汗水浸湿,上衣也像是刚从水里捞出来似的。次日五点天刚亮,他们几个又踏着草尖上的露珠去复检,确保了混凝土灌注八点钟正式开盘。

7月23日,交通运输部副部长冯正霖在安徽省委常委、副省长陈树隆,安徽省交通厅副厅长程跃辉,芜湖市副市长朱诚等陪同下,来到205国道芜湖市区段改造项目弋江路北延线建设工地,视察这个被交通运输部列为"国道改造示范工程"的项目。这也是冯正霖沿205国道调研改造情况,在安徽省境内视察的唯一立交桥施工项目。在施工现场,冯正霖专门抽出时间,听取二公司经理部经理吴军国汇报弋江路北延工程的施工组织安排、各个节点进展、安全质量控制、外协队伍管理、高温天气防暑降温措施等。看到现场安全质量处于可控状态、施工人员精神饱满、施工进度快速推进的情况,冯正霖对身边随行的省市领导说,这是我沿线所看到的最亮的一个施工点!冯正霖一行还来到主桥工地,向现场安全员了解相关情况,并亲切慰问了在高温下作业的工人。

深受鼓舞的经理部员工和各作业队士气高涨,斗志昂扬。他们再接再厉、一鼓作气,连连攻克了钻孔、灌注、架梁等关键工序。8 月 28 日,最后一段连续梁灌注完毕,十里牌互通立交桥工程进入桥面系铺装,桥下道路也开始辅道施工。《芜湖日报》、《大江晚报》等媒体记者闻讯赶来采访,芜湖市副市长朱诚也于 9 月 3 日亲临工地,祝贺经理部第一个提前 2 天实现安徽省交通运输厅、芜湖市人民政府确定的"8·31"主桥合龙节点目标,并登上已经拆除部分模板的主线桥上,俯瞰整个建设场面,深有感触地说,自工程开工以来,我来了七八次,每次都有新变化,也有新感觉。尤其是这三个月,天气温度高,你们的士气更高。他还欣喜地称赞,中铁四局"不愧是一支实力雄厚、能打硬仗的队伍"。

国庆节早上八点,芜湖市公安局几名交警站到了刚划上交通标线的弋江路南端,随着他们标准的道路指挥动作,作为 205 国道的组成部分,弋江路北延线右线正式对机动车辆放行。芜湖市公路局在向二公司经理部重奖 1085.9 万元"抢工奖"的同时,还和交通局分别授予"芜湖市公路水运重点工程安全文明标准化工地"称号,并专门向远在苏州的二公司总部发去了嘉奖令、向经理部颁发了"先进单位"铜牌。

百天大战,规模宏大的十里牌立交桥主桥建通车,二公司经理部在创造了芜湖市政工程建设史上的一项奇迹,当地民众也从此记住一支队伍的响亮名字,他们叫"中铁四局"!

“加我，深圳！”

自从"中铁四局集团工程材料科技公司深圳分公司"注册挂牌、取得了纳税人资格、并且在公明镇"中宝通科技园"建立了混凝土外加剂生产线、通过了当地的环评审批，"中铁四威"牌外加剂系列产品源源不断地供往晋荣、港创、安托山、福赢、为海等混凝土生产企业，常务副经理刘长存觉得，自己真正加入了深圳的商业圈。

2012年的春天，随着地铁11号线土建工程开工，深圳轨道交通三期建设开始提速。工程材料科技公司预测：深圳建筑市场对混凝土的需求必将大幅度增加，这是外加剂产品打进去的最佳良机。党委书记沈卫山亲赴深圳，与作为地铁11号线BT项目投资方的中国中铁南方公司接洽。旋即，工程材料科技公司成立"深圳BT项目办事处"，由一名公司副职主责，并把正在沪（上海）昆（明）客专线负责外加剂供应的刘长存调来，协同开发深圳市场。

刘长存，安徽宿州人，曾在西藏当兵。有一次，挂着安徽牌照、贴有"中铁四局"标识的施工车辆到他所在的兵站加油，他像见到了亲人似的，向司机问长问短，梦想将来复员后能够成为一名像四局这样的国企员工。2007年，当地政府要安置一批复员军人到企事业单位工作，回家乡不久的刘长存毫不犹豫地选择了中铁四局工程材料科技公司。

"我的梦想成了真。从今以后，我就要脚踏实地为这个企业尽心出力！"刘长存报到时这样向公司领导表示自己的决心。他从作业工人干起，扛过化学材料，做过售后服务，一步步地走上了项目经理的岗位。在沪昆客专线工地，虽然远离公司总部，生活条件艰苦，但工作局面已经打开，施工顺利，收入丰厚。接到公司的新安排，刘长存坚决服从，毅然来到了位于南国的鹏城。

通过网络查询和与中国中铁南方公司、中国中铁物贸公司深圳分公司及地铁11号线各标段施工单位接触，刘长存获得了深圳地铁、市政建设项目及混凝土生产商的大量信息,顿感市场前景一片光明,对产品销售信心十足。他把可以建立业务关系的单位、人员信息输入自己的电脑里,加他们为 QQ 好友,经常隔空联络、视频交流,不断加深和强化彼此之间的交往和感情。每逢公司副总经理黄玉华、总会计师杨维灵来到深圳坐镇指挥,他更是抓住机会,请教帮助细化推进计划,重点走访深圳地铁 11 号线建设、设计、监理、施工单位及商品砼供应厂家。

然而,市场深似海,竞争涌暗流。当由密切的往来进入到实质性业务准入时,一些商品砼生产企业便以种种理由一拖再拖。加上粉剂的萘系列产品虽有污染、不环保,但在当地混凝土生产中仍被沿用,要让他们使用耐久性能好、强度高还环保的高减水、保坍型等水剂聚羧酸系列产品,厂商们在思想观念上还存在着一定的阻力。住处阳台上,杨维灵坐在摇椅上不停地晃动,刘长存则来回地踱步,共用的烟灰缸里烟头都冒了尖。纠结了将近一个月,他们决然改变策略,从合肥背来 30 多公斤聚羧酸母液,拉上技术人员到住地方圆十多公里范围内的港创、晋荣、福赢、安托山、亨利通等混凝土生产厂家及其管片厂,广泛宣传聚羧酸系列的优点、特性和利润空间,承诺售后服务条款,免费为他们调配方、做实验,并做好跟踪咨询和服务。国企的品牌信誉、过硬的实验数据,还有真诚到位的服务,晋荣投资公司老总听了副手的汇报,当着杨维灵、刘长存的面打电话向实验部门核实了相关信息和数据,终于信服地向工程材料科技公司伸出了合作之手,并于 2012 年 7 月与之签订了第一份数量为 7000 吨的供应合同。一个月后,深圳市商品砼生产规模最大的港创股份公司又与他们签订了 7000 吨的供货订单。这两份合同的签订,对其他商品砼生产企业起到了示范和推动的作用,安托山、福赢、为海等公司纷纷接受刘长存的订单,少则十几、几十吨,多者数百、几千吨。

深圳的混凝土生产商渐渐认可了刘长存,纷纷通过 QQ 和微信把他也加为朋友,主动与他联系,力推聚羧酸产品向协作单位延伸。大年三十,在深圳的外来工潮水般涌向自己的家乡,而刘长存、鲁小强、武仲全,还有许工、张工等,还在忙着把一桶桶、一罐罐外加剂装上汽车运往各家混凝土搅拌站。回到宿舍,吃着热腾腾的速冻水饺,听着窗外噼里啪啦的鞭炮声,刘长存和大伙从当下新产品销售的"曙光"认定其未来数年在深圳市场"飞霞满天"的必然,在喝干了杯中酒的同时也决心把深圳的市场做大做长。

2013 年 4 月,"中铁四局工程材料科技公司深圳分公司"成功注册,投资建立的混凝土外加剂生产线也在公明镇"中宝通科技园"正式投产。当年,刘长存和他总共 11 人的生产营销一体化团队,生产销售 501、608、新 608 聚羧酸系列的成品

12436 吨,人均产值突破 400 万元。不仅如此,深圳分公司还把生产和销售的触角伸到了华东、华南、西南地区及海南省。截至今年 3 月底,他们在南昌又建起了复配厂,青岛复配厂的厂房租用合同已经签订,他们的产品广泛使用在地铁、公路、房建、给排水等建设项目上,售后服务无一"差评"。

02

小说

山岗上，有座衣冠冢

四年多没有回家了。春节前夕，处长对我说："小韩，你爸爸离休的手续上边都办妥了，你代表我、也代表全处职工，送他老人家回川吧。"

夜已深沉，列车飞驰在千里陇海线上。窗外，时有点点灯火，但转眼便被甩出好远。

刚才，父亲对我说："我们先到凤凰车站下车，去看看你郭叔叔的坟。"说着，他从怀里掏出一张发黄的照片，凝神了好一会儿，又递给我。我发现，他眼角闪动着晶莹的泪花。显然，他又在追忆和郭叔叔共同战斗的峥嵘岁月了。接过照片，我顺势偎依在他的肩上，似乎这样可以慰藉他那颗伤感的心。

照片是在朝鲜拍的。当时，郭叔叔和我父亲同在"中国人民志愿军抗美援朝铁路工程总队"三分队，担负从三元里隧道进口到清川江大桥桥尾大约三十公里铁路运输线的修复和养护任务。1952 年初的一天中午，替换下来的二班和五班正在雪地里吃饭，一阵刺耳的防空警报划破长空。保卫钢铁运输线的勇士们丢下饭碗，各就各位，一门门高射大炮脱掉了伪装，炮口指向天空。郭叔叔和父亲他们则拿起了扳手、撬杠、绳索，准备好装有夹板、螺帽和螺栓等零件的麻袋，随时冲上线路去抢修。

这天天晴少云，吃过苦头的敌机不敢低飞，更不敢恋战，匆匆投下数百枚炸弹便仓皇逃走了。

受到狂轰滥炸的大桥硝烟弥漫，队员们不顾烟熏火燎，仔细检查被炸坏的钢轨、枕木和信号设备，连一颗螺母、螺丝和线头都不放过。在调换一个"V"道岔时，父亲急中不慎，挤掉了左手大拇指的指甲，郭叔叔撕下棉衣的一角，掏出一撮棉花烧成灰摁在父亲的手指上止血，又命令身边的一个队员硬拉他下桥去包扎伤口。

郭叔叔名叫郭有志，当时是二班的副班长。在朝鲜的 18 个月里，他和我父亲睡一个防空洞，连生活用品都是放在一个朝鲜村民送的木箱里，彼此之间结下了深情厚谊。

车过宝鸡,转身南下。巍巍秦岭,如巨人般迎着绚丽的朝霞笑吟吟地向人们走来。父亲眼望窗外,一只青筋突出而显得嶙峋的手情不自禁地握紧了我的手。我感觉得到,他的心潮在剧烈地起伏。归国后大战宝成铁路的战场就在眼前,怎不牵出他万千的思绪?

1953 年岁末,凶狂一时的由美国纠集的"联合国军"被打得鼻青脸肿,不得不跪倒在中朝人民脚下认输,在板门店和谈协议上签了字。我中国人民志愿军双手挥动着金达莱花,与朝鲜人民军和老百姓挥泪告别,归国参加新生的人民共和国的经济建设。因为工作上的特殊性,郭叔叔与父亲他们最后一批离开朝鲜。回到国内经过改编之后,便开赴陕西秦岭地区,打响了修筑宝成铁路的新战役。

"当时,"父亲指着窗外,意味深长地给我讲述道,"这一带荒无人烟,弯来绕去半天也看不到几户人家。为了抢时间,我们日夜兼程,七拐八折便迷失了方向,过了许久才找到一个猎户当向导,这才最终到达指定的施工位置。所有参战人员以排为单位分段画线,搭设帐篷,修房建屋。没有多久,峭壁上,山沟里,出现了许多鸽子笼式的工棚,从日出到日落,不时可以听到隆隆的开山炮声。"

"不论是施工或是生活,那里的条件和技术与今天相比真乃天上地下:开山靠的是人工打眼、点燃放炮,除渣大都是人拉肩挑。开工不久,各排就遇到了一个又一个地质、材料、技术方面的难题。为了攻克这些难题,总指挥部发出号召,一股学知识、学技术的热潮顿时兴起。"

"呜——"一声汽笛长鸣,列车驶进了凤凰车站。我与父亲下车后西行了四五公里,然后登上一座小山岗,在一棵伞形的柏树附近找到一块刻有"郭有志同志永垂不朽"几个大字的石碑。因为时间久远,日晒雨淋,上面涂抹的黑墨漆已经剥落,只有刻下的字迹尚可辨认出来。

父亲掏出手绢,要擦去石碑上的尘土,我也赶紧帮着擦拭,又拔去石碑前的杂草,铺上两张旧报纸,从挎包里取出所带的蛋糕、桃酥和苹果等摆上,还有一份用塑料袋兜着的父亲说是"你郭叔叔最喜欢吃的凉拌酸辣荞麦面"。

父亲又撕开一包香烟,从中抽出数支一根根地点着,整齐有序地插在坟前,然后边烧着纸钱边念叨着:"有志老弟呀,咱们好多年没有见面了,今天,我带着春旺、也就是你的干儿子看你来了!"说着,他把我拉到他旁边:"春旺,快跪下认你干爹,给你的干爹磕头!"

我顺从地跪下磕了三个头。虽然没有抬头看,但我感觉得到,几颗豆大的泪珠滴在了我的头上,只听父亲喃喃地说:"有志兄弟啊,论年纪我比你大两岁,老天爷不长眼,让我这个当哥哥的给你上坟。你本来完全能够好好活到今天的,是我送了你的命呀!"

　　小时候,父亲和妈妈曾给我讲过1955年发生的那次事故:那年秋季,秦岭地区出现了数十年罕见的连阴雨天气,天空像一个大漏斗,接连不断地天天下雨。为了不耽误建设工期,总指挥部命令各单位在加强安全防护措施的前提下冒雨坚持施工,以保证完成国家制定的计划任务。局领导则要求各基层单位全力以赴组织生产,确保年底局管段正线路基全部成型,部分区段铺轨、上砟。

　　在三连,一班负责打眼爆破,二班和三班担任清渣运输任务。因为天气糟糕,道路泥泞,清运石碴的进度十分缓慢。一天,爆破结束后,一班副班长郭有志向班长韩荣光建议:下午不休息,支援二班和三班。同志们数日来一直憋着一肚子的气,一听说要打增援,纷纷喊出了响应的口号。傍晚收工时分,韩荣光扛着两只柳条筐往驻地走,路边石崖由于久雨的浸润出现了松动,一块石磨般大的石头滚落下来,韩荣光思考着问题毫无察觉,而走在他后面不远处的郭有志则发现了险情。只听他大声喊叫了一声,随即甩掉披在肩头的外衣,飞步上前拉上韩荣光便跑。惊慌失措的韩荣光刚跑了几步,脚下一滑,趔趄倒地,郭有志转身扑到他身上。巨石轰隆落地,距他们俩不足两米。郭有志刚抬头要观察情况,不料一块碗口大的碎石飞溅过来,碰巧打在他的后脑勺上。郭有志都未来得及啊一声就不省人事了。后来送到工地医院,虽经抢救,可他再也没有醒过来。

　　韩荣光是我父亲。

　　"真是'一跤跌出千古恨'哪!"父亲常常这样说。他为失去一位老战友、好同志而痛心疾首。

　　在整理郭有志烈士的遗物时,人们从他挎包里发现一封他父母端午节前给他写的信,信中要他"中秋节回家完婚",而他则在写了半截而未能发出的信中说"请父母原谅,等明年春天一定回家给爹妈娶回那个贤惠、孝顺的媳妇"。谁料想,这竟然成了郭有志作为家中这根独苗对两位白发老人许下的永远也不能兑现的诺言。

　　郭有志牺牲后,先是安葬在离工地不远的峭壁下。1956年宝成铁路全线贯通不久,由局党委研究决定,在秦岭上修建了一个"宝成烈士陵园",把在修筑宝成铁路中牺牲的十余名职工的遗骨迁移到这里重新安葬,其中就包括郭有志烈士。但在郭有志烈士的老家,按照当地人的习俗,其父母在郭氏祖坟里也为郭有志修建了一座坟墓,里面埋的是老人从家中搜集到的郭有志的部分衣物和用品。

　　夕阳西下,几缕晚霞鲜红鲜红,给秦岭染上了一层亮丽的油彩,使它显得更加巍峨挺拔、雄伟壮观。

怨,但更心疼

"嫁给你这个修铁路的货可真是倒了八辈子的血霉!"临出房门,我吐出这句用牙嚼碎了的话,腾腾腾地奔向火车站。

当初和他谈恋爱,我的父母原本就不同意。是他的为人和坦诚勾去了我的魂。如今,为了那工程连我都不要了。

新婚之夜,我凝视着幸福入睡的他,就开始编织"小家庭"的美妙花环。如今呢?他到这够不上级别的小站修复线,连两口人的家也破碎了,这倒也罢了。八天前,我到工点上看望他,他骑了辆破旧的单车来接我,半里地的路程一段比一段糟糕,颠得我骨头快要散架了。

"那就是我们的队。"他指着前面不远处的几排简陋工棚说。当他推开一扇并未上锁的房门时,我一眼就看到屋里有不少人,有的抽烟,有的闲聊,一个戴眼镜的坐在床沿上边抠脚趾边看一张缺了角的报纸。一看到我,他们"呼啦"一下全站了起来,憨憨厚厚地笑,有个年轻点的还伸出了手,龇牙咧嘴地叫了声"嫂子",粗糙的大手却使劲地握住我的手,痛得我踮起了脚跟,好在那位看报纸的递过来一杯开水,这才解除了我的窘态。

日落灯亮。房子里就剩下我们俩,我揉搓着尚在发疼的手对他说:"你这帮兄弟可真是粗鲁,叫人有点受不了,却又实在的可爱。"

次日上午,他领着我去参观了正在挖基和浇灌桥墩的施工现场。这是他在七天里唯一陪我外出的一次,以后便整天不见他的影子。开始,我还把他的旧衣烂袜之类的翻出来洗洗涮涮、缝缝补补,无事可做时听听半导体、在屋外走走,再往后就难熬了。而他呢?最初两天晚上,哪怕十一二点了还回来,后来说是桥墩基础周围塌方,打好的围堰被毁了好多次,他要组织工友们抢险,就干脆不回来了。秋末的夜晚,月如钩,风萧萧,肃杀之气更给人增添了凄凉和孤寂。我独自一个躺在硬邦邦的板床上,想着结婚快两年了,有七百多天都是我自个形影相吊,这和没有丈夫、没有成家有什么区别？又想着以后有了身孕、生了孩子该怎么办？太可怕了！我用被子蒙住头不敢往下去想，眼泪不由自主地溢出了眼眶。

"咚咚咚……"屋外突然传来一阵敲门声。我猜测是他回来了，故意不去开门。

咚咚咚的敲门声两次响起，我翻了个身，还是不去开门，但却侧耳细听门外的动静。有人在外面轻声嘀咕，另一个好像着急地踱步。我仍然不予理会。

"欧阳阿姨，我是技术员小杨。我和队长从工地回来取东西，张主管让给你带个口信，他原打算今晚回来的，可基坑里又冒水了，他不听队长的劝，又留在工地了。"

"又留在工地了？你可真无情呀！"听着两个工人远去的脚步声，我下了决心：走！

东方发白。我从他的工程日志上"嘶啦"一张纸，写下一行字压在火柴盒下，嘴里嘟囔着怨恨的话语，毫不犹豫地在门上挂上了锁。

走了一段路，我回头望着通向工地的崎岖小道，心里默默地念叨：只要你现在出现，还不算晚，我也许会改变主意的。然而，那条小道上空无一人，只有朝阳照射在路边的草叶上，让人感到冰冷和凄凉。

列车进站了。

"唉！"我将一声叹息丢在站台上，一只脚跨上了车门。不料想，一只手从身后拉住了我："嫂子，请您别走！"我回头望去，是那天我进屋看到的那个看报纸的戴眼镜的小伙子。他气喘吁吁地向我解释："小杨发现了您留下的字条，赶紧给张主管打电话，他叫我跑过来，无论如何都要先把您截住！"

我感谢他这么大老远地追赶过来，可还是对他摇了摇头。他急了，抢先我一步堵在了车门口，忽然又用手一指进站口，兴奋地叫道："你看——"

我回过头去，只见从入口处跑进来一个脚穿胶鞋、浑身上下都是泥点子的人。

是他，我的丈夫！

一种心疼的感觉涌向我的心头。顿时，我的眼睛被泪水模糊了……

老　伴

早就想接老伴儿坐上火车，到我们队上看看是怎样架桥铺轨的。

老伴儿只是每次送我归队时见过火车，从未真正地坐过，更不要说到工地看我们怎样作业了。没料到一年拖一年，直拖到今天。这倒不是因为明年我就到退休年龄了，而是一前一后接到女儿从甘肃拍的两封电报，给我的心头罩上了一层阴云。

去年春节回家，我讲了队里铺轨机常年作业、得不到定期保养和维修而时常掉道的事，老伴儿马上停下手中的针线活，问我："你们几个人用杠子撬得起来吗？"我向她解释，铺轨机可不是她那用木材制作的织布机，全是铁家伙，有两三个火车头那么长，用杠子哪能撬得动？我们用的是油压千斤顶。老伴"啊"了一声，似乎还不明白，就又问道："千斤顶有几千斤呀，多大个？"我先是哈哈大笑着说："那千斤顶和隔壁刘老二家榨花机的大轴差不多。"接下来，我的鼻子便一阵发酸，也就产生了把老伴儿接到工地看一看的想法。

望着靠车窗而坐的老伴儿那清癯消瘦的脸，我把挂在衣帽钩上的路服取下来披到她身上。早些年，我曾劝她趁着年轻、身体硬朗走出山沟，到陇外见见世面，她总是说："孩子小，又要伺候公公和婆婆两位老人，等以后吧，反正我可以沾你这修铁路人的光。"如今，三个孩子都长大了，两个老人也相继辞世，肩上卸下了重负，可她却得了肺结核。

春节回家，女儿来给我们老两口拜年。她告诉我："中秋节前后，我妈的病时好时坏，喉咙里的痰很多，咳嗽起来就不容易止住，有几次还咳出了血。我要写信让您回来，可我妈死活也不准，还拿出您来的信叫我看，说你们赶着年前要铺通一条铁路线，不分白天黑夜连轴转。没办法，我只好娘家婆家两头跑。"

几天后，我陪着老伴儿坐汽车到县城医院，给她做了全面检查。大夫说："你老伴儿的病要抓紧治，最好这次就住院。"老伴儿不肯，坚持说"开几剂药，咱们回家治"。当时我也想劝她住一段时间的医院,可心里想的是我只有十几天的假期,我走了咋办?两个儿子已经上班,也都不能守在她跟前,再叫拖家带口的女儿两头跑,既不是长远的办法,我也于心不忍。

回家的路上,我对老伴儿说:"要不,这次你就随我一同到我们单位上去吧?"这回她倒是爽快地答应了:"能行,我就去些日子,也看看你们是咋修建铁路的,还能给你拆洗拆洗被褥什么的。"然而到了临行的前一天,行李都收拾妥当了,她又变卦了,说,"你看我这病歪歪的身子,去了帮不了你,还会拖累你,还是等明年吧。"

一阵急促的咳嗽打断了我的思绪。看到老伴儿醒了,我挤着到车厢顶头打了一缸子开水,取出随身携带的药让她服下。虽已经是阳历的三月了,可乍暖还寒的季节,老伴儿仍然穿着棉衣,不敢受凉。

一路上虽说拥挤,车厢里的空气也很污浊,但老伴总算是支撑了下来,平安到达了我们工地。第二天,我一边上班,一边暗自庆幸老伴儿挺过了三十多个小时的漫长旅程。出乎我意料的是,睡习惯了家乡土炕的老伴儿却"享受"不了四下透风的油毛毡工棚,加上洗衣服长时间浸沾冷水,她第三天便发烧,咳嗽也加剧了,还咳出了血,尚未跟着我去现场看一眼铺轨架桥的情景,就不得不住进了当地的一家医院。

临去之前,我的第十一茬徒弟、也是铺架工程队的队长跟她说:"师母,您去安心养病,等您的病好了,我就亲自接您去看铺轨架桥。"老伴儿看看队长,又看看我,像是要对我说些什么话。

队长会意地笑了一笑。等队长出了门,老伴儿的眼泪就下来了,拉住我的手说:"我想着这病怕是好不了了,所以才跟着你来工地,也才知道你们干铁路不比我在家种地容易。"又说:"我在工地上跟你住了两天,看不到你们铺轨架桥已经不重要了。你得答应我,要是我走了,你可要把咱的俩儿子带好,干活像你就行!"老伴儿说得坦然,我已经泪流满面,门外也传来工友们的一片哭泣声……

追 风

现在的生活质量真是越来越高了,否则怎么会有那么多的人信仰养生之道,追寻保健之法? 这不,连我们项目部也吹进了这股热风。前一段时间,我们项目的协作队伍食堂每餐都要上两样凉菜,一大盆凉拌茄子,一篮子整根整根的黄瓜,而且这两样一端上来都会遭到哄抢。

"现在又变花样了吧?"我出差回来后,饶有兴趣地问大师傅。

"这段时间我们应弟兄们的要求,饭后的水果不上西瓜,改上苹果了。"

我问为什么。他说,电视上养生节目里讲了,苹果可以益脾、健胃、止泻,还能助消化,在日本很盛行的。

民工也追风。我顿时想到报纸上登的"糖太宗"、"苹什么"等新词汇。

在项目队里,我一位要好朋友当领工员,长得膀大腰圆,明显超重。听人说吃生茄子能吸油减肥,就让他到工地探亲的老婆天天给他拌一个生茄子丝,吃了一个多月也不见瘦下去,就埋怨这个办法不适应他。

我看到他一脸痛苦状,故作正经地说:"我告诉你一个更好的办法。"他一听有更好的办法,马上递过来一支"芙蓉王",一副洗耳恭听的样子。我压低嗓门说道:"海绵,那玩意儿更吸油。"气得他从凳子跳起来,拿起桌子上调度记录本要打我的头。

他老婆走了三四天,他给我打电话,说是找到了一个减肥的好办法。我感觉得出来,他在电话那头一定是兴奋得坐不住,一边打电话一边转悠:"我告诉你啊,就是六个字——少喝水、多吃豆。专家说了,肉是水做的,人活一口气。你少喝水自然就不长肉了。吃些炒黄豆可以多放屁,每个人每天下出口的排气量平均应为500毫升,也就是最好放5到10个屁。如果低于或高于这个数值,那你的身体就有问题了。"末了他还不忘提醒我:"这次是真的,我前两天试过了,都在这个范围内。"

　　昨天项目部开会,我看他一直无精打采。会后就叫住了他。他愁眉苦脸地说:"这几天又超标了,一天放二三十个,弄得我在人前无法站立。"

　　我想给他再开个玩笑,只听他感叹道:"神马都是浮云。"

　　我一头雾水,半天才明白过来,就给他发了个信息:"顺其自然,快乐每一天!"

无法拨出的号码

起床后站在盥洗池边刷牙,望着镜子里惺忪的自己,不禁为昨晚发生的事哑然失笑。

从"铁"字头的新线施工单位退休后,没休息几天就觉得无聊,便到小区附近一个集贸批发市场应聘当起了编外工商管理员。那天,虽说还是凌晨四点时分,但市场内已经车来车往、人机喧嚣。又一辆装满菜蔬的农用车驶进 A 号门,突然遇到一辆批发山东大葱的马车要调头,不得不来了个急刹车。刺耳的刹车声惊得我跑出了值班室,没看到有人被撞、被轧,却见地下躺着两个衣不蔽体的女人,显然是刚从车上滚下来的。也许是因为过度劳累了,两人掉在了地上四仰八叉竟然还在熟睡中。

就在人们的惊奇、惊叹甚至不知所措之中,赶马车的伙计和车老板跑了过来,一个挡住围过来的人群,一个就要对雪白的胴体实施非礼。我被眼前的一幕所激愤,怒不可遏地冲上前去阻挡他们的龌龊行为,那五大三粗的伙计却从脚踝处拔出一把锋利的尖刀指向我:"哟嗬,你敢坏我老板的好事?快滚一边去,否则我就废了你!"

看到旁边的人两眼喷火却又胆怯止步,再看看地上那两个已经醒来却缩成一团瑟瑟发抖的女人,我的热血直往头上涌,感觉头发都竖了起来,大喝道:"老子在铁路上干的是打眼放炮的活,再硬再臭的石头都见过,还怕你不成!"我一个箭步冲上去扼住了那只挥动着刀子的手腕,尖刀随即"咣当"一声掉在了地上,接着一个扫堂腿,把那个光着膀子只穿条内裤的老板踢翻在地,眼见他的嘴角还流出了血。

那伙计见大事不妙,"扑通"一声跪在地上连连求饶:"这位大爷,高抬贵手放过我们吧!"

一个年过六旬的老农用烟袋锅敲打那老板:"你个不要脸的东西,大庭广众之下也敢强奸妇女,忒大胆了,丢你祖宗八辈的人呀,还不快滚?"

　　见我拦着愤怒的人群让他们离开,那伙计边走边向我拱手:"要不是你出手,我逃不过牢狱之灾,老婆孩子也会在人前抬不起头。恩人哪,我把我的电话留给你!"说着,还真在我的手心里划拉了几笔。等他走远了,我伸开手掌一看,只见上面写的是:$ □ ￥ ◎ § # ○ ※ ＊ @

　　"扑哧",我不禁为这个奇特的梦、也为这个无法拨打的号码窃笑起来,把刷牙的泡沫喷得满镜子都是。

蓝　眉

　　小赵和我是无话不谈的铁哥儿们。他在恢复高考的第三年跨进大学的校门，毕业后被分配到铁路施工单位工作。因为他还兼任单位的团总支书记，经常组织团员青年搞一些学雷锋、植树及与别的单位一块儿联谊的活动，不久就与一位叫蓝眉的姑娘谈起了恋爱。当时邓丽君、凤飞飞的歌声到处风靡，忽然有天听到一曲《小螺号》，嗓音极其清新纯美，就问蓝眉"这是谁唱的"。第二天，蓝眉打电话告诉他"那人叫程琳，是河南洛阳的一名歌手"。小赵一听还和他是老乡，不仅生出两三分的自豪感，外加五六分的亲切感。

　　借来的磁带听了两星期还不过瘾，在当地市场上又买不到，小赵只好买了一盘空白磁带把这些歌翻录下来，一边听还一边学唱，达到了痴迷的程度，连走在路上都轻轻哼唱《妈妈的吻》、《故乡情》、《酒干倘卖无》、《风雨兼程》、《童年的小摇车》。尤其是当听到《相聚》、《海边情思》、《彩云追月》这几首抒发同学友谊和思念之情的歌曲，曾经遭受爱情挫折的他，就会想起高中时期对他有好感、他也喜欢的小林。

　　我与小赵、小林上高中时不在一个班，但他俩偷偷相好时我没少给他们传递消息、站岗放哨。说实话，小林开朗、幽默，聪明中还有些狡黠，后来发现我也有喜欢她的意思，就给我讲："咱俩只能做好朋友，不可能发展成别的关系。"我问"为啥"，她说："你姓徐，我姓林，历史上不是有个'林则徐'嘛，咱俩是一家人，近亲可是不能结婚的呀！"这显然是歪理，但却让我在不尴尬中知趣而退。

　　小林没有上完高中就参加工作了。那时国家对吃商品粮的职工有一个"父母退休、子女可以接班"的政策。她爸退休时儿子还在上小学，于是就让大女儿小林接了班。小赵高中毕业那年参加了全国第一次"招飞"，各项体检都合格，却在最后目测中以"左腿比右腿长1毫米"被刷了下来。失去了这个好机会，小赵心灰意冷，最终到大西北一个贫穷的山村插队，从此与小林再也没有联系过。

　　小赵与蓝眉很快就成了家。虽然身边有了蓝眉,但小赵对程琳的痴迷丝毫没减,一听说程琳出了模仿邓丽君的新专辑,就立即骑车上街去买,翻来覆去百听不厌,把家务活放在一边不说,还经常冷落妻子,为此蓝眉产生了醋意,谈起程琳来老是戗着他:小赵说程琳"唱歌很有功底",蓝眉就说"她能跟邓丽君比?"小赵夸程琳"一对小酒窝特招人喜欢",蓝眉则说"一个十三岁的黄毛丫头将来说不定就变得很丑"……渐渐地,两个人便产生了隔阂。有一次去城外爬西岩山,途中从一家百货店飘出程琳的歌声,小赵的脚步不由地就慢了下来,蓝眉见状顿时拉下了脸,说"要不给你找个凳子坐下来好好听"。小赵说她小心眼,她竟然撂下一句"程琳的心眼大,你把她娶回家吧"扭头走人了,把小赵晾在了半路上。

　　一年后小赵做了父亲。妻子休完产假不久被下派到基层单位当了一名副科长,每天早出晚归,就把孩子托付给一个职工家属代为照看,接送小孩、买米买菜、打牛奶等大部分家务活都落在了小赵头上,忙得小赵总觉得一天24个小时不够用,哪还有空去欣赏程琳的歌!

　　一天蓝眉下班回来,一进门就说:"老公,今天我给你买了一件礼物,你猜猜是什么?"小赵一边把做好的饭端上桌一边说:"该不会是一条新围裙吧。"原来,前几天炒菜时锅里的油着了,小赵抓了一把青菜往锅里丢,火苗溅出来把围裙烧了几个洞。

　　蓝眉换掉外套走向小赵,一只手心疼地摸摸小赵的脸:"为了这个家,让你受累了。"另一只手从背后举到小赵面前,手掌里正是一盒程琳的新磁带《回家》,这让小赵感到意外和高兴。晚上钻进被窝,蓝眉告诉小赵:"我从一份杂志上看到了程琳的资料,我们俩生日、血型、身高一模一样,你喜欢她也就是喜欢我!"听到蓝眉如此说,小赵情不自禁地把蓝眉揽在了怀里。

第 10 个电话

又到了周末，"湘阁里香"小饭馆的老板照例约我这个"哥"过去坐会儿，还说要给我个惊喜。他之所以叫我"哥"，这里面还有一段小故事呢。

那还是前年年底的一个晚上吧，我正在机关大院与老婆一块儿散步，突然接到一个电话，对方说他是王小五。"王小五?"我脑子里似有印象，但已很不清晰。后经他提醒，方想起在十多年前我到西康铁路采访一位职工也是铁道部劳模时见过他，那时他是四段修配厂开"太托拉"的司机。段工会主席姚建新是我好朋友，而他又是姚主席的湖南老乡，那天汽车班超额完成任务，晚上他请刘干事一起去喝庆功酒，见我在，就也硬拉上了我。这么多年过去了，我们再也没有联系过，他的模样我都记不清了，但他那天说的"你要不去，就是看不起我们这些整天一身油污和臭汗的车夫"这句话却音犹在耳。

突然间接到他的电话，我猜想他肯定有事。果然，他在电话那头说他早就"内退"了，先是与人合伙跑运输，后开个汽车清洁店，如今想在省城盘个饭馆，钱不够，问我能不能借五千八千的给他，他保证半年后就还。因为我们的朋友关系仅仅限于一般，故此我就有了一些犹豫，说："过会儿给你电话。"老婆也在一旁提醒我，你现在已经是"老人家"了，容易被人盯上，可别让人忽悠和上当受骗。我考虑再三，最终决定把钱借给他。

三个月后，他的"湘阁里香"饭馆开张，请我和我老婆去出席。客人和食客散尽，他把我单独留下。他说："你答应借钱给我还真出乎我的意料!"我问为什么?他回答："打你电话之前我已经打过 9 个电话，只有刘哥答应帮我。当你说'过会儿给你电话'时，我认为一定没戏了，我需要打第 11 个电话了。"

之后，就这个话题我们谈论了许多，谈到了当年的刘干事、姚主席，也谈到了他的亲哥哥，他说基本上与这个哥哥不来往了。不等我询问，他就举了三个例子来说明：在"内退"后，他想凭借自己开车的技术买辆车跑运输，向哥哥借钱时，哥哥说,你侄子就要转到县城里的重点中学去,开学就要交五千块,我真的没办法帮你;后来要开个汽车清洁店,就差三千块钱了,他亲自跑去向哥哥伸手。哥哥看一眼嫂子,说,上个星期我小舅子刚问我借了1万,其他的钱都在股市套牢了,手里没有现金,过个一年两年,一点儿问题都没有;这次开饭馆,他对哥哥本不抱什么希望,但念是同胞兄弟,打断骨头还连着筋呢,就又拨打了哥哥的号码,这回是无论铃声响多长时间,就是没有人接听,估计是被列入"黑名单"了。

我明白了,在他最困难的时候,最先想到能帮助他的是同胞哥哥,而拒绝他最多、让他无所依靠和感到寒心的也是他的同胞哥哥。

最后,他总结性地说:"以前我们的关系很一般,但你能借钱帮助我,让我感到你的为人。我叫你'哥',那是从心底敬佩你!"

半年后,他把钱如数还给了我。

再后来,他总是隔三岔五地请我这个"哥"去喝茶、聊天、喝小酒。

说话间,我又进了"湘阁里香"。让我没有想到的是,远在苏州、已经是物业公司老总的姚建新也来了,还有当年的刘干事。这就是王小五说的"惊喜"! 我们亲热地握手、拥抱,接着是推杯换盏、边喝边聊……

那晚,我们四个都喝大了。

毕业证

上大学期间我从没有挂过科，很顺利地毕了业并参加工作，先是修建淮南线、大沙线、京九铁路，后来建设秦沈客运专线、京津城际铁路及合宁、昌九、甬台温和石武线，连公司总工都说我是修建铁路的"老油条"了。但近来，我却老做回母校听课以获取本科毕业证书的梦。

这不，说着说着它又来了。

还是原来住的宿舍，还是四张双层床铺，还是那七位室友。刚放下行李，就接到一个电话，翻开手机盖一看，是我下铺同学的女朋友打来的，说是要给我送饺子。我心想，坏了，她给我送饺子，那她人高马大的男朋友还不把我当烧鸡给撕吃了！

正要回话拒绝她，有人敲门，进来的正是这位叫魏华的女同学，手里捧着一个过去乘绿皮火车常见的那种铝质饭盒，里面装满热气腾腾的饺子。我到校本来就晚了，连课本都没有领，马上就要去上课了，我心里那个急呀，看都没看她一眼，叫她把饭盒放到桌子上，依然趴在上铺上自顾自地把钢笔啊听课本啊往书包里塞。

上课的铃声响了，喜欢跳舞的王宇催促我快走，出门时我问他："听课的教室不是全打乱了吗，我们班的教室在哪里？"他指着前面一排排的房屋说："你顺着这个坡下去，一二三四，第五排就是。"说完就把宿舍的门关上了。

"把我支出来了，你却逃课，等我回来，说不定那些饺子全进了你的肚子里。"我这样想着，走进了一个教室。

沿途明明全是青砖瓦房，如同山西的乔家大院，进去后才发觉，就是我们工地用夹心板搭建的那种临时房屋，面积大过一个足球场，四面有窗，灯火通明。地面被画线分割成若干方块，每个方块里就是一个班，同学们席地而坐听老师讲课。瞅瞅第一个方块，里面有我认识的，但却是甲班的。再往里走，对了，这是我们乙班，就找个空位坐下。左顾右盼之际，发现有同学拿着《对外交往与礼仪礼节教程》的书,于是便知道了这节课讲的内容,就掏出一本写信用的方格稿纸仔仔细细地记笔记。突然,讲台上热闹起来,这才发觉老师还带来了时装模特儿,让同学们走上讲台与模特儿们互动,练习化妆、打领带、系项链。

看到台上的男同学与女模特儿们亲密接触,一位男同学突然从座位上站起来,即席吟诵道:"才子习礼仪,佳人来相助。面对酥胸与素手,心里直发怵。"我扭头望去,那人正是给我送饺子的女同学的男朋友王芝茂。

我旁边的余炳河平时就爱开玩笑,他听后举手纠正:"后面两句应该是'看到台下老婆在,吓得尿湿裤'。"

讲台上的老师也不理会他俩,当即大声宣布:"今天谁上了讲台,谁的这门课就算过了,我当场就发毕业证。"这是什么混账逻辑?可我也顾不了许多,站起来就冲向讲台。

这时候,讲台变成了一个高耸入云的桥墩,而我则站在桥墩上指挥架桥机把一片900吨重的箱梁往桥墩上落。北风呼号,大雪纷飞,把只穿了一件汗衫的我冻得瑟瑟发抖,连哨子都吹不响,只听耳边妻子在埋怨:"什么毕业证,睡觉还发神经,那么大的被子都被你快蹬到床下了!"

已经醒了的我,把头埋进她重新盖好的被子里,只是偷偷地笑。

擒　贼

我朦胧记得，事情发生在 2 月 31 日。这日子，有点不可思议。

就在前一天，我那在皖赣铁路二线改建工地的儿子打电话说，作为对他春节期间在工地坚持工作的奖励，项目部领导特意给他放假，让他回来与"准妻子"拍婚纱照。儿子还说，领导动员他按计划"五一"结婚，但最好参加由单位筹办的"工地集体婚礼"，我当即赞成，连说了七八个"好"，并提出亲自开车去车站接他。

我的这部汽车可不是一般的汽车。近两年我们这个地方的治安状况很让人头痛，偷盗现象严重，弄得人心惶惶。这不，前几天老陈家就差点被偷，说是凌晨有个小偷顺着下水管爬到了他家四楼，想从无烟灶台的窗户进去盗窃，没承想那无烟灶台是老陈自己动手砌的"豆腐渣"，整体垮塌，结果小偷掉了下去，被"120"送到了医院里，床边还有警察守着，等他醒来做笔录呢。

我也是受害者，刚买三年不到的燃油电动车，中午放在家门口就被盗走了。我去公安机关报案，公安人员说，现在丢辆电动车就像过去丢辆自行车，没有多大的破案价值，你回家等消息吧。从此以后，就没有下文。

还是儿子心疼我，说"现在有种方向盘可以摘掉的防盗汽车，不开车，你就把方向盘摘掉带回家"。我问他价格，他说不贵，还给我账上打了 8 万元。这不，我已经用了将近一年了，一直都安全无虞。

一大早起来，我抓起车钥匙，提起方向盘，系着扣子走出了家门。

我哼着豫剧现代戏《李双双》里"我这走哇过了一洼那个又一洼呀，走一洼呀啊啊，嗯啊哎嗨哎嗨哎嗨哎，这个又一洼呀啊，嗯啊哎呀哈嗨哎嗨嗨"的唱段，朝车库的方向走去。太阳还没有出来，天空蔚蓝，周边漂浮着丝丝白云，就像湛蓝的大海和金沙环绕的海岸线。一架喷气式飞机从高空飞过，两道尾气在空中划出美丽的弧线，飞机渐行渐远，弧线也渐渐散开……

仰头正看得痴迷，脚下突然被一个东西绊了一下，这才发现到了一扇门前。

探头向里望去，只见几个与我一同下乡的知青、现已内退的哥儿们围在一个火炉前，边吃着烤得半生不熟的豌豆边打牌，再往里就是生产队的马车棚。

"唉哟"，我一拍脑袋退了出来，叹道："唉，我怎么就忘了呢，这早先的简易车库早就搬了啊。"

过了一个修理厂，我就看到了自己的爱车，车库里还有点暗，但我的车子里却亮着灯光，走近了才发现车里有两个人，手里像是拿着改锥、刀具。

"不好，有人偷我的车!"我没敢大喝一声，只是心里这么想着，怕的是他们狗急跳墙伤害我。

我靠近车子后悄悄进了驾驶室，只见他们已经把车子里的仪器仪表拆得七零八落，看到我手里的方向盘就伸手过来抢夺。为了稳住他们，我没有与他们争执，而是乘其安装的时候一边与他们聊天周旋以麻痹他们，一边掏出手机拨打"110"。

电话打通了，可是没人接，我心里那个急呀。一个小偷发现了，举起扳手威胁："你敢报警，我就打死你!"

这时从车后座伸出一个头，我一看是我儿子，他手里亮出一副手铐："住手，我在这里潜伏多时了!"

我心里一惊："儿子，你啥时回来了，还当了公安?"

这一惊，我醒了，原来是做了一个梦。摸摸头上，咦，还有冷汗呢。

昌民疯之谜

　　昌民与我是发小,在同族里我们都是"昌"字辈,因他生在猴年,我生在猪年,一个是年初,一个是岁末,因此我们俩小时候被大人们称为"猴头"和"猪尾"。自从他在改革开放前夜下乡去"接受贫下中农再教育",而我在修筑焦(作)枝(城)铁路时被铁四局招收为一名新线铁路工人,以后我们就失去了联系,再也没有见过面。后来听说他疯了,原因有各种版本:有说他一心想上研究生却连连失利,有说他在任课学校与食堂卖饭的大师傅打架,有说他恋爱婚姻上发生了巨大的变故,还有说他是家族遗传——她的祖母、母亲都患有脑瘤并因此而过早离世。这些传闻加上记忆里留下的碎片,让我时常想起他、梦到他。直到我退休后回老家祭祖,在一家精神病院里见到了年近六旬的他和他八十多岁的老父亲,这才解开了萦绕在我心中近半个世纪的谜团。

一

　　他病了。

　　脑袋昏昏沉沉的,那疼中带痒的感觉就像是有千万条软体虫子在蚕食着他的脑浆。他的眼前一片漆黑,连伸在面前的双手都看不见,难道……他的心一抽搐,但随即被他否定了:不会的,我的眼睛生来就没出过毛病,怎么会瞎呢? 可是,明明自己的手指都触摸到眉毛了,为什么视而不见呢? 他心里涌出一阵难过和悲哀。

　　正想放声大哭,天幕开始渐渐变红,似乎还在漂浮、涌动,俨然是熊熊燃烧的火苗。

　　果然是火。不知谁家的小孩玩火,竟然把自家灶房里的柴草引燃了,火苗席卷着房顶上铺设的油毛毡,吞噬着大梁和椽子。"救火啊,快来人救火呀!"他挥动着两只手,大声地叫喊着,并不顾一切地冲进了喷吐着滚滚浓烟的房子。真烤人啊！呼呼的火舌舔舐着他的头发、他的眉毛、他的衣服,他已经深陷在了火海之中。

"快出去,这样会把你烧死的！"

这是谁在呼喊,声音怎么这样耳熟？他扭头一看,是娴芬。他很诧异:娴芬是什么时候进来的,她原本就在这座房子里吗？只见满身火苗的娴芬像是一只火凤凰,手舞足蹈地大声朗诵道:

"让地上的烈火

连同这活棺材

一齐烧掉

我将在烈火中

得到永生！"

接着是一长串爽朗的大笑。

他跑过去要推她出去,可娴芬却跳上了窗台,妩媚的凤眼熠熠闪动着,对着他纵情高歌。不,那不是高歌,而是在吟唱,吟唱着一位外国人写的诗:

"我愿意是草屋

……

只要我的爱人

是可爱的火焰

在我的炉子里

愉快地缓缓地闪现

……"

突然,歌声停止了,娴芬满面泪花,伸开双臂扑向他,他也张开双臂迎上前去拥抱她,把自己热烈的吻凑近她,而娴芬在深情地亲吻他之后,毅然决然地绕到他的背后,一只手揪住他的头发使劲向后拽,另一只手握成拳状顶着他的腰部向前推,一直把他推出了房门,而她自己却转身又投入了火海。

"娴芬——"他歇斯底里地叫喊着,拼命奔跑着追赶过去。就在这时,一根燃烧着的椽子脱离大梁滚落下来,在空中折为两截后呼啸着砸向他,他躲闪不及,本能地挥起手臂去抵挡,只见一颗红彤彤的钉子从他的手背穿透手心,疼得他使劲甩动胳膊……

"别动！"有人带着严厉的口吻制止他。这声音离他很近,仿佛就在耳边,甚至连对方呼出的气息都感觉得到。他蹙蹙眉头,费力地睁开了眼睛。

"你终于醒了!"坐在他身边的是他的同事遥祈。

遥祈身高一米八七,与他初次见面的人都会以为他是体育健将,其实他对体育根本不沾边,就连跑步锻炼他都显得笨拙甚至还有点滑稽。虽说他被推荐上了省城的一所综合性大学,学的却是图书管理专业,拿到的也只是大专文凭。1975年毕业后,遥祈被分配到陇右县阀门厂的图书资料室工作。一天,昌民到图书资料室借阅一本《车工》,碰巧是新来的遥祈值班,就问他"叫什么名字",以便以后见面好称呼。听到对方叫遥祈,昌民以为是"摇旗"二字,就随口回答他问的"贵姓":"我免贵姓'呐',单名一个'喊'字,以后你就叫我'老呐'好了。"遥祈没反应过来,一脸认真地说:"那怎么成,您比我早来厂里,您就是我的师傅,我得叫您'呐师傅'。"后来,等遥祈知道了昌民的真实姓名,他这才明白昌民是与他开了个说大不大说小不小的"国际玩笑"。也就是这样一个玩笑,使他们二人逐渐走向亲近,不到半年就成了无话不谈的真心朋友。

与遥祈在路上相遇说话,拥有中国标准身高——一米七二个头儿的昌民必须仰起头,这让昌民隐隐有种泰山压顶和让他不能正常喘气的感觉,于是,在一次饭后散步时,昌民向遥祈透露了一件上大学时发生的窘事:有次下课后到学生食堂打饭,排队时他感到后面有些拥挤,就想回头劝说两句。等他一转身,紧挨着他后面的那个人,人高马大、膀大腰圆,前胸几乎挡住了他整个的视线,而且两个硕大的乳房几乎压到了他的镜框和鼻梁上,这才意识到站在他面前的是体育系的女生。当时昌民正是情窦初开的年龄,第一次与女生如此近距离地接触,他就有些惊慌失措,心房里好像有几只小兔子在蹦跶。再看那名女生,一副居高临下"我他妈怕谁"的模样,根本就不把拥挤他当回事儿,还一个劲儿地催促他"转身"、"前移",引来同学们一阵哄笑。昌民的脸腾地就红了,好不狼狈,恨不得找条地缝儿钻进去。遥祈听罢,平时很少开玩笑的她也幽了一默:"老呐师傅,您在大学里不念经,可是有眼福啊!"

此时此刻,看到四周白色的墙壁、白色的钢丝床和身上掩盖的白色棉被,还有遥祈按住不让动的胳膊上插着一根静脉注射管,昌民明白了。

"你到底醒过来了。都一天两夜了,吓死个人了!"遥祈明显地松了一口气。

"我得的什么病?"昌民眨巴了几下眼睛,问道。

"急性脑膜炎。"遥祈伏下他高大的身子,悄声对他说:"医生说,多亏发现得早,要不……"遥祈吞了一口唾沫,把后面要说的话咽了下去。

"怪不得有人使劲揪住我的头发往后拽",想起脑海里曾出现的那一幕,昌民的脸腾地红了。他怕遥祈猜透他心中的秘密,逃避似的把脸扭向了一边。

遥祈则满腹狐疑地盯着昌民的后脑勺，那双本来就不大的眼睛眯成了一条缝。

"你告诉我姑了吗?"昌民有意岔开了话题。

遥祈随口答道:"没有。听说她那车间最近很忙呢。"

"文革"时期，知识青年上山下乡成为一种时髦，同时也是一项硬性的政治任务。昌民中学毕业那年，这股强劲的"东风"虽说已经是强弩之末，但因为他的父亲是"摘帽右派"，一直被把持着领导大权的县革委会那帮人"边缘化"着，资历虽老却不被重用，于是昌民还是搭上了上山下乡的"末班车"，从位于中原腹地的唐僧市来到了以"贫瘠甲天下"著称的陇右旱塬上，接受大西北贫下中农的再教育。粉碎了万恶的"四人帮"后，昌民的父亲得到"解放"、重返县委领导班子，坐到了副书记的位置，但这个"马列主义老头子"坚决不同意身边同志以"照顾"他为由把昌民调回身边，而是要求相关部门依照组织原则告知陇右方面"视其表现、就地安置"。就这样，昌民被安置到这个"四周皆旱塬、吃水靠外援"的陇右县阀门厂当了一名车工。

昌民怨恨老头子，更不甘心这种命运的安排。从他上班的那天起，工人们经常看到昌民走在"三点两线"——即车间、宿舍、图书室三者之间，连星期天也看不到昌民逛大街、看电影，常见的是他肩上挎着一个旧得发白、破得没边、印着"为人民服务"五个鲜红大字的军用帆布包，早上爬上对面的小山，晚上钻进县文化馆。直到次年8月的一天，邮递员把省城一所农业大学的《入学通知书》送到了厂传达室，全厂上下这才恍然大悟——原来这小子在一门心思复习功课考大学!

"你还是给我姑打个电话吧，总不能让你这么没白没黑地连轴转地照看我呀。"病床上的昌民显出过意不去的样子。

"看你这家伙说的，见外了吧，啥时候学得这么柔情似水了，跟琼瑶小说里的人物似的? 咱们俩儿谁跟谁呀，亏你平日里还兄弟长兄弟短的! 况且，也并不是我一个人照看你，还有老张、老文、金锁他们呢。"遥祈见他客气，说话也带了些许嘲讽的意味。

"那，随你吧。"昌民无可奈何地说。

一时无话，遥祈从床头柜上拿过一本杂志，随手翻到折了一个角的那一页继续看起来。昌民两眼盯着白色的屋顶:一只小蜘蛛顺着吊扇的风叶爬行，之后又沿着吊杆向上爬，昌民就想，蜘蛛尚且知道在走投无路时转过头来向回走，而我自己呢? 却在恋爱的道路上越走越远，像一只迷途的羔羊。

"今天几号了?"昌民心里想着，情不自禁地脱口而问。

"嗯?"遥祈的眼睛离开杂志向他眨巴着。

昌民装作漫不经心的样子说:"我是问这个月还剩几天。"

遥祈想了想,说:"二十九号,已经到八月底了。"

"哦。"昌民的"哦"拉长了音,听起来好像是一声长叹。他在想,每逢当月底或下月初,娴芬都要从邻县的那个钢铁厂回来休假。现在已经到月底了,她回来了没有? 如果回来了,她在干什么?

正在这时,一个护士推着药品车进来,挨着个儿地给病人发药,轮到昌民,这个刚从卫校毕业的小护士还亲切地喊了他一声"吴师傅"。

遥祈抬起头,纠正道:"人家可是省城名牌大学的大学生,你该叫他大学生哥哥才合适。"说完朝昌民挤了下右眼睛。昌民装作没看见,让遥祈给他倒开水。

"坏了,我把这事儿给忘了!"遥祈丢下杂志,从床头柜上取过两个铁壳暖壶急慌慌地出了病房。

像变戏法似的,提着热水瓶出去的是遥祈,打了开水进来的却是金锁。望着昌民狐疑的目光,金锁说:"遥祈的嫂子打电话到学校,说是他哥出差了,她要去接晚班,让遥祈到肉联厂幼儿园接她的侄儿,我就提前来接替她了。"

金锁还从裤子口袋里掏出一封信,在昌民眼前晃来晃去:"这是传达室的老李头儿让给你带来的,看笔迹像是出自一个女性之手,而且很可能是一位漂亮的少女哩。"

见昌民从床上坐了起来,伸手要夺,金锁后退一步,把信一举:"别急呀,小弟弱智,弄不明白这信封底下为什么只写了'原址'二字,老兄你能给咱解释一下吗?"

昌民的脸顿时红到了耳根。

看到昌民又窘又急、抓耳挠腮的样子,同病房的其他人也都停止了一切言行朝这边看,金锁立即妥协了。

昌民拿到了那封信,却并没有立即拆开看,而是把它塞到了枕头底下。也许是碍于金锁和病友们在跟前,他有点儿不好意思吧。

二

她听说昌民选择了退却,很是伤心,也很不甘心。这些年精心浇灌的爱情之花,你昌民就这样狠心地把它从根挖断,让它枯萎,无果而终? 她不能就此罢休!

泪水洇湿了本来就潦草的字迹,信纸也变得皱巴巴的,使得任何人都难以看清其中所表述的内容。但是,娴芬相信,昌民一定能看得懂。

　　邮政信箱挂在工厂收发室门口。深夜了,去往投寄的路上,娴芬的步履异常沉重,一边走一边咽泣,感觉自己的人生如同脚下的水泥路一样黑黢黢的,看不到尽头、没有了希望。当把信投进邮筒的时候,他手里拿的仿佛不是信件,而像是烧红的木炭一样,一刹那就丢了进去。回到宿舍,她更魂不守舍,像个失魂落魄的游子,心里空空荡荡,无所停靠。这封信能否挽回往日的温存和情爱?她不知道答案是什么,也想象不出今后漫长的人生之路该怎样去走!

　　今天虽不是星期天,但轮休的工人还是不少,单身女工一大早就起床洗衣物,水房里时不时传来哗哗的流水声和脸盆碰到水槽的叮当声。

　　"你我各分西东,这是谁的责任,我对你永难忘,我对你情意真,直到海枯石烂,难忘的初恋情人⋯⋯"邓丽君哀怨、悲戚的歌声从楼道的另一端传来,如泣如诉,揪心撕肺,仿佛在娴芬本来就渗血的心灵伤疤上又撒下了一把盐。

　　五年了,由娴芬精心培植起来的爱情之树,经过将近 2000 个日日夜夜的辛勤浇灌和用心滋润,眼看就要开花结果了,昌民却说,自从她去了学校几次,班里的同学已经隐隐约约知道了她们之间的事,在背后议论纷纷,几个调皮捣蛋的还当面阴阳怪气地冷嘲热讽,每一句都像一根锐刺扎入他的肉里,既别扭又难忍。

　　记得在一封信中,昌民曾经向她透露,就在本学期,学校政法系针对我国 1950 年公布的《婚姻法》召开了一个座谈会,对一些已经不适应社会发展和科学进步的条款进行专题研讨,提出了不少修改意见和建议。这个看似很普通的座谈会却吸引中央各大报社驻省城的记者前来参加,所写的消息还上了《法制日报》、《光明日报》的头条。昌民说,他似乎意识到,一把无形的刀子在逼迫他俩斩断这段情缘。

　　早在下乡的时候,昌民亲眼看到,农村里近亲结婚不是什么新鲜事,当地就流传着"表兄妹成婚亲上加亲"的说法,就连《婚姻法》里也明白无误地写着:"其他五代内的旁系血亲间禁止结婚的问题,从习惯。"因此,当娴芬向他表白爱恋之情时,就好像他早就盼望着这一天似的,当场满口答应,并为此激动了好些天。

　　娴芬清楚地记得,昌民在一封信里曾引用清代诗人纳兰性德《画堂春》的名句:"一生一代一双人,争教两处销魂;相思相望不相亲,天为谁春?"直到今天,娴芬似乎才体会到其中的内涵。她问镜子里那个泪水涟涟的人儿:"纳兰性德的丽人姝丽是被至高无上、唯我独尊的皇帝夺去了,昌民呀,别人的一句风凉话就会让你离我远去?"

　　在娴芬的记忆中,小时候的昌民究竟是什么样子,她没有一点印象,仅存的一点碎片,还是在五岁时母亲带着她回河南老家探望外公外婆留下的,那时昌民正上小学。

外公外婆生有二男四女六个孩子，舅舅是老大，母亲是老小，中间还有一个儿子、三个女儿，但二儿子不幸夭折，这一大一小就成了外公外婆倍加疼爱的两颗掌上明珠。高中毕业那年，正在热恋中的母亲父亲响应国家的号召，踊跃报名到三线"支边"，为此与外公外婆闹得几乎断绝父（母）女关系。学校领导得知了情况，不得不出面到家里做外公外婆的思想工作，外公外婆这才听从了"公家人"的劝说，由他俩各行其是，远走高飞。于是，母亲父亲怀着一腔热血和远大理想来到了大西北，共同投入到社会主义经济建设，先是进了甘肃锡川农垦局，母亲在种子科，父亲在机械科，后调配到设在兰州的西北机械制造局，再后来因中苏关系紧张、一批工厂从中心城市迁移二三线，父母随西北机械制造局属下的502厂迁到陇右县，并在此扎下了根，直到今天。

娴芬出生以后第一次回到中原，满口都是西北腔调，她把"我"说成"鹅"，把"水"说成"肥"。还有许多字，读音本来是去声，她却全说成了平声，让人听不懂她在说什么，大家猜来猜去、误解百出，经常惹出一些笑话来。一次，她央求昌民跟她一起"到街上浪去"，被外婆听到了，就训斥小女儿也就是娴芬的妈妈，"怎么教育孩子的？从一个几岁女孩嘴里咋会说出这样的话？"原来，"浪"在当地是贬义词，指不正经的女人在外到处乱串、卖弄风骚。等娴芬妈解释说"浪"在大西北是散步、逛街的意思后，引得在场所有人忍俊不禁、哈哈大笑。此后，几个表姐、表弟都叫娴芬"小蛮子"，只有昌民不笑话她，但也不跟她多说话，而是一个人坐在房前的石条凳上看小人书，这使娴芬的心里对这位表哥生出几分敬畏来。

下乡的四年里，昌民所在的农村与娴芬所在的县城虽不属于一个地区，但相距也不过百十公里，昌民如有个把月不到家里来，姑姑就会让姑父给他写信，字数不多，乍一看是数落他，字里行间却充满了心疼爱护之意，昌民自然心领神会，除非农忙季节，他至少二十多天就会来一趟。那时娴芬刚上高中，遇到不会做的习题，她就会让昌民帮助她析解。渐渐地，她感觉到这个表哥并非一个不善言辞的人，讨论起问题来，那个认真的劲头和层层剥笋的解法让她不得不点头称是，有时说话还很幽默、有趣，这不仅使她找到了解题的钥匙，还给她带来很多的愉悦和欢喜。所以，当别人说昌民性格内向、中规中矩时，娴芬常常会立马否定，并向对方举例说明。

昌民返城那年，教育部在北京召开第二次全国招生工作会议，会后传出一条爆炸性新闻——全国恢复统一高考，高考时间定在当年的12月份，新生入学时间则推迟到次年的春季。也就是说，教育部推翻了上半年在山西召开的全国招生工作会议确定的"自愿报名、群众推荐、领导批准、学校复审"的 16 字方针。取消推荐上大学，这对昌民来说犹如五雷轰顶，比被分配到 502 厂的加工车间还难受。因为在离开村子的头天晚上，喝了酒的村支书出门时东倒西歪，昌民搀扶着把他送回家，路上他再一次对昌民说，他为昌民想上大学的事跑了不下二十趟，公社相关领导已经表态同意他的提议，推荐昌民上大学。所以，回城回到一个什么单位，对昌民来说已经不是很重要了。

不久，在一次同时下乡的几个知青的聚会上，来自天津宝坻的赵亚洲向大家透露一个小道消息，说是 8 月份国家有关部委在北京召开科教工作座谈会，这么一个不起眼的会议，"邓大人"（知青们私下都这么称呼邓小平）竟然亲自参加了。会上，武汉大学一位叫查全性的副教授在发言中冒了一个"泡"，说是推荐上大学弊端太多，应该恢复全国统一考试。当时与会人员认为也就是这么一说，连主持会议的都没有太在意，不料却被"邓大人"采纳了，当场拍板说："今年冬季就恢复！"当时，昌民对取消推荐上大学很有怨言，趁着酒劲不停地吼爹骂娘，后来看大家都对他投来惊诧的目光，他怕泄露了村支书的一番好意，就不再作声。心想，自己是个"老三届"，在校时学习成绩并不差，下一阵子功夫，考个大学应该不会比通过送礼求个好工种更难。

这一年，娴芬也从高中毕业，因找不到工作单位，只好在家待业。身为厂车间主任的娴芬父亲，得知昌民上大学的愿望十分强烈，目前正在复习功课、备战高考，他就鼓励女儿："你昌民哥把丢了那么多年的书本都捡起来了，你作为应届生，就不能加把劲也去考一考？哪怕考个中专也行啊。"

看女儿很乐意地接受了自己的提议，娴芬父亲特意把工厂里在单身宿舍楼分配给他的一间屋子让出来，叫昌民边自己复习边兼顾辅导娴芬的功课。

"我刷洗了锅碗就赶来了。"这天，娴芬还是用以前相同的理由来说明自己来晚了的原因。

昌民微笑着朝她点了点头算是默认，随后朝旁边的另一张桌子望了一眼，那意思是"我都擦干净了，你快坐下来学习吧"。

打开文具盒，翻开书本，摊开演算用的草纸，一阵窸窸窣窣的响声过后，娴芬埋下头去开始看书、解题，屋子里又趋于安静。从来到这里复习的那天起，昌民就给两人订立了一条规矩：从晚上八点到十点半是学习时间，谁也不准聊天、玩耍、开小差。虽然娴芬来晚了，但昌民并没有责怪她，毕竟她也是想帮自己的姑姑多做些家务嘛。

娴芬是个不善于深入思考的人，遇到了疑难问题，总不能耐心地去仔细琢磨和自行解决，而是要昌民帮她分析、讲解。这不，看到她时不时地皱眉头、挠头发，昌民就知道娴芬又遇到解不了的数学题了。传过去一个眼神，娴芬就明白昌民同意帮助她了，她便兴奋得像一只花蝴蝶轻盈地飞了过去。当凑近昌民时，有一股子青年男子特有的体味和气息飘进她的鼻腔，这让娴芬这个妙龄少女想要抑气屏息却又情不自禁地悄然呼吸、自我陶醉。有时候，昌民转过脸来给她讲解时，呼出的气息吹到她的耳际、脸颊，弄得她耳发痒、心发慌，身体里犹如一丝丝的氤氲在荡漾，所有的思想腾空而起飞出了胸腔之外，弥漫在昌民的周围。

电灯突然闪了一下。这是在提示宿舍里的人们：离厂里规定的统一关灯时间还有五分钟。

"唉！"娴芬发出一声叹息

"时间过得真快！"昌民也跟着感叹。

这叹息和感叹一前一后出口，两人为彼此的心领神会对视了一眼，遗憾而又无可奈何地摇摇头。昌民动手收拾桌子上的书和笔，娴芬却不慌不忙地伸了个懒腰，然后替昌民把自行车推到过道里。

望着昌民骑车远去的身影，娴芬的心里产生出一种莫名的失落和惆怅。

近几天，当白天只有娴芬一个人在房间里复习的时候，过分的安静使她有点坐不住凳子，时不时地会离开桌子，手里拿着书本或笔记在房间里踱来踱去，总是不能专心致志地学习，而是不由自主地心猿意马，想一些连她自己都不知所想的心事。

寂寞中娴芬越来越有一种渴望，一种祈求：快来吧，夜晚，快让昌民来陪伴我吧！

在日记里，娴芬曾写下了这样一首小诗：

"就在一个不能确定的昨天

你悄悄地占据了我的心房

伴随着爱的小溪

在我的血液里叮咚欢唱

当爱情的蓓蕾含羞欲放

我的每一根神经都那么敏感那么紧张

哪怕是你无意的赐予

都让我铭刻在心永久难忘

……"

三

他的眼睛盯着娴芬写来的信，刚看了开头几句便发起愣来，像得了痴呆病，拿信的手也在微微地发颤。

字写得不很端正，有的头大脚小，有的长胳膊短腿，和平时的字迹大相径庭，而且多处模糊不清，语句读起来断断续续，但字字句句情真意切、发自肺腑，在他心中掀起波澜、激起震撼。

娴芬坚决不同意他说的"分手"。其实，在昌民自己的内心深处，他又何尝自愿放弃、天各一方？

昨天因为办理出院手续，娴芬的信连同许多生活用品都被他一股脑儿地塞进了一个挎包里。直到连连道谢地把同事们送出房间，昌民泡了一杯茉莉花茶，盖上杯盖让茶叶醒着，开始整理带回来的物品时，这才看到了夹在一本杂志里的信。信中，娴芬对他说的"犯了有生以来最大的、也是最致命的错误"，"愚弄了我自己，也愚弄了表妹你的感情"，"愧对自己的良心"，"真是对不起了"等等逐一给予了反驳。信的结尾是："曾经沧海难为水，除去巫山不是云。对我来说，你是我的初恋，也是我的唯一，是我的明天，更是我的生命和归宿。如果你真的爱我，我就为你活下去；如果你离我而去，那就情愿去死！"

看到这里，昌民的泪水夺眶而出。

昌民生于河南，在中原长大，下乡之前只去过一个叫黑石关的小镇，那还是学校统一组织他们那批刚入队的"红小兵"去参观大恶霸地主康百万的庄园、下午利用乘火车前一个半小时的自由活动时间与几个要好的同学到镇里逛了逛，其间从没有见过大城市，也没有和女生们多说过一句话，更别说有过肌肤接触了。记得高中二年级的那年暑假，学校安排他所在的班留6名平时表现好的同学在校办工厂劳动。当时，昌民已经由年级的团干部谈过话并填写了《入团志愿书》，算是班级里的积极分子，能被班主任选中不仅很体面，也是一种光荣。况且，也不是纯粹地尽义务，因为在劳动期间学校还给予每人每天两毛钱的生活补助。在那个一毛钱可在饭店吃一碗素面条、两毛钱就能吃一碗肉丝面的年代，昌民曾经算过，四十天的暑假他可以赚一件的确良的短衬衫。按照工厂塑料车间的规定，每台塑料绝缘制品机配备三个人，每天二十四小时分四个班昼夜不停地作业，每班工作六个小时。在昌民这一班，他和另一位男生负责喂料、手动调节和控制绝缘带的宽窄和厚薄，一位田姓女生坐在机器的出口处，负责把绝缘塑料带缠盘、装箱。一天上午,机器的出口处发生故障,慌乱中这位女生的胳膊被高温铁管烫伤,疼得她大叫:"昌民,快来帮我!"昌民关了机器,从平台上跑下来一看,果见她胳膊上有一大片红痕,就催促她赶快到校医那里涂些药水。那位女生哀求他:"你陪我一块儿去吧。"昌民低下头,不敢去看那位女生泪汪汪的眼睛,脚下像灌了铅似的一动不动。田姓女生看他磨蹭,不由地性急了,提高嗓门说:"那个校医模样长得凶巴巴的,我心里好怕,你陪我一道去吧!"之后就拉起昌民的手。昌民像被马蜂蜇了一下,赶忙缩回那只手,嘴上却答应了她。路上,昌民大步流星地向前走,始终与那位女生保持着四五米的距离,还不时地前眦后瞧、左顾右盼,好像自己在做一件见不得人的事,唯恐被别人发现了,让他难为情,说也说不清楚。

下乡到西北,昌民表面上沉稳谨慎,积极上进,有空闲还替房东打扫院子、收藏土豆、给圈里的牛羊喂喂草,但打心底他很不情愿把自己的青春年华消耗在这贫瘠荒凉的穷山恶水小山沟里,总想尽早离开这个连兔子都不拉屎的地方。每天傍晚一收工,别的知青东串西聚,抽烟喝酒,昌民却回到房东的院子里,看看带来的高中课本,听听收音机里的广播,有时也会带上那支笛子或口琴走到山坡上、沟渠边,吹起《北京的金山上》、《牧民新歌》或者《莫斯科郊外的晚上》、《啊,朋友再见》,一首接一首,一曲连一曲,直到村子里的最后一盏油灯熄灭。

昌民远离父母,只身一人在大西北的乡下,姑姑、姑父一家就是他最亲近的人,所以每隔一段时间,他就会步行到县城然后乘坐长途汽车到陇右来看望姑姑、姑父他们,虽说大多数时候都不在姑姑家过夜,弄得自己急急慌慌,但他总以为有个依靠、有个寄托,心里感到亲切、踏实。在几个表弟表妹中,他与大表弟鲲鹏最要好,对大表妹娴芬最有好感,而这种好感近同于好玩、有趣,因为娴芬的小脸蛋儿一年四季总是红扑扑的,如果不是没有头上经常佩戴的纱巾,她与当地土生土长的那些个"红儿团"没有两样。

进城不久,当昌民把要考大学的想法告诉姑姑和姑父后,他们无不给予理解和支持。姑父听说昌民住的单身宿舍挤了八个人,而且上班时间不一样、经常轮流倒班,要真正静下心来学习很不容易,就把厂里分给他的那个房间腾出来专供昌民复习。姑父还特意把娴芬托付给他,希望昌民抽空辅导一下,还承诺"如果娴芬也能考上,哪怕是中专,你们俩将来的学费我都全包了。"

娴芬称得上是一个健谈的女孩儿,笑起来如风吹铃铎,响亮动听,而她的活泼可爱更让人觉得天真无邪、和蔼可亲,这使昌民很喜欢与这位表妹经常接近。

不过,后来发生的一件事让昌民很难堪。一天晚上,两人正在复习功课,突然响起"咚咚咚"的敲门声,娴芬起身拉开门,站在门口的是一位三十岁左右的女青年,说是"我要找昌民"。昌民抬头一看,连忙站起来,兴奋地叫了一声"师傅",然后又是让座又是倒水。昌民对师傅介绍道:"这是娴芬,我的表妹。"又转脸对娴芬说:"这是我师傅,贵姓田。"

昌民的师傅见昌民这么客气,也随即解释说:"是农田的田,算不上贵。"之后朝娴芬微笑着点点头,随即把手中的两本复习资料递给昌民,并坐到昌民拉开的椅子上,聊起厂子里几个青工怎样找门路、集资料、托老师辅导的趣闻轶事来。娴芬两眼瞅着书本,耳朵却倾听着昌民与他师傅的交谈,可又听不出什么故事性,渐渐就觉得很乏味。再后来,听昌民与他师傅东拉西扯,根本没有停下来的意思,就感到自己受到了冷落,于是情绪越来越糟,把屁股下坐的椅子弄得"咯吱咯吱"乱响。昌民制止性地看了娴芬一眼,娴芬却装作没看见,昌民就叫了一声"娴芬",说,"你专心看书,别在那里晃动椅子。"听到昌民这么说,娴芬倒是不晃动椅子了,但她心里在想,你与你师傅说话那么大声,谈得那么热烈,叫我怎么专心复习? 她越想越生气,屁股底下的椅子又开始发出"咯吱咯吱"的声音,而且较之前更响。这下,昌民的脸上挂不住了,大声喊了一声"娴芬",批评的话还没有出口,反倒是娴芬不干了,她把书一推,"腾"地站起来,拉开门径直出去了。

田师傅顿时感觉到了尴尬,红着脸说:"你看我,坐得时间太长了,影响你们俩学习了。"昌民嘴上说着"师傅,哪儿的话",心里却埋怨娴芬对自己的师傅太没礼貌。

娴芬生气耍脾气,昌民过后想想也理解,就打算第二天见面时给她解释一下,顺便也以当哥的高姿态做个自我批评,可当他打开房间时,娴芬竟已经提前到了,坐在桌子前,嘴里哼着电影《黑三角》里的插曲《边疆的泉水清又纯》。见昌民进来,她连忙站起来热情地打招呼,还问他晚饭吃的什么,像没有发生过任何不愉快似的,这反倒让昌民心里有些不安,暗暗责怪自己小心眼儿、太计较。

几个月的光景说慢也快。招生录取名单很快公布了出来,昌民名列县城考生第九名,被省城的一所农业大学录取,而娴芬却榜上无名、名落孙山。坐火车去学校报到那天,姑姑姑父把昌民叫到家里吃了午饭,然后一家人都到火车站为昌民送行。列车开动的那一刻,娴芬扒在母亲的肩膀上哭了起来,昌民见状也被感染了,把半个身子伸出车窗外,不停地朝她们挥手,眼泪扑簌簌往下掉。

四

她要回厂了,而昌民的暑假也结束了。虽说二人同一个方向,但因为娴芬所在的钢铁厂处在山沟里一个三等小站附近,她只能坐那种站站都要停的慢车。昌民说:"我也坐慢车,就算是我送你吧。"

娴芬望了他一眼,说:"那怎么行?车到省城是晚上8点多钟,车站离你们学校还有二十多公里呢!"嘴上这么说,她心里却感到十分满足和甜蜜。原来,娴芬之所以提前两天回厂,就是为了能够和昌民一路同行!

与昌民并肩坐在绿皮列车上,娴芬觉得从邻座上投射过来的目光都有些异样,有惊奇,有羡慕,有狡黠,也有忌妒。"我要的就是这种效果。"娴芬在心里默默地念叨。她为自己成为一位大学生的女朋友而沾沾自喜。

一路上,她谈话的兴致特别高,话题也特别多,又说又笑,滔滔不绝。昌民时而专注地凝望着她聆听,时而饶有兴趣地问这问那,并且也给娴芬讲述一些大学校园里或班级里发生的趣事。

列车在沟壑坡垴间穿行。还没有进入晚秋季节,陇右通往省城沿线的树木已经由绿变黄、变红,叶片纷纷扬扬地洒落下来,再被风吹到低洼的地方,呈现出萧条和肃杀的景象。因为持续干旱,本来就植被稀疏的山梁,一眼望过去全都是光秃秃的,显得异常冷落甚至有些狰狞,依稀可见的几个农民弓身弯腰,犹如荒漠里的寻宝人,那是他们在薅枯草、拣秸秆,准备冬季里烧饭或取暖用。正因为农民们大多以柴草作燃料,整个冬天,这里的空气里都充斥着混沌呛人的烟臭味儿。

看到娴芬有些倦意,昌民与她调换了一下,让她坐到靠车窗的位置上睡一会儿,自己则从挎包里掏出法国作家司汤达的《红与黑》,翻到折页的地方继续看起来。

娴芬把外套重新裹了裹,头靠在车厢上闭上了眼睛,但从昌民衣服上散发出的檀香皂的芳香时不时地飘进她的鼻腔,使她感觉到很温馨、很惬意,也很舒心,心旌荡漾中生出一种陶醉和满足。与昌民这么近距离地接触,在高考复习的那段时间里曾有过几次,但今天给娴芬的感觉与以前好像有着质的不同。在娴芬眼里,昌民是她零距离接触的第一个异性,昌民已经成为她的心上人。

一年前的这个时候,娴芬和父母、弟妹们一起到火车站送昌民入校。就在列车启动的瞬间,她心里陡然生出一种生离死别的情愫,而且瞬间剧烈地膨胀、爆发,忍都忍不住,泪水哗哗地流出了眼眶。事后她不止一次地想:爸爸妈妈、弟弟妹妹,还有昌民的师傅,那天所有在场的人会怎样理解自己的失态?

那一年,娴芬已经十九岁,到了女孩子谈婚论嫁的年龄。所以,当娴芬决定不再考大学而直接参加了工作之后,提亲说媒的阿姨大妈们纷至沓来,几乎踢破她家的门槛。起初,娴芬的父母还以"孩子年龄还小、又不在县城里"为由婉言谢绝,但却挡不住一拨儿又一拨儿巧舌们的鼓噪和劝说,加上在车站看到的那一幕,夫妻俩仔细地商量了一番,统一了思想和行动。

一次,娴芬休班回家,母亲把她叫到卧室里并随手关上了门。娴芬问妈妈:"什么事儿呀,这么神秘兮兮的?"妈妈说:"最近一段时间,一些阿姨大妈、你爸爸的同事,还有几个河南老乡,这段时间经常来咱家给你介绍对象,有的条件看着还不错,"妈妈的话说了半截就被娴芬打断了,"妈你别说了,这事儿我现在还不想考虑。再说,我总不能在那个钢铁厂工作一辈子吧?我还想调回到你和我爸身边,将来好照顾你们呢。"

"这个不用你说,你爸和我早考虑到了。今天给你说这事儿,也就是为了找个理由,早日把你调回来。你看,"妈妈说着,从梳妆台的小柜子里拿出十几张一英寸照片,大多是黑白的,也有几张是彩色的:"这些小伙子你看看,可有你中意的?"妈妈还指着第一张照片上的英俊青年说:"这个的家庭条件就蛮好。"

娴芬脸色不悦起来:"你是让我嫁给人还是嫁给家庭?"

妈妈给她解释道:"当然是人,但家庭也很重要呀。打个比方吧,如果对方的父亲是劳动局长,你的工作调动不就容易多了?"

在娴芬听来,这好像是别人要帮助你,但却附加有一定的条件。娴芬的自尊心被深深地刺痛了,脸色由红而白,一把夺过母亲手中的照片撕得粉碎,愤然出门。

此后一段时间,娴芬休班时不再回家了,这显然是在逃避。妻子埋怨丈夫:"都是你,从小就把这妮子惯坏了。"丈夫眯起眼睛笑笑,也不去争辩。

大约过了个把月,娴芬回家来,母亲生怕再惹得娴芬生气发火,不敢再提介绍对象的事,只是小心翼翼地试探着问:"这段时间厂里很忙吧?"

娴芬一边择着韭菜、准备中午包饺子,一边不紧不慢地回答:"也不忙。我去了趟省城,看我二姨去了。"话虽说的平静,但当妈的看得出来,她心里很是轻松、兴奋。

娴芬去了趟省城,也确实看望了她的二姨,但真正的目的却是去见昌民。

娴芬的二姨家就在省政府对面的一条叫作黄氏花园的小巷子里,位置处在省城的中心区,也是十分繁华的地带,从这里无论是去泉山公园、白塔公园或是逛大街,都十分地便利,距昌民所在的农大也只有一条黄河之隔,但因为通往黄河西岸的泉山东路在市政府门前形成了"断头路",而市政府后院东门的跨河桥也只有一座民国时期建造的行人天桥,要乘公交车到农大,必须弯来绕去花上四五十分钟时间才能到达,但比起二姑父上班的单位,昌民过来看望二姑还是近多了。所以,昌民来这里上大学后第一次到家里来，二姑就对昌民说："这里就是你的家，到了星期天你就回来，陪姑说说话，姑也给你做好吃的。"昌民在心里庆幸：自己的命运虽然曲折，但不幸中也有万幸。这不，每到一个生疏的地方，总有自己的亲人相陪伴、来照顾。

娴芬很容易地在一个星期天、在二姨的家里见到了她最想见的人。次日一早，娴芬起床不见了二姨，猜测她一定是到外面买早点去了，却顾不上等个几分钟，拉上昌民就去逛公园了。当然，为了不让二姨和姨父起疑心，娴芬也叫上了另一个表哥——姨妈的二儿子兰生。兰生比昌民小三岁，但却比娴芬大五个月，初中毕业后街道一直没有安排工作，暂时在家待业。刚开始，兰生还想着复习复习再争取考个中专上上，但巷子里的几个后生经常拉他去听歌、跳舞，兰生既磨不开面子又管不住自己的腿，为此娴芬的二姨没少数落他们。后来，一个同学的父亲介绍兰生去一家个体理发店学理发，娴芬的二姨父得知后，觉得理发、剃头与唱戏的一样都是低人一等的行业，坚决不让兰生去。没想到，这一耽误就是四五年。

从公园游玩归来，已经是傍晚时分，二姨已经把晚饭准备好了，是西红柿拌拉面。昌民要返校，娴芬送他到盘旋路口的31路公交车站。路上，娴芬轻描淡写地说了家里要给自己介绍对象的事，然后察看昌民的表情和反应，昌民却一声不吭，不表示支持，也不坚决反对，直到31路公交车来了，他才拉住娴芬的手，脸上挤出一丝生硬的笑意，说了句："我给你写信。"

果然，娴芬三天后就收到了昌民写来的一封长信，信中列出了十条理由，劝阻娴芬不要过早地找对象成家。敏感的娴芬对昌民的来信反复阅读了不下六七遍，从字里行间找寻昌民的真正心迹。

绿皮车在丘陵地带蜿蜒前行，咣里咣当，逢站就停，娴芬在晃荡之中似睡非睡，似梦非梦，迷迷糊糊，但有一条思路是清晰的，那就是昌民是他真正的梦中情人。她为自己所施行的"欲擒故纵"小计的初步见效而窃喜，忍不住发出了吃吃的笑声。昌民的目光离开书本，若有所思地注视了她好一会儿，然后好奇地推醒了她，问道："大白天你还做梦了，什么高兴的事，说出来听听。"

"不告诉你！"娴芬朝他扮了个鬼脸，然后把目光移向了车窗外面，由着昌民去展开想象的翅膀。

五

他这是第二次到娴芬所在的工厂。十天前，也就是 11 月 18 日上午，昌民正在教学楼的阶梯教室里复习功课、准备期中考试。突然,一位政治系的同学找到他,说:"你的一个亲戚找你,说有急事,你快些过去吧,他就在咱们文科宿舍楼前等你。"看对方一脸庄重,不像是开玩笑的样子,昌民把教科书、笔记本一股脑儿地塞进了书包里。

走在被粗壮的法国梧桐遮掩得密不见天的校园林荫大道上,昌民心里一连串地犯嘀咕:"这是个什么亲戚,从哪里来,是男还是女,到底会是谁呢?"

"难道是她?"他忽然想起了娴芬。自从发出了向娴芬表达愿望的那封信,昌民每天都有些神不守舍,心神不定,他盼望着娴芬快点给自己回音,却又怕很快就收到娴芬的回信。想到早上跑步锻炼时听到路边树上有两只喜鹊叽叽喳喳欢叫个不停,昌民猜想一定是娴芬过来了,她要亲口告诉他自己所做出的慎重决定。于是,昌民的脚步立马轻盈起来。

隔着楼前一丛密匝匝的迎春花树枝,昌民看到了一个他熟悉的身影,但不是娴芬,而是在市郊一家石化公司工作的二姑父。

昌民的二姑父一直心脏不好,虽已过了花甲之年,却没有办理退休手续,仍然还在上班,但已经不在公司机关,而是到了公司属下的一个建筑工地,每天早出晚归,连星期天都不休息,为此昌民曾问过二姑。二姑说,你姑父这么做,就是为了多挣些钱,一来养家糊口,二来也是为你几个表弟表妹以后成家着想。

二姑父生有五个孩子,老大是儿子,高中毕业后下了乡,两年后遇上招工的机会,被安排到与青海交界的一个电厂;老二是女儿,就在二姑父所在的石化公司机关幼儿园当保育员;老三是男孩,也就是兰生,至今还在家待业;另外两个都是女孩,一个上高中,一个还在上初中。二姑属于职工家属,跟随姑父到城市里,没有固定的工作,但她心灵手巧,在家经常做些袖套、鞋垫,再绣上各种花卉和小动物,加上从城隍庙批发来的针头线脑、头饰发卡、小刀锥子等小商品,在街边摆个小摊儿,赚个块儿八角的补贴家用。虽说全家居住在市中心,而且距省政府只有一步之遥,可姑姑的家境与街面门市的喧嚣和政府大门的辉煌毫不相干,日子过得并不宽裕。

昌民远远地喊了一声"姑父"。老人听见叫声,就转身迎了过来,递给他一封电报,说:"你爷爷病重,你姑姑必须回去。要不你也向学校请个假,一块儿回趟河南吧。"

昌民是学文科的,平时喜欢抠字眼,他指着电报说:"这里写的是'病重'呀。"那意思是,电报上并没有写"病危",更没有写"病故",为什么要"必须回去"?

姑父苦笑了一下,说:"傻孩子,给远方的亲人拍电报,说'病危'就证明情况已经很不好了,我们还是做最坏的打算吧。"

没有生活经验的昌民不知道,"病重"两字从字面上看没有"病危"、"病故"严重,它给接收电报者比较柔也比较宽泛的思维空间,背后往往蕴含着发报人善意的隐瞒和欺骗,因为对方不忍心让远方的亲人在瞬间承受失去老人的巨大打击和痛苦,有意留下缓冲的余地。

当天中午,昌民便与二姑一块儿乘上了由省城开往上海的特快列车。

黑纱。白孝。挽联。花圈。看到这一切,昌民悲从中来,所有想说的话都化作倾盆大雨直泄而下。

自打记事起直到高中毕业前,昌民都是与爷爷住在一个屋子里。至今,昌民的耳垂上还留有一个挂耳坠的小眼儿。按照当地人的说法,这是受宠爱的标志,象征着老人想把儿孙"全"在身边、永不分离的美好愿望。爷爷嗜好甜食,在县城上高中的那两年,每隔几天爷爷就交给他几毛钱,让他从县城里买些饼干、麻饼、芝麻糖之类的点心。当他把这些点心交给爷爷的时候,爷爷总会解开纸绳、打开包装纸,从中取出几块给他,并让他吃完后再走出屋子。爷爷悄悄叮嘱他:"昌民啊,你与你的姐姐、弟弟们不一样,从小身子骨就弱,所以爷爷只给你一个人吃,你可别告诉任何人。"到了晚上,吹灭了煤油灯,爷爷总会给他讲自己在旧社会的经历和流传在民间的故事和传说。于是,昌民知道了董永卖身葬父、与七仙女结为伉俪的故事;知道了天上的"银河"是王母娘娘用头上的金簪划出来的,意在阻断七仙女与董永相见的路;知道了孟姜女千里寻夫哭倒万里长城、薛仁贵西征回纥"三箭定天山"、潘仁美陷害忠良杨门女将齐心上阵抗金兵,还知道了皮定均率领八路军在当地抗战、发动老百姓用弹棉花的弓弦勒死日本鬼子……

从爷爷的口中昌民知道,爷爷生于清朝光绪二十二年农历七月初七的"乞巧日"。那天,爷爷的妈妈挺着大肚子,把从租种的地主田地里摘下的番茄、黄瓜、南瓜,还有从院子树上打下的红枣、柿子,各样挑选了一些摆到供桌上,往装有沙子的香炉里插上七炷香,然后恭恭敬敬地跪下,乞求天上的七仙女赐予她一手漂亮的针线活。当爷爷的妈妈又一次双手合十、默默许愿后磕头时,头部刚接触到地面,突然腹部一阵绞痛,躺倒在地。

"'也就半个时辰的功夫,你就出世了。'我妈后来这样对我说。"爷爷用他深邃的目光盯着黑咕隆咚的屋顶,在黑暗中给昌民讲述他童年的故事。昌民爷爷也是个苦命的人儿。七岁那年,为了捋一把榆钱充饥,爷爷从三米多高的榆树上跌落下来,七窍中有五窍出血,差一点丢了性命。二十几岁时,他挑着担子走街串巷卖馄饨、汤圆,有一次遇到在前线吃了败仗向后方溃退的国民党队伍,几个大兵

"呼啦"一下围过来,尖着嗓门叫道:"给老子下几碗馄饨来!"那口气仿佛他们刚刚打了个大胜仗。等他们吃饱喝足用衣袖抹嘴的空儿,爷爷伸手向他们要钱,其中一个大兵飞起一脚踢翻了爷爷的馄饨挑子,嘴里还不干不净地嚷嚷:"老子在前方替你们打仗,吃你几碗馄饨还要钱,我看你是不想要命的吧!"说着还摘下背后的长枪,把枪栓拉得哗啦哗啦响。

往事久远,斯人已逝。爷爷下葬的当晚,一家人围坐在一起,就着昏暗的灯光,缅怀老人生前的坎坷经历和桩桩往事,时而赞叹,时而唏嘘。昌民的父亲看大家都有了倦意,就说:"时间不早了,大家各自去歇息吧。"

昌民的二姑家虽也在当地,但娘家与婆家之间相距有二三十公里。当初之所以找这么远的婆家,也是因为哥哥被打成了"右派"。在那个"政治就是生命"、"政治决定一切"的年代,根红苗正的贫农家庭是不会与右派家庭结亲家的。当晚,昌民二姑没有回婆家,而是与娴芬的妈妈同住在东厢房。

姐妹两上了床,姐姐先开口说道:"咱爹临终前曾提到,他有一个愿望没有实现。"

妹妹泪眼蒙蒙地问:"啥愿望?"

姐姐说:"昌民的婚事呗。"

看四妹不作声,当姐姐的又说:"咱爹咱妈怎么疼你,说起来俺姊妹三个私下里都是羡慕忌妒恨。咱哥在'文革'中被折磨个半死,这才让昌民走得远远的,为的是不让他受牵连。后来下乡到了大西北,离你最近,你就是他最亲的亲人,你应该把他当作半个儿对待。"

妹妹说:"你去年到我那儿,你不也看见了,我对他怎么样?"

姐姐说:"好是好,可他的婚事你与天庆也得操心呀!"天庆是她的妹夫,也就是娴芬的爸爸。

"姐姐你不知道,我哪天不操心啊。自从昌民考上了大学,厂子里不断有人在我跟前给他介绍对象,我怕影响他的学业,一个个推掉了。"妹妹说着,心里觉得有点委屈,眼泪都快掉下来了。

姐姐连忙解释:"你别误会,我可没有埋怨你的意思,只是想着如今咱爹殁了,哥哥年岁也大了,身体又不好,以后咱得为哥哥多操点心、多分点忧。"

"谁说不是呢?"妹妹说罢,长长地叹了一口气。

其实,那次昌民的二姑到陇右,虽说时间不长,但还是看出了一些端倪。"五一"节放假,昌民和娴芬都提前一天回到了陇右,两人像是商量好了似的,一个说是"回来看二姑",一个说是"回来看二姨",把她这个"二姑"、"二姨"乐得都笑出了眼泪。第二天,两人相约一块儿去爬山,下午又钻到房间里嘀嘀咕咕半天,好像有说不完的话。晚上全家人坐在客厅看日本的电视连续剧《排球女将》,二姑无意中发现娴芬和昌民的手不知道什么时候拉到了一起,很亲热的样子。她悄悄捅了一下妹妹,妹妹乜斜了一下眼,一副若无其事的神情。

　　回到河南,她把这作事说给爹和哥嫂听,还谈了自己的想法。爹说,事情要是真朝这方面走,也算是"二表成婚、亲上加亲"了。爹还问她:"你就没有问问你妹妹和妹夫有这个想法没有?"她说:"妹妹说'八字还没有一撇呢',顶得我哪敢往深里问?"当时,哥哥没有作声,嫂子却说:"娴芬和昌民都是好孩子,像是古装戏里唱的'郎才女貌'一样,打着灯笼都找不到的好事,妹妹和妹夫还能棒打鸳鸯?"

　　给老人过了"头七",昌民提出要返校,她的二姑、四姑就说"要走咱们一起走"。临行,妈妈把昌民叫到外面有一道木屏风的里屋里,单独对他说:"孩子,你奶奶早些年走了,现如今爷爷也下世了,再往后就轮到我和你爸了。"说着眼泪就下来了,昌民不知怎么劝说好,走过去把妈妈揽在胸前,替她擦拭泪水。妈妈任凭儿子的手在脸上轻柔地摩挲,接着说:"去年有人给你弟弟说了个媳妇,对方家庭条件很一般,但他们两人还算说得来,也许明年就会办事了。你当哥的虽还在上大学,但也老大不小了,妈不在你身边,你自己的事你要自己多操心啊。"昌民拉起妈妈的手贴到自己脸上,想解释什么,只听妈妈又说:"你爷爷去世前曾把我和你爸叫到床前再三叮嘱,说要是昌民和娴芬的事能成,一定要……"不等妈妈说完,昌民就打断说:"妈,我与娴芬很要好不假,但却是表兄妹,很难向那方面发展。"

　　妈妈听儿子这么解释,也不强劝,只是顺着自己的思路说:"你爸在外面是国家干部,爱顾面子,你要慎重,也要尊重你姑姑和姑父的意见。毕竟,他们对你是有恩的。"

　　车上,娴芬的妈妈邀同行的姐姐到自己家里小住几日,姐姐答应了,于是在陇右车站下了车,而昌民以"回校参加期中考试"为由继续西行。不过,列车又启动后没多久他就改变了主意,在下一个车站转乘一趟慢车去了娴芬的工厂。

六

　　她对昌民在傍晚时分突然到来感到很意外,一双惊喜的大眼睛盯着昌民,看了足足二三十秒,然后关上门,迫不及待地扑过去与昌民紧紧地拥抱在一起,久久不愿分开。昌民几次轻轻推她,她反而搂得更紧、贴得更密,直到他打开了房间里的电灯,娴芬这才发现昌民胳膊上佩戴的黑纱。

"我爷爷去世了。"昌民凄楚地说。

"外公得的什么病?"娴芬有些纳闷:上次回家提到外公,妈妈还说外公身体挺好,明年要回去给外公过九十大寿呢。

"医院的结论是消化功能和肺呼吸严重衰竭,属正常死亡。"

"老人没受罪,有福啊。"娴芬说罢,长长地叹了一口气。

从食堂打来的面条已经结成了块儿,娴芬往饭盒里冲了些开水,用筷子搅拌后端给昌民:"凑合着吃点吧。"

看到昌民把面条挑上挑下、有一口没一口地吃着,娴芬也情绪低落、没有了食欲,就收拾碗筷,到洗漱间洗刷去了。返回房间,她边往脸盆里倒水边说:"我师傅休班回家了。你累了,就在我的床上睡吧,我去工友的房间里挤一挤。"她走过去拉开被子,昌民发现被子上有血迹,就关切地问:"你哪儿碰破了,我看看。"

娴芬的脸"腾"地红了,像熟透的灯笼柿子,嘴也结结巴巴的:"嗯……是……是在星期六的义务劳动中不小心碰破了腿,不碍事。"

昌民走过来,要拉起她的裤管看个究竟,娴芬像踩到了一条蛇一样跳到一边朝昌民直摆手:"没、没什么,早、早好了,你洗完早些睡吧。"说着,狼狈地逃出了房间。

怎么能不狼狈嘛!最近几天,娴芬正来例假,而且量也比较多,千小心万小心还是弄脏了床单,连被子上也沾了一些血渍。本打算等月经干净了就把被子拆洗拆洗,想不到这个时候昌民来了,而且还被他看到了,娴芬很难为情,只好编谎话掩饰。

通往火车站的路蜿蜒崎岖,几乎是绕了大半个圆圈到了山的背后。天空中,几缕红红的朝霞还在燃烧,给大地洒下一片橘红的颜色。一辆辆满载货物的汽车在公路上奔驰,车后扬起滚滚灰尘,将并肩行走的昌民和娴芬吞没。娴芬双手扣在昌民的胳膊上,嘴和鼻子凑到昌民的臂弯处,好使自己少吸入一些废气和尘土。昌民却不在乎这些——下乡时,他喂过牛马,起过猪圈,挑过大粪,什么气味没有闻过?

握着昌民很男性的大手,娴芬有一种很幸福的感觉。刚才,昌民向她叙说了在家里时妈妈向他说的那些话,她时而簇眉、时而释然。当昌民盯着她问"怎么办"时,她也盯着他,笑微微地问:"你承认咱们俩在谈恋爱了?"

昌民朝她挤出一丝笑意,没有回答。

不久,娴芬收到了昌民寄来的挂号信,拆开一看,是一张剪报,有些文字下面被画上了红杠杠,她好奇地专看这些划了红杠杠的句子和段落——

"专家向全国人大建议,1950 年颁布的《婚姻法》有必要进行修订。"

"直系血亲和三代以内的旁系血亲将被禁止结婚。"

"据国际卫生组织调查:非近亲婚配所生婴儿死亡率为24‰;近亲婚配所生婴儿死亡率达81‰,比前者高出 3 倍还多,而患遗传病的危险性也比前者高 20 倍以上。"

"先天性和遗传等疾病,在近亲婚配的后代中发病率比一般婚配高 150 倍,先天性畸形的也很多。常见的畸形患儿如唇裂、多指、侏儒、痴呆、聋哑……"

娴芬越往下看心里越不是滋味,气呼呼地把剪报扔到了地上,然后重重地坐在椅子上。她双手托腮,眼睛直勾勾地盯着窗外。

她猜测:难道昌民是因为舅舅舅妈所谓的"顾虑"而打算退却了吗?

她预料:你昌民上了大学、见识了花花世界,就看不起我这个小工人了吗?

她怀疑:昌民是不是在大学校园里有女同学追了?

这天晚上,娴芬失眠了。

昌民真的移情别恋了。望着昌民那漠然麻木、铁板一块似的面孔,以前见了她时的那种炽热、关爱、脉脉含情已经荡然无存。气愤、恼怒、妒忌、绝望、疯狂,百般情绪一涌而上,"啪、啪、啪",她连续照着那张可恶的脸庞就是三记响亮的耳光,并随口吐出一句解恨的粗话:"骚情!"也就是这刹那间,她感到自己的手火辣辣的,低头一看,满手都是鲜红鲜红的血,吓得她扭头跑开了。

头昏脑涨的她坐在一个豪华的餐厅里,四周都是桌子和人,中间的空地上铺着猩红的地毯,一对新人正在这里举行隆重的结婚仪式。女的不认识,那个男的虽背对着她,但她怎么看怎么眼熟,像是昌民。

"怎么又是这个冤家!"她厌恶地站起身来,正要愤然离开,只听司仪朗声说道:"夫妻对拜!"

"我倒要看看这对臭男女是怎样'夫妻对拜'的!"就在娴芬转身望去的瞬间,她看清了,那男的果然是昌民。只见他一把推开新娘,扯掉胸前的礼花,几乎是脚不着地地朝她飞奔过来。昌民死死地抱住她,满脸是泪,把嘴唇贴到她的脸颊上,滑向她的脖颈,然后又移向她的嘴唇,那么紧贴,那么用力,让她几乎喘不过气来。但娴芬顾不了这些,热烈地迎接着他,配合着他,体味着,享受着。

昌民边亲吻边向她哭诉:"我不要娶她,我要和你结婚,我还和以前一样喜欢你,从来就没有改变,我要永远和你在一起。谁说我变心了?我一点儿都没有变,不信,我挖出来给你看……"昌民说着,还真的剖开了自己的胸膛,从里面掏出那颗鲜活的心。她吓坏了,急切而又爱怜地说:"谁要真的看你的心?没有心你会死的!"她一把夺过那颗嘭嘭跳动着的心,一边往昌民胸腔里塞一边号啕大哭……

"娴芬,你怎么了? 娴芬,你醒醒。"娴芬感到有人喊她、推她,于是她醒了。同室住的师傅只披了件外衣,坐在她的床边,满脸狐疑的样子。

"是不是哪里不舒服,娴芬?"师傅关切地问。

娴芬苦笑了一下,摇摆头,把到嘴边的话又咽了回去。

第二天上班,看到娴芬拿起试剂却不知道取样,做了实验却忘了填单,老是六神无主、心不在焉,师傅就替她捏把汗。等化验室里只剩下她们俩,师傅就忍不住地问:"娴芬,我看你有很重的心事,要是相信我,你就告诉我,也许我可以帮你,嗯?"

望着师傅那真诚、和善的目光,娴芬再也无法控制满腹的苦楚,伏在师傅的肩膀上痛哭起来。

七

他返回大学后,期中考试便开始了。对昌民来说,缺两个星期的课倒不要紧,要紧的是他根本没有了复习的时间,能否考及格心里没有一点把握,于是他找到班主任周老师,周老师建议昌民"别放弃这次机会,能考过更好。如果达不到及格,再补考也不迟嘛。"考试结果出来,昌民只有文学概论一门不及格,这使昌民感到脸上有些挂不住,但他没有气馁。经过几天的认真复习,在补考中他考取了96分,任课的马老师在向全班公布补考成绩后,还特意表扬了昌民,这使昌民本来就要强的自尊心得以平衡和宽慰。

一天下午,昌民在中文系阅览室翻看报纸,偶然看到了一篇题为《婚姻法颁布二十多年,一些条款有必要修订》的文章,心里便对自己与娴芬的事更加感到不安。虽说娴芬去年到省城看病期间只到学校来过两三次,但班里的几个捣蛋鬼已经在昌民面前开他和娴芬的玩笑了。在大学校园里,谈恋爱并不是什么新鲜事,但对表兄妹之间发生恋情却多持异议。

"点点滴滴的甜蜜,最终酿出的竟是一杯苦涩的酒!"昌民陷入了苦闷之中。

与娴芬的恋情究竟起于何时,连昌民自己也说不清楚,他只知道在高考时对娴芬特别关爱,用于辅导娴芬功课的时间远远多于他自己复习的时间,连娴芬用的许多复习资料、习题和模拟试卷都是昌民托朋友、找关系弄来的。有一次,娴芬说起北京市海淀区教育局编写的一套数、理、化、语、政辅导资料很好,但在陇右县城书店买不到时,昌民到车间请了假,第二天就乘汽车到省城给她买了回来。当把书送给娴芬时,娴芬感动得泪水在眼眶里打转,兴奋地拉起昌民的手久久没有松开。

去年夏天,娴芬因为感觉心脏不好,来到省城检查治疗。昌民买了麦乳精、奶粉还有冰糖梨罐头去医院看望她,她又一次对着他泪光莹莹。昌民的心颤抖了,动情地拉住了娴芬的手。娴芬把头靠在昌民的肩膀上,任凭自己的手被他温存地轻揉和抚摸。星期天,昌民把娴芬从医院里接出来,先去逛了白塔公园,之后又坐17路公交车来到位于安定区的城隍庙。在这个繁华的自由商业街市,多是小商小贩经营的店铺和摊点,除了从全国各地倒过来的小商品,再就是闻名遐迩的当地小吃了,牛肉拉面、烤羊肉串、羊肉泡馍、夹肉末儿的白吉馍,还有凉拌酿皮子、醪糟汤、水煎包、炒凉粉等等,蒸煮煎烤,酸辣香甜,应有尽有。昌民以地主自居,先各要了一碗酿皮子,又买了二十串烤羊肉,一酸一辣,俩人吃得咝咝哈哈,头上直冒汗。后来,为了买衣服,昌民和娴芬相互争执不下,而且都很动情。娴芬说,你是个穷学生,连买一本书都要从那点生活费里抠,自己好赖也是有工作的人,必须是我付钱;昌民说,你远道而来,是客人,我一个大男人,又是"地主",你就该客随主便,让我尽一下"地主之谊"。两人争来让去,各不妥协,几乎都快翻脸了。最后,还是两人各退一步,昌民给娴芬买了一件米黄色、前襟有飘带的衬衫,娴芬给昌民挑选了一件咖啡色的翻领夹克。

回到病房,里面没有其他病人,昌民关上门,然后取出那件衬衫让娴芬换上,并亲手为她扣领扣、系飘带。也许是第一次给自己亲爱的女人系飘带,也许是从来就没有干过这样的活计,昌民有些手忙脚乱,把飘带系得不像个蝴蝶结,倒像是打了霜的花朵。"你好笨!"娴芬嗔怪着,轻轻打了一下昌民的手,用纤细的莲花指解开他打的结,就那么随便一绕,就绾成了一个花枝招展的蝴蝶结,之后歪着头朝昌民张开微微的笑脸。

昌民深情地望着娴芬:在米黄色衬衫的映衬下,娴芬的肌肤更为白皙,瓜子型的脸蛋儿红红润润、泛着光泽,两条柳叶秀眉匀称舒展,薄薄的嘴唇似开似合、动人心弦。此时此刻,娴芬显得那么清纯、那么端庄、那么妩媚、那么妍丽,他的心跳也随之加快,感情的闸门启动了他的双腿,使他走上前去,双手捧起娴芬的脸,把自己滚烫的嘴唇贴了上去……

处于西域的省城,夜晚比内地来得晚很多。尤其是夏天,当老家农村的人吹灭油灯爬上炕头睡觉的时候,这里不还仅仅是夕阳西下、落霞满天。医院的食堂和昌民所在的学校一样,每逢周日就只供应两顿饭,上午九点一顿,下午五点一顿。所以,如果是在学校,吃过晚饭后,昌民就会约上班里几个喜欢足球的同学到足球场上活动个把小时,然后才到教室里开始晚自习。此刻,他帮娴芬到水房洗着碗筷,说:"天色还早,我陪你到黄河边上散散步吧。"

"好呀!"娴芬高兴地应着,把水龙头拧紧,快步走回病房。

此时的病房里多了一位病友,她是白银人,年龄大约五十岁上下,在一个矿区当会计,喜欢抽烟,还会喝酒,因为心肌梗死而被送到这里来,据她自己说已经是第二次被医生从死神手中拉回来的。她姓李,叫凤生,比娴芬早两天入院。说起她由矿医陪着被救护车一路鸣笛连夜送到这里抢救的经过,这个被娴芬称作"李阿姨"的女人口若悬河,镇静自若,而且毫无惧色,仿佛在讲述着发生在别人身上的故事。

看到娴芬进来,后面还跟着昌民,她先是对娴芬笑笑,尔后又朝昌民点点头,算是打过了招呼。当听说娴芬要与昌民到黄河边上散步时,她对娴芬说:"女子,和心爱的哥哥出去散步,你还不换上那件连衣裙?"

听说要让娴芬换掉自己亲手挑选并穿上的衬衫,昌民心里不乐意,却又不好反驳,就看着娴芬让她自己拿主意,而娴芬也转脸看看昌民,意思是换或不换让他示意决定。李凤生是一个见识很广、眼睛很毒的女人,不等昌民开口,她就先做了决定:"女子,听阿姨的话没错,穿上你那件连衣裙吧,既好看,也实用。"说完还朝昌民眨了两眼儿。下过乡的昌民,在农村里见过各种各样的女人,仅从一个眼神他就能判断出一个女人的脾气与性格,而从李凤生的眼神里他看到了风骚和放荡,于是不再理会她,拉起娴芬的手就出了门。

娴芬出院那天,昌民过来接娴芬,对面病床上已经没有了洁白的被褥,床头柜上也空无一物。昌民指一指那张空床,娴芬不等他问就开了口:"她前天走了!"昌民学的是中文,知道"走了"两个字有两种含义,一是它的本义,表示离开了这个地方;一是它的引申义,表示死去、离世。他起初不明白娴芬指的是哪一种,后来从娴芬伤感的脸色他看出了端倪。在往车站的路上,昌民问起那天李凤生为什么叫她穿连衣裙的事,娴芬的脸立即红了,连珠炮似的呸了三口唾沫,还说"她这种人死了好,再也不会去教坏年轻人了!"

八

她百无聊赖地在厂区小花园里徘徊。自从调进这个机械厂,娴芬就经常到这里散步、溜达,有时是与同事、好友一起,但更多的是独自一人。和原来的那个钢铁厂相比,这一家机械厂虽名气不响亮,但仍然是国营企业,而且就在火车站旁边,这让娴芬不仅脱离了深山沟,回到了自己所熟悉的环境,而且离家很近,骑自行车也就20分钟的路程。最主要的,她之所以同意这次调动,是因为昌民在信中对她说,他很快就要毕业了,系里已经开了会,传达学校关于毕业生分配工作的精神,原则是"从哪里来回哪里去",他留校的事没有多大把握,也许最终还是会回到陇右工作。娴芬想,陇右最好的环境和条件也就是县城了,如果自己先回到县城,将来不就能够和昌民在一起了吗?所以,尽管父母肯定还会走马灯似的给自己介绍对象,但只要自己拿定了主意,总是会渡过眼前的难关、实现自己的梦想和愿望的。

每当工间休息,她就和同事陶玲来到这个小花园里散散步、聊聊天儿,尤其是值班的时候,她也会来到这里伸伸胳膊活动活动腿,深深吸上几口新鲜的空气,让昏沉沉的头脑清醒一下。当然,她更喜欢夜深人静的时候,走到这里想想自己的心事,思念远方的恋人。这不,陶玲电大就要毕业了,眼下正在见缝插针地准备毕业论文,而值夜班就是她写论文的最佳时间。娴芬不想打搅她,一个人走了出来。夜晚的小花园恬淡静谧,轻风习习,树影婆娑,月光顽皮地穿过稠密树叶编织的网眼,在潮湿的草地上闪来跳去,引逗得小虫们或高亢欢唱,或低声呢喃。

自从与师傅诉说了自己爱上昌民的经过,而师傅又很委婉但非常明白地表示了反对的意见、劝说她"赶快刹车"(在她听来其实就是"悬崖勒马"的意思)后,娴芬就陷入了深深的痛苦和矛盾之中。特别是师傅关于近亲结婚可能会对后代带来严重影响的提醒,她甚至理直气壮地对师傅说:"只要我们两人好,我们可以不要孩子呀!"师傅以一个过来人所具有的经验和体会开导她:"世俗观念是一把杀人不见血的软刀子,它可以伤人于无形。也许不生孩子这个事,就是毁掉你们俩欢乐和幸福的'导火索',因为到了一定年龄,夫妻双方的爱便会转移到孩子身上。为什么说'孩子是爱情的结晶'?道理就在这里啊。"可娴芬却固执地坚持着自己的思维定式:"对我们俩来说,我们的结合本身就是爱情的结晶,这就足够了。"她无论如何不能相信,和昌民的这段恋情竟会如糖衣裹着的药片——甜尽苦来。所以,在给昌民的信中她更是振振有词:表兄妹结亲自古有之,这种亲上加亲、锦上添花的事一直被人们传为美谈,就连近几年的舞台上、银幕上,也有不少经典的爱情故事发生在表兄妹之间,由表兄妹引发的有情人不能终成眷属的爱情悲剧还受到人们的怜悯和同情,为什么咱们俩就不能走到一起?她还在信中写到,你是学文科的,懂得任何事物都是一分为二的,近亲结婚影响后代也不是绝对的,难道那"81%"、"20多倍"就一定会落到我们的头上?面对娴芬的发问,昌民一方面从科学的角度加以解释,一方面让娴芬放心,等大学毕业、工作有了着落之后,他一定会给她一个满意的答复。

如今,娴芬已调回这个县城五个月了,昌民再过两个多月也就毕业了。对于近期昌民来信稀少,她既理解又不放心。能够理解的是,正像昌民信中说的:毕业以后,我回到陇右将和你天天见面、天天厮守,何以现在沉溺于朝思暮想里而不自拔?古人云:"两情若是久长时,又岂在朝朝暮暮!"令她不放心的是,毕业分配的事说不准,如果他被留校或留在省城怎么办?或者,他被分往别的地区、别的县城呢?娴芬想来思去,这几天开始向父亲求情,让父亲亲自到教育局走走门路、找找关系,无论如何也一定要把昌民分回陇右!

九

他所在的中文系留校人员的决定下来了,是省城某厅副厅长的女儿,原来由系主任推荐的昌民被挤出了局,此事在早有所闻的一些教师和学生之间引发了"地震",虽然大家纷纷为昌民鸣不平,但也仅仅是几天的热劲儿,随着时间的推移也就逐渐寂静无声了,但少有人知的是,系主任看到上面的决定后,专门把昌民叫到自己的办公室,除了表示遗憾,还提出一个"补救方案":他让昌民到省城的师大附中一面任教一面学习,来年直接报考他的研究生。想到父亲在官场上经受的风雨和沉浮,昌民婉言谢绝了系主任的好意,决意回到他下乡的地方当一名中学教师。

一周后,与昌民同一寝室的同学的哥哥,开着单位的汽车到学校接弟弟回家乡。这位同学对昌民说:"反正车要路过陇右县城,你就别去托运行李了,咱们一搭里走吧。"于是,昌民就"蹭车"与那位同学一块儿回到了陇右。

昌民把行李放到原单位的宿舍里,次日先到教育局报到。一位负责报到的科长听说他叫昌民,就问:"你对分配工作有什么想法?"昌民看看他,自己并不认识这个人,也弄不明白他这样问是什么意思,就说:"把我分配到需要教师的地方就成,哪怕是偏远的学校也无所谓。"

娴芬的爸爸、也就是昌民的姑父知道了,心里很不悦,对妻子说:"你看你这个侄子,娴芬一个劲儿地求我找人要把他留在县城,他却要求分到边远地区,是他思想比我先进还是觉悟比我高?"

姑姑把这话学给昌民听,昌民这才明白那位科长与姑父的关系不一般,询问他是出于好意,就低着头没有作声。

五天后分配通知下来,昌民被分配到了县东方红中学。在别人看来这是一件值得庆祝的事,但昌民却无论如何高兴不起来,每当遇到娴芬那深情、炽热的目光时,他的心便一阵抽搐、一阵作痛。他不知道该如何向娴芬宣布经过长期的思想斗争和情感折磨而做出的那个痛苦决定。

人类社会的进步,科学研究的成果,大众观念的转变,还有同学带有嘲讽意味的玩笑,所有的一切无不向昌民敲响了警钟:你与娴芬的恋情到此为止吧!

虽说感情不是一股水,你把开关一拧便关住了,但从高校走出来的昌民,凭借着高等教育所赋予他的自制力,可以果断地踩刹住感情的飞车,但他有能力让娴芬喝下"忘情水"、斩断绵绵情丝吗?几经思索,昌民在痛苦中做出了一个决绝的决定。

"秋分"后的第一个星期天,一个阳光普照却又寒风瑟瑟的天气。午饭后,昌民约娴芬到县城西边的老爷岭爬山。

昌民的主动约会让娴芬有点激动。出了北城门,路上的行人明显少了,昌民和娴芬并肩款款而行。在一个岔路口,昌民说:"走近路吧。"不等娴芬回答,他就走下斜坡,拐进一条机耕道。娴芬紧跟几步,挽起了昌民的一只胳膊:"刚吃过饭,走那么快干吗!"

穿过几乎干涸的洮河滩,前行不远便开始爬山。说是山,其实不过是层层叠叠的丘陵,向西绵延达到省城,向东则与秦岭的余脉相接,它的高峰就是老爷岭。老爷岭以峰顶有一座老爷庙而得名,没有人知道这座老爷庙建于何年何月,也没有记载它由何人建造,但每当久旱不雨、庄稼枯萎、面临绝收时,人们就会成群结队地登上山岭,到老爷庙前摆上牺牲、水果等供品,点燃香烛,磕头作揖,嘴里还念念有词,乞求"老爷神"慈悲为怀,善洒甘霖,把福祉降临人间。

由县城通往老爷岭的山路有三四条,但都不宽,纯粹的土路,没有台阶,有几个转弯处因为雨水的冲刷形成一道道沟坎。昌民和娴芬登上山岭,无不气喘吁吁,脸放红光。

老爷庙几乎是建在丘陵的顶尖上,方圆不足 1000 平方米,稀稀落落的杂树点缀在庙的四周,没有特别高大的,也没有一棵是名贵的,最粗的还不抵人腰,这使得这座并不起眼的庙宇更显得败落飘摇、冷清孤寂。庙门前的山坡已被承包的村民开辟为梯田,黄而细的麦子业已被老农剪去了麦穗,只剩下干枯的麦秸在秋风中摇曳作响,仿佛发出阵阵哀鸣。

娴芬的心情不错。在这旷无人烟的山岭上,和自己的心上人儿一同爬山、游玩,的确是一件心舒意惬的事,再让她高兴不过了。她情不自禁地拉住昌民的手,蹦啊跳啊,说啊笑啊,像一只长久囚禁在笼子里的小鸟终于飞向了大自然,自由自

在,任意翱翔。两人走到一块梯田的边沿,遥望着远方,天际处云烟缥缈,青黛氤
氲。娴芬理了理长长的披肩黑发,情不自禁地唱起了朱明瑛翻唱的那首《彩云追
月》:

站在白沙滩

翘首遥望

情思绵绵

何日你才能回还

波涛滚滚

绵延无边

我的相思泪已干

亲人啊亲人你可听见

我轻声地呼唤

门前小树已成绿荫

何日相聚在堂前

明月照窗前

一样的相思

一样的离愁

阴缺尚能复圆

日复一日

年复一年

一海相隔难相见

亲人啊亲人我在盼

盼望相见的明天

鸟儿倦飞也知还

盼望亲人乘归帆

昌民为这首歌甜美的旋律所感动,更为娴芬饱含深情、如泣如诉的吟唱而动
情。他走近娴芬,一只手轻柔地挽住她的纤纤细腰,一只手握住她放在前胸的手,
并把头贴近娴芬的耳际。娴芬感觉到昌民的贴近,身子微微地颤抖了一下,没有
拒绝,也没有说话,只是又哼唱起程琳的《相聚》:

多少次天涯别离

今日难得又相聚

我的脸上挂着泪珠

那是流出的欢喜

分别时说的诺言

你我怎能忘记

要问别后生活收获

青山绿水会告诉你

尽管我们天各一方

往来书信叙情谊

尽管我们分手时长

心儿连在一起

同学友谊难忘却

相聚多甜蜜

……

娴芬唱得绵软悠扬、回味无穷,昌民听得如醉如痴、心旌荡漾。几乎在同时,两人心有灵犀地转过脸,看到的是彼此都挂着泪珠的双眼,也就在同时,两人都把对方抱得紧紧的,脸贴着脸,心贴着心,默默的,久久的,任凭时间一分一秒地逝去,任凭泪水打湿了头发和衣领。娴芬把昌民的一只手放到自己胸前,心里想到,要是此时昌民能像那位病友李凤生说的,把手伸进自己的衣服里,抚摸、轻揉自己身体的任何一个部位,她都乐意接受,再也不会拒绝。

原来,那天晚上与昌民一起到黄河边上散步前,李凤生一再劝说娴芬换上那件连衣裙,还朝昌民眨眼睛,昌民和娴芬都意识到李凤生不怀好意,就没有再去理会她,手拉着手走出了病房。等到把昌民送上最后一班公共汽车回到病房,病房里的灯依然亮着,床上的被子铺开了,却不见李凤生。娴芬正在纳闷,只听身后的房门"吱"的一声,不等娴芬转过身子,一个人影就闪了进来,带过来的一股风里充满烟草的味道。她一屁股坐到娴芬的床上,两眼盯着娴芬问:"女子,身上热吧?"

娴芬被她问得莫名其妙,两眼也直勾勾地盯着她,等着她说下文。李凤生这才像一个泄了气的皮球,无精打采地叹了口气,说道:"看来你们俩还真都是处男处女啊。"之后又靠近了娴芬,神秘兮兮地说:"热恋中男人女人,有谁不搂搂抱抱、摸摸掏掏?夏天是女人展示自己身段和魅力的最好季节,也是男人心旌荡漾、表达爱意的火热时候。你那么美丽,再穿上裙子,哪个男人不动心?他就是忍不住把手伸出去,对你不也是一种享受!"

"多美的时光,你竟不知道快活,我要是能年轻十岁……"李凤生话没说完,从门后铁丝上取下毛巾,又拿过香皂、牙膏和牙刷放入脸盆里,屁股一扭一扭地洗漱去了。

一群麻雀叽叽喳喳地叫着从头顶掠过，娴芬这才回过神来，向四周看看。还好，连一个人影都没有，这才放下心来。昌民掏出一张报纸，从中缝处撕开后铺在地上。两人坐下后，他又用手绢擦拭着摘取下来的眼镜，迷蒙的双眼望着前方说："人们都说秋季是收获的季节，这时本应该到处是黄澄澄、金灿灿的玉米、稻谷，可眼前这荒山秃岭，除了萧条、荒凉，还有就是……寂寥。"

"你不是在比喻你自己吧?"娴芬侧过脸，像是察觉到了什么。

昌民拔下身边的一棵枯草，在拇指和食指间捻搓着。他望着两步以外的陡坡和深沟，似乎是不经意地问："听小妹说，最近有不少人到家里给你提亲?"

"好像是吧，可我不感兴趣。"娴芬说得很干脆。

昌民说："你在家里是老大，如果你不考虑的话，那弟弟妹妹就更不好谈朋友了。"

娴芬的脸上出现了阴云："我又没有不让他们谈朋友。再说，你没结婚，你弟弟还不是已经把媳妇娶进了屋里?"

"我和你的情况不一样。"昌民虽然也觉得没有说服力，但还是为自己辩解道。

"是不一样!"娴芬点了一下头："你是堂堂的大学毕业生，还有学士学位哩!"

昌民觉出娴芬的口气不对劲儿，有点急了："你说这……哪儿跟哪儿呀。"

娴芬和他直面对视："怎么，我说得不对?"

昌民一时语塞，脸也涨得发红。

过了好久，昌民才开口说："我考虑了好长时间了，觉得咱俩的事很渺茫，要不就到此为止吧。"

这下轮到娴芬的脸涨红了："你今天约我出来，到这荒山野岭，就是要和我说这个?"她的眼里含着泪光，直勾勾地盯着对方。

昌民颓然地低下了头。打心里说，昌民非常非常地爱娴芬，提出分手决非他自己的本意，他是不得已而为之。

娴芬猛然一把揪住昌民的一只胳膊，质问道："我明白了，这就是你信里说的'给我一个满意的回答'?"

昌民丢掉枯草，想挣脱娴芬揪着的那只胳膊，娴芬却不肯放开。她几乎是在竭力地叫喊了："昌民，你现在就明确回答我!"

意识到气氛急转直下，昌民害怕会发生什么事儿，就任由她揪着那只胳膊，以低沉的声音劝说道："你冷静点，娴芬。"他往四周看了看，接着说："这件事首先在你父母那里就通不过。你让他们给厂里的同事们介绍说'我女儿和女婿是一对表兄妹'？他们的那些同事又会怎么看我们？"

娴芬哭出了声："我不管他们,他们也管不了我的事!"

"可咱们必须要管好咱们以后的事,要是生个痴呆、豁嘴或者其他残疾的孩子怎么办？"

娴芬擤了一把鼻涕,用手绢擦拭了一下泪眼说："我们可以不生孩子,就我们两人过生活。如果你愿意,将来也可以抱养一个孩子。我原来的师傅也说过这话。"

昌民有点诧异："你把咱俩的事告诉了你师傅？"

娴芬点点头表示认可,接着解释说："世界上没有不透风的墙。你给我写了那么多的信,知道的谁不生疑？问的次数多了,又是我的师傅,我就给她说实话了。"

昌民问娴芬："你师傅是啥想法？"

看到昌民关切的样子,娴芬的心平静了一些："刚开始她也坚决反对,但最终被我说服了,还替我出了这个主意。"

昌民摇摇头："你师傅比你大多少,有七八岁吧？ 她自己都结婚生子了,你能说服得了她？ 她那是让着你、迁就你。人家走的路可是比你过的桥都多。"

不知什么时候,娴芬已经放开了昌民的胳膊,这使他能够从地上站起来,在陡坡边踱来踱去,说："我同宿舍的几个同学你都见过的,和我关系也都挺好。自从你去了几次后,他们就起了疑心,到处传,现在全班都知道了,背后瞎议论,有一次还被我听到了,你猜他们说什么？"昌民两眼看着娴芬,娴芬也扭过脸看着昌民。昌民苦笑了一下,胆怯地把目光躲开了："他们说,昌民这小子,连找婆娘都打到自家内部了。我当时听了像是受到了侮辱,心里那个气呀,真想走过去捣他们几拳——还受过高等教育,什么理念？ 如今讲的是恋爱婚姻自由,我与表妹的事碍着你们什么了？ 可过后仔细想想,正因为是受过高等教育的人,他们才会这么说我们。咱们俩都不是弱智,也不是丑八怪,还怕找不到各自的对象,何必去受人们的白眼和嘲讽!"昌民的脚在娴芬跟前停了下来,似乎是问娴芬,又像是问自己。

娴芬却不理会他,按自己所猜想到的结论,没好气地说："这些都不是真正的理由。你有了大学文凭,心就变了! 从你寄的那张剪报,我就隐隐约约感到你变心了,算我瞎了眼、看错了人!"说着,娴芬一跃从地上站起来,向深沟边奔过去……

十

她轻生的念头,产生于昌民明白无误地告诉她要结束两人恋爱关系的那一瞬间。即使是昌民一个箭步冲过去,死命揪住她下滑的身子,她也并不领昌民的什么情,还怒吼道:"你松开我,让我去死!"

娴芬拼命地扭动着身子,要挣脱昌民死命揪着的衣服。

突然,衣服上的一个扣子脱落,娴芬的身子随即向下一沉,昌民也被拖下去了一大截,可他仍然死死地抓紧娴芬的衣服不放手。

昌民苦苦相劝,哭成了一个泪人似的:"娴芬,我再也不提'分手'俩字了,求求你原谅我好吗,我什么都听你的还不行吗?"

渐渐地,娴芬没有了力气,身子开始发软,任凭昌民把她从沟边拉上来,扶她走回老爷庙门前的石凳上坐下。昌民替娴芬拍打掉身上的尘土,为她整理好衣服,又把自己裤腿上的尘土拍打干净。等娴芬完全平静了,这才把她扶起来,然后一起往山下走去。

这次寻死觅活的大变故,娴芬没有对任何人提起过,如同昌民没有告诉过任何人、包括自己的父母一样,但在从此以后的一段时间里,昌民几乎每天都到家里来一趟。对此,他的姑姑和姑父虽感觉蹊跷,但怎么观察也没有看出什么端倪来。特别是冬梅,作为姑姑和妈妈两个角色,曾有心找个机会问问昌民或娴芬,却因为不知从何说起,就这么一拖再拖。

意识到自己对娴芬的劝说不仅起不到说服的作用,反而只能是适得其反,昌民就暗自拿定了一个主意:以一个兄长的爱心去呵护娴芬这个小妹,娴芬一日不嫁,他就一日不娶。在昌民看来,这些年来,自己只身一人在西北生活,是姑姑和姑父给了他生活上的关心和工作上的帮助,他只能以一颗感恩的心来报答姑姑和姑父,多帮忙、不添乱。况且,从年龄上说,娴芬毕竟比自己小,经历简单,思考问题过于单纯,容易把现实生活理想化,过几年她见的多了,成熟了,自然就会想开的。

从表面上看,经过老爷岭上那次推心置腹的交流,昌民退让了,比以前更关心娴芬、更体贴娴芬了,其实在娴芬的心里,她有自己的理解和判断:昌民所做的一切,都不过是给她的父母看的。即便如此,娴芬有她自己的主见。自从与昌民有了恋情,她的心就只在昌民一个人身上,并且随着时间的推移越来越依恋、思念、专注、倾情,对别的任何男人投来讨好甚至献媚的目光,她都没有丝毫的感觉,更谈不上为之所动,即使师傅用自己切身的感受苦口婆心地对她规劝,也都未能叫她回心转意,反倒是被她的坚定信念和一片痴情所打动,不仅妥协了,而且还替她想办法、出主意,为她谋划万全之策。令娴芬苦恼的是,把师傅的思想做通了,昌民这里却出了问题,给她当头浇下一桶冷水,叫她难以接受。她把昌民讲的所有关于近亲结婚的后患、世俗的认识和观念,都理解为他单方面解除恋爱关系的"托词",而真正的原因是他的身份变了,地位变了,最终导致他的心也变了,看不起她这个小工人了,要把她中途抛弃了。娴芬像一个沉溺于大海中的人,虽希望渺渺,但求生的欲望之火并没有熄灭。她明知眼前的一根稻草挽救不了自己的爱情,却又不肯轻易地放弃它,而是要拼命地捞到它、抓紧它!

有时候,娴芬也逼迫自己去多想想昌民身上的缺点、毛病和不足,多想想她与昌民之间发生的矛盾纠葛和不愉快,以此来疏远两个人感情。然而,这样不仅引不起她对昌民的反感和怨恨,反而给他的那些缺点和不足套上了诚实、实在、不拐弯抹角、不虚头八脑的光环,更增添了她对往事的追忆和对昌民的爱恋。

痴情的娴芬变得多疑起来。多日不见昌民到家里来,她认为是昌民有意在躲避她、疏远她。一天下班,娴芬有意骑车绕到昌民所在的学校,恰巧看到昌民骑车从校门出来,她就不远不近地尾随其后。进入一条小巷子,里面空无二人,她怕昌民扭头看到自己,便躲到一根电杆后面,直到昌民在拐弯处消失,她才跨上自行车紧蹬一阵子追赶过去。等她到了拐弯处,早已不见昌民的踪影。娴芬下了车,装作漫不经心的样子往前走,发现一扇大门里放着昌民的车子。显然,昌民进了这户人家。当晚,娴芬失眠了。她反复猜测:昌民去的那户人家,是他的同事、朋友、校友或者是学生? 其实,她心里真正担心的是:会不会是昌民最近结识的女朋友?

一连几天,她的情绪都很不好,甚至是糟透了。就说昨天上午吧,办公室里和她坐对桌的小陈一连打了七八个喷嚏,打得她心里的火噌噌噌地往上冒,忍不住对他吼道:"你'啊嚏啊嚏'有完没完,像头毛驴似的!"

小陈是去年分来的中专生,从他来到单位的第一天起,娴芬就发现他患有鼻炎,时重时轻,一直就没有好过。就因为时不时地擤鼻涕,他的鼻子一天到晚都是红红的,几乎成了"酒糟鼻"。他的办公桌,有一个抽屉专门就是放擦过鼻涕的废纸的。为此,小陈也很恼火,有时恨不得把鼻子都揪下来。这会儿,听到对面的姐姐训他,就委屈地低下了头:"娴芬姐,我这鼻子它不争气,从小就是这样,连我自己都讨厌,一点办法都没有。你是姐姐,不该这么骂我呀!"

娴芬较了真,有点得理不让人:"骂你,我吃你的唾沫星子都一年了,还叫我怎么着?"她起身去取放在门口小桌上的热水瓶,边倒水边嘟囔:"既然知道自己有毛病,就不能忍一忍?"尽管声音小,但还是被小陈听到了,小陈就辩解说:"娴芬姐,鼻子发痒要打喷嚏,你叫我怎么忍?"说着,眼泪都快流出来了。娴芬看小陈嘴上不饶人,更来气了:"你忍不了,我更忍不了!"说着,把几个试验报告摔在桌子上,气呼呼地走出了办公室。

数日后,娴芬收到昌民写来的一封信。住在同一个城市,却需要书信往来,娴芬还是生平第一次遇到,感觉挺新鲜的,急忙把信打开,看到开头称她为"娴芬"而不是以往"亲爱的",娴芬先就心中不悦,双眉簇动了一下,她接着看信,只见信中写道:"有些话当面不太好讲,也不容易讲清楚,无奈之下只好采取这种形式。"

"还委屈你了。"娴芬嘟囔了一句,接着往下看:"提出与你中断恋爱关系实在是不得已的事,你要恨我,你就狠狠地骂我吧,不论你用什么字眼,我都能够接受。世界上最懂得爱的动物是人。我是人,怎么会对感情的事不在乎、不珍惜呢? 一个男子,谁不希望身边有个称心如意的女子作为自己的伴侣? 说句心里话,自从你走进我的心房,我就努力地去接近你、迎合你,以便博取你的欢喜,同时也让我自己永远地被你爱着。正因为这样,在上大学的四年里,我没有对任何女性多看过一眼。作为'天之骄子',我不是没有追求者,而是你已经占据了我整个心房,容不得别人插足。你把爱给了我,我也把所有的感情都倾注给了你。现在想想,确实怪我太年轻、太无知、太狭隘、太自私、太……也正因为这太多的'太',竟没有看到在我们恋爱的道路上竖立着'此路不通'的牌子。"信中还写道:"不是我无情,不是我变心,更不是你所猜测的'爱富嫌贫'、'另攀高枝'、'心目中没有了小工人',而是科学阻碍了我们。无论是你、是我、还是加上更多的几个人,都没有能力与科学论高低、比输赢。我们应该像你师傅说的那样,赶快刹车,迷途知返。"

几乎在娴芬细看这封信的同时,昌民来到了姑姑家,对坐在沙发上的姑姑与姑父谈了他和娴芬的事,重点阐述一旦成为事实将会在工厂甚至在县城产生多大的影响,也会给姑姑和姑父带来多大的麻烦,当然还有给后代可能造成的严重后果。一直心存顾虑和忧愁但却从来没有干涉过他和娴芬的事的两位老人,当面倾听了昌民的想法和意见,也感到与理是不能、与情却不忍,一时变得左右为难、束手无策。也难怪,一个是女儿,一个是侄儿,手心是肉,手背也是肉,无论伤了哪个,他们都会伤到心尖上、疼到骨髓里。

沉默许久,姑父叹了一口气,先开了口:"你比娴芬强,因为你比娴芬成熟,首先觉悟了;娴芬不如你,因为她到现在还没有醒悟过来。"说完他看看妻子,妻子已经泪流满面。

昌民走到脸盆架跟前取过洗脸毛巾,浸了水又拧干,然后递给姑姑。姑姑擦拭了一把,忍了又忍,良久才平静下来,说:"小民哪,我与你姑父都不是糊涂的人,你与娴芬的事,我们一直看在眼里。之所以从来没有提起,是因为你们两个孩子我们都喜欢,不愿意伤害你们其中的任何一个。当然,对于这件事,我们有很多的顾虑,也有很大的压力,但这都不是主要问题,最终还是要看你们自己的决定。今天,你坦诚地说出了自己的想法,我与你姑父能理解,但如果你们表兄妹不是……"话刚说到这里,却被姑父突然打断:"表兄妹不是绝对不能成婚,只是要更加慎重,小民说得对着哩,咱们都必须再三斟酌、从长计议。"

临出门,姑父还叮咛说:"小民哪,娴芬恐怕一时半会儿还转不过弯来,不要着急,咱们一起努力来做通娴芬的思想工作,争取一个最理想的结果。"

十一

他把事情看得太简单了。谁都知道,道理讲起来容易,具体做起来原不是那么回事!好几次了,父母单独把娴芬叫进卧室里,在闲聊的环节上,无论说这问那,娴芬都会有一说一、有问必答,但如果转移到她与昌民的事上,娴芬要么默不作声,要么干脆站起来走人,把门甩得咚咚响,留下两位老人面面相觑,哭笑不得。

自从那次跟踪了昌民之后,娴芬又到学校里找了几次,都没有见到昌民的人影,无奈她便如法炮制,"以其人之道还治其人之身",也给昌民写了一封信。信中,娴芬从头到尾回忆了她与昌民从相识到相知、从相知到相爱、从相爱到热恋的全过程,时而寻径觅路、淡淡回味,时而风卷云起、波涛汹涌,时而缠绵悱恻、如泣如诉,时而义愤填膺、愤世嫉俗,写完后已经是深夜时分了,但她却没有一丝的疲乏和睡意,像是把精神的和物质的东西全部都放下了,只觉得一块石头落了地,胸臆旷达,浑身酣畅,再也没有什么让她像以前那样的思念和牵挂了。

信发出去四五天了,却一直没有昌民的回音,娴芬的心中就生出忐忑,焦急等待中还有些抱怨和恼怒,觉得像是一江洪水流入了暗河而无声无息、不见了踪影,又像是一记重拳打在了软软的棉花套上而感觉不到反弹。后来,小妹向她打了个"小报告",说是有人给昌民介绍了一个对象,好像是县广播站副站长老钱的女儿,而老钱也是河南人。娴芬听后信以为真,因为昌民曾对她提起过,小钱是接她父亲的班到县广播站上班的,刚开始当通讯员,后来当上了会计,去年报名上了刊授大学,经常到刊授大学在本县设的辅导站上课,而昌民就在站里代授《文学概论》的课程。娴芬在昌民的办公室里也见过小钱,因为昌民介绍时说"小钱还是咱们的河南老乡",所以就特地留意了一下,给她的印象是:一米六五的个头直溜苗条,长长的马尾辫又黑又亮,眼睛大大的像洋娃娃,脸面滋润白净犹如江南水乡的少女,确实属于那种人见人夸的美人坯子。联想到自己几次去学校寻找不见人影、写去了长信不见回音,娴芬就生出一种危机感,也有不少嫉恨的成分,意识到如果留不住恋人的那颗心,当然也就留不住昌民这个人。想到这里,娴芬的热血从丹田处直往上涌,精神几乎到了崩溃的边缘。"既然我看中的东西得不到,那么从今以后我就永远再也不要见到它!"娴芬痴呆呆地盯着桌子上梳妆镜中的自己,下定了一个决心。

星期六下午,同宿舍的左秋菊把手里的几项试验做完,委托娴芬代为送达主任签字,说是要乘坐傍晚的一趟火车回洮南为公公过七十岁大寿,急慌慌地提前赶往火车站。晚上,宿舍里只剩娴芬一个人,有人来叫她到厂办公楼会议室看日本电视连续剧《血疑》,她说:"日本电视剧不是哭哭笑笑就是打打闹闹,有啥看头儿,我才不看呢。"看着她们嘻嘻哈哈地消失在走廊的尽头,娴芬关上房门,先是从门后的洗漱架上取下自己的洗脚盆,又从床下面拖出一个木箱子,打开铁锁,从里面取出昌民写给她的所有信件,用火柴先点着其中的一封,接着一封封地引燃,直到全部烧毁,之后端到公用厕所把灰烬倒进便池,拉一下水箱的绳子,只听"哗啦"一声,灰烬便随着帘子式的水流被冲了下去,刹那间无影无踪。

信是烧了,可昌民的音容笑貌却依然留在她的脑海里。躺在床上,娴芬辗转反侧,怎么也不能入睡。在与昌民相处的时光里,一切都那么美好,那么甜蜜,那么充满诗情画意,既让她深情回忆、无法忘怀,又让她难以自拔、由爱生恨。"昌民呀昌民,你可把我害苦了,是你毁了我的一生啊!"夜已深沉,从娴芬的嘴里忿忿地吟出这几个字,不知道是她发出的愤懑感叹,还是她做梦时说的呓语。

次日,娴芬打听到昌民一个人在学校宿舍里,早已下定的那个决心又闪现在她的脑海里,趁共同值班的小陈埋头看书,她悄悄抓起试验室里的一把不锈钢小刀塞进挎包里,出门骑上那辆昌民为她买的女式蓝色自行车,向东方红中学飞奔而去……

十二

他把自己一个人关在宿舍里,不停地踱着步,从窗口走到门口,再从门口走到窗口,也不知走了多少个来回,就是下不了"去"与"不去"的决心。

近亲结婚古已有之,即使新中国成立后,《婚姻法》对近亲婚姻也没有明令禁止,而是顺从当地的风俗习惯。到了 20 世纪 70 年代,人们对近亲结合虽能够理解，但科学技术研究成果已经证明近亲婚姻所带来的不良后果和种种危害，这让人们的思想观念发生了变化。如今，国家对《婚姻法》进行修改是迟早的事，自己作为一个受过高等教育的人，怎么能够去做与法律相悖的事呢？

娴芬写来的信昌民已经看了十多遍。每看一遍，他与娴芬这些年交往、接触的情形就像电影一样在他脑海里一幕幕地播放。特别是当他一个人独处的时候，他就会从箱子里取出娴芬写来的信，一封封地仔细品读，慢慢回味，享受那份纯洁的情爱和恋人的温暖。在昌民的心底，他是爱娴芬的，能娶娴芬为妻是他梦寐以求的心愿。也正因为如此，每当与娴芬有肌肤上的接触，他的心就会颤抖，也会生出一种青涩男性所独有的渴求和欲望。有多少次，当她把娴芬揽在自己的怀里，或者娴芬主动地与他亲热，感官上的刺激总会对他发出一种诱导，于是，他的嘴唇就会去寻找娴芬的嘴唇，还有她的脸颊、她的脖颈。有时候，他还不满足于这些，手也不再那么老实，会顺着脑子里的一线游丝去抚摸她的头发、她的耳垂、她的手臂、她的下巴，甚至野心勃勃地去触摸她的敏感部位。但每到这个时刻，娴芬都用坚决的手阻止他的这种移动和深入，还会说"亲爱的别太性急，我将来整个人儿都是你的，还是把最甜蜜的时刻留在洞房花烛夜吧"的话让他适可而止。达不到自己的目的，昌民也请求过、哀怨过，但从来没有生过气，因为他坚信终究会有享受的那一天，而且无时不在盼望着这一天的早日到来。

改革开放推动中国社会发展，速度之快出乎国人的意料，也超乎世人的想象。科学发现的近亲结婚不良后果、已经听到的《婚姻法》修正案将要提交全国人大讨论通过的消息、人们婚姻观念的转变，还有来自各方的讽言讥语，无不使昌民意识到，即使有勇气冲破重重阻力与娴芬结合，以后所要遭受的议论将会更强劲、更激烈，而且不是一时半会儿，很可能会伴随他与娴芬今后所有的生活，让他一生都觉得亏欠娴芬、对不起娴芬。作为男人，自己应该承受住来自各方的压力，保护好自己的爱人，不让她受到任何可能的打击和伤害，但他感觉到自己没有那么大的能量，也扛不起这个责任。更重要的是，既然自己爱娴芬，就要替娴芬考虑，为娴芬分忧，多考虑她的幸福，多想想她的未来。娴芬美丽、贤惠、温柔、体贴，也是操持家务、相夫教子的一把好手，本可以有一个更幸福的婚姻、更美满的家庭，不能因为自己的不清醒、不理智，更不能为自己的一己之私而葬送掉娴芬完完美美做女人、幸福快乐做母亲的权力和利益，以及由此应当享受到儿女双全、子孙满堂的天伦之乐。想到这里，昌民陷入了深深的自责之中。

忽然，走廊里响起高跟鞋敲击水泥地面的声音，由远而近，好像是在自己的门前停下了。昌民正琢磨着，随即响起了当当当的敲门声，他毫不犹豫地走过去开了门,站在他眼前的是娴芬。不等他礼让,娴芬侧着身子绕过他走进了房间,昌民这才转过身子跟着进来,并随手关上了房门。

十三

她视网膜上留下光明中的最后一个画面——曾经非常非常爱她的男子,面对她的苦苦诉求,坚持自己的观点,仿佛没有一丝回旋的余地,后来还绝情地背过身去,任凭她的泪水扑簌簌地顺着圆润的脸颊往下流。

来之前就没有抱什么希望的娴芬,当严酷的现实真的出现在她的面前时,她还是忍受不了,仿佛悬在头上的天塌了,脚下的地陷了,眼前一片黑暗,无论自己如何挣扎,最终都是无路可走。娴芬彻底绝望了,从放在桌子上的挎包里掏出那把寒光闪闪的水果刀,猛然朝自己的眼睛刺去……

一声撕心裂肺的惨叫让昌民惊慌地转过身来。当看到一把尖刀插入她的眼眶、鲜血从她的手指缝里涌出、整个人像抽去底座般的砖垛轰然倒下的时候,昌民从凳子上一跃而起,踢倒了扫把,碰翻了脸盆,他全然不顾地扑过去,把娴芬紧紧地抱在怀里,用变了腔调的声音呼唤着她的名字:“娴芬,你这是何苦呀,你不该这样毁了自己啊!”痛苦得几近昏厥的娴芬眼睛里冒出血泪,嘴里喃喃地吟道:“昌民,我爱你,爱得不忍心伤害你,我只能以自残来解除心中的痛苦。”

经陇右县第一人民医院眼科专家诊断:娴芬双眼上下眼睑均被划破,其中左眼球水晶体已经破裂,房水不断渗出,需紧急做缝合手术,尚不能排除会出现外伤性白内障的可能,视力能否恢复也有待进一步观察和治疗。此外,鼻梁中部刀伤呈斜切状,需同时做外科手术。

满身血渍的昌民因涉嫌“故意伤害罪”被公安机关刑侦人员从医院直接带走。后经现场侦查取证和多方调查,并由受伤住院治疗的娴芬证明,七天后被无罪释放。

此后的一段时间,昌民经常出现在第一人民医院里,反反复复向病床上的娴芬说着这么几句话:“娴芬啊,是我害了你,我对不起你。从今往后,哪怕你两只眼睛都看不见了,我也愿意陪伴你,甘心伺候你一辈子。”

再以后,整个陇右县城都在传播着一个消息:昌民因患精神分裂症而被从河南赶来的父母接回了老家。从此,昌民在陇右人的视野里消失了。至于造成昌民精神失常的原因,与昌民有些交情的人私底下说,是收到了一封从河南寄来的长信。东方红中学传达室的老李头儿也证实:确有其事,信很厚,不下七八张。

　　我四十多年后回到家乡,祭祖之后特意到那所精神病院里看望昌民和他的老父亲。我盯着昌民瞅了半天,花白的头发,呆滞的目光,消瘦的脸面,隆起的腰锅,根本找不到当年留在我印象中的那些痕迹,倒是他的父亲——我的同族伯伯,虽已耄耋之年却还能行动自如,只是因牙齿大半脱落,说话时严重跑风,加上话语中夹杂着浓重的家乡土话,让我听起来很是吃力,所以他说的话我也只明白了个大概。最后,当我求证那封信的内容时,他说的话让我大吃一惊,也最终明白了昌民为什么在接到那封长信后就疯了。

　　原来,昌民并非是我这位同族伯伯的亲生儿子。在昌民之前,他与我的婶婶曾经生育有一个儿子,长得虎头虎脑,活泼可爱,这对于两代单传的伯伯来说自然视为掌上明珠,倍加呵护。然而就在这个儿子快会走路的时候,伯伯与婶婶一天中午收完麦子回家,刚进了院子,小儿子远远看到爹爹和妈妈,高兴得喜不自胜,在当地人手工自做的无轮童车里手舞足蹈,又蹦又跳,造成童车倾翻,小儿子从台阶上滚落下来,头磕到了鸡窝旁的大石头上,导致破伤风而不幸夭折。看到丈夫和公公婆婆长期悲怆,婶婶就从已有四个儿子的姐姐家把老小抱了过来,这个小孩就是昌民。后来虽说伯伯和婶婶又生了一个儿子,但却仍然把昌民视为己出,爷爷奶奶也仍然把昌民视为自己的亲孙子,并一直作为秘密保守着,连昌民的姐姐、弟弟都不知道。

　　临别时,我再看一眼发小昌民,只见他自顾自地在那里坐着,混沌的双眼望着屋顶,抬起的右手只伸出一个食指向上一点一点地,嘴里喃喃地重复着:"你自找的,自找的。你真傻,真傻。"我顺着他的目光看过去——在那里,一只蜘蛛正在啃噬着被蛛网缠住的飞蛾,而早已没有了生命的飞蛾只剩下了小半个身子和翅膀。

　　坐到回家的车上,我虽然身心困倦但却毫无睡意,脑海里总浮现出昌民混沌的双眼和他无休无止的呢喃,于是勾想起我的朋友也是泚城市第三医院神经内科主任说的那副描述他科室患者的对联:

上联:疯疯癫癫痴痴傻傻脑壳有包

下联:浑浑噩噩瘫瘫软软颅内出血

横批:难得糊涂

03

散文

榆　钱

春暖花开时节,我与妻子和"清明"回家休假的儿子到肥东的大圩踏青,那里有大片大片的油菜田。也许再过一二年就看不到了,因为听说省文化单位要比照浙江的横店建一座"皖风徽韵影视城"。

过了机场路就看到远处黄花点点。我们来到一个小村旁停下爱车,沿蜿蜒小道步入田间,儿子猴急似地"夺"过相机就拍个不停,我却被水渠旁的一棵榆树所吸引,那些枝条上开满榆钱,一串串的煞是馋人。

认识榆钱是爷爷告诉我的。他说,我们家是贫农,在万恶的旧社会,每年到这个时候就拿榆钱当饭吃。其实,我在当时也就七八岁,家里就我妈是壮劳力,一个工分才几分钱,还要供我的哥哥姐姐弟弟和我五个人上学,生产队分的粮食根本不够吃,只好依时令用树叶、干菜或菜根充饥。在我的印象中,榆钱与槐花、香椿都是春芽菜系列中的"上品",当时并不知道它有多少种营养成分,就是凭口感认为它好吃。放学的路上饥饿难耐,就噌噌噌地爬上榆树将榆钱,一把一把地往嘴里塞,饱了还忘不了挑些榆钱稠密的枝折下带回家,让奶奶拌上玉米面粉蒸熟,我就在一旁剥蒜、放进石臼里加些盐捣成蒜泥,再放些醋、滴几滴小磨香油。有一次手一抖倒多了,蒜汁中形成了榆钱大的香油花,还被爷爷骂了句"败家子儿"。

那年月,香油和菜籽油是城里人凭票就能买到的,而农村人的生活很清苦,吃的多为棉籽油或从皮革加工厂排半天队才能买来的猪油。一年冬天,我妈用哈了的猪油炒自家腌制的酸白菜帮子,我嘟囔着说"难吃",被我妈听到,把我批评了一顿后又引导我:"以后你记着,再难吃的东西,只要过了喉咙就妥了。"结婚生子后,我也常用这句话教育和引导老婆和孩子。当然啦,只是让他们在饮食方面别挑东拣西,并没有一次是"逼"他们吃过期的或有毒的食品。

"爸爸快来,我给你和妈妈照个合影。"儿子一声喊把我从往事中拉回到现实。

　　回到车上，我把上面的记忆片段告诉他们娘俩儿听，还随口吟出了唐代大诗人李白"荠花榆荚深村里，亦道春风为我来"和岑参"道旁榆叶仍似钱，摘来沽酒君肯否"的诗句。儿子说："榆钱是你的最爱，你怎么不折下几枝来？"我摇摇头，一来我上年纪了爬不了树，二来毕竟当了父亲，三来嘛，也不忍心破坏生态哟！

阳台，我心灵的栖息地

当代人的需求越来越丰富，尤其对住房的要求越来越高，于是就有人想方设法满足人们的这种需求，铲除大片大片的庄稼，推掉成排成排的平房，各种"庄"、"村"、"园"、"苑"等高档住宅小区如雨后春笋，仿佛一夜间林立于大大小小的城乡，房地产业像注入了鸡血，火爆得一塌糊涂。我就是被一双无影之手"赶"进了钢筋水泥筑就的、一层摞一层的"火柴盒"里。刚搬进来还觉得新鲜、敞亮，可每天总是在办公室和住宅楼两个盒物体之间游走，在自家的客厅、餐厅、卧室之间移动，便渐渐地生出几多沉闷、几许憋屈，而释放这些沉闷和憋屈的最好处所就是阳台。

都市人如今物质上获得了极大的丰富，空间上却是十分地贫乏。附近的广场很广阔，大院的花园很美丽，休闲会所很豪华，办公室配备很齐全，即使是自己购置的住宅也很宽畅，但所有这些都不是为你所有，也难以单独容纳你。于是，找一处让心灵得到暂时栖息的地方便成为一种奢望。

不经意间，我还真发现了"新大陆"，这就是自家的阳台。结束了一天紧张的工作回到家里，我会站到阳台上向远处眺望，有时把近段时间的所思所想梳理一下，有时则什么也不想，让脑子呈现暂时的空白；晚上写文章、"织围脖"累了，悄悄地走到阳台上把头伸向窗帘外，看看街道上的车流、城市的灯火和深邃的夜空；妻子紧握着遥控器，不厌其烦地看韩国那些哭哭笑笑、吵吵闹闹的肥皂剧，我就去阳台上为花儿们松土、浇水，听她们开花伸枝的声音；接到同事朋友打来电话、发来短信，我会到阳台上一边漫步兜圈一边与他们交流，不时发出会心的笑声；有时遇到不开心或太开心的事，我也走向阳台做几下深呼吸，舞弄几下花拳绣腿，以此排遣内心的烦闷，放飞飘忽的梦想，舒缓胸中的奔放；更多的时候，我漫无目的，什么也不做，只是呆呆地望着窗外的天空、地上的草坪，冷观几片黄叶飘零、漠视若干小鸟觅食,让心灵漂浮在茫茫的大海,让身心获得片刻的小憩,静静地享受一份轻松和恬静。

斗转星移,光阴荏苒,我越来越喜欢我家的阳台——这巴掌大一块有时很短暂却相对属于我的自由天地。

学会走

不止一个朋友对我说,哥儿们,你太有福了!他们说的有福,对我来说所付出的是天大的代价。四年之间,我的父母接连故去。但我明白,他们指的真正含义是,我父母活到八九十多岁,平时没病没灾,或干家务累了躺下休息,或吃过早饭感觉心口不适,突然就离开了人世,走得平静又无痛苦。我们做子女的虽对突如其来的打击捶胸顿足、悲痛万分,但过后细想,没有因为老人疾病缠身或久卧病床而遭受精神上的折磨、体力上的透支、经济上的拮据,更没有为此三天两头请假、隔三岔五回家而影响单位的事情,真乃前世修来的福分。

不知道将来我自己会以怎样的方式故去,但从父母身上,我学会了应该如何走好人生的每一步,即使遇到了坎坷和艰难,我也不会失去信心和勇气,而是从容面对,顽强拼搏,渡过难关。

天地悠悠,时间漫长,一个人在其中如同白驹过隙,匆匆穿梭,但这并不能成为消极沉沦和碌碌无为的理由。既然父母把我们带到了这个世界上,我们就应该为这个世界做点什么、留下点什么。人生几十年,过百者稀少,以年岁计不是很长,以分秒计却是个庞大的数字。在人生的每一节点,如少年、青年、壮年、老年,如上学、培训、工作、进修,如做子女、做夫妻、做父母、做爷爷奶奶或外公外婆,步入哪个阶段就做好哪个阶段的事。学习时学到知识、打好基础,工作时不断进取、有所建树,退休了休闲养生、颐养天年。在身体康健、条件尚可的情况下,能帮子女们一把就帮一把,能为社会做点善事就做点善事,这样的人生就有意义。一旦死亡来临,我也会无牵无愧、挥手而去。

我把青春献给了你,四局

　　与要好的朋友在一起,自然会说些知心话。我就曾对一位很要好的朋友说,当年,是一张铁路免票把我吸引到了铁四局。虽然这种特殊待遇只到 2000 年企业改制、与铁道部脱钩之后便不再有,可我的人与心却并未与铁四局"脱钩",而是更加贴切、更加忠诚,直到今天我的青春不再有。

　　到铁四局本来是去一个学校继续我的教书生涯的,但却最终进了《铁道建设》报社。组织的安排改变了我"师范大学毕业就应该当教书匠"的命运,并使我作为一名新闻工作者,有幸经历并见证了"中铁四局"这个国有大型企业参与国家和地方的重大工程建设、为祖国经济的腾飞所做出的突出业绩和贡献。

　　记得 1993 年秋天我到宝(鸡)中(卫)线采访,计划只去十天半月,可火热的建设工地吸引了我,就萌生了推出连续报道的想法,遂向报社领导和编辑部做了汇报,领导当即决定"在报纸上开辟《宝中铁路建设巡礼》专栏"。编辑部为保持报道的连续性,还破例为我的稿件在暂未收到的情况下"开天窗"等候。我既感动又受鼓舞,立马沉到沿线每一个工程处、段、队和作业工班进行采访。每到一个单位,我先与党政领导接触,了解该管段的工程概况和施工生产管理情况,然后到施工现场实地察看施工进度、工程质量、现场文明等。遇到好的新闻线索或典型事例,我就一定要找到当事人进行详细了解,必要时还从侧面进行印证、核实和补充。那时的通信工具没有现在发达,没有手机,程控电话很少,传真机也不普及,主要靠铁路内部电话联系。所以,那段日子里往往是白天到工地采访,晚上窝在招待所里写稿,第二天一大早去找有传真机的单位发稿。前后二十九天,《铁道建设》报除了在《宝中铁路建设巡礼》专栏发表 5 篇通讯外,还登载了《宝中线近三百职工立功受奖》、《难忘的时刻》等消息、特写、现场短新闻及新闻图片 10 多篇(幅),报告文学《程聚生的故事》、《黄土地上写青史》、《陕甘宁作证》等还被《滚滚铁龙过六盘》一书收录及《大时代文学》杂志发表。

20 世纪末的 20 年和 21 世纪初的 10 年,是我们"猪尾鼠头"这一代人最美好的青春年华。在这 30 年间,我利用自己的健壮体魄,发挥自己的聪明才智,真实记录了企业抓住铁路建设高潮、铁路跨越式发展和大京九、铁路客运专线、京沪高铁等机遇,建立一座座永垂青史历史丰碑的过程。30 年来,我南下北上、东进西出,双脚走遍几乎我局参建的所有重大工程项目:秦沈客专,我独闯关东,在归来的列车上手指被车门挤伤,吊着绷带坚持写稿;京九铁路,我身为记者部主任,10 多次到沿线采访,除了数十篇的消息、通讯,还写出了长篇系列报道《京九铁路阜九段决战保通车速写》、大特写《阜阳枢纽的"特快列车"》、报告文学《明天的太阳》《枢纽风景线》,并在阜阳枢纽、九江新客站有幸两次见到了李鹏同志等中央领导。

为写好刘志祥申报全国劳动模范的事迹材料,局党委决定抽调工会的陈学成、宣传部的王保良和我,三人组成"写作小组",5 天内写出材料上报铁道部。可刘志祥是个性格内向的人,不善言谈,采访了一个下午,其材料根本写不成能达到上级组织和局党委所要求的"材料"。组长陈学成当机立断实施"第二套方案":立即到刘志祥所在单位二处六段及西康线工地。局领导同意了我们的方案,并"特批"我们乘坐飞机直飞西安。

作为一个普通员工,这是我生平第一次坐飞机,心里既有一份荣耀,更有一份责任,就在飞机腾空之后,我驿动的心也逐渐地平静了下来,思考到工地后如何开展采访活动和写作工作。记得飞机在咸阳机场降落已是下午五六点钟了。出了机场,由汽车接我们直赴设在西安市灞桥区红旗乡的"铁四局西康铁路工程指挥部"。按照晚饭中组长陈学成做的分工,我当晚又赶到刘志祥爱人所在的二处六段驻地。

刘志祥的爱人叫刘艳辉,当时租住在当地村民家中。这是一间北方典型的砖瓦房,除了一张木制的双人床,屋里没有什么家具和摆设,能看出她和刘志祥平时日子过得比较简约和清苦,但这位与刘志祥一同来自湖南衡阳的"湘妹子"却有着与刘志祥完全不同的性格,她豁达、开朗而又健谈,讲述起刘志祥身上、身边及家中发生的故事,一件接着一件,如刘志祥在宝中线庙良山隧道施工时扁桃体长期发炎却坚持在工地,如刘志祥请假回家盖房子连砖都未备好就赶回现场,如刘志祥面对弟弟工伤去世毅然忠诚地坚守在四局等等。讲到有趣时她会放声大笑,讲到伤心处她会潜然泪下,使我和在场的段工会的同志深受感染。

采访一直持续到深夜。第二天我又接连采访了刘志祥所在六段及其工班的领导和同事们,当晚与陈学成、王保良共同研究素材并列出小标题和提纲,连夜突击,一气呵成,于凌晨五时许将成稿交到了组长手里。

几天后,一篇题为《开路先锋》的长篇通讯刊登在《铁道建设》报上。之后,它又上了《工人日报》、《人民铁道》报、《人民日报》(海外版),特别是刘志祥在接连获得铁道部"火车头奖章"、"全国劳动模范"称号后,名声大震,并作为企业的一张名片使铁四局扬名海内外。

在以后几年里,为宣传全国优秀女职工丁太环在青藏铁路建设中的大无畏精神,我登上了海拔4700米的青藏高原;京津城际、武广客专开启了中国高速铁路建设的里程碑,我先后奔赴合宁、京津、武广、合武、昌九、沪宁、京沪、石武、宁杭、兰新、成绵乐等工地,用笔写下一篇篇文章、用相机拍下一幅幅照片,把中铁四局人追求卓越、攻坚克难、勇于创新、无私奉献的事迹和精神一一刻在历史的丰碑上。

大雪无痕,岁月有记。今天,我可以无愧地说:"我把青春献给了你,我的四局。"

听　雪

　　盼了很久了。终于,蒙蒙细雨演变成了片片雪花,从魔幻般的雾霾深处飘进干旱的冬季,落在我的额上、眉上、脸上、唇上。想起唐代李白"地白风色寒,雪花大如手"的诗句,我伸出手想摘下一片看看她的倩影,但她却羞涩地躲闪着,刹那间变幻成一汪小小的水滴,让我只感觉到一丝的湿润与凉意。心,也就在那一刻,便生出几多清纯与怜爱。

　　记不得是从哪本书里看到的——有人说,在深夜里,雪花飘落是有声音的,那是天使从遥远的地方发出的声音,如有谁能听到这天籁之音,他就会幸福一辈子。于是,晚饭后一个人散步的我突发奇想,从大路拐进小花园的一角,脱下冲锋衣上的风雪帽,背靠在一棵香樟树上,微微地闭上双眼,让自己的脑子形成空白,去静静地感受"千树万树梨花开"的美轮美奂,去细细地品味"点点声声落瓦沟"的朴实无华。

　　一丝悠香飘入我的鼻息,那是不远处几株腊梅发出的芬芳,它竟然激活了我大脑的细胞,让如痴如醉的我想起一件事来。就在昨天晚上,也是这个时辰,正在散步的我忽然想起手头上有件事需要办,就急慌慌地去了办公室。本以为不会用多长的时间,谁知一坐下来就不只一件事,最后还是办公区的保安敲门提醒我,这才收了摊儿。回到家里,妻子埋怨说:"散步散到哪里去了? 打电话不接,发信息不回,想找你都不知去哪个地儿!"我向她解释:"手机在家里充电呢,不在身上。"后来我翻看手机,除了几个未接电话,妻子还发了"你让我担心了"的信息。我的心颤抖了,如同听到妻子关爱和呵护的心音,就像当下我真切地听到了雪花落在枯草和树叶上的声音,一天的劳累和疲倦全都被融化。

　　听雪就是听心。一个人心底有了爱,便会开出一朵圣洁的莲花,自然也就生出温润的善意和从容的心脉,让心境如雪一般清纯洁白,学会用欣赏的眼光看待大千世界,用明亮的心境思考周围人们,用坦然的心态漫步于人生旅途。不要等到失去了才知道和家人朋友在一起的时间竟如此短暂,也不要等到失去了才感到要用宽容来善待彼此,更不要等到失去了才悟出我们争执对错没有丝毫的意义,才会痛心疾首地告诉他,我什么都不要,就只想看到你的脸,只想听到你的声,只想握住你的手,只想把你紧紧地拥入我温暖的怀中。

手机响了。打开一看,是妻子发来信息:"雪下大了,回家吧。"可不,此时的小花园仅我一人,路径已经被白雪铺满。混沌的路灯下,冬雪飞舞,花开满树。谁会说,有人牵挂的雪景不是最美、最幸福?

人生"三做"　我重"做事"

　　最近看了一本叫《一生三做》。所谓"三做",就是做人、做局、做事情。全书以这三做为主线,把理论与实践结合起来,全面而又详尽地论述了"做人之道"、"做局之本"、"做事之技",从中归纳出一个人成就一生的学问。书中有一个观点给我深刻的印象,也使我从中得到启迪,那就是,许多人一生最大的弱点是:不懂得把"做人之道"与"做局之术"、"做事情之技"巧妙地结合在一起,仅能择取一二,顾不了其他,或舍近求远,或本末倒置,或缘木求鱼,或避重就轻,所以不能全方位地突破自己,更难以与对手、强手抗衡。而改变此等局限的唯一方法,就是精于做人、巧于做局、明于做事情。

　　初读此书,我觉得书里讲的八十九个问题,大部分和我距离遥远,让我有可望而不可即的感觉,但通读了全书之后,我感到书中的论述很全面,案例很生动,非常具有借鉴意义和参考价值,有的仿佛就是在和我进行面对面的交流和探讨,无形中拉近了我与书中实例的距离,让我从中得到启迪和收益。

　　掩卷细思,作者把"做人"排在全书之首,自然是认识到"人"是"做局之基"、"做事情之本"。中国人历来重视"做事先做人"。也就是说,世上之事千千万,首先必须要学会做人,这个"人"应该有修养、有道德、有知识、有能力,而且讲良心、讲诚信、能容忍、能奉献。具备了以上这些品质,再来研究、琢磨"做局之术",以你的智慧、用你的手段来左思右想、精心策划、精巧布阵,把设计的规划、制定的策略、安排的工作加以实施,一步一步地打开人生的局面,取得工作的成绩,造就事业的辉煌。而要实现这样的目标,达到这样的目的,仅停留在思索上、规划上、设计上是不够的,必须学会并掌握"做事情之术"。书中用了很大的篇幅讲述了"做事情"是一门技术、更是一门艺术,或者就是一部策略学。从理论上讲,这个"技"很深奥、很巧妙,要学会并掌握它非常不易,但从实践上,从现实生活中,这个"技"并不是空洞的、超然的、可望而不可即的,它是在生活和工作中一点点、一步步积累并成熟起来的,也是靠自己的智慧和悟性不断探索和掌握的,并以此取得成功,达到胜利的彼岸。从这个意义上说,我们更应该把精力的智慧用在做事上,不尚空谈,勤奋工作,在自己的岗位上有所作为,在平凡的工作中干出不平凡的业绩。

我"入路"三十年了,到今天为止,我都以为自己是一个平凡的人,为企业做不了什么大事。但我认为,再大的企业,它就像是一架庞大的机器,但它却是无数块钢板、无数个螺钉、无数条线路组成的,缺了哪一个,都会影响到它正常运转,缺的多了还有可能"死机"。这让我想起雷锋形容的"螺丝钉精神"。作为一个普通职工,既然企业把我放在这个岗位上,那就应该做好所在岗位上的业务,干好本职工作,工作上不出差错,生活中不给企业添乱,大家心往一处想、劲往一处使,尽自己的一份力量,共同努力把"中铁四局"这条航船驶向国内外建筑市场,并保持强劲,做大做强。

目前企业正处在转型发展的重要时期,我们企业面临着很严峻、很复杂的形势,在前进的路上会遇到许多的困难和问题,有很多东西需要我们去学习、去探讨、去摸索、去掌握,有很多具体的事情等待我们想办法、定措施去解决、去完成。正因为如此,我们无论职位高低,不管年龄大小,都不能丧失斗志、安于现状、得过且过,仅仅是"做一天和尚撞一天钟",而应该学习像全国中央企业优秀女职工、中国中铁优秀"三八红旗手"、总公司信访办副主任刘颖慧等人身上所折射出的热爱企业、忠于职守、全心全意、乐于奉献的精神,焕发我们的青春,激发工作热情和斗志,不断学习新知识、掌握新技能,更新新观念,树立新目标。更为重要的是,要把主要精力和重心放在工作上,放在做事上。具体地说,一是对每月、每天的工作有一个计划,从本部的具体业务范围、业务数量、领导要求出发,对季度、月度、每旬的工作加以梳理,然后进行统一安排,同时根据轻重缓急,能做细的决不粗心,能提前的决不拖后。二是提高工作的积极性和主动性,与相关部门、基层单位多沟通、多联系、多配合,本着取长补短、合作共赢的原则,齐心协力把工作做好,不留任何遗漏和欠缺,更不出任何问题和差错。三是遵守机关的劳动纪律,不迟到、不早退,保持办公室卫生清洁,不在电脑上打游戏、听音乐、看电影电视剧,维护好机关文明窗口的形象,提高工作的效率效能。

你把美丽带给人间

文人喜欢侍弄花草。鄙人舞文弄墨岁半百,却一直缺少这样的雅兴。大前年搬新居,看到左邻右舍纷纷采购花草,说是一来美化环境,二来去除新居室内的异味,我也跟风买了十多盆绿色植物。日子一天天过去,我的心思除了上班大都用在了翻看报纸和休闲散步上,这些花草很少得到我的垂怜和呵护,三年多下来它们大多枯萎了。看着墙角渐堆渐多的空花盆,我开始对仅剩下的吊兰、令剑、常青藤起了怜悯之心,闲暇之时就给它们浇浇水、施施肥、松松土。

忽一日,正在晾晒衣物的妻子惊叫道:"老张快来看,紫罗兰开花了!"我丢下手中的杂志跑过去。可不是,这株被我晨练时捡回家栽种下的紫罗兰枝丫,如今已经抽出了不少的新枝,而且枝枝肥硕苗壮,其中的一枝还开出了粉红色、鞋钉状的小花,让人十分怜爱。想当初我把它捡回家的时候,妻子曾埋怨我"像个拾破烂的,什么东西都往家里捡",并笑话我"连买来的花都养不好,还能养好别人遗弃的小生命?"我不管她怎么说,自顾自地把这个"弃儿"栽入花盆。以后的日子里,我对这个小生命多了一份牵挂、一份照顾,而且比别的花草倾注着些许偏爱,即使是浇完了水、松过了土之后还久久不忍离去,蹲在它面前仔细地观赏、端详。

我想到希腊神话中的记载:主管爱与美的女神维纳斯,因情人远行,惜别时晶莹的泪珠滴落到泥土上,第二年春天竟然发芽生枝,并开出一朵朵美丽芬芳的花儿,这就是紫罗兰。

我想到在中世纪的德国南部有一种风俗:把每年采摘的第一束紫罗兰高挂在船桅上,祝贺春返人间。

我还想到大学读书时老师讲述的这样一段美丽传说:我国现代著名作家周瘦鹃中学毕业后留校任教,认识了一位美丽女子周吟萍,很是爱慕,两人常来常往产生感情并谈到了婚嫁,但两家贫富悬殊,吟萍的父母最终将她许配了他人。吟萍有一个英文名叫 Violet,意即"紫罗兰"。对吟萍姑娘念念不忘的周瘦鹃从此寄情于紫罗兰,案头摆放的是紫罗兰,写文章写信用的是紫罗兰颜色的墨水,创办的刊物他命名为《紫罗兰》,甚至把建在苏州的庭院也起名叫"紫罗兰庵"。

　　我也庆幸自己当初把这个"弃儿"带回了家,我更感谢这个当初羸弱的生命如今长成了精灵,并把自己的美丽带给了我,也带给了这个世界。

看你最后一眼

弟弟的大儿子结婚,邀请我回去,而且说为了不耽误我上班,特意把婚礼安排在星期天,我答应了。

这是我阔别近 10 年之后首次走进邙山脚下、陇海铁路之南这个叫作"高庄"的小村子。举目望去,我记忆中的那个位于偃(师)登(封)公路西边、距老城(即偃师古城)五里地的高庄,现今已经是即将拆迁和改造的"城中村"了。也许我下一次再回来,整个村子将不复存在。因为回村的当晚弟弟就告诉我,市"拆迁工作组"已经进驻村委会,宅基、户籍登记告一段落,所有村民将被集中安置到几幢高楼大厦里。我暗忖,这是我最后的机会了,我要把生我养的村子看一遍。

次日清晨五点钟出门,沿着记忆中的道路向东走,往昔坑坑洼洼的土路已被平平整整的水泥路面所替代,两边的房子也不是儿时的土坯墙、青瓦房的模样,大多是近些年建起的楼房,而且是单门独院。楼房虽高不过两三层,但都镶贴着色彩斑斓的瓷砖,门楼的上方多刻有"吉祥如意"、"家和万事兴"之类的横眉,钢制的大门或赭或墨无不显示出高大、庄严和气派,而楼顶上安装的一个个太阳能热水器,在朝日的照映下熠熠发光、耀眼夺目。

出了村子,一条柏油路横亘在眼前,两边杨柳依依,路的尽头隐隐约约似有一些建筑物,我好奇地小跑着奔赴过去,走近了才知是县污水处理厂。

跨过柏油路,走上一条宽阔的大道,路北有座正在建设的 L 形框架楼,我正猜测它可能是一家大型商场或车站之类,一块红色的横幅蓦然映入眼帘,只见上面写着"洛阳中成外国语学校"九个大字。它的对面,竖立有一张硕大的广告牌,上面彩喷的是"齐庄城中村改造设计图"和市里下发的关于城中村改造的方案和办法,使人一目了然。齐庄是高庄的邻村,过去到齐庄走亲戚,觉得要走上好一阵子,现在几乎是一抬腿就到了,我不知是宽阔的马路缩短了彼此的空间,还是两个村子的扩张拉近了两村的距离。

扭头顺着一条废弃的马路向北走,然后拐向记忆中的回村路。过去这条道路是被硬化的石子路,两边都是良田,现在已经是铺上沥青的街道了,两侧一部分是门面房、店铺,更多的是皮鞋、布鞋制作加工厂。早就听弟弟说过,皮鞋、布鞋、拖鞋是县里的"当家产业",产品已远销日本、韩国及西亚、南亚等地。想当年,我们村里全靠从田地里刨出来的粮食和蔬菜为生。农闲时,生产队就派壮劳力进城打工,干的都是些拆旧房、砌围墙、修水沟、卸车皮、扛棉花包之类的体力活。累死累活干一天,一个人除了能挣八个十个工分,还可以拿到一两毛钱的补助,把这些钱攒下来就可以贴补家里购买油盐酱醋和点灯用的煤油。

走到一个十字路口,一座高楼引起了我的注意,因为上面镶着"杨传鑫烧伤医院"和"杨传鑫烧伤研究所"霓虹字。我还在村里时,杨传鑫是一个赤脚医生,后来他钻研烧伤科,并到洛阳市一家烧伤专科医院进修,研制出中药治疗烧伤的秘方,回村后就自己开了个烧伤诊所,几年里他的医术闻名遐迩,村里已经"安置"不了那么多远道而来的病人和陪护人员,于是就租下了这幢四层大楼。

看到前面柳树浓荫葱蔽,以为是到村口了,走近了却又是一个十字街道,右侧有一个开放式的休闲公园,晨练的人不少,有随着音乐起舞的,有踢鸡毛毽子的,有散步跑步的,还有打羽毛球的。难道在我们村边还有这样一个活动场所?带着迷惘往前走,原以为走几步路就到家了,不成想走了十多分钟也看不到家门,便感到自己肯定是迷路了,心里连连叫苦,只好招手拦了辆"的士"。司机听说我要到高庄,一打方向就掉了头。我暗暗自嘲:"你连往自己村、自己家的路都不识了,这不是忘本了嘛!"

看见一大早出去散步的我从"的士"上下来,一家人都觉得奇怪。我把迷路的事说给他们听,逗得大家哈哈大笑,我自己更是笑出了眼泪。

最后补充一点:小时候我曾纳闷:这个村子既没有姓高的,也不是建在地势高的位置,怎么就唤作高庄呢?村里的老人说,这与传说中的"高辛氏"有关。后来我到"偃师市历史博物馆"参观才明白,"偃师为西亳,帝喾及汤所都,盘庚亦徙都之"(《汉书·地理志》)。《旧志》亦云:"高辛氏故都在治(指偃师老城)西五里,今高庄其遗址。"

母本善良

　　母亲的善良,在我处于懵懂的年龄时我并没有意识到,因为孩提时代我都生活在奶奶的怀抱里。上初中的第一年,我到外村的一所中学走读,奶奶突然得脑溢血去世,这不啻给我的温暖生活兜头浇下一盆冷水,从此我变得消沉寡欢。妈妈见状,心疼得直掉眼泪,一把把我揽在怀里说,"有妈在,天就不会塌下来。"

　　那是一个各类物资都十分紧缺的年代,而我们家老的老、小的小,全靠妈一个壮劳力挣工分养活,日子过得紧巴巴的。有一天晚上,一位邻家婶子来串门,说隔壁大娘向我奶奶借过好几十斤粮食,问我妈"她还了没有",我妈说"不知道这回事"。那位婶子又说,老太太死得突然,没来得及交代后事,可那个人这么昧良心,难怪经常生病。她还说,她亲眼看到那个人晚上偷偷朝老太太坟墓的方向烧纸磕头,央求老太太不要向她索要。我妈听后淡淡地说:"她家困难也是实情,她要来还,我还真不会要哩。"那一刻,我感到了母亲的善良。

　　后来有天我发高烧,妈妈下工回家看我躺在床上,摸摸我的额头烫手,顾不上做饭就领着我去村卫生所看病开药,晚上给我搅了一碗面圪垯,还特意打了一个鸡蛋。给我喂了药以后,她把湿毛巾蒙到我额头,就一直守护在我身边。等我半夜醒来,妈还在煤油灯下纺棉花。看到她花白的头发和眼角的皱纹,我顿时鼻子发酸,泪水洇湿了枕头。

　　我们工作后,妈对我们儿女们常说的一句话是:"你们忙你们的事,别老萦记我。"她像她那个年代农村的母亲一样,虽然没有文化,但她通情达理,善解人意,办事实诚。她对儿女们鼓励的多、批评的少,表扬的多、抱怨的少,关心的多、索取的少。她更像天下所有的母亲一样,不论儿女中的哪一个,听说做出了成绩,她就高兴欢笑;听说遇到了困难,她就皱眉发愁;听说生病有灾,她就烧香祷告;听说平安顺达,她就感到无比幸福和快乐。

　　还有,母亲遇事从不与人当场争执,哪怕是对家人。同在四局工作的大姐,有一次回家探亲,回来后给我述说了一件事:父亲因为些许生活琐事发脾气,说着说着不解气,还用食指捣母亲的额头,而母亲自始至终没有分辩一句话。过后,她问父亲:"我都这么大岁数了,你那天错怪我,还把我的额头捣得梆梆响,现在回头想想,你后悔不后悔?"述说中,姐姐几次哽咽,我也泪流不止。

母亲去世后,我常回想起母亲在世时的善言善事。她种下的是善良,收获的不仅是爱戴,还有我们后代人的怀念和传承。

理解父亲

母亲去世没有多久,父亲就动起了找保姆的心思,这让我们做子女的都很恼火:表面上说是找保姆,其实他内心想的就是找老伴,我们无不认准了这一点。因此,我们兄弟姐妹们揭竿而起,对他百般劝说、轮番阻挠。

父亲是爷爷奶奶跟前的独子,早年到洛阳一家店铺当学徒,后转到陕西户县的一家布匹店做职员,公私合营后成为国家职工。后来因为爷爷奶奶年纪大了,身体欠佳,他情愿失去提拔县财政局长的机会,在"文革"前调回了河南省偃师县。为此,他不得不从县税务系统最基层干起,凭着他对事业的认真和追求,一步步地走向股长、所长等领导岗位,并在偃师县(后改为市)委信访局副主任任上获得过一次"河南省先进工作者"、两次"洛阳市先进工作者"的荣誉。他的这些经历和荣誉,使我对他充满仰慕和敬畏。

20世纪70年代,爷爷奶奶相继离世,姐姐入路参加铁路建设,哥哥成了家,我则在全国首次"招飞"失利后,通过高考上了大学。看到子女们一个个长大了、成熟了,父亲就把母亲从乡下接到了单位在市委家属院为他分配的一套大约50平方米的居室。从此,他与母亲朝夕相伴、相濡以沫,即便是有了头痛脑热等疾病,也都是在医好之后才写信告诉我。

京九铁路建成那年,母亲中风后落下偏瘫。为让母亲康复,父亲用架子车把母亲拉到二三十里外的一个村子里,请老中医医治。之后的四个月里,父亲每天早起晚睡,为母亲熬药做饭,擦身洗衣。正是在老中医祖传秘方的有效调理和父亲的精心伺候下,母亲不但可以拿着筷子自己吃饭,而且能够拄着拐杖走路了。父亲的这些付出,在铁路流动单位的我和姐姐没有亲眼看到,但在间接知道后就心存深深的感激,感激他为我们子女们减轻了负担,也感谢他替我们把母亲照顾得这么好。

办完母亲的丧事,怕父亲孑身一人回到老屋睹物思人、伤情伤身,我与大姐共同把父亲接到了合肥。尽管我和妻子每天变着花样让他吃好喝好,尽管我们姐弟俩闲暇时就围绕着他聊天说地拉家常,从不打麻将的妻子特意购买了麻将牌和麻将桌陪他玩,我甚至还找了几个与他年龄相仿的老乡与他一同打拳、练剑,但他还是不习惯在异省他乡的生活,我们只好把他送回了河南老家。

正当我们兄弟姐妹商量着过了母亲三周年(河南风俗:人死后第三年的忌日象征着逝者的魂灵从此远去,要隆重纪念)就给父亲请个保姆照看时,身体依然硬朗的父亲却出乎意料地自己提出要找"保姆",而且讲明这个"保姆"要住进家里、与他一起生活,这让我们做子女的难以接受,甚至怀疑他对母亲的忠诚度。

后来所发生的一件事,印证了我们对父亲心思的猜测纯属误解,亦令我们羞悔难当。一天半夜,父亲呼吸困难,出现昏厥,并从嘴角流出了鲜血,保姆发现后当即给我的二姐打电话。二姐一边往父亲家里跑,一边向"120"求救。医生说,多亏发现得早、抢救及时,否则后果可能会很严重。

得知这件事,我一下子明白了父亲执意要雇保姆的真正用意:他依然是想让自己的子女们安居乐业,不愿给他们增添任何麻烦。

我有千言万语向父亲倾诉,就当即给父亲打去电话。父亲说:"孩子,你也是年过半百的人了,我知道你最终会理解我的。"之后,他依然嘱咐我那不知重复过多少遍的老三句:"爱惜自己的身体,在单位好好工作,不要惦记我。"他在电话那头说得很淡然,而电话这头的我却是一边喃喃地说着"理解、理解,我听您的",一边泪如雨下、泣不成声……

良师益友

　　第一次看到安徽省新闻界企业界联谊会创办的《改革与信息》，还是在上个世纪的 80 年代后期我刚刚调入《铁道建设》报社不久。那时候，它还是一张手工铅字排版、只有四个版面、不定期出版、黑白单色印刷、内部进行交流的小报。但作为新闻战线上的一员新兵，我对她十分景仰，也把她作为我在新闻事业上成长、成熟、成才的一个平台。

　　后来我才知道，《铁道建设》报早在 1984 年就加入了安徽省新闻工作者协会，而且是团体会员、常务理事单位。当时的铁四局局长张健基（后调任铁道部"京九办"主任）非常重视新闻宣传工作，也非常支持协会的工作，还邀请协会在局机关举办过年度全省好新闻评选活动。1988 年 4 月，由时任安徽省广播电视厅副厅长刘星和铁四局局长张健基共同倡议、安徽省新闻界企业界联谊会和《铁道建设》报等安徽省数家大型企业报社联合发起，成立了安徽省新闻界企业界联谊会，成立大会于当月 21 日在安徽饭店召开。这是全国第一家由新闻界和企业界根据自愿的原则共同联手合作，以沟通信息、增进友谊、相互配合、为企业宣传和壮大发展打造平台、提供帮助为宗旨的非营利性社会团体。参会成员最初有安徽省广电厅和《安徽日报》、《合肥晚报》、《铁道建设》报等多家媒体负责人、社会知名人士、著名企业家，首任会长由原省广播电视厅主持全面工作的副厅长、党组副书记、新四军老战士刘星担任，铁四局局长张健基担任副会长，《铁道建设》报总编辑罗成誉担任理事。由于有这个得天独厚的条件，罗成誉老总经常提议和鼓励我们报社的采编人员向联谊会主办的《改革与信息》报写稿和投稿。也就是从那时起，我与《改革与信息》报结下了不解之缘，也与刘星会长（同时也是《改革与信息》报总编杂志名誉总编辑）逐渐结下了深厚的革命友谊。

　　记得 2000 年春节刚过，铁四局四处（当年年底改制为中铁四局集团公司第四工程有限公司）党委宣传部的一位同志打电话，说他们的部长陈昌福同志去世了。

听到这个噩耗我很震惊,也很痛惜。原来,春节还没有过完,陈昌福同志接到处领导的一项任务:当地政府的一位领导要到正在建设的千岛湖威坪大桥检查工作。这在企业里本来是一项比较普通的宣传任务,他完全可以指派部里的一位同志到现场去,但他为了让部里的同志过一个完整的春节,就亲自出马了。正月初五这一天,他挎着相机,扛着摄像机,从千岛湖威坪大桥工地回到住处,顾不上稍事休息,就马上投入写稿投稿的工作程序中。传真发走了,胶卷送去冲洗了,并把次日要送往淳安县电视台和浙江卫视的新闻带子也准备妥当。傍晚时分,突然袭来的一阵晕眩和恶心使他倒在了住所的窗台旁,从此再也没有醒来。这一年,陈昌福同志才44岁,正是一个人风华正茂、事业在成的黄金年龄。那年我已经担任《铁道建设》报记者部主任,听到局、处领导对他的高度称赞、宣传系统同仁对他的敬佩夸奖,联想到他对新闻宣传事业的敬业和追求,我在进行了深入细致的采访、掌握了大量感人素材之后,连夜饱含深情地写出了长篇通讯《他用生命为宣传事业添光彩》。我把稿子送给罗总编审阅,他看后对我说:"这篇通讯写得很感人,也很有文采,能看得出你是下了功夫的,反映出了一个基层宣传干部勇于吃苦、勇于追求、勇于奉献的精神。我马上安排咱们的报纸发表,我也建议你把稿子送给其他媒体,它们刊登的可能性很大。"那时我还不会敲字,也没有电脑,就连夜誊抄了五六份,分别寄送给了《中国新闻出版报》、《安徽日报》、《工人日报》、《安徽工人报》、《人民铁道》报和《改革与信息》报。不久,《中国新闻出版报》、《人民铁道》报和《改革与信息》报三家报纸陆续刊登了出来,其中《改革与信息》报是2000年6月20日刊登在第四版的头条位置,它至今还保留在我的《新闻作品剪贴簿》(第四集)里。当年,这篇通讯还分别被中国企业报协会、铁道部记协、安徽省企业报协会评为"好新闻",我个人也被授予"全国铁路首届百优新闻工作者"称号,并取得了全集团公司寥寥无几的新闻专业高级职称。

2003年我调到中铁四局集团公司办公室担任二科科长。因为我的工作主要是为局行政领导起草工作报告、重要讲话,还要负责向中国中铁总公司上报政务信息和调研材料,以及对外接待工作,工作量很大。所以,此后的5年时间里,真正的新闻写得少了,也与新闻界的前辈和同行联系少了,唯一的一点,就是我对《改革与信息》报的关注度没有减少。

2007年秋,我从中铁四局集团公司办公室调回《铁道建设》报社。一次与《改革与信息》报编辑徐怀彬偶遇,她向我介绍了近年来安徽省新闻界企业界联谊会所发生的新变化,并特意给送来了几本近期的《改革与信息》杂志。看到《改革与信息》由一张黑白印刷的小报变成了一本彩色印刷的刊物,真正令我产生了"刮目相看"的感觉。我打心眼里敬仰刘星、王成礼、程嘉楷等老一辈的革命功臣和安徽省新闻界的元老们,也由衷地敬佩季如成、韩玉春、李惠民、李佛长、柳锦贤等新闻前辈的开创精神和工作魄力。是他们,创新了安徽省新闻界企业界联谊会工作的新思路、新方向;是他们,把联谊会的会员单位发展到目前近 400 个、理事近 400 人;是他们,想企业之所想,急企业之所急,多次举办"经济法律知识讲座"、"依靠职工办好企业座谈会"、"加大国有企业改革宣传力度研讨会"等,鼓励企业积极参与国际市场竞争,帮助企业依法维护自身权益;是他们,连续为合肥澳新汽车租赁公司、安徽帝威斯电视购物中心、安徽红旗建材批发市场举行了"新闻发布会",扩大了企业影响力,打开并拓宽了产品的销路;是他们,主办了全省首次"大型商品质量调查活动",由广大消费者评出美菱冰箱、迎驾贡酒、喜宝啤酒、龙津啤酒、珍珠果米酒和百事可乐等 6 种商品为"受欢迎的商品",并得到了安徽省公证处的公证;还是他们,召开了"学习宣传贯彻经济工作会议精神座谈会",开展了以"新奇瑞、新感觉"为主题的集体采访活动,组织了 10 余家媒体记者参加我省首届投资环境"十佳县(市)区"和"十佳工业园区"评选活动,举办了"安徽省首届金融保险最受客户喜爱的品牌调查评议活动",并为我省首次成立的招投标发展研究会、省招标集团宣传策划,组织新闻发布会,邀请中央省级 6 家主流媒体采访揭牌仪式。

还有联谊会会刊《改革与信息》,从创办之初的 4 开 4 版小报发展到如今的精美彩色杂志,开辟了"要文转载"、"新闻界浏览"、"企业界巡礼"、"工作研究"、"采编杂记"、"多彩人生"、"体育世界"、"广闻博览"、"健康指南"、"旅游天地"、"百草园"等十多个栏目,图文并茂,文采飞扬,不仅得到联谊会会员和新闻界同仁的喜爱,还受到了安徽省和合肥市领导的重视与厚爱,有的还欣然为会刊挥毫泼墨、亲笔题词。

《改革与信息》,过去助推我在新闻事业方面取得了成就;今天,她依然是我工作和生活中的良师益友。衷心地祝愿这份刊物百尺竿头,更胜一筹!

遛狗女孩

夏日的太阳升起得早,六点钟我沿着居住小区周遭的便道晨跑,灿烂的光线把我的影子投射到路旁的草地上或树丛上,魔术般地时而拉长、时而缩短,这也使我的心情更加愉悦,脚下的路像有了弹簧似的,步子不由地加快,轻健而欢畅,不一会儿便大汗淋漓。

接下来是肢体活动。我走向一块空地,面朝南方,开始做我自创的一套健身操。正当我运动头部"书写"繁体的"凤"字以锻炼颈椎时,人行道上自东向西走来的一位遛狗女孩吸引了我的目光。只见她身材高挑,一袭淡雅的夏装,加上乌黑的马尾辫随着她轻盈的脚步有韵律地抖擞,全身充满青春的朝气和活力。她也许十七八岁,也许二十出头,手中牵着两只宠物狗:一条身材短粗,毛色除耳朵和面部为黑色外其余均为白色,头大且圆,脸部黑毛呈口罩式,多皱纹,狮子鼻,不时用咕噜的呼吸声或马一样的抽鼻声与它的主人交流,平时喜欢有伙伴。我认得,这是巴哥犬,亦即哈巴狗;另一条毛色纯白,头部宽平,圆眼黑鼻,口吻尖而不细,背平而腰宽,尾巴卷向背部,疑似日本尖嘴犬。也许是在主人家里憋了一晚上的缘故,两只小家伙儿撒欢地跑,几乎是拽着女孩,很快就从我正面走过。当我要收回目光时,我突然看到女孩停了下来,原来那只巴哥犬在"方便",我不由得想起了电视上关于各大城市狗屎为患的报道。在我为此"不和谐"而叹息的时候,只见女孩弯下腰去,用手中的卫生纸捏起了地上秽物,倒退了30多米,把秽物丢向路边的垃圾筒。而且我看见,她牵着狗的另一只手里还有数张卫生纸。

见惯了养狗的人在家训导宠物不准随地大小便、出门任其屙屎拉尿这种专门利己、毫不利人的"不和谐",我对这位小自己二三轮的女孩由衷地敬佩。这样的女孩,如果她刚参加了高考,我祝福她梦想成真,考一个理想的大学;如果她正在上大学,我祝福她继续努力,学有所成;如果她正面临着就业,我祝福她如愿以偿地找到一个好单位、拥有一份可意的工作;如果还有更多的"如果",我都为她默默地祝福……

老中医的"酒后话"

前段时间忽发颈椎病住院，给我治病的有西医、有中医，其中不乏年老和年轻的专家，有一位安徽省中医学院毕业、靠推拿谋生的还与我成了朋友，成了我家餐桌上的常客。一次举杯把盏之后，他对我感叹地说："当今社会颈椎病越来越多，而导致病因者却知之甚少。"

我请教道："愿闻其详。"

他向我摆摆手："你是单位的领导，不说也罢，说了连你这个好朋友也得罪了。"

"权当是酒话，说吧。"我有点求他的意思了。

他望了一会儿我家墙壁上的一幅字画，若有所思地问我："我给你治病多从医学的角度着手，你可曾想过颈椎病非医学方面的病根？"

他点着一根烟向我徐徐道来——

当今社会上的人，低头的多了，抬头的少了。他们只顾着脚下的路，却很少抬头仰望高空，一年之中抬头看天的时间不足一个小时，甚至压根就没有抬过头。蓝天、星空、飘浮的白云、飞翔的鸟儿，早已如梦想一般成为久远的记忆。低头多了，颈椎就变弯了。

当今社会上的人，看近的多了，望远的少了。进入了信息化时代，基站如林，网络如织，一切都近在眼前，人们习惯于关注当下的事情，眼前的利益，连哥本哈根会议都不顾什么温室、低碳了。我们的眼睛长到了裤腰上，那颈椎还不变形？

当今社会的人，哈腰的时候多了，挺胸的时候少了。面对权贵、势力、金钱、美色，人们习惯于低息下气、弯下腰杆，为了孩子入托、考学、就业、职称，家长们抽签拜佛、到处求人，而忽视了自己高高挺立、如同灵魂一样神圣的胸脯。缺钙多了，颈椎就自然曲了。

当今社会的人，点头的多了，摇头的少了。领导讲话时大家都是热烈鼓掌，很少有人去仔细思考;开会讨论的时候,对领导的报告点头称是如同小鸡啄米,很少有人摇头提出反对意见;大会表决时你点头我也点头,没有人一边摇头一边划"×"。当点头成为全民的习惯动作时,颈椎病也就不可避免地像"甲流"一样传播开去。

还有,当今社会的人,静的时候多了、动的时候少了,动心眼的多了、动身子的少了,没有坐相站相的多了、有修养涵养的少了,身上的赘肉多了、能摸到的骨头少了,忍气吞声的时候多了、理直气壮的时候少了,脾气越来越大了、骨气越来越少了,这些都是导致颈椎病越来越多的非医学因素啊。

终了,我请教他能否开出一剂"良方"。

他略加思考后说,颈椎病属顽疾,用任何药品、疗法都很难去根儿,关键是正情怀、扩胸襟、常理气,佐之以多活动、多走走,特别是要多抬头、多挺胸、多望远。

关于"年下"的那点事儿

我从小在中原的北邙山脚下长大。我们那里把春节叫"年下",虽然土了点,但我更喜欢这样的称呼,觉得亲切、质朴。有一年初三我找剪刀裁东西,我妈阻止我说:"大年下的,不能动剪刀。"我问为什么,她告诉我:"剪刀是凶器,年下里动它,今年就会有凶灾。"我辩解道:"年下不是过过了吗?"我妈这才对我解释:"年下并不是指春节那一天,从农历上年腊月二十三到新年正月十六之前的这段日子都算是年下。"

记得有一年大年初一,吃过只有少许肉腥的饺子,大(我们那里大都这样称呼自己的父亲)和妈把我领到爷爷奶奶跟前拜年,老人给我一个红包,里面有两张贰圆的压岁钱,高兴得我立马跑出去表现,抄起大扫帚就要清扫满地的鞭炮纸屑,又是我妈拦住了我,说:"孩子,不能扫,那样会把全年的财气都扫走了。"从此我知道,大年初一哪怕院外屋里纸屑、果皮、枣核儿、花生壳多得碍眼垫脚,也不能动扫帚。

那个年代长辈们赏的压岁钱也就几块几毛的,但我也舍不得去买鞭炮放,就在年三十与几个要好的小伙伴们约定,初一清早去捡拾人家放鞭炮时未炸响的鞭炮。所以,除夕之夜的"守岁"就坚持不了多长时间,大人们还在聊着今年挣的工分、装到仓柜里的粮食以及企求来年风调雨顺有个好年景,我就溜到一边把家里唯一的电器——手电筒找到放在枕头边上,然后和衣钻进被窝。第二天清早一听到鞭炮声,就像是被打了一针兴奋剂,一骨碌爬起来,抓起手电筒就跑出屋子。

这时天还未亮,头上星光点点,巷里庭院光柱晃动,这时才知道有的小伙伴比我起得还早。我顾不上埋怨他们不到我家门口喊我,一听到哪家鞭炮响,就蜂拥般往哪家院子里跑,挤着扛着,又捡又抢。遇到胆子小的人把未燃放完的鞭炮扔在地上,我们就会上前用脚踩踩,运气好的话,还真能获得一小截未炸响的鞭炮。天亮了,村里的鞭炮声也稀落下来,我们就找个地方抖落各自的口袋,把带捻子的挑出来,谁捡到带捻子的鞭炮最多,谁就是胜利者。

我们那个地儿还有一首关于"年下"的歌谣,说的是到了腊月二十三就算进入年关了,直到大年初一,每天都有一个内容、一个说法。歌谣吟起来像快板书:"二十三,祭灶官;二十四,扫房子;二十五,磨豆腐;二十六,蒸馒头;二十七,剃精星;二十八,剃懜瓜;二十九,装香馏;年三十,贴花门;大年初一,撅屁股作揖。"用普通话吟起来有的并不顺口,但用当地的方言说,且把断句的那个字都读成儿音,不但很押韵,而且朗朗上口,容易记牢。

饺子在北方是上等餐,平时很少做,除非接待远道而来的亲人或尊贵的客人,才会割肉、盘馅、包饺子。再就是大年初一的早餐,吃饺子是必须的,可那时候国家落后贫穷,我们家又在农村,平时难得见到肉腥,全靠年下那些天解馋,所以到集市上割肉都是挑最肥的。一家八九口人,真正用作饺子馅的肉不到一斤,而且要盘一大盆,其中的一半要留在"破五"(即正月初五)那天吃,所以饺子馅除了大油就是萝卜白菜。我爷爷曾多次感叹:"啥时候能吃上纯肉加一点白菜心和小香葱拌成馅的饺子,一口咬开满嘴流油水,那才叫过瘾、幸福。"

1978 年,改革开放的春风吹遍祖国大地,我的家乡开始发生巨大的变化,步子快的石硖村甚至已经酝酿在陇海铁路北侧统一规划、统一图纸、统一样式地建设新村舍。到了年下,父亲第一次从单位拿到了几十块钱的"年终奖",特意到县城的回民街买了一斤多羊肉,用一半的肉给爷爷包了一大碗"纯肉加一点白菜心和小香葱拌成馅的饺子",实现了爷爷一辈子的最大心愿。就在这一年的秋天,也就是我考上了大学第一学期期中考试期间,83 岁的爷爷怀着满足无疾而终。

我们那里的年下还有一个重要项目叫"搁锅儿",就是把一些食品用油炸熟,以备春节期间做各种菜肴之用,一般安排在年三十。这天吃完午饭后,大人们就把油锅坐到煤火上开始煎炸,包括炸丸子、炸麻糖、炸咸食、炸豆腐和炸油角子等,当然还包括蒸闷子、卤猪下水。那时一般人家吃不起肉丸子,都是素的,有咸甜之分:咸丸子用馒头渣、豆腐、粉条做原料;甜丸子则用红薯、糖精和淀粉做原料。麻糖是用发面做的,把揉好的面擀成两层,中间抹点油,切成条状,然后竖起来以抹油的地方为中线往两边按,最后捏住两头拉长放入油锅里炸,有点类似油条,是年下的主食之一。咸食则是面糊中加入白萝卜丝或红萝卜丝,佐以五香粉、味精、盐等调料,然后用筷子挑起核桃大小的一坨下到油锅里,炸熟即成,也是年下的主食之一。让我觉得最带劲和过瘾的,就是"搁锅儿"这天所炸的各种食品可以随便吃,大人们不但不会阻拦你、批评你,还以你的好胃口证明他们的好手艺,脸上溢满洋洋喜气。而对我来说,把自己喜欢的吃个肚圆肠肥,再喝碗粉丝豆腐汤顺溜一下,那种快活和惬意,至今回忆起来还忍不住舌尖生津、吞咽口水,感到那才是真正的满足和幸福。

饭菜票里的故事

我不是名人，但我在乎人生留下的重要印记；我不是收藏家，但在我的书房里，有一排抽屉里分门别类地保存着我认为不能随便丢弃的物品：信件、相片、证件、证书、调令、工资条，还有我到铁路建设工地食堂就餐时没有用完的饭菜票。这些饭菜票都是用油印机印制的，如邮票大小，颜色有红、蓝、白、黄、粉五种颜色，长方形的花边里印着单位的具体名称和主、副食的数额。它们的颜色虽然随着时间的流逝而渐渐褪去，但企业发展中的一个个故事却依然清晰地印在我的脑海中。

还是在 20 世纪 80 年代，我刚从地方单位调入铁道部所属的第四工程局《铁道建设》报社，经过一个多月的业务熟悉之后，于 1987 年 9 月开始了采访和写稿的生涯。当时国家虽然已经搞起了改革开放，但毕竟还处在"初级阶段"，像铁四局这样的大型国营企业依然延续着计划经济的政策，施工任务由基建总局分配，出差坐火车用的是铁路免票，穿的路服不管冬装或春秋装都由部里统一下发，而吃的主副食也由国家定量供应。作为机关的工作人员，我每次到基层，除了携带必要的采访用具，再就是带着自己的饭盒。到了被采访单位，住的是临时用地上搭建的工棚，吃也在指挥部或段、队的食堂。由于对采访时间很难估算准确，所以买的饭菜票不是少了就是多了。少了不得不去再买一些，而多了也就随身带走了，这就为以后留下了念想和回忆。

一

饭菜票用白纸印制的最常见，也是留存在我手里最多的。饭票有壹斤的、半斤的、肆两的和壹两的，菜票有伍角的、贰角的、壹角的和伍分的、贰分的，不一而足，其中"大沙线指挥部食堂"的几张，让我想起 1987 年秋天的那次采访。因为是我担任记者工作第一次到工地，人生地不熟，按照报社一位驻处记者的指点，我下了轮船，向司机说了一声到"五处"，就搭上一辆有遮阳篷的电动三轮车"嘣嘣嘣"地走了。经过约摸三四十分钟的颠簸，随着司机一声"到了"，我撩开布帘下了车，但见眼前并不是小山包（同事说"五处就建在一个小山包上"），而是夕阳照射下波光粼粼、桥墩高耸的长江。走进一个由铁丝网围起的小院子一问，才知这里是"大桥局五处"而不是"铁四局五处"。

　　沿线采访起于九江市的沙河街。一路往西行，碰巧了可以坐一段拉水泥、钢材的大卡车，而更多的是徒步走；有时顺着基本成型的路基，有时则要在乡村间或山沟里绕行。等我从湖北的阳新湖大桥工地往回返时，正好赶上新运处一趟卸下了钢轨和枕木的平板车。因为是刚铺下的轨道，蒸汽机车牵引着六七节平板车行进，速度比骑自行车快不了多少。那天刮着大风，我们是顶风而行，从蒸汽机车冒出的浓烟一直笼罩着我，躲都躲不开。等夜里11点多钟到达沙河街时，前来迎接的五公司宣传部同行几乎认不出我了——因为除了眼白，我整个脸面全被熏得黢黑，鼻子里、耳朵里都灌进了煤灰。这次采访虽没有写出像样的长篇报道，但我从中认识了新线铁路建设的艰苦，更体味到铁路职工坚强的毅力和顽强的斗志，以及他们甘愿"为祖国地图上增添更多红线"吃苦耐劳的品格和无私奉献的精神。

二

　　这是几张"铁四局六处机筑段食堂"的饭菜票，1988年到宣（城）杭（州）线采访的情景历历在目。那年刚入冬，我从合肥坐火车，经淮南线、皖赣线到正在施工的宣杭铁路工地采访。在六处机筑段，段党委书记给我讲了增援三段强攻石头层的战役。当时，机筑段承担的16公里大拉槽刚告捷，三段在21公里处又遇到了3000方的石头层，而新运处的铺轨机已经开到了DK150＋900处，六处工指和正在现场蹲点的一位副处长果断决定，组织优势兵力拿下这个"拦路虎"。他们一面加强三段的爆破力量，一面组织机筑段的机械突击倒运石碴。

　　又是一连串的爆破声。硝烟尚未完全散去，司机姜友贵等人就驾驶着挖掘机、铲运机和"太脱拉"大型翻斗运输车进了作业面。自12日进入工地，机筑段的司机们每天都是连续作业15个小时以上。18日遇到大雨，七八名被浇得透湿的司机换班后到洪林旅社休息，服务员看他们两脚都是泥巴，有的手里还提着鞋子，嫌弃他们"糟蹋了干干净净的房间和被褥"，硬是不让他们进去，司机们只好连夜赶往20公里外的宣城驻地。那时的职工善良纯朴，只觉得人家说得在理，却不知道维护自己的权益。深受感动的我以此写了一篇题为《不受欢迎的"店客"》的通讯,刊登在《铁道建设》报上。

三

在宝中线工地留下的饭菜票颜色最杂、数量也最多,因为1991年的那次采访在我的采访生涯里时间最长——连续在施工现场达29天;写稿最多——消息、通讯、特写、记者述评都有,还有连续长篇报道,共计11篇,有一篇还被宁夏人民广播电台播发;感受最深——经历了隧道大塌方的险情。

那一年,安徽省遭受了百年一遇的洪水灾害,我刚参加了巢湖机筑处、淮南三处的抗洪抢险报道工作,又来到位于大西北甘肃境内的宝(鸡)中(卫)铁路建设工地。在局工指见到与我爱人同在局办、后来到这个指挥部担任打字员的郎凤霞,彼此都像遇到了久违的亲人一样激动。她还把我叫到她的办公室吃刚上市的核桃。没有锤子,她就用高跟皮鞋上的铁掌砸,那副热情和真诚至今都难以忘记。

到位于四十里铺的二处管段,忽闻大寨岭隧道发生大面积塌方,驻扎在窑洞里的二处指挥部一时间电话铃声不断,我感到作为记者此时应该奔赴抢险第一线,就向指挥长杨邦升申请车辆前往,可杨指挥长以"前方情况不明、车辆非常紧张"为由没有答应我的请求。第二天一早,我到他的办公室又缠又磨,最终他派车把我送到了隧道口。二段段长冯天旺亲自引导我到塌方处察看、拍照,深入到工班采访被堵在掌子面十多个小时后成功脱险的施工人员。我当晚把写成的稿件传真到报社,并把所拍摄的塌方现场照片寄给在西安的"铁道部宝中铁路建设办公室"和在兰州的"铁道部第一勘测设计院",为上级机关和设计单位研究解决黄土砂黏土质隧道施工技术难题、也为我局制定抢险方案及变更索赔提供了第一手的资料。

时光飞逝,岁月无情。如今这些饭菜票无色的变黄、有色的变淡,但留在我脑海里的各种经历、企业的发展足迹以及我对四局的感情永远也忘不掉、抹不去,中铁四局干部职工在铁路建设中所表现的无畏、敢为、勇于牺牲和奉献的精神,终将与日月同辉、代代相传!

"刘劳模"诞生记

任务来得很突然。

20 世纪 90 年代末,铁道部在全路系统评选劳动模范,并计划组建一个部劳模事迹报告团到铁道部所属各个路局和设计、工厂、施工单位进行巡回演讲。由于兄弟单位上报的工人劳模候选人的事迹材料不突出,全国铁路工会临时决定,由四局工会选送一个。于是,二处五段木工班的刘志祥便成为最佳人选,因为他1995、1997 两年被授予"火车头奖章"。为避免重蹈兄弟单位覆辙、确保刘志祥的事迹材料和演讲稿"一次性通过审定",局党委决定,抽调工会的陈学成、宣传部的王保良和在报社的我,组成临时的"专门写作小组",要求 5 天内写出材料上报铁道部。

当时刘志祥就在合肥。陈学成作为牵头人,让我和王保良兵分两路,由我直接采访刘志祥,王保良则找二公司工会的同志从侧面了解刘志祥的情况,并说如果能获取足够的素材,那我们就在合肥把材料写出来并送到北京;如果不行,那还要另想办法。可当我接触到刘志祥时,才发现他是一个非常内向的人,不善言谈,我问一个问题,他用几个字作答,采访了两个小时,采访本上也没记下多少能用得上的材料;王保良也说,二公司工会的这个同志刚到岗位没几天,对刘志祥也不了解,仅凭他们整理出来的材料,根本写不出一份有血有肉、感人至深的"典型人物事迹材料"。陈学成一听,马上向局领导汇报,实施"第二套方案":下午到刘志祥所在单位——二处六段西康线工地。局领导同意了,并"特批"我们乘坐飞机直飞西安。

作为一个普通员工,这是我生平第一次坐飞机,心里既有一份荣耀,更有一份责任,就在飞机腾空之后,我驿动的心也逐渐地平静了下来,思考到工地后如何开展采访活动和写作工作。记得飞机在咸阳机场降落已是下午四五点钟了。出了机场,由工指的汽车应我们直赴设在西安市灞桥区红旗乡的"铁四局西康铁路工程指挥部"(当时由二公司代局指,指挥长是刚从一局调到我局任副局长的常志民,常务副指挥长是现在的局副总经理张建场,办公室主任是冯咏)。按照晚饭中做的分工,我当晚又赶到刘志祥爱人所在的二处六段驻地。

刘志祥的爱人叫刘艳辉,当时租住在当地村民家中。这是一间北方典型的砖瓦房,除了一张木制的双人床,一个食品柜,屋里没有什么家具和摆设,角落堆放着蔬菜和红薯,能看出她和刘志祥平时日子过得比较简朴和清苦,但这位与刘志祥一同来自湖南衡阳的"湘妹子"却有着与刘志祥完全不同的性格,她豁达、开朗而又健谈,记性也好,还带着她妹妹的小孩,讲述起刘志祥身上、身边及家中发生的故事,一件接着一件,如刘志祥在宝中线庙良山隧道施工时扁桃体长期发炎却坚持在工地,如刘志祥请假回家盖房子自己动手脱坯烧砖,连砖都未备好就赶回现场,如刘志祥面对弟弟工伤去世毅然忠诚地坚守在四局,如让刘志祥请假陪她去给她妹妹的小孩看病后想到街上转转他都不肯,如在广州认识的老乡请刘志祥去,包吃包住每月还给 2000 元钱他都不干,如刘艳辉生孩子他用自行车拖去,分娩的第二天就回驻地,把肉和菜买好往家里一放就上了工地,等等。讲到有趣时她会放声大笑,讲到伤心处她会潜然泪下,使我和在场的段工会干事万伟深受感染。

采访一直持续到次日凌晨两点多钟。上午,我又接连采访了刘志祥所在六段领导及其工班的同事们,当晚与陈学成、王保良共同研究素材并列出小标题和提纲,由我和王保良每人各写一半,连夜突击,一气呵成。那时我们还没有大头电脑,手提电脑我们都没有见过,全靠手写,于凌晨五点钟将成稿交到了组长手里,由他通过传真机传到北京,王保良当天再从西安坐火车经太原送到北京,如有修改或补充的当场解决。

回合肥后,我向报社领导做了汇报,把这个演讲材料改成第三人称,以《无悔人生》为题发表在 10 月 1 日的《铁道建设》报上并配发了照片。之后我感到还有一些素材因为篇幅限制没有写进去,就又写了一篇《劳模的家事》的文章,其中写了三件事,一是"接站不见人影"、二是"盖房不等完工"、三是"半天假未休完"。

铁道部的这个劳模巡回报告团在当年的国庆前夕,也就是 9 月 29 日在人民大会堂进行了首场报告,10 月 9 日离京到各地巡回演讲,历时 25 天,作了 15 场报告,听众达到 2 万多人,在全路产生了良好的巨大的影响。

1999 年 1 月,安徽省劳动厅破格把刘志祥由短临工转为合同制职工,也就是和我们一样的"正式工",4 月份又被授予"全国劳动模范"和安徽省青年"五四奖章",荣获"全国十大杰出职工"称号,并作为全国劳模代表进京参加国庆观礼活动。这是个很好的宣传机会,我就与当时二公司宣传部的部长方成龙取得联系,让他们又提供了一些近期的先进素材,合作写出题目叫《开路先锋》的长篇通讯,刊登在1999年10月12日的《铁道建设》报上,并配发了现在局党委宣传部(企业文化部)许国部长刚在工地拍的照片。这篇稿子同时也向局外的新闻单位投了,《人民铁道》报和《人民日报》(海外版)当月就发了,《安徽日报》以《平凡岗位创大业》为题、《工人日报》以《普通的工人朴素的心》为题先后发表。从此以后,刘志祥的名声大震,并作为企业的一张名片使"中铁四局"扬名全国和海内外。

冬天里的记忆

　　我20世纪80年代末从地方单位调入《铁道建设》报社工作。虽然有在当时报社内不多见的大学本科学历,但对新闻采编尤其是企业报的新闻采编工作却是一个门外汉。与大编辑、大记者们相处,我既谦恭又谦卑,就从"小学生"做起,一方面从报社阅览室借阅新闻理论、写作、采编和摄影方面的书籍"啃",一方面向各位编辑、记者虚心求教,促使自己赶快入门、入行,胜任所在的岗位。我还主动向领导请求下基层熟悉企业情况,从亲身的采访、写稿及洗印照片实践中锻炼和提高自己。

　　一天上午接近下班的时候,报社领导把我叫去说,刚才局安监处的一个同志打来电话,反映六处(现在的六公司)一个电焊工(实际是锻工),一副电焊作业时用的护目眼镜用了十多年,我觉得这件事有一定的新闻价值,你去采访一下,争取写成一篇"好新闻"。

　　这是第一次独立地承担到合肥以外基层单位进行采访的任务,还要不辱使命写成"好新闻",我感到内心有一种新鲜的激动和刺激,对完成任务踌躇满志。直到坐在驶往芜湖的列车上,仔细琢磨如何开展采访活动,才感到有不小的压力,而且这种压力随着目的地的渐渐临近而越来越大,身子一阵阵地发颤,从而种下了"那个冬天特别冷"的印象。

　　现在只需一个多小时的路程,在那时的淮南铁路上却走了四个多钟头,然后过轮渡、乘公交,到六处宣传科已是黄昏时分。特约记者贝成全告诉我,那个工人叫彭智发,单位在江北。

　　第二天,由贝成全当向导,从江南返回江北,将近中午才到达孤立于田间地头的六处二段修配厂。午饭后顾不上休息,与厂里的党支部书记接上头并说明了来意,他亲自带领我们到车间找到了彭智发。

　　彭师傅是云贵川一带的人,平时不善言辞,好在我问一个问题他就答一个问题,只是他的乡土口音很浓,让我这个从小在北方长大的北方人听起来很是吃力,有时不得不请求给我"比划"一下是具体哪个字。我的采访还算细,甚至问到了护目镜的腿儿断过没有、用后放在哪里、损坏了怎么修理、用什么布擦拭等细节。我还到他的家里,请他拿出了平时存放护目镜的专用盒子,取出里面的护目镜和夹层里的工具,就着昏暗的灯光一一察看,惊叹他对护目镜"传家宝"般的爱惜和保护。

1990 年 12 月 4 日,《铁道建设》报在一版头条刊发了《一副护目镜师徒三代传——该镜日前被局收藏为传统教材》的消息,并配发了《一副眼镜见精神》的短评。此文还在《工人日报》、《人民铁道》、安徽人民广播电台发表或播出,并被评选为 1990 年度安徽省"好新闻"消息类二等奖。

出游过个阳光年

　　虎年春节在哪里过？刚进入腊月，妻子、儿子就给我提出了这个很容易却又很难回答和决断的问题。因为国庆节时我的两个外甥通过 QQ 策划了我的"五十大寿"，父亲、姐姐和哥哥等从河南老家到合肥热闹了一场；今年春节，我的岳父岳母明确说要到宁波老家。这样，对一年到头都在合肥的我们一家来说，一如既往地在原住地过年，很容易产生疲劳和乏味。

　　一天，上网时一个不经意的点击进入合肥气象，浏览了一下春节期间的合肥天气，几乎全是阴雾雨雪。"巧打气候差、外出过大年"。我为自己的"灵机一动、计上心来"而兴奋不已，立刻把这个动议用信息发给妻儿，果然得到他们的一致赞成，并"特别授权"我选定旅游地点。

　　一连几个晚上，我放弃自己的最爱——电视，粘在网上查阅全国各地包括港澳台春节期间的天气情况和省城各旅行社的出游路线图及价格，香港对无购买能力"不满 21 周岁未成年人"的"特别法"限制了我儿子的港澳游，而三亚酒店翻番的价格又打破我和妻子的海南梦，最终我选定了中青旅的春节特价产品"单卧单飞、武汉中转的桂林四日游"。

　　晨曦中我们蹓着冰雪从合肥出发开始了这次"桂林之旅"，车过大别山便阴霾尽散，阳光灿烂。在武昌火车站中转时，我们见缝插针游玩了黄鹤楼。

　　次日一大早，我们迎着朝霞进入广西师范大学校园内，这里有明代的藩王府，还有独秀峰、太岁洞，从这里寻觅"桂林山水甲天下"的出处和自己生命中的保护神，揭开汉人公主"还珠格格"的神秘面纱；登上桂林市的龙脉寿山独秀峰，居高临下 360 度地环顾和鸟瞰桂林城市的全貌；游览桂林中西方建筑结合最完美、也是桂林文化渊薮之地——虞山公园，乘船穿行"二江四湖"，也就是漓江、桃花江和世界最美的内湖榕湖、杉湖、桂湖和木龙湖景区，在桂林环城水系感受古人"千峰环野立、一水抱城流"的优美意境；置身穿山岩那"石枝、鹅管、石头开花、石头长毛"

的独有岩溶地貌奇观,宛若进入一个天然铸就与艺术雕琢完美结合的画廊世界。

　　大年初一乘车赴阳朔,途中接到大姐打来的祝福电话,并说"合肥仍是雪花纷飞",我则自豪地告诉她"我们桂林很阳光"。这一天,我们这些被导游昵称为"亲爱的安徽狗肉们"(桂林人称很要好的朋友为"狗肉")进入了"世外桃源"。这里没有闹市的接踵与喧嚣,却可以看到仿甑皮岩人再现 12000 年前崇拜图腾、捕鱼狩猎、揭竿而舞的情景以及壮、苗、瑶、佤等少数民族女耕男织、浆裁缝绣的质朴手艺。乘船游览兴坪小渔村,途中欣赏沿岸青峰碧水,感受鱼鹰捕鱼,品味"船在青山顶上行"的诗情画意。

　　尤为值得玩味的是,在"刘三姐大观园",我与儿子双双被壮族、瑶族阿妹的绣球击中而选为"新郎",在风骚媒婆的主持下与新娘对山歌、喝交杯酒、背新娘入洞房。当然,一番美滋滋、喜洋洋之后,我们所有的"灰太狼"都很情愿地打开荷包,给了新娘和媒婆一笔新年喜庆的小费。

成长的烦恼与喜悦

  我从大西北调到地处江淮名城合肥的铁四局,到铁四局人事部门报到后又留在了《铁道建设》报社,说起来纯粹是偶然,也可以说是运气,因为报社一名编辑为解决夫妻长期分居而调回了老家,领导就让我这个大学中文系毕业的来填这个"空位"。不到一年的时间,在编辑陈晓峰大姐的热心撮合下,又与司办一位美貌淑女(也就是我现在的妻子)结为伉俪。在别人眼里,我的一切都是那么顺利、称心,值得庆幸和喜悦,可骨子里好强的我却有自己成长过程中的压力和烦恼,这种压力和烦恼来自工作,也来自生活:对企业的陌生、业务上的生疏,夫妻间的磨合,还有对妻子怀孕的措手不及、要当父亲的沉重担子,以及住房的困窘、经济的拮据,等等。如何摆正和处理好工作和生活的关系,对当时的我来说是个不小的考验。

  我首先选择了在业务上的进步和成功。进报社初期,我几乎把所有的时间都用在了学习上,先是跟着三版编辑陶兆恬学编稿(陶兆恬是我到报社的第一个老师),三四个月后又跟着王陶、黄良平、李苏青学采访、摄影、冲印新闻照片。采访是个软技术,如果采访不全面、不深入还可以再去补充,而要把拍好的胶片冲好、印好、裁剪好却是硬技术,哪一个环节出了差错都会一切白费、前功尽弃。只有四五平方米的暗房,冬天奇冷,我们除了用开水来提升药水的温度,还偷偷地用电炉以增加室内温度;夏天奇热,我们放半池子自来水降温,实在受不了了就光着脊梁在里面工作。正是在这些老报人的指点和帮助下,我很快甩掉了"新闻门外汉"(自封的)的帽子,可以独立地编稿画版和外出采访了。

  其次我选择了对家庭的负责。在与女朋友谈恋爱时,听说局机关马上要为住单身宿舍的人调一批房子,为此我们才接触七八个月便领了结婚证,这也引起了一些好事者的议论和担心,说"小张和小周的事儿长不了,如若不信走着瞧"。这话传到我的耳朵里已经是一年后了。甜蜜的新婚期过后,接踵而至的便是说不白、道不明甚至永远也没有答案和结论的磨合期,有时还会为别人、为不是问题的问题而发生争执,相互吵闹,甚至还出现过用过的锅碗瓢勺三天没有洗的僵局。一天下班回到我们在单身宿舍的"小家",老婆端着一搪瓷碗的米去水房淘洗,她那怀孕待产的笨重身影映入我的眼帘,顿时一种沉重的责任感涌上心头,当时我就下定了决心:这个女人我一定要负责她一辈子,不离不弃。

1989 年,随着儿子的呱呱坠地,我们这个小家的经济每月开始变得入不敷出,有时连打牛奶的钱都没有了,不得不到报社工会借支几十块钱,然后再用我的稿费单陆续顶上。

常言说:"各家都有一本难念的经。"每当与妻子产生误解和矛盾而又解释不通的时候,我就把所有的烦恼和不快放到一边,一门心思地学知识、干工作。那个时候报社对编辑、记者的岗位有一个不成文的规定:"轮换",特别是成了家的记者可以借此处理一些家务、照顾一下家庭,这也是报社领导对经常出差职工的一种体贴和关心。当编辑的时候,我除了编辑稿件、筹划版面,还针对发现的问题撰写言论;当记者的时候,我主动下基层采访,回到报社就赶着写稿、冲印胶卷,把成稿分类交到各版编辑手里,就又收拾行囊往下一个工地。最长的一次我记得是到远在甘肃省境内的宝(鸡)中(卫)线,持续时间长达 29 天。

后来,由于要申报新闻系列高级职称,我出版了一本新闻专著《路缘》。整理过程中我发现,写作数量最多、获奖作品也最多的就是那个时期,这也算是烦恼后所得到的喜悦吧。

差强人意年夜饭

腊月二十,二姐到合肥过年的事终于定下来了,我抓起电话给我家附近的几家酒店、饭庄打电话,却都被告知已经订罄,于是只好向周边延伸。听到两公里外的一家酒楼还剩有三个包间,我生怕再错过机会,恳求对方"先给我留一个",并答应马上去交订金。

邀请二姐到合肥,说来话长。早年父母健在时,每次带老婆儿子回老家过年,围在老人跟前嘘寒问暖、谈天说地,二姐要么在卫生间洗洗涮涮、要么在厨房里切菜做饭。后来他们年老体弱,我与大姐在外工作不能尽孝,都是二姐长年照顾二老的起居,有了疾病也是二姐送他们到医院。如果过年我们回不去了,也是二姐提前把各种年货置备好送给二老,而我们则只能寄些钱款来弥补一点对父母的孝心。2012 年的最后一天,89 岁的父亲在母亲仙逝四年后也驾鹤西去,我们做子女的无不悲痛万分,但受打击最大的还是二姐。所以,办完丧事后,我就与大姐商议给二姐换换环境,并共同发出了要二姐和姐夫到合肥过年的恳请。二姐说:"我明白你们的心意,到年跟前再定吧。"后经多次电话邀请,二姐终于答应了。

放下电话,我拉上妻子打的往酒店赶过去,两位门童彬彬有礼地为我们打开玻璃大门,大堂经理也跑过来迎接,并拿出拟好的"春节喜庆系列菜单"请我们过目。看到其中一款有六个凉菜、十二道热菜,荤素相搭,颜色相配,尤其是还有极具当地特色的老母鸡汤、油炸臭干、荠菜圆子、红烧甲鱼,妻子说:"很有合肥的风味,不错。"再一看价格,标的是 1500 元,明显比平时贵了近一倍。看妻子还想说什么,我抢先替经理打圆场:"过节期间,材料、人工费用都会涨,后堂大厨、大堂管理及服务人员为了我们能吃团圆饭,自己却不能回去与家人团圆,价格贵是贵了不少,但我们也理解。"我爽快地交了 200 元订金,出了门还庆幸自己"运气好"。

转眼就是"除夕"了。中午一过,贺年短信便频频传来,远近的鞭炮声也此伏彼起、连续不断,连空气里都充满了喜庆的气氛。下午五点钟不到,我们就乘车向酒店进发。脚一跨进酒店,我的心就掠过丝丝凉意:迎宾的门童不见了,门厅里也没有人招呼和指引,来的客人都得自己瞅门牌、找包厢。我们进了包厢,倒是有一个服务员过来,本以为她会热情地给我们让座、倒茶,不料想却是急切地问我们:"要不要现在上菜?"我心里很不满意却又不好发作,就说:"你让我们先喘口气、喝口茶好吧。"她听后,面无表情地答应说去提开水,可姐夫两根烟都抽完了也不见服务员的人影。我走出包厢去找,从走廊这头走到那头再到吧台也看不到一个人,只好大着嗓门高喊。一个服务员从后堂跑出来问:"先生,你需要什么?"看她气喘吁吁,额头上还冒着热气,我把埋怨的话咽了回去,只是请她赶快上茶。

看到上杯茶都要等半个小时,我对"店里服务员明显不够"的猜测坚信不疑,尽管儿子还没有到,但我还是催促服务员"立即上菜"。令我想不到的是这四个字最管用,很快就有几个服务员鱼贯而入,凉菜热菜一个接一个上个不停,眨眼工夫就摆满了整个桌子。外甥问:"你们也不报一下菜名?"其中一个说:"你吃一口不就知道了!"然后匆匆而去。直到散席,也没有一个服务员再进来过。

再看看盘里、碗里、钵里菜和汤的量,比平时大大缩水:钵里的鸡没有胸脯肉,还只有一只大腿儿;凉拌牛肉只是表面薄薄一层,下面全是黄瓜丝瓜;荠菜圆子一个个有拇指大,全是袖珍的;红烧甲鱼也明显缺斤短两,还不够一人一块;尤其是鸡汤,混混沌沌,清寡无味,根本就是超市买的冻鸡,哪有肥西老母鸡的鲜与美?这让我在劝远道而来客人吃菜时心里发虚。倒是不满两岁的外孙兴致勃勃,不时地从椅子上站起来,指点着要吃这个、要吃那个……

回家的路上,二姐和姐夫都夸我今天的菜点得好,一个个真材实料、色香味全。我在一旁听着,只是"啊啊啊"地应着却无语。想到这顿年夜饭吃得让我如此尴尬,本来因为喝酒而涨红的脸更加发烫了。

爱上读书

犹太人的小孩一到牙牙学语的时候,其父母就会在一本书上抹点蜂蜜,然后拿到孩子面前。孩子闻到蜂蜜的甜味,就会把书抓过来,从而逐渐认知"读书是甜蜜的"。据说,这种家长培养孩子对书籍的兴趣的方法,在以色列民族很普遍,历史也很久远。我在一本资料中查到这样一个数字:以色列这个国家有 700 万人,办有图书证的就有 100 万人。然而在我们身边的人中,究竟有几个人办了图书证呢?

当今中国,越来越多的人到书店的少了,坐在电脑前的多了;捧读古今中外名著的少了,上互联网和看电子读物的多了;橱柜里摆放书的少了,摆放各类洋酒和工艺品的多了,凡此种种。

在这个飞速发展的时代,网上阅读固然很方便,但在鼠标的"咔嗒"声中,毕竟难以品读书中的喜怒哀乐,更闻不到笔墨书香的味道。

"乱花渐欲迷人眼"。现今快餐文化盛行,喧嚣浮躁充斥,读书已成为一种奢侈品,与我们的生活渐行渐远,但这并不是这个时代的错误。

读书,是人类共同的精神追求,是提高国人素养、推进社会发展不可取代的力量。培根就说过:"阅读使人充实,会谈使人敏捷,写作与笔记使人精确。"并且还说:"读史使人明智,诗歌使人巧慧,数学使人精细,物理使人深刻,伦理学使人庄重,逻辑与修辞使人善辩。"如果能够认识到这些,读书的时间总是会有的,就像温家宝总理说的:"一个人一天总可以抽出半个小时读三四页书,一个月就可以读上百页,一年就可以读几部书。"

也许有人会说,我们身边有不少大老板、大富翁,他们不读书不照样发财赚大钱了吗?殊不知,在我国众多私人企业中,有多少能够与"可口可乐"、"杜邦"、"亨得利"等百年老店相提并论呢?一个众所周知的事实是,世界首富比尔·盖茨每天都要抽出一小时来读书。

　　人生短暂,精力有限。我们不可能什么事都亲身感受。唯有读书,可以使我们将古今中外优秀人士的经验、智慧转化过来,为我所用。

　　读书是甜蜜的,愿更多的人爱上读书,学有所获。

04

群口快板

九说"中铁四局好"

八人群口快板书

（男甲、男乙、男丙、男丁，女甲、女乙、女丙、女丁）

八人合：歌声如潮花如海，我们八人走上台。《九说"中铁四局好"》，丰硕成果来表白。

（过　门）

男甲：一说领导班子好，政治素质最重要。

男乙：中心组学习常坚持，武装思想强素质，

男丙：团结协作顾大局，责任意识数第一，

男丁：作风形象树表率，全体员工齐称快，

女甲：他们都是好领导，政治觉悟不得了，

女乙：解放思想走前头，真抓实干不作秀。

女丙：深入基层搞调研，与时俱进不自满。

女丁：一年一个新目标，各项工作走在前。

八人合：一年一个新目标，各项工作走在前。

（过　门）

女甲：二说市场营销好，龙头地位立得牢。

女乙：月分析，季报告，营销分析不能少，

女丙：生产营销一体化，高端市场开发早。

女丁：增加资质扩领域，高新技术数第一。

男甲：特大桥，长隧道，高铁地铁咱都要。

男乙：市政公路也进账，国外项目紧跟上。

男丙：投资业务大发展，并驾齐驱房地产。

321

男丁:京秦大标中两个,突破上半年营销额!

八人合:营销业绩年年长,为四局发展争了光!

（过　门）

男甲:三说施工生产好,项目管控抓得牢。

女甲:健全分级制度好,分清责任不混淆。

男乙:稽查队、管控组,主动出击不含糊。

女乙:各种制度都健全,工地现场管得严。

男丙:专业包、劳务包,还有传统工序包,

女丙:承包之后还要保,文明施工不能少。

男丁:开展竞赛促生产,确保工期不延缓。

女丁:业主通报又表扬,贺信贺电真不少,

八人合:信用评价连夺冠,社会各界齐称赞!

男丁:四说现场细查验,对照标准和规范。

女丁:找到问题想办法,发现漏洞堵住它。

男甲:按章办事不马虎,大的事情不会出。

女甲:穷对付,还造假,一经发现必重罚。

八人合:既抓大也不放小,事故萌芽遏制掉。

（过　门）

男丙:五说全面预算好,系统瞄准"5.31",

女丙:先行试点再推广,定出《细则》不走样。

男丁:债务集中在加快,年度做到全覆盖。

女丁:筹划机制要到位,管理流程更要会,

男甲:边摸索、边总结,加快步子不停歇。

女甲:不断优化和完善,逐步成熟更规范,

男乙:联防联控严支付,倒逼成本有建树。

女乙:工经管理一融入,我局特色更显著。

八人合:中国中铁来推广,中铁四局美名扬!

男丁:六说区域党建好,主题活动真不少:

女丁:党旗飘扬杭州湾,中铁四局勇争先;

男甲:西南区域党旗红,中铁四局争先锋;

女甲:领导干部转作风,高铁客专保开通;

男乙:自主开辟党建网,办出特色有影响!

女乙:党员发挥先进性,员工群众齐响应,

男丙:合力拧成一股绳,助推管理大提升。

女丙:总结经验和做法,总公司系统人人夸。

八人合:对!四局经验和做法,股份公司人人夸!

男甲:七说廉政建设好,《八项规定》记得牢,

男乙:局党委、有高招,"十条"规定下发了。

男丙:出台了措施"三十条",加强检查和督导。

男丁:会风转,作风改,局领导首先做表率,

女甲:少坐车、少吃喝,不到歌厅去唱歌。

女乙:"三严三实"做到位,身体力行真可贵。

女丙:领导带头作表率,员工表现也不赖。

女丁:上下努力齐心干,促进"四风"大转变。

八人合:上下努力齐心干,促进"四风"大转变!

(大过门)

女甲:八说企业文化好,大力推进"三个倡导"。

女乙:宣贯理念抓培训,"育人"、"塑形"加"铸魂"。

女丙:"两纳入"、"四同步",勇于争先不满足。

女丁:重责任,讲诚信,向社会提供好产品。

男甲:打造行业新特色,员工敬业人心稳。

男乙:能征善战勇担当,树立"四局"好形象。

男丙:文化建设不停歇,已办了七届"文化节",

男丁:形成了"核心价值观",把四局建成"百年老店"!

八人合:对,奋斗拼搏不间断,把四局建成"百年老店"!

(过 门)

男甲女甲:九说和谐建设好,"以人为本"不动摇。

男乙女乙:认真做到"三不让","三工建设"不走样。

男丙女丙:员工利益记心上,冬送温暖夏送清凉。

男丁女丁:慰问金发了一千万,三万多员工被"走访"。

男四人:基地建设在加快,一批批员工搬新房。

女四人：十九万党费救贫困，三百户家庭被安顿。

男四人：企业关心咱员工，咱员工也不当孬种，

女四人：认真学习勤工作，充满激情勇拼搏。

八人合：

新一届局党委，制定了新目标，一流企业来创造，把四局建设得更美好，把四局建设得更美好、更美好！

后 记

　　自 2007 年由中铁四局集团公司办公室回归《铁道建设》报社，转眼又是八年过去了，真可谓"弹指一挥间"。在此之前，我已经在报社工作 16 年，曾出版了一本名为《路缘》的新闻作品集。之后虽然有五年的"断层"，发表的新闻作品少了，但与文字却从来没有过割舍。所以说，这后来的八年可称为前缘的"再续"。八年中，我工作的时间虽然多用于报纸审稿和报社行政管理，但依然解不开、剪不断我对写作千丝万缕的情结和血浓于水的情感，原本握笔书写替代为敲键码字的手不曾停歇，用笔尖记录历史、用文字描述成长、用灵感捕捉精彩的行为也就从未有过间断。

　　日夜瞬间轮回，光阴白驹过隙。在生命的长河中，见证一个人心路历程的印记可能不计其数，衡量一个人所作所为的坐标也有很多，而如能把自己所写的文字挑拣出一些有光泽、有质地的集结在一起正式出版，即便是自珍的"敝帚"，把它送给心爱的同事或朋友们，或当作茶余饭后的谈资，或权当午夜床头的消遣，也不失为一件赏心悦目、饶有情趣的事。也就是基于这样的想法，我把最近八年来公开发表的文字进行整理和筛选，归类为纪实文学、小说、散文和群口快板四种，取其中一篇纪实文学《让美梦飞翔》为本书的书名，然后付梓印行。由于时间仓促，尤其是我个人水平有限，书中不乏瑕疵和谬误，谨请各位读者给予批评指正，并提出宝贵意见。

张存孝

二〇一五年六月十二日